Manhattan by
GOLDMANN

Buch

Drei Dinge ereignen sich in jenem schicksalsträchtigen September in Pine Cove, bevor das Unheil über die Kleinstadt an der Pazifikküste hereinbricht: Erstens entsteht im nahen Atomkraftwerk ein winziges Leck in der Kühlleitung. Zweitens sucht Mavis Sand zwecks Geschäftsbelebung einen Blues-Sänger für ihre Bar. Und drittens begeht Bess Leander Selbstmord. Das Leck führt dazu, daß ein Seeungeheuer zu wahrhaft gigantischen Maßen heranwächst und den frisch eingetroffenen Musiker Catfish für ein leckeres Häppchen hält. Probleme hat auch die ortsansässige Psychotherapeutin. Sind vielleicht ihre großzügig verschriebenen Antidepressiva am Tod von Bess schuld? Da die ganze Stadt von ihr mit den kleinen Pillen versorgt wird, droht eine Katastrophe. Sie beschließt also kurzerhand, die Einwohner auf Entzug zu setzen. Als Nebeneffekt ist eine drastisch erhöhte Libido zu vermelden, die bald zu allerhand Turbulenzen führt – und auch das Seeungeheuer nicht verschont. Es entbrennt in Liebe zu der unkonventionellen Molly Michon, welche seinem hartnäckigen Werben nur mühsam widersteht. Als sich dann auch noch die Polizei in das bunte Treiben stürzt, um Bess Leanders Tod zu untersuchen, überschlagen sich die Ereignisse …

Autor

Der ehemalige Journalist Christopher Moore wird von der amerikanischen Kritik zu Recht immer wieder mit Douglas Adams und Tom Robbins verglichen. Der Autor lebt in Cambria, Kalifornien.

Von Christopher Moore bereits bei Goldmann erschienen:

Blues für Vollmond und Coyote. Roman (43430)
Der kleine Dämonenberater. Roman (Manhattan, 54002)
Die Himmelsgöttin. Roman (44397)
Lange Zähne. Roman (8143)

Christopher Moore

Der Lustmolch

Roman

Aus dem Amerikanischen
von Christoph Hahn

Manhattan by
GOLDMANN

Die Originalausgabe erschien 1999 unter dem Titel
»The Lust Lizard of Melancholy Cove«
bei Avon, New York

Umwelthinweis:
Alle bedruckten Materialien dieses Buches
sind chlorfrei und umweltschonend.

Manhattan Bücher erscheinen im Goldmann Verlag,
einem Unternehmen der Verlagsgruppe Bertelsmann GmbH

Deutsche Erstausgabe 8/99

Die Nutzung des Labels Manhattan
erfolgt mit freundlicher Genehmigung
des Hans-im-Glück-Verlags, München
Umschlaggestaltung: Design Team München
Umschlagfoto: Photonica
Satz: Uhl + Massopust, Aalen
Druck: Graphischer Großbetrieb Pößneck
Verlagsnummer: 54106
Redaktion: Alexander Groß
AB · Herstellung: Katharina Storz/Str
Made in Germany
ISBN 3-442-54106-9

1 3 5 7 9 10 8 6 4 2

Für Mom

PROLOG

Der September in Pine Cove ist ein Seufzer der Erleichterung, ein Gute-Nacht-Trunk, ein Nickerchen, das man sich redlich verdient hat. Das weiche Herbstlicht dringt durch die Bäume, die Touristen verziehen sich wieder nach Los Angeles und San Francisco, und die fünftausend Bewohner von Pine Cove wachen eines Morgens auf, um festzustellen, daß es doch möglich ist, im Ort einen Parkplatz zu bekommen, ebenso wie einen Tisch in einem Restaurant, und man die Strände entlangspazieren kann, ohne sich von einem verirrten Frisbee eine Beule einzufangen.

Der September ist so etwas wie ein Versprechen. Endlich wird der Regen kommen und die goldenen Weiden um Pine Cove in ein sattes Grün tauchen. Die Monterey-Kiefern auf den umliegenden Hügeln werden nicht länger ihre Nadeln verlieren, die Wälder von Big Sur werden aufhören zu brennen, und das grimmige Lächeln, das die Kellnerinnen und Kassierer im Laufe des Sommers entwickelt haben, wird förmlich aufblühen zu so etwas wie einem menschlichen Gesichtsausdruck. Die Kinder werden in die Schule zurückkehren, und zurückkehren wird auch die Freude über alte Freunde, Drogen und Waffen, auf die man den Sommer über verzichten mußte, und alle haben endlich die Gelegenheit, sich ein wenig auszuruhen.

Kaum daß es September ist, macht sich Theophilus Crowe, der Town Constable, mit großer Liebe daran, die klebrigen violetten Knospen seiner Sensimilla-Pflanzen zu beschneiden. Mavis aus dem Head of the Slug Saloon kippt den Schnaps aus dem obersten Regal wieder in die dunklen Niederungen des Kanisters, dem er entstammt. Die Jungs vom Baumservice rücken totem und absterbendem Gehölz mit Motorsägen zu Leibe, um zu verhindern, daß es während des stürmischen Winters das ein oder andere Dach durchschlägt. Allenthalben türmen sich vor den Häusern in Pine Cove Holzstapel, und der Schornsteinfeger hat einen Zwölf-Stunden-Tag. Das Regal mit Sonnenmilch und unnützen Andenken in Brine's Angelbedarf, Bootsausrüstung und Erlesene Weine wird ausgeräumt und statt dessen mit Kerzen, Taschenlampenbatterien und Lampenöl aufgefüllt! (Monterey-Kiefern sind berüchtigt für ihre nicht allzu tief reichenden Wurzeln und ihre Neigung, auf Hochspannungsleitungen zu kippen.) Und zum zehnten Mal in Folge wird in der Pine Cove Boutique der Pullover mit dem grausamen Rentier-Muster im Preis hochgesetzt, nur um im Frühling erneut herabgesetzt zu werden.

In Pine Cove, wo nichts passiert (oder zumindest lange nichts passiert ist), stellt der September ein Ereignis dar: eine stille Feier. Die Menschen hier mögen stille Ereignisse. Der Grund, warum sie irgendwann den großen Städten den Rücken kehrten, war, daß sie einer Umgebung entkommen wollten, in der dauernd irgendwas passierte. Der September ist eine Feier des Ewiggleichen. Jeder September ist so wie der vorherige. Allerdings nicht dieses Jahr.

Dieses Jahr passierten drei Dinge. Keine großen Sachen, gemessen an den Standards einer Großstadt. Doch drei Dinge, die dem geliebten Status quo nichtsdestotrotz den Gnadenstoß versetzen sollten: Vierzig Meilen südlich entstand ein kleines, nicht sonderlich gefährliches Leck in einem der Kühlrohre des Kernkraftwerks Diablo Canyon; Mavis Sand gab im *Songwriter Magazine* eine Annonce für einen Blues-Sänger auf, der den ganzen Winter über im Head of the Slug Saloon spielen sollte; und Bess Leander, Ehefrau und Mutter von zwei Kindern, erhängte sich.

Drei Dinge. Omen, wenn man so will. Der September ist eine verheißungsvolle Angelegenheit.

Sich eingestehen, daß man ein Problem hat.

»Meine Liebe, meine Liebe, wie wunderlich ist alles heute! Wo gestern doch noch alles war wie immer. Ich frage mich, ob in der Nacht etwas mit mir geschehen ist? Laß mich überlegen: War ich die Gleiche, als ich an diesem Morgen erwacht bin? Es kommt mir fast so vor, als hätte ich mich ein wenig anders gefühlt. Doch wenn ich nicht mehr die Gleiche bin, dann ist die nächste Frage: Wer in aller Welt bin ich? Ah, welch ein großes Rätsel!«

Lewis Carroll, *Alice im Wunderland*

- 1 -

THOPILUS CROWE

Für eine Tote roch Bess Leander ziemlich gut: Lavendel, Salbei und ein Hauch Nelke. Sieben Shaker Chairs hingen an Haken an den Wänden im Eßzimmer der Leanders. Der achte war unter Bess umgekippt, und an seiner Stelle baumelte Bess mit einem Kattunstrick um den Hals an dem betreffenden Haken. Von den Deckenbalken hingen getrocknete Blumen, Körbe in den verschiedensten Formen und Größen sowie Bündel getrockneter Kräuter.

Theophilus Crowe wußte, daß er eigentlich alle möglichen polizeimäßigen Sachen machen sollte, doch statt dessen stand er einfach gemeinsam mit den beiden Rettungssanitätern der Feuerwehr von Pine Cove im Zimmer herum und starrte zu Bess hinauf wie zu einem Engel an einem Weihnachtsbaum. Theo dachte sich, daß Bess' pastellblauer Hautton sehr schön zu ihrem kornblumenblauen Kleid und dem Muster des englischen Porzellanservices paßte, das auf einfachen Holzregalen am Ende des Raumes verteilt war. Es war sieben Uhr morgens, und Theo war, wie üblich, ein wenig stoned.

Theo hörte Schluchzer aus dem ersten Stock, wo Joseph Leander seine beiden Töchter, die noch immer ihre Nachthemden trugen, daran hinderte herunterzukommen. Es gab im ganzen Haus keinerlei Anzeichen für die Anwesenheit eines Mannes. Es war wie aus dem Schöner-Wohnen-Sonderheft Landleben: Dielenboden aus Kiefernholz, Weidenkörbe, Blumen und Stoffpuppen. Kräuteressig in braunen Gläsern, Shaker-Antiquitäten, Kupferkessel, Stickmustertücher und -rahmen, Spinnräder, Zierdeckchen und Wandplaketten aus Porzellan mit Gebeten auf holländisch. Nirgendwo war auch nur eine einzige Sportzeitschrift oder eine Fernbedienung zu sehen. Nichts, das nicht an seinem Platz lag, ebensowenig wie auch nur ein einziges Staubkörnchen irgendwo. Joseph Leander war vermutlich auf Zehenspitzen gegangen, um in diesem Haus keinerlei Spuren zu hinterlassen. Ein Mann, der weniger sensibel gewesen wäre als Theo, hätte vermutlich behauptet, daß er ganz schön unterm Pantoffel stand.

»Der Kerl steht ja ganz schön unterm Pantoffel«, sagte einer der Sanitäter. Sein Name war Vance McNally. Er war einundfünfzig Jahre alt, klein und muskulös, und er trug seine Haare genauso wie in seinen High-School-Tagen mit Öl zurückgeklatscht. Gelegentlich kam es vor, daß er in Erfüllung seiner Pflichten als Rettungssanitäter Menschenleben rettete, quasi als Ausgleich dafür, daß er sich ansonsten aufführte wie der letzte Trampel.

»Vance, er hat gerade seine Frau aufgehängt im Eßzimmer gefunden«, erklärte Theo über die Köpfe der beiden Sanitäter hinweg. Er war einsfünfundneunzig groß, und dank dieser Tatsache konnte er auch in einem Flanellhemd und Turnschuhen einschüchternd wirken und, wenn es nötig war, sich den gebührenden Respekt verschaffen.

»Sie sieht aus wie Raggedy Ann«, sagte Mike, der andere Sanitäter, der Anfang Zwanzig und ganz aufgeregt über seinen ersten Einsatz bei einem Selbstmord war.

»Ich hab gehört, sie wäre 'ne Amish«, sagte Vance.

»Sie ist keine Amish«, erwiderte Theo.

»Ich hab ja auch nicht gesagt, sie wäre 'ne Amish, ich hab gesagt, ich hätte so was mal gehört. Daß sie keine Amish war, ist mir aufgefallen, als ich den Mixer in der Küche gesehen habe. Die Amish glauben nicht an Mixer, oder?«

»Mennonitin«, sagte Mike mit gerademal soviel Autorität, wie er sich angesichts seines jugendlichen Alters herausnehmen durfte.

»Was sind denn Mennoniten?« fragte Vance

»Amish mit Mixern.«

»Sie war keine Amish«, erklärte Theo.

»Sie sieht aber aus wie 'ne Amish«, sagte Vance.

»Ihr Mann ist jedenfalls kein Amish«, sagte Mike.

»Woher weißt du das?« fragte Vance. »Einen Bart hat er jedenfalls.«

»Aber auch 'nen Reißverschluß an seiner Jacke«, sagte Mike. »Die Amish haben keine Reißverschlüsse.«

Vance schüttelte den Kopf. »Typisch Mischehe. So was funktioniert nie.«

»Sie war keine Amish!« brüllte Theo.

»Du kannst meinetwegen glauben, was du willst, Theo, aber im Wohnzimmer steht ein Butterfaß. Und das sagt doch wohl alles.«

Mike rieb an einer Stelle an der Wand unterhalb von Bess' Füßen, wo ihre schwarzen Schnallenschuhe entlanggeschrammt waren, als sie von den letzten Zuckungen geschüttelt worden war.

»Faß nichts an«, sagte Theo.

»Warum? Anbrüllen kann sie uns ja wohl nicht mehr. Sie ist tot. Und wir haben uns alle die Füße abgetreten, bevor wir reinkamen«, sagte Vance.

Mike machte ein paar Schritte von der Wand weg. »Vielleicht hat es ihr einfach nicht gepaßt, wenn irgendwas ihren Boden berührt hat. Und da war Aufhängen die einzige Möglichkeit.«

Um sich von seinem Schützling nicht den kriminalistischen Schneid abkaufen zu lassen, erwiderte Vance: »Allerdings öffnet sich bei einem Erhängten normalerweise der Schließmuskel – was aussieht wie 'n Saustall. Da frage ich mich natürlich, ob sie sich überhaupt aufgehängt hat.«

»Sollten wir nicht die Polizei rufen?« fragte Mike.

»Ich bin die Polizei«, erwiderte Theo. Er war der einzige Constable in Pine Cove, ordnungsgemäß gewählt vor acht Jahren und seitdem alle zwei Jahre in seinem Amt bestätigt.

»Nein, ich meine die richtige Polizei«, erklärte Mike.

»Ich rufe den Sheriff über Funk«, sagte Theo. »Ich denke nicht, daß es hier für euch noch groß was zu tun gibt. Aber ihr könnt Pastor Williams von der presbyterianischen Kirche Bescheid sagen, daß er herkommt. Ich muß mich mit Joseph unterhalten und brauche jemanden, der sich um die Mädchen kümmert.«

»Presbyterianer waren sie?« Vance schien schockiert. Er hatte der Amish-Theorie mit einigem Herzblut angehangen.

»Sagt ihm bitte Bescheid«, wiederholte Theo. Er ließ die Rettungssanitäter allein und ging durch die Küche hinaus zu seinem Volvo, wo er das Funkgerät auf die Frequenz des Sheriff's Department von San

Junipero einstellte. Dann saß er da und starrte das Mikrophon an. Sheriff Burton würde ihm wegen dieser Sache hier den Kopf abreißen.

»Die Nordküste ist Ihr Revier, Theo. Und zwar ausschließlich. Meine Deputies kassieren irgendwelche Verdächtigen, bearbeiten Überfälle und lassen die Highway Patrol sich um die Verkehrsunfälle auf dem Highway 1 kümmern. Das ist alles. Ansonsten halten Sie sie aus Pine Cove raus, und niemand erfährt was von Ihrem kleinen Geheimnis.« Theo war mittlerweile einundvierzig Jahre alt, und dennoch fühlte er sich wie ein Zehntklässler, der seinem Aufsichtslehrer bloß nicht auffallen will und sich tunlichst bedeckt hält. Vorfälle wie dieser hier hatten in Pine Cove nicht zu passieren. Denn in Pine Cove passierte nun mal nichts.

Er genehmigte sich einen schnellen Zug an seiner rauchlosen Purpfeife Marke Sneaky Pete, bevor er das Mikrophon einschaltete und die Deputies kommen ließ.

Joseph Leander saß auf der Bettkante. Er hatte in der Zwischenzeit seinen Pyjama aus- und einen blauen, geschäftsmäßigen Anzug angezogen, doch sein schütteres Haar stand an den Seiten noch immer in alle Richtungen ab. Er war fünfunddreißig, hatte sandfarbenes Haar und war dünn, obgleich ihm allmählich eine Wampe wuchs, über der sich die Knopfleiste seiner Anzugweste unübersehbar spannte. Theo saß, ein Notizbuch in der Hand, ihm gegenüber auf einem Stuhl. Ein Stockwerk tiefer waren die Deputies bei der Arbeit zu hören.

»Ich kann einfach nicht glauben, daß sie so was je tun würde«, sagte Joseph.

Theo streckte den Arm aus und drückte den Bizeps des gramgebeugten Gatten. »Es tut mir wirklich leid, Joe. Sie hat wohl nie etwas gesagt, das darauf hingedeutet hätte, daß sie mit dem Gedanken spielte, so was zu tun?«

Ohne aufzublicken, schüttelte Joseph den Kopf. »Es ging ihr allmählich besser. Val hatte ihr irgendwelche Tabletten gegeben, und es schien, als würde es ihr allmählich bessergehen.«

»Valerie Riordan?« fragte Theo. Valerie war der einzige Psychiater in Pine Cove. »Wissen Sie, was für Pillen das waren?«

»Zoloft«, sagte Joseph. »Das ist wohl ein Antidepressivum.«

Theo notierte den Namen des Medikaments. »Bess hatte also Depressionen?«

»Nein, sie hatte nur diesen Putzfimmel. Alles mußte jeden Tag saubergemacht werden. Sie hat irgendwas geputzt, und fünf Minuten später gleich noch mal. Sie hat mir und den Mädchen das Leben zur Hölle gemacht. Wir mußten Schuhe und Strümpfe ausziehen und die Füße in einer Wanne waschen, bevor wir das Haus betreten durften. Aber Depressionen hatte sie keine.«

Theo schrieb »Verrückt« in seinen Notizblock. »Wann war Bess zum letzten Mal bei Val?«

»Vor sechs Wochen, glaube ich. Damals hat sie auch die Pillen zum ersten Mal bekommen. Und es ging ihr daraufhin auch wirklich besser. Zumindest schien es so. Sie hat einmal sogar das Geschirr über Nacht in der Spüle gelassen. Ich war richtig stolz auf sie.«

»Wo sind diese Pillen, Joseph?«

»Im Medizinschrank.« Joseph deutete in Richtung Badezimmer.

Theo entschuldigte sich und ging ins Bad. Außer Desinfektionsmitteln und ein paar Q-Tips befand sich nur das braune Fläschchen mit dem Rezeptaufkleber im Medizinschrank. Es war etwa halb voll. »Die werde ich mitnehmen«, sagte Theo und steckte die Pillen ein. »Die Beamten des Sheriffs werden Ihnen vermutlich noch mal die gleichen Fragen stellen, Joseph. Erzählen Sie ihnen einfach, was Sie mir gesagt haben, okay?«

Joseph nickte. »Ich glaube, ich sollte mich um die Mädchen kümmern.«

»Es wird nicht lange dauern, okay? Ich schicke den zuständigen Beamten rauf.«

Theo hörte, wie vor dem Haus ein Wagen gestartet wurde, und ging zum Fenster. Ohne Sirene und Blaulicht fuhr der Krankenwagen los, um die tote Bess Leander zum Leichenschauhaus zu bringen. Er wandte sich wieder an Joseph. »Rufen Sie mich an, wenn Sie was brauchen. Ich werde mich mal mit Val Riordan unterhalten.«

Joseph erhob sich. »Theo, erzählen Sie niemandem, daß Bess Antidepressiva genommen hat. Sie wollte nicht, daß irgend jemand davon erfährt. Sie hat sich deswegen geschämt.«

»Keine Sorge. Rufen Sie mich an, wenn Sie mich brauchen.« Er ging aus dem Zimmer. Als er die Treppe herunterkam, traf er auf einen adrett gekleideten Polizeibeamten in Zivil. An der Marke an seinem Gürtel konnte Theo ablesen, daß er Detective Sergeant war.

»Sie sind Crowe. John Voss.« Er streckte die Hand aus, und Theo ergriff sie. »Wir sind von jetzt an mit dem Fall betraut«, sagte Voss. »Was haben Sie bis jetzt?«

Theo fühlte sich gleichzeitig erleichtert und vor den Kopf gestoßen. Sheriff Burton nahm ihm den Fall weg, ohne ein Wort darüber zu verlieren. »Kein Abschiedsbrief«, sagte Theo. »Ich hab euch angerufen, zehn Minuten, nachdem mir der Fall gemeldet wurde. Joseph sagt, sie hatte keine Depressionen, nahm aber Medikamente. Er ist zum Frühstück nach unten gekommen und hat sie gefunden.«

»Haben Sie sich hier schon mal umgesehen?« fragte Voss. »Alles blitzblank. Nirgendwo ein Fleck oder ein Staubkörnchen. Als hätte jemand den Tatort blank gewienert.«

»Das war sie«, sagte Theo. »Sie hatte einen Putzfimmel.«

Voss schnaubte verächtlich. »Sie hat einen Hausputz veranstaltet und sich dann aufgehängt? Also bitte.«

Theo zuckte mit den Achseln. Dieser ganze Polizeikram gefiel ihm überhaupt nicht. »Ich werde mich mal mit ihrer Psychiaterin unterhalten. Ich sag Ihnen dann, was die erzählt.«

»Sie reden mit niemandem, Crowe. Das hier ist meine Untersuchung.«

Theo lächelte. »Okay. Aber sie hat sich aufgehängt und weiter nichts. Blasen Sie's nicht unnötig auf, die Familie hat schon genug mitgemacht.«

»Ich bin Profi«, sagte Voss in einem Ton, der seine Verachtung für Theos kriminalistisches Stümpertum kaum verhüllte. Und wenn man es genau betrachtete, war dieser Vorwurf so ungerechtfertigt nicht.

»Haben Sie die Amish-Connection schon mal unter die Lupe genommen?« fragte Theo und versuchte, keine Miene zu verziehen. Vielleicht hätte er sich heute das Kiffen doch lieber sparen sollen.

»Was?«

»Ach so, Sie sind ja der Profi«, sagte Theo. »Hatte ich ganz vergessen.« Und damit verließ er das Haus.

Als er wieder in seinem Volvo saß, nahm Theo das dünne Telefonbuch von Pine Cove aus dem Handschuhfach und schlug die Adresse von Dr. Valerie Riordan nach, als über Funk ein Notruf durchkam. Schlägerei im Head of the Slug Saloon. Es war 2 Uhr 30.

MAVIS

Unter den Stammgästen des Head of the Slug ging das Gerücht, daß sich unter Mavis Sands welker, von Leberflecken übersäter faltiger Haut das schillernde Metallskelett eines Terminators verbarg. Es war in den fünfziger Jahren gewesen, als Mavis damit begonnen hatte, ihre Körperteile aufzuwerten. Zunächst war Eitelkeit der Beweggrund gewesen, und es handelte sich dabei um ihre Brüste, ihre Wimpern und ihr Haar. Im weiteren Verlauf der Zeit kam ihr das Konzept der Pflege und Bewahrung immer mehr abhanden, und so ließ sie jene Körperteile, die ihren Dienst versagten, einfach austauschen, bis nahezu fünfzig Prozent ihres Körpergewichts aus rostfreiem Stahl (Hüften, Ellbogen, Schultern, Fingergelenke, Stützen der Rückenwirbel 5-12), Silikon Chips (Hörgerät, Herzschrittmacher, Insulinpumpe), Polymerharz (Linsenkatarakte, Gebiß), Kevlargewebe (Bauchdeckenverstärkung), Titan (Knie, Fußgelenke) und Schwein (Herzklappe) bestanden. Wäre die von einem Schwein stammende Herzklappe nicht gewesen, so hätte Mavis den nahtlosen Übergang vom Tier zum Mineral geschafft, ohne dabei das ansonsten übliche Übergangsstadium als Gemüse durchmachen zu müssen, das den meisten Menschen blüht. Die Phantasiebegabteren unter den Suffniks im Slug (selbst auch kaum mehr als Gemüse) schworen von Zeit zu Zeit, daß man in den Pausen zwischen den einzelnen Songs aus der Jukebox hören konnte, wie die kleinen, aber starken Servomotoren Mavis hinter der Bar herumzischen ließen. Mavis selbst war darauf bedacht, niemals im Angesicht der Gäste eine Bierdose zu zerquetschen oder ein volles Faß zu bewegen, um so den Gerüchten nicht zusätzliche Nahrung zu geben und auch noch den letzten Rest an mädchenhafter Verletzlichkeit zu zerstören, den zu bewahren sie bedacht war.

Als Theo das Head of the Slug betrat, sah er die ehemalige Leinwandfurie Molly Michon am Boden, ihre Zähne in das Fußgelenk eines grauhaarigen Mannes verbissen, der kreischte wie eine platt gefahrene Katze. Mavis stand über die beiden gebeugt und schwang ihren Louisville Slugger, und es sah ganz so aus, als würde sie demnächst einen der beiden als Baseballersatz benutzen und ihn in hohem Bogen aus dem Laden dreschen.

»Theo«, kreischte Mavis, »du hast zehn Sekunden, um diese Irre aus meiner Bar zu schaffen, oder ich zieh ihr eins über den Schädel!«

»Nein, Mavis.« Theo stürmte auf Mavis zu, stieß den Baseballschläger beiseite und fummelte die Handschellen aus seiner Gesäßtasche. Er zerrte an Mollys Händen, bis sie den Knöchel des Mannes losließ, und fesselte ihr die Hände auf den Rücken. Die Schreie des grauhaarigen Mannes schraubten sich in ungeahnte Höhen hinauf.

Theo kniete sich auf den Boden und sagte Molly ins Ohr: »Laß los, Molly. Du mußt das Bein von dem Mann da loslassen.«

Aus Mollys Mund drang ein animalischer Laut, der von Blasen aus Blut und Speichel begleitet wurde.

Theo strich ihr das Haar aus dem Gesicht. »Ich kann das Problem nicht lösen, wenn du mir nicht sagst, worum es geht, Molly. Und ich kann dich nicht verstehen, solange du das Bein von dem Kerl hier im Mund hast.«

»Geh aus dem Weg, Theo«, sagte Mavis. »Ich zieh ihr eins über.«

Theo wehrte Mavis ab. Der grauhaarige Mann schrie noch lauter als zuvor.

»Hey!« rief Theo. »Jetzt mal halblang, ich versuche mich hier zu unterhalten.«

Der grauhaarige Mann schraubte seine Lautstärke zurück.

»Molly, schau mich an.«

Theo sah, wie eines ihrer blauen Augen den Blick vom Bein des Mannes löste und die Gier nach Blut darin verebbte. Er hatte sie wieder. »Schön so, Molly. Ich bin's, Theo. Also, was haben wir denn für ein Problem?«

Sie spuckte das Bein des Mannes aus und drehte den Kopf zu Theo. Mavis half dem Mann, sich auf einen Barhocker zu setzen. »Schaff sie hier raus«, sagte Mavis. »Diesmal hat sie sich's endgültig verschissen. Sie hat Lokalverbot – und zwar für immer.«

Theo wandte den Blick nicht von Molly ab. »Geht's wieder?«

Sie nickte. Ein blutiger Speichelfaden lief ihr am Kinn herunter. Theo schnappte sich eine Serviette und wischte ihn ab, wobei er sorgsam darauf achtete, daß er mit seinen Fingern ihrem Mund nicht zu nahe kam.

»Ich werde dir jetzt helfen aufzustehen, und dann gehen wir nach draußen und unterhalten uns über die Angelegenheit, okay?«

Molly nickte, und Theo zog sie an den Schultern hoch, stellte sie auf die Füße und schob sie in Richtung Tür. Er warf über die Schulter einen Blick zurück und fragte den Mann, den sie gebissen hatte: »Mit Ihnen alles in Ordnung? Oder brauchen Sie 'n Arzt?«

»Ich hab ihr nicht das geringste getan. Ich bin einfach nur reingekommen, um was zu trinken.«

Theo warf Mavis einen fragenden Blick zu. »Er hat sie angemacht«, erklärte Mavis. »Aber das ist keine Entschuldigung. Ein Mädchen sollte es zu schätzen wissen, wenn jemand Interesse an ihr zeigt.« Sie drehte sich wieder um und klimperte den gebissenen Mann mit ihren falschen, spinnenartigen Wimpern an. »Ich weiß so was durchaus zu schätzen. Soll ich's dir mal zeigen, Süßer?«

Von Panik erfaßt wandte der Mann den Blick ab. »Nein, mir geht's schon wieder ganz prima. Ich brauche keinen Arzt. Ich muß jetzt los, meine Frau wartet schon auf mich.«

»Solange Ihnen nichts fehlt«, sagte Theo. »Und Sie keine Anzeige erstatten wollen?«

»Nein, es war nur ein Mißverständnis. Sobald Sie sie hier rausgeschafft haben, verlasse ich die Stadt.«

Es erhob sich ein allgemeines Stöhnen der Enttäuschung unter den Stammgästen, die schon Wetten darauf abgeschlossen hatten, wen Mavis wohl mit ihrem Baseballschläger treffen würde.

»Danke«, sagte Theo. Er zwinkerte Mavis verstohlen zu und führte Molly hinaus auf die Straße, wobei er sich und seine Gefangene bei einem alten Schwarzen entschuldigte, der gerade, einen Gitarrenkoffer in der Hand, zur Tür hereinkam.

»Wenn 'nem Mann die süßen Worte und der Fusel ausgehen, muß er wohl schärfere Maßnahmen ergreifen«, erklärte der alte Schwarze in Richtung Bar und grinste über beide Ohren. »Sucht hier jemand 'n Bluesman?«

MOLLY MICHON

Theo bugsierte Molly auf den Beifahrersitz des Volvo. Sie saß mit gesenktem Kopf da, und ihre blonde, von grauen Strähnen durchzogene Mähne hing ihr ins Gesicht. Sie trug einen übergroßen grünen Pullover, Stretchhosen und zwei verschiedenfarbige Basketballschuhe – einer rot, der andere blau. Man hätte sie genauso für dreißig wie für fünfzig halten können – sie nannte Theo jedesmal ein anderes Alter, wenn er sie mal wieder aufgabelte.

Theo ging um den Wagen herum und stieg ein. »Molly, ist dir klar, daß, wenn du 'nem Kerl ins Bein beißt, du knapp davor bist, ›eine Gefahr für dich und andere‹ darzustellen? Weißt du das?«

Sie schniefte und nickte mit dem Kopf. Eine Träne tropfte aus der Masse der Haare heraus und machte einen Fleck auf ihrem Pullover.

»Bevor ich losfahre, muß ich wissen, ob du dich wieder beruhigt hast. Oder muß ich dich auf den Rücksitz packen?«

»Es war kein Anfall«, sagte Molly. »Ich hab mich nur verteidigt. Es war Notwehr. Er wollte mich aussaugen.« Sie hob den Kopf und wandte ihn Theo zu, doch ihr Haar bedeckte noch immer ihr Gesicht.

»Nimmst du deine Pillen?«

»Medikamente. Das heißt Medikamente.«

»Entschuldige«, sagte Theo. »Nimmst du noch deine Medikamente?«

Sie nickte.

»Wisch dir die Haare aus dem Gesicht, Molly. Ich kann kaum verstehen, was du sagst.«

»Die Handschellen, Schlauberger.«

Theo hätte sich beinahe an die Stirn geklatscht: Du Idiot! Er mußte das Kiffen während der Arbeit wirklich bleiben lassen. Er hob den Arm und strich ihr vorsichtig die Haare aus dem Gesicht. In ihrem Blick lag eine gewisse Verwirrung.

»Du brauchst nicht so vorsichtig zu sein. Ich beiße nicht.«

Theo lächelte. »Nun, eigentlich ...«

»Ach, leck mich doch. Bringst du mich in die Nervenklinik?«

»Sollte ich?«

»In drei Tagen bin ich eh wieder raus, und die Milch in meinem Kühlschrank ist sauer.«

»Dann bringe ich dich besser nach Hause.«

Er ließ den Wagen an und fuhr einmal um den Block, um zum Fly Rod Trailer Court zu fahren. Er hätte lieber eine Seitenstraße benutzt, um Molly die Peinlichkeit zu ersparen, doch der Weg zur Wohnwagensiedlung ging von der Cypress Street ab, der Hauptstraße von Pine Cove. Als sie an der Bank vorbeikamen, starrten die Leute, die gerade aus ihren Autos stiegen, in ihre Richtung. Molly schnitt ihnen Grimassen.

»Das hilft auch nichts, Molly.«

»Ach, die können mich doch mal. Fans wollen immer was von einem. Und das können sie haben, ich hab ja meine Seele.«

»Das ist aber wirklich großzügig.«

»Wenn du kein Fan wärst, würde ich dich das hier nicht machen lassen.«

»Bin ich aber. Sogar ein großer Fan.« In Wahrheit hatte er noch nie von ihr gehört, bis er zum ersten Mal gerufen wurde, um sie aus H. P.'s Café zu schaffen, wo sie auf die Espressomaschine losgegangen war, weil diese nicht aufhören wollte, sie anzustarren.

»Niemand versteht das. Alle wollen was von einem und saugen einen aus, bis nichts mehr von einem übrig ist. Selbst die Medikamente saugen einen aus. Kapierst du auch nur ansatzweise, wovon ich rede?«

Theo schaute sie an. »Ich leide unter einer solchen Angst vor der Zukunft, daß ich kaum einen Gedanken fassen, geschweige denn funktionieren kann, wenn ich nicht mit Drogen und der guten alten Vogel-Strauß-Taktik dagegenhalte.«

»Herrgott, Theo, du bist echt am Arsch.«

»Danke.«

»Du kannst nicht rumlaufen, und so 'n Kram in der Gegend rumposaunen.«

»Mach ich sonst ja auch nicht. Aber heute war 'n harter Tag.«

Er bog in den Fly Rod Trailer Court ein: zwanzig schäbige Wohnwagen, die sich am Ufer des Santa Rosa Creek duckten, der nach dem langen, trockenen Sommer kaum noch Wasser führte. Ein Kiefernwäldchen begrenzte die Siedlung zur Hauptstraße hin und entzog sie so den Blicken der Touristen. Der Wirtschaftsrat des Ortes hatte dem Besitzer zur Auflage gemacht, das Schild am Eingang abzuhängen. Die Fly-Rod-Wohnwagensiedlung war eines der schmutzigen kleinen Geheimnisse von Pine Cove, und es wurde gut gehütet.

Theo hielt vor Mollys Trailer an. Es war ein Original-Fünfziger-Jahre-Modell mit Jalousien an den Fenstern und Roststreifen, die sich vom Dach herunterzogen. Er half Molly aus dem Wagen und nahm ihr die Handschellen ab.

Theo sagte: »Ich fahre jetzt zu Val Riordan. Soll sie in der Apotheke anrufen und für dich was bestellen?«

»Nein, ich hab an Medikamenten alles, was ich brauche. Ich mag den Kram zwar nicht, aber ich hab ihn.« Sie rieb ihre Handgelenke. »Warum gehst du zu Val? Bist du am Durchdrehen?«

»Schon möglich, aber diesmal ist es dienstlich. Denkst du, du kommst klar?«

»Ich muß meinen Text lernen.«

»Ach so.« Theo wollte schon gehen, doch er drehte sich noch einmal um. »Molly, was hast du acht Uhr morgens überhaupt im Slug verloren?«

»Woher soll ich das wissen?«

»Wenn der Kerl im Slug einer von hier gewesen wäre, wäre ich jetzt mit dir auf dem Weg zur Nervenklinik, ist dir das klar?«

»Es war kein Anfall. Er wollte mich aussaugen.«

»Laß dich für 'ne Weile im Slug nicht mehr blicken. Bleib zu Hause. Außer zum Einkaufen, okay?«

»Du wirst nicht mit der Klatschpresse reden?«

Er reichte ihr seine Visitenkarte. »Wenn dich das nächste Mal jemand aussaugen will, ruf mich an. Ich hab immer das Handy dabei.«

Sie zog ihren Pullover hoch und steckte die Karte in den Bund ihrer Gymnastikhose. Den Pullover immer noch hochhaltend, drehte sie sich um und ging wiegenden Schrittes auf ihren Trailer zu. Dreißig oder fünfzig – an ihrer Figur war jedenfalls nichts auszusetzen. Theo schaute ihr nach, als sie so dahinschritt, und vergaß für einen Moment, wer sie war. Ohne sich umzudrehen, sagte sie: »Und was ist, wenn du's bist, Theo? Wen soll ich dann anrufen?«

Theo schüttelte den Kopf, wie ein Hund, dem Wasser ins Ohr gelaufen ist, krabbelte in den Volvo und fuhr davon. Ich bin schon zu lange solo, dachte er.

- 2 -

DAS SEEUNGEHEUER

Die Kühlrohre des Kernkraftwerks Diablo Canyon waren aus bestem rostfreiem Stahl. Vor der Montage waren sie mit Röntgenstrahlen und Ultraschallgeräten untersucht und Druckkammertests ausgesetzt worden, um sicherzugehen, daß sie niemals bersten würden. Nachdem sie zusammengeschweißt worden waren, wurden auch die Schweißnähte mit Röntgenstrahlen untersucht und Belastungstests unterzogen. Und so strahlte der radioaktive Dampf aus dem Inneren des Reaktorkerns seine Hitze an die Kühlrohre ab, die diese wiederum in den mit Seewasser gefüllten Kühlwassertank ableiteten, welches sicher in den Pazifik gepumpt wurde. Allerdings hatte beim Bau von Diablo ein ziemlicher Termindruck geherrscht, bedingt durch die Hysterie infolge der Energiekrise in den siebziger Jahren. Angetrieben von

Geldgier und Kokain arbeiteten die Schweißer doppelte und dreifache Schichten, ebenso wie die Inspektoren, die die Röntgenapparate bedienten. So kam es, daß ein Rohr übersehen wurde. Es war kein großer Fehler, sondern nur ein winzig kleines Leck. Kaum feststellbar. Ein verschwindend geringer Ausstoß an schwachstrahlender Radioaktivität, der mit den Gezeiten über den Kontinentalsockel hinausschwappte und von den endlosen Wassermassen immer mehr verdünnt wurde, bis er nicht einmal mehr für die empfindlichsten Meßgeräte feststellbar war. Und dennoch blieb das Leck nicht unentdeckt.

Im tiefen Meeresgraben vor Kalifornien, in der Nähe eines unterseeischen Vulkans, wo das Wasser eine Temperatur von fast vierhundert Grad hatte und Schwarze Raucher ihre mineralische Suppe ausspien, wurde ein Geschöpf aus seinem langen Schlummer aufgerüttelt. Augen, die so groß waren wie Tellerminen, blinzelten die Verkrustungen jahrelangen Schlafes hinweg. Erfüllt von Instinkt, Sinneswahrnehmung und Erinnerung regte sich das Hirn des Seeungeheuers. Es erinnerte sich daran, wie es die Überreste eines russischen Atom-U-Boots verspeist hatte: saftige kleine Matrosen mit zartem Fleisch infolge des hohen Drucks und gewürzt mit einer pikanten radioaktiven Marinade. Es war die Erinnerung, die das Ungetüm erwachen ließ, und wie ein Kind, das an einem verschneiten Morgen durch den Duft von gebratenem Speck unter seiner warmen Bettdecke hervorgelockt wird, erhob es sich vom Meeresgrund, zuckte mit seinem riesigen Schwanz und begann seinen langsamen Aufstieg zu der Meeresströmung, die diesen verheißungsvollen Sinnenzauber herbeiwehte. Eben jene Meeresströmung, die an der Küste vor Pine Cove vorbeizog.

MAVIS

Mavis kippte sich einen ordentlichen Schluck Bushmills hinter die Binde, um über die Enttäuschung hinwegzukommen, daß sie niemandem mit ihrem Baseballschläger hatte eins überbraten können. Sie war nicht wirklich wütend auf Molly. Der Typ war schließlich nur ein lausiger Tourist gewesen, und das einzige, was ihn über die Mäuse in den Wänden erhob, war, daß er Bargeld mit sich herumschleppte. Vielleicht würde ja die Tatsache, daß überhaupt etwas im Slug passiert war, das Geschäft ein wenig beleben. Leute würden hereinkommen, um sich die Geschichte anzuhören, und Mavis konnte Geschichten derart ausdehnen, mit Spekulationen würzen und dramatisieren, daß darüber mindestens drei Drinks vergingen.

Die Geschäfte hatten in den letzten beiden Jahren spürbar nachgelassen. Es schien so, als hätten die Leute einfach keine Lust mehr, ihre Probleme in die Bar zu schleppen. Dabei hatte es einmal eine Zeit gegeben, als jeden Nachmittag mindestens drei oder vier Kerle am Tresen saßen, die die Biere nur so in sich hinein- und ihre Herzen ausschütteten. Typen, die so voller Selbstekel waren, daß sie sich glatt den Hals verrenkt hätten, nur um nicht ihrem eigenen Antlitz in dem großen Wandspiegel hinter der Bar in die Augen blicken zu müssen. Nacht für Nacht waren die Stühle besetzt von Leuten, die jammerten, zeterten und moserten und damit gerade mal so lange aufhörten, wie es dauerte, um zum Klo zu wanken oder einen Quarter in die Jukebox zu werfen und einen der Songs aus dem breitgefächerten Sortiment der Selbstmitleidsballaden auszusuchen. Niedergeschlagenheit und heulendes Elend beförderten den Umsatz an alkoholischen Getränken, doch just daran herrschte seit einigen Jahren eine gewisse Knappheit. Für die Rezession auf dem Sektor menschliches Elend machte Mavis die Erholung der Wirtschaft, Val Riordan und die allenthalben um sich greifenden Gemüsediäten verantwortlich, und sie bekämpfte diese heimtückischen Elemente, die ihr ins Geschäft pfuschten, indem sie eine Happy Hour einführte, während der man zwei Getränke zum Preis von einem erhielt – und obendrein noch fettige Fleischgerichte gratis dazu. (Schließlich bestand der Sinn der Happy Hour doch wohl darin, jeglichem Glück den Garaus zu machen, oder?) Doch all ihre Bemühungen zeitigten nur den Effekt, daß ihre Gewinne sich halbierten. Wenn Pine Cove nicht länger in der Lage war, heulendes Elend zu produzieren, dann mußte sie eben welches importieren. Und so hatte sie eine Annonce aufgegeben, in der sie nach einem Blues-Sänger suchte.

Der alte Schwarze trug eine Sonnenbrille, einen Fedora aus Leder und einen mitgenommenen Anzug aus schwarzer Schurwolle, der für die Jahreszeit zu warm war. Darüber hinaus trug er rote Hosenträger über einem Hawaiihemd, das mit barbusigen Hulatänzerinnen bedruckt war, und knarrende schwarzweiße Wingtips. Er legte seinen Gitarrenkoffer auf die Bar und kletterte auf einen der Hocker.

Mavis betrachtete ihn voller Argwohn und zündete sich eine Tarryton 100 an. Als junges Mädchen hatte man ihr beigebracht, Schwarzen nicht über den Weg zu trauen.

»Was darf's denn sein?« fragte sie.

Er setzte seinen Fedora ab, und darunter kam ein kahler brauner Schädel zum Vorschein, der glänzte wie eine polierte Walnuß. »Gibt's irgendwelchen Wein?«

»Chateau-Fusel weiß oder Chateau-Fusel rot?« Mavis stützte einen Arm in die Taille, wobei Motoren und Räderwerke sich knirschend in Gang setzten.

»Die Chateau-Typen haben wohl expandiert. Früher gab's nur eine Sorte.«

»Rot oder Weiß?«

»Was süßer schmeckt, meine Süße.«

Mavis knallte ein Glas auf die Bar und füllte es mit einer gelben Flüssigkeit aus einer eisbeschlagenen Karaffe aus dem Kühlfach. »Das macht drei Bucks.«

Der Schwarze streckte die Hand aus – dicke, lange Fingernägel glitten kufengleich über den Tresen, lange Finger tasteten herum wie die Tentakel eines Meereslebewesens, das von den Gezeiten hin und her gespült wird – und verfehlte das Glas um knapp zehn Zentimeter.

Mavis schob ihm das Glas in die Hand. »Was ist los? Blind oder was?«

»Nee, is' so dunkel hier drin.«

»Dann setz deine Sonnenbrille ab, Knalldepp.«

»Unmöglich, Ma'am. Ohne Sonnenbrille läuft nix in meinem Geschäft.«

»Was für 'n Geschäft? Versuchen Sie bloß nicht, hier drin Bleistifte zu verkaufen. Bettler will ich hier nicht haben.«

»Ich bin Bluesman, Ma'am. Ich hab gehört, Sie suchen so einen.«

Mavis ließ ihren Blick von dem Gitarrenkoffer auf der Bar zu dem Schwarzen mit seiner Sonnenbrille wandern; sie bemerkte, daß die Fingernägel seiner rechten Hand lang waren im Gegensatz zu seiner Linken, deren Fingerspitzen von einer knubbeligen grauen Hornhautschicht überzogen waren, und sie sagte: »Hätt ich eigentlich von selbst draufkommen können. Haben Sie denn Erfahrung?«

Er lachte. Es war ein Lachen, das irgendwo tief unten seinen Ursprung hatte, auf dem Weg nach oben seine Schultern erzittern ließ und schließlich zu seiner Kehle herauspolterte wie eine Dampflok, die aus dem Tunnel rauscht. »Meine Süße, ich hab mehr Erfahrung als 'ne Busladung voller Nutten. Catfish Jefferson hat nicht einen Tag Staub angesetzt, sondern war auf Achse seit dem Tag, als Gott ihn auf diesen großen Klumpen Dreck gepackt hat. So heiße ich, nennen Sie mich Catfish.«

Er schüttelt einem die Hand wie eine Schwuchtel, dachte Mavis. Reicht einem gerade mal die Fingerspitzen. Genauso wie sie selbst, bevor sie ihre arthritischen Gelenke hatte austauschen lassen. Einen alten Blues-Sänger mit Arthritis wollte sie sich auf keinen Fall aufhalsen. »Ich brauche jemand für bis nach Weihnachten. Können Sie solange bleiben, oder setzt sich dann zuviel Staub an?«

»Ich denke, ich könnt's mal 'n bißchen langsamer angehen lassen. Ist zu kalt, um wieder nach Osten zu ziehen.« Er ließ seinen Blick durch die Bar schweifen und versuchte sich durch seine Sonnenbrille ein Bild von der rauchgeschwängerten Atmosphäre des Schuppens zu machen. Dann wandte er sich wieder an Mavis und sagte: »Ja, ich denke, ich könnt's in meinem Terminplan einrichten, wenn ...«, und an dieser Stelle grinste er so breit, daß Mavis seinen Goldzahn sehen konnte, in den eine Note eingraviert war, »... wenn die Bezahlung stimmt.«

»Sie kriegen Unterkunft und Verpflegung und Prozente von den Einnahmen an der Bar. Sie bringen die Leute in den Laden, dann machen Sie Geld.«

Nachdenklich kratzte er sich an der Wange, und die weißen Stoppeln gaben Geräusche von sich wie eine Zahnbürste auf Sandpapier.

»Nee, nee, meine Süße. Sie bringen die Leute in den Laden. Sobald sie Catfish einmal gehört haben, kommen sie auch wieder. Also, wieviel Prozent haben Ihnen so vorgeschwebt?«

Mavis strich sich über das Haar an ihrem Kinn und zog daran, bis es seine volle Länge von sieben Zentimetern erreicht hatte. »Ich muß Sie erst mal spielen hören.«

Catfish nickte. »Kein Problem.« Er ließ die Schnallen an seinem Koffer aufschnappen und hob eine glitzernde National-Gitarre mit Stahlkorpus heraus. Dann zog er einen abgesägten Bottleneck aus der Tasche, der nach einer kurzen Drehung der Hand über den kleinen Finger seiner Linken glitt. Er schlug einen Akkord an, um zu sehen, ob die Gitarre stimmte, glitt mit dem Bottleneck vom fünften zum neunten Bund und ließ es dort oben jammern.

Es war Mavis, als ob ihr der Geruch von Mehltau oder Moos in die Nase stieg. Die Luft schien plötzlich feuchter zu sein. Sie schnüffelte und schaute sich um. Es war das erste Mal seit fünfzehn Jahren, daß sie überhaupt einen Geruch wahrnahm.

Catfish grinste. »Das Delta«, sagte er.

Er verfiel in einen zwölftaktigen Blues, wobei er mit dem Daumen das Baßfundament legte, während er mit dem Slide die hohen Noten anschlug. Er wiegte sich auf seinem Hocker hin und her, und die Neonschrift der Coors-Leuchtreklame hinter der Bar spiegelte sich in seiner Sonnenbrille und auf seinem kahlen Schädel.

Die Tagschicht der Stammgäste schaute von ihren Drinks auf und ließ zumindest einen Moment lang ihre Lügengeschichten bleiben. Am Billardtisch vermasselte Slick McCall einen geraden Stoß auf die Acht, was ihm sonst so gut wie nie passierte.

Und dann fing Catfish an zu singen. Zunächst mit einer hohen, Gänsehaut einflößenden Stimme, die sich nach und nach in tiefere, beinahe knurrende Lagen herunterarbeitete.

They's a mean ol' woman, run a bar out on the Coast.
I'm telling you, they's a mean ol' woman run a bar out on the Coast
But when she get's you under the covers,
That ol' woman turn your buttered bread to toast.

Und dann verstummte er.

»Sie sind angeheuert«, sagte Mavis. Sie nahm die Karaffe mit dem weißen Chateau-Fusel aus dem Kühlfach und kippte eine Ladung in Catfishs Glas. »Der geht aufs Haus.«

Just in diesem Augenblick wurde die Tür geöffnet, und das Sonnenlicht brach durch das qualmerfüllte Halbdunkel und den Rest von Blues, der noch in der Luft lag, als Vance McNally, der Rettungssanitäter, hereinkam und sein Funkgerät auf die Bar legte.

»Wißt ihr schon das Neueste?« sagte er zu niemand Bestimmten. »Die Pilgerfrau hat sich aufgehängt.«

Ein leises Raunen ging durch die Runde der Stammgäste. Catfish legte seine Gitarre in den Koffer und ergriff sein Glas Wein. »Sieht ganz so aus, als würd's ein trauriger Tag werden. Und das schon so früh am Morgen. Meine Herren.«

»Sieht ganz so aus«, erwiderte Mavis, und ihre Stimme überschlug sich wie bei einer Lachhyäne aus Edelstahl.

VALERIE RIORDAN

Die Mortalitätsrate infolge von Depressionen liegt bei fünfzehn Prozent. Fünfzehn Prozent aller Patienten mit schweren Depressionen nehmen sich das Leben. Soweit die Statistik. Kalte Zahlen in einer schwer greifbaren Wissenschaft. Fünfzehn Prozent. Tot.

Seit dem Anruf von Theophilus Crowe hatte sich Val Riordan diese Zahlen ständig wiederholt, doch es half nichts. Sie fühlte sich kein bißchen besser – angesichts dessen, was Bess Leander sich angetan hatte. Val hatte noch nie einen Patienten verloren. Und Bess Leander hatte eigentlich gar nicht unter Depressionen gelitten, oder? Jedenfalls gehörte sie nicht zu den besagten fünfzehn Prozent.

Val ging in ihre Praxis im hinteren Teil ihres Hauses und suchte Bess Leanders Krankenakte heraus. Dann ging sie wieder zurück ins Wohnzimmer und wartete auf Constable Crowe. Wenigstens war es jemand aus dem Ort und nicht jemand vom Büro des Bezirkssheriffs. Außerdem konnte sie sich immer auf ihre ärztliche Schweigepflicht berufen. In Wahrheit hatte sie nicht den blassesten Schimmer, warum Bess Leander sich aufgehängt haben sollte. Sie war Bess nur einmal begegnet, und diese Begegnung hatte lediglich eine halbe Stunde gedauert. Val hatte ihre Diagnose gestellt, ein Rezept ausgeschrieben und einen Scheck für eine einstündige Behandlung kassiert. Bess hatte zweimal angerufen, ein paar Minuten geredet, und Val hatte jeweils eine Viertelstunde in Rechnung gestellt.

Zeit war Geld, und Val Riordan hatte eine Vorliebe für hübsche kleine Sachen.

Das Westminster-Geläut der Türglocke ertönte. Val durchschritt das Wohnzimmer und gelangte in das in Marmor gehaltene Foyer. Hinter der Türverglasung zeichnete sich eine hochgewachsene, schlanke Gestalt ab: Theophilus Crowe. Val war ihm noch nie begegnet, dennoch war er kein Unbekannter für sie, denn drei seiner Ex-Freundinnen waren bei ihr in Behandlung. Sie öffnete die Tür.

Er trug Jeans, Turnschuhe und ein graues Hemd mit schwarzen Epauletten, das irgendwann einmal Teil einer Uniform gewesen sein mochte. Er war glatt rasiert und trug sein langes sandfarbenes Haar zu einem ordentlichen Pferdeschwanz zusammengebunden. Ein gutaussehender Bursche im Stil von Ichabod Crane. Val vermutete, daß er bekifft war. Seine Freundinnen hatten sich ausgiebig über seine Angewohnheiten ausgelassen.

»Dr. Riordan«, sagte er, »Theo Crowe.« Er streckte die Hand aus.

»Angenehm, aber nennen Sie mich doch einfach Val«, sagte sie und gab ihm die Hand. »Das machen sowieso alle.« Sie deutete in Richtung Wohnzimmer.

»Gleichfalls angenehm«, sagte Theo mit leichter Verzögerung. »Es tut mir leid, daß wir uns unter solchen Umständen kennenlernen.« Er blieb am Ende des Marmorfußbodens stehen, als wage er es nicht, seinen Fuß auf den weißen Teppich zu setzen.

Sie ging an ihm vorbei und ließ sich auf der Couch nieder. »Bitte«, sagte sie und deutete auf einen der Hepplewithe-Sessel. »Setzen Sie sich doch.«

Er setzte sich. »Ich weiß selbst nicht recht, warum ich hier bin.

Vielleicht, weil Joseph Leander keine Ahnung hatte, warum Bess es getan hat.«

»Sie hat keinen Abschiedsbrief hinterlassen?« fragte Val.

»Nein. Nichts. Joseph ist heute morgen die Treppe runtergekommen, um zu frühstücken, und da hing sie an der Wand im Eßzimmer.«

Val spürte, wie sich ihr Magen zusammenzog. Sie hatte es bislang vermieden, sich eine bildhafte Vorstellung von der toten Bess Leander zu machen. Bisher waren es nur Worte übers Telefon gewesen. Sie wandte den Blick von Theo ab und schaute sich im Zimmer um – auf der Suche nach irgend etwas, das dieses Bild in ihrem Kopf wieder ausradierte.

»Entschuldigen Sie«, sagte Theo. »Das ist bestimmt sehr hart für Sie. Ich habe mich nur gefragt, ob Bess vielleicht im Lauf der Therapie irgendeine Bemerkung gemacht hat, die vielleicht einen Hinweis geben könnte.«

Fünfzehn Prozent, dachte Val. Doch sie sagte: »Die meisten Selbstmörder hinterlassen keinen Abschiedsbrief. Wenn sie erst einmal so tief in der Depression versunken sind, interessiert es sie gar nicht mehr, was nach ihrem Tod passiert. Sie wollen einfach nur, daß ihr Leiden ein Ende hat.«

Theo nickte. »Dann war Bess also depressiv? Joseph sagte, daß es den Eindruck machte, als ginge es ihr allmählich besser.«

Val durchforstete die Erinnerungen an ihre Ausbildung nach einer Antwort. Genaugenommen hatte sie bei Bess Leander gar keine Diagnose gestellt, sie hatte ihr lediglich etwas verschrieben, von dem sie glaubte, daß es ihre Gefühlslage aufhellen würde. Sie sagte: »Eine psychiatrische Diagnose ist nicht immer hundertprozentig eindeutig, Theo. Bess Leander war ein komplexer Fall. Ohne die ärztliche Schweigepflicht zu verletzen, kann ich Ihnen jedoch sagen, daß Bess unter OZH, obsessiven Zwangshandlungen, litt, wenn auch nur als Borderline-Syndrom. Deswegen war sie bei mir in Behandlung.«

Theo zog das Arzneifläschchen aus seiner Hemdtasche und betrachtete das Etikett. »Zoloft – das ist doch ein Antidepressivum? Ich weiß das nur, weil ich mal eine Freundin hatte, die das auch genommen hat.«

Richtig, dachte Val, genaugenommen hattest du mindestens drei Freundinnen, die es nehmen. Sie sagte: »Zoloft ist ein SSRI wie Prozac. Es wird bei einer Vielzahl von Krankheitsbildern angewandt. Bei OZH wird es höher dosiert.« Die klinische Schiene, haargenau richtig: Mach ihn platt mit klinischem Kauderwelsch.

Theo schüttelte das Fläschchen. »Kann man davon eine Überdosis nehmen? Ich hab mal gehört, daß manche Leute auf solche Drogen ziemlich verrückte Sachen anstellen.«

»Das ist nicht unbedingt richtig. SSRIs wie Zoloft werden häufig bei Patienten mit schweren Depressionen verschrieben. Fünfzehn Prozent aller Patienten mit Depressionen begehen Selbstmord.« Da, jetzt hatte sie es ausgesprochen. »Antidepressiva sind – einhergehend mit der Gesprächstherapie – ein Werkzeug, das Psychiater einsetzen, um dem Patienten zu helfen. Manchmal funktionieren solche Werkzeuge nicht. Wie bei jeder Therapie ist es auch hier so, daß bei einem Drittel der Patienten eine Besserung eintritt, bei einem weiteren Drittel der Zustand unverändert bleibt, während er sich beim letzten Drittel verschlimmert. Antidepressiva sind kein Allheilmittel.« Aber du gehst damit um, als wären sie's, oder etwa nicht, Val?

»Aber Sie sagten, daß Bess Leander unter OZH litt und nicht an Depressionen.«

»Constable, hatten Sie jemals Magenschmerzen und Schnupfen zur gleichen Zeit?«

»Also sagen Sie, sie litt unter Depressionen?«

»Ja, sie litt unter Depressionen und OZH gleichzeitig.«

»Und an den Pillen kann es nicht gelegen haben?«

»Um ganz ehrlich zu sein, ich weiß noch nicht mal, ob sie die Pillen überhaupt genommen hat. Haben Sie sie gezählt?«

»Hm, nein.«

»Es kommt vor, daß Patienten ihre Medikamente gar nicht nehmen. Wir machen keine Blutproben auf SSRIs.«

»Ach so«, sagte Theo. »Aber das wird ja bei der Autopsie herauskommen.«

Noch eine Schreckensvision, die vor Vals geistigem Auge aufflackerte: Bess Leander auf dem Obduktionstisch. Die tiefen Einblicke ins Innenleben der Menschheit, die einem die Medizin bot, waren ihr schon immer zuviel gewesen. Sie erhob sich.

»Ich wollte, ich könnte Ihnen weiterhelfen, aber um ehrlich zu sein hat Bess Leander mir gegenüber niemals auch nur den Anschein erweckt, als wäre sie suizidal.« Wenigstens das stimmte.

Theo erhob sich nun ebenfalls. »Nun denn, vielen Dank. Es tut mir leid, daß ich Sie belästigt habe. Wenn Ihnen irgendwas einfällt, na ja, irgendwas, das ich Joseph erzählen könnte, um ihm die Sache leichter zu machen…«

»Es tut mir leid. Aber das ist alles, was ich weiß.« Fünfzehn Prozent. Fünfzehn Prozent. Fünfzehn Prozent.

Sie geleitete ihn zur Tür.

Bevor er ging, drehte er sich noch einmal um. »Eines noch. Molly Michon ist doch auch eine Ihrer Patientinnen?«

»Ja. Eigentlich ist sie in der Bezirksnervenklinik in Behandlung, aber ich habe zugestimmt, sie zu einem niedrigeren Honorarsatz zu behandeln, weil die Einrichtungen der Bezirksnervenklinik so weit weg sind.«

»Vielleicht wäre es ganz gut, wenn Sie mal nach ihr sehen. Sie hat heute morgen einen Kerl im Head of the Slug attackiert.«

»Ist sie jetzt in der Bezirksnervenklinik?«

»Nein, ich habe sie nach Hause gebracht. Sie hat sich wieder beruhigt.«

»Danke, Constable. Ich werde sie anrufen.«

»Nun denn. Dann mach ich mich mal auf den Weg.«

»Constable«, rief sie ihm nach. »Diese Pillen, die Sie da haben – Zoloft ist nicht einfach nur zum Wohlfühlen.«

Einen Moment lang geriet Theo auf der Treppe ins Stolpern, doch er fing sich gerade noch. »Richtig, Doktor, das hab ich mir auch gedacht, als ich die Leiche im Wohnzimmer hängen sah. Ich werde versuchen, die Beweismittel nicht aufzufuttern.«

»Wiedersehen«, sagte Val. Sie schloß die Tür hinter ihm und brach in Tränen aus. Sie hatte fünfzehnhundert Patienten in Pine Cove, die alle irgendwelche Antidepressiva schluckten. Fünfzehn Prozent davon wären über zweihundert Tote. Sie konnte das nicht zulassen. Sie würde nicht zulassen, daß noch einer ihrer Patienten starb, nur weil sie sich nicht um sie kümmerte. Wenn die Antidepressiva sie nicht retten konnten, dann konnte sie es vielleicht.

- 3 -

THEO

Theophilus Crowe saß auf einem Felsen am Strand, schrieb schlechte Gedichte und trommelte auf einer Djembe herum. Er konnte sechzehn Akkorde auf der Gitarre und schaffte es, fünf Bob-Dylan-Songs von Anfang bis Ende durchzuspielen, wobei jedesmal ein klägliches Schnarren zu hören war, wenn er sich mit einem Barreegriff abzuquälen hatte. Er hatte sich mit Malerei, Bildhauerei und Töpferei versucht und sogar schon einmal eine Nebenrolle in der Aufführung von *Arsen und Spitzenhäubchen* am Little Theater von Pine Cove gespielt. Doch bei all diesen Anstrengungen hatte er lediglich seinen kometenhaften Aufstieg in die Mittelmäßigkeit empfunden und seine Bemühungen eingestellt, bevor er sich lächerlich machte und sich selbst nicht mehr im Spiegel betrachten konnte. Theo war geschlagen mit der Seele eines Künstlers und dem totalen Mangel an Talent. Es gebrach ihm nicht an Verzweiflung und Inspiration, sondern an der Fähigkeit, schöpferisch zu wirken.

Wenn Theo überhaupt eine herausragende Gabe besaß, dann war es sein Einfühlungsvermögen. Er schien stets in der Lage, den Standpunkt eines anderen nachzuvollziehen, egal wie abwegig oder verschroben dieser auch sein mochte, und er war darüber hinaus in der Lage, diesen auf eine knappe, aber klare Art an andere Personen weiterzuvermitteln – etwas, das ihm selten gelang, wenn es darum ging, seine eigenen Gedanken in Worte zu fassen. Er war ein geborener Vermittler, ein Friedensstifter, und eben jenem Talent hatte er, nachdem er zahllose Streitigkeiten und Schlägereien im Head of the Slug geschlichtet hatte, seine Wahl zum Constable zu verdanken.

Jenem Talent und der massiven Einflußnahme von Sheriff John Burton.

Burton war ein Hardliner mit stramm rechter Gesinnung – ein politischer Hans-Dampf-in-allen-Gassen, der den Rotariern zum Brunch endlose Elogen über Recht und Ordnung (mit der Betonung auf Ordnung) um die Ohren drosch, danach mit den Waffennarren von der NRA zu Mittag aß und anschließend beim Dinner mit den »Müttern gegen Alkohol am Steuer« trockene Brathühnchen herunterschlang, als sei es Manna, das gerade vom Himmel gefallen war. Burton trug teure Anzüge, eine goldene Rolex und fuhr einen perlschwarzen Cadillac Eldorado, der schimmerte wie eine Sternennacht auf Rädern (das Resultat unzähliger Glanzwachsbehandlungen durch die Angestellten des Fuhrparks der Polizei, auf deren Prioritätenliste er stets die Nummer eins war). Er war seit sechzehn Jahren Sheriff des San Junipero County, und in dieser Zeit war die Kriminalitätsrate stetig gefallen, bis sie, bezogen auf die Einwohnerzahl, die niedrigste von ganz Kalifornien war. Seine Unterstützung für Theophilus Crowe, der keinerlei Erfahrung auf dem Gebiet der Verbrechensbekämpfung vorzuweisen hatte, kam für die Bürger von Pine Cove mehr als überraschend, zumal Theos Gegenkandidat ein pensionierter Polizeibeamter aus Los Angeles gewesen war, der im Verlauf seiner fünfundzwanzig Dienstjahre mit den höchsten Meriten ausgezeichnet worden war. Was die Bürger von Pine Cove nicht wußten, war, daß Sheriff Burton Theo nicht nur unterstützte, sondern ihn regelrecht gezwungen hatte, überhaupt zur Wahl anzutreten.

Theophilus Crowe war ein stiller Mann, und Sheriff Burton hatte seine Gründe, warum er nicht wollte, daß auch nur ein Pieps aus dem kleinen Hügelkaff Pine Cove drang. Folglich überraschte es Theo auch nicht weiter, daß, als er seine kleine Zweizimmerhütte betrat, ihm eine rote Sieben von seinem Anrufbeantworter entgegenblinkte. Er drückte den Abspielknopf und hörte sich an, wie Burtons Assistent ihn eindringlich aufforderte, sofort zurückzurufen. Burton rief ihn niemals übers Handy an.

Eigentlich war Theo nur zurückgekommen, um zu duschen und sich die Unterhaltung mit Valerie Riordan noch einmal durch den

Kopf gehen zu lassen. Ihn störte, daß mindestens drei seiner Ex-Freundinnen bei ihr in Behandlung waren. Er wollte herausfinden, was die Frauen ihr wohl erzählt hatten. Ganz offensichtlich hatten sie erwähnt, daß er gelegentlich kiffte. Na ja, nicht nur gelegentlich. Aber wie jeder Mann war er beunruhigt von dem Gedanken, daß sie sich unter Umständen auch über seine Leistungen im Bett ausgelassen hatten. Aus irgendeinem Grund fand er es weniger störend, daß Val Riordan ihn für einen Drogenheini hielt, der nichts auf die Reihe bekam, als wenn sie glaubte, er sei in sexueller Hinsicht eine Niete. Er wollte sich die verschiedenen Möglichkeiten durch den Kopf gehen lassen und so seiner Paranoia durch gedankliche Anstrengung zu Leibe rücken, doch statt dessen wählte er die Privatnummer des Sheriffs und wurde augenblicklich durchgestellt.

»Was zum Teufel ist mit Ihnen los, Crowe? Sind Sie breit?«

»Nicht mehr als sonst«, sagte Theo. »Wo brennt's denn?«

»Sie haben Beweismittel vom Tatort entfernt – da brennt's?«

»Ach wirklich?« Wie gewöhnlich verflüchtigte sich Theos Energie schon nach ein paar Worten mit dem Sheriff. Er ließ sich in einen Sitzsack fallen, der daraufhin unter leisem Pfeifen einen kleinen Schwall Styroporkügelchen durch eine aufgeplatzte Naht ausstieß. »Was für Beweismittel? Was für 'n Tatort?«

»Die Pillen, Crowe. Der Ehemann der Selbstmörderin hat gesagt, Sie hätten ihre Pillen mitgenommen. Ich will, daß die Dinger in zehn Minuten wieder am Tatort sind. Ich will, daß meine Männer in einer halben Stunde von dort verschwunden sind. Der Gerichtsmediziner wird noch heute nachmittag eine Autopsie vornehmen, und zum Abendessen ist der Fall abgeschlossen, kapiert? Ganz gewöhnlicher Selbstmord. Kurze Meldung in den amtlichen Bekanntmachungen. Ansonsten keine Meldung in der Zeitung. Ist das klar?«

»Ich habe mich gerade bei ihrer Therapeutin nach ihrem Zustand erkundigt. Um herauszufinden, ob es irgendwelche Anzeichen gab, daß sie selbstmordgefährdet war.«

»Crowe, Sie müssen dem Verlangen widerstehen, sich als Kriminalist oder Verbrechensbekämpfer aufzuspielen. Die Frau hat sich aufgehängt. Sie litt unter Depressionen, und sie hat dem ein Ende gesetzt. Der Ehemann ist nicht fremdgegangen, es gibt kein finanzielles Motiv, und Mom und Dad haben sich auch nicht gestritten.«

»Die haben auch mit den Kindern geredet?«

»Natürlich haben sie mit den Kindern geredet. Die Kerls sind Detectives. Sie stellen Nachforschungen an. Und jetzt bewegen Sie sich dorthin, und sehen Sie zu, daß die Kerls endlich aus North County verschwinden. Ich würde sie ja zu Ihnen schicken, damit sie sich die Pillen abholen, aber wir wollen doch nicht, daß die Jungs ihren Kräutergarten finden. Oder *doch?*«

»Ich bin schon unterwegs«, erwiderte Theo.

»Und weiter will ich in dieser Angelegenheit nichts hören«, sagte Burton und legte auf.

Theo legte seinerseits den Hörer auf, schloß die Augen und rollte sich zu einem Häufchen Elend in seinem Sitzsack zusammen.

Einundvierzig Jahre war er nun alt und lebte immer noch wie ein Collegestudent. Seine Bücher waren zwischen Backsteinen und Brettern aufgestapelt, sein Bett war ein ausziehbares Sofa, sein Kühlschrank war leer bis auf ein Stück Pizza, das schon grün wurde, und das Gelände um seine Hütte war von Unkraut und Hecken überwuchert. Hinter der Hütte, inmitten eines Gestrüpps aus Brombeerranken, gedieh sein Kräutergarten: zehn buschige Marihuanapflanzen mit klebrigen, durchdringend nach Gewürzen duftenden Blütenknospen. Es verging nicht ein einziger Tag, an dem er sie nicht am liebsten untergepflügt und den Boden unfruchtbar gemacht hätte, auf dem sie wuchsen. Doch es verging auch kein einziger Tag, an dem er sich nicht einen Weg durch das Gestrüpp bahnte und mit aller Liebe das klebrige Grünzeug erntete, das ihn tagsüber am Laufen hielt.

Sämtliche Forscher erklärten, daß Marihuana nur psychisch abhängig machte. Theo hatte die Berichte alle gelesen. Nachtschweiß und eingebildete Spinnen infolge des Entzugs wurden darin allenfalls beiläufig erwähnt, gerade so, als seien sie nicht unangenehmer als eine Tetanusimpfung. Doch Theo hatte versucht aufzuhören. Er hatte in einer Nacht drei Garnituren Bettwäsche durchgeschwitzt und war rastlos durch seine Hütte gehetzt, um sich irgendwie abzulenken, bis er dachte, sein Schädel würde zerplatzen, und er schließlich aufgab.

Dann hatte er seinen Sneaky Pete gestopft und begierig den beißenden Rauch eingesogen, um endlich schlafen zu können. Den Forschern war da anscheinend was entgangen – ganz im Gegensatz zu Sheriff Burton. Er hatte Theos Schwäche erkannt und sorgte dafür, daß diese Erkenntnis über Theos Haupt schwebte wie ein Damoklesschwert. Daß Burton selbst ebenfalls eine Achillesferse hatte, schien keine Rolle zu spielen, selbst wenn Burton im Falle ihrer Entdeckung wesentlich mehr zu verlieren hatte als Theo. Logisch betrachtet hätte sich Theo ihn vom Leib halten können, doch emotional hatte Burton die Oberhand, und es war immer Theo, der klein beigab.

Er schnappte sich den Sneaky Pete von seinem Couchtisch aus Orangenkisten und verließ das Haus, um Bess Leanders Pillen zum Tatort zurückzubringen.

VALERIE

Dr. Valerie Riordan saß an ihrem Schreibtisch und betrachtete die Ikonen ihres Lebens: ein winziger digitaler Börsenticker, auf den sie immer wieder einen verstohlenen Blick warf; ein goldenes Schreibset von Mont Blanc, dessen Stifte aus dem Jadesockel herausragten wie die Fühler eines Goldkäfers; zwei kleine Statuen von Freud und Jung, die als Buchstützen fungierten, unter anderem für prachtvolle Lederausgaben von: *Psychologie des Unbewußten, DSL-IV, Traumdeutung, Handbuch der Allgemeinmedizin.* Außerdem eine Gipsbüste von Hippokrates, in deren Sockel ein Post-it-Spender untergebracht war. Hippokrates, dieser verschlagene Grieche, der aus der Medizin eine Wissenschaft gemacht hatte, nachdem sie zuvor dem Reich der Magie zugeordnet war, und dessen berühmten Eid Val zwanzig Jahre zuvor aufgesagt hatte, als sie an der medizinischen Fakultät von Ann Arbor graduierte: *»Meine Verordnungen werde ich treffen zu Nutz und Frommen der Kranken nach meinem besten Vermögen und Urteil, sie schützen vor allem, was ihnen Schaden und Unrecht zufügen könnte. Nie werde ich, auch nicht auf eine Bitte hin, ein tödlich wirkendes Gift verabreichen oder auch nur einen Rat dazu erteilen.«*

Damals war ihr dieser Eid lächerlich und antiquiert vorgekommen. Welcher Arzt, der seine Sinne beisammen hatte, würde seinen Patienten denn Gift verabreichen?

»Heilig und rein werde ich mein Leben bewahren und meine Kunst.«

Wie selbstverständlich und einfach war ihr das damals erschienen. Mittlerweile bewahrte sie ihr Leben und ihre Kunst mit Hilfe eines speziell auf ihre Bedürfnisse ausgerichteten Sicherheitssystems und einer Glock 9mm, die sie in ihrem Nachttisch versteckt hatte.

»Ich werde niemals Kranke schneiden, die an Blasensteinen leiden, sondern dies den Männern überlassen, die dies Gewerbe versehen.«

Mit diesem Teil des Schwurs hatte sie nie Probleme gehabt. Patienten aufzuschneiden war ihr zuwider. Ihre Entscheidung für die Psychiatrie basierte auf ihrem Widerwillen vor den blutigeren Bereichen der Medizin. Ihr Vater, ein Chirurg, war darüber nur leicht enttäuscht gewesen. Wenigstens war sie ja irgendwie doch ein Doktor. Sie hatte ihr Klinikum in einer Rehabilitationsklinik abgeleistet, in der Filmstars und Rockidole verantwortliches Handeln lernten, indem man ihnen beibrachte, ihr Bett selbst zu machen. Derweil hatte Val Valiumpillen ausgeteilt, wie eine Stewardeß Erdnüsse herumreicht. Der eine Flügel des Sunrise Center war Drogenpatienten vorbehalten, während im anderen Patienten mit Eßstörungen behandelt wurden. Valerie waren die Eßstörungen lieber. »Du hast nicht gelebt, bevor du nicht einem intubierten Supermodel eine Minestrone reingewürgt hast«, erklärte sie ihrem Vater.

»In welche Häuser ich auch eintrete, stets will ich eintreten zu Nutz und Frommen der Kranken, mich fernhalten von willkürlichem Unrecht und jeder anderen Schädigung, insbesondere von Werken der Wollust an den Leibern von Frauen und Männern, Freien und Sklaven.«

Nun, sich der Wollust zu enthalten war nicht weiter problematisch gewesen, oder? Sie hatte jedenfalls keinen Sex mehr gehabt, seit Richard vor fünf Jahren ausgezogen war. Richard war es gewesen, der ihr die Büste des Hippokrates geschenkt hatte. Es sollte ein Witz sein, so hatte er erklärt, aber sie hatte ihn dennoch auf ihren Schreibtisch gestellt. Im Jahr zuvor hatte Valerie ihm eine Statue der blinden Justitia in Strapsen und Netzstrümpfen geschenkt, damit er sie in seiner Anwaltskanzlei aufstellte. Richard war der Grund, warum Valerie überhaupt hier gelandet war. Er hatte Angebote von mehreren großen Kanzleien ausgeschlagen, um endlich seinen Traum als Anwalt auf dem Land zu leben, der sich mit Vaterschaftsfragen unter Schweinen oder streitigen Pensionsansprüchen herumzuschlagen hatte. Er wollte ein Atticus Finch sein, ein Pudd'nhead Wilson, jemand aus dem Repertoire von Jimmy Stewart oder Henry Fonda, dessen Honorar in frischgebackenem Brot oder einem Korb Avocados bestand. Wobei er zumindest letzteres durchaus geschafft hatte. Vals Praxis hatte sie den Großteil ihrer gemeinsamen Zeit als Ehepaar über Wasser gehalten. Und hätte sie sich damals scheiden lassen, so müßte sie ihm jetzt Unterhalt zahlen.

Ein Anwalt der Landbevölkerung – allerdings. Er hatte sich von ihr getrennt und war nach Sacramento gezogen, um dort bei der kalifornischen Küstenschutzkommission als Lobbyist für ein Konsortium zu arbeiten, das mit der Anlage von Golfplätzen befaßt war. Sein Job war es, die Kommission davon zu überzeugen, daß das größte Vergnügen von Seeottern und See-Elefanten darin bestand, japanischen Geschäftsleuten dabei zuzusehen, wie sie Golfbälle in den Pazifik droschen, und daß die Natur am meisten davon profitierte, wenn die gesamte Küste von San Francisco bis Santa Barbara in einen einzigen Fairway umgewandelt würde (vielleicht ja mit Sandbunkern bei den Dünen von Pismo und Carmel). Er trug eine Taschenuhr an einer goldenen Kette mit einem Etui aus Jade, das die Form des vom Aussterben bedrohten braunen Pelikans hatte. Er spielte den Schlaumeiern in Flanell den Anwalt vom Lande vor, der im Schaukelstuhl auf seiner Veranda saß, und kassierte auf diese Weise mehr als zweihundert Riesen im Jahr. Er lebte mit einer seiner Sekretärinnen zusammen, einer Stanford-Absolventin ohne Fehl und Tadel, dafür aber mit Augen wie ein Reh, Haaren wie ein Surfergirl und einer Figur, die der Schwerkraft spottete. Richard hatte Val dem Mädchen vorgestellt (Ashley oder Brie oder Jordan), und die Begegnung war so kultiviert und vernünftig abgelaufen wie nur irgendwas. Als er sie kurz darauf anrief, um mit ihr eine steuerliche Angelegenheit zu klären, hatte sie ihn gefragt: »Nach welchen Kriterien hast du denn die Kandidatinnen ausgesucht, Richard? Wer's am schnellsten schafft, deinen Lexus durch Blasen in Gang zu bringen?«

»Vielleicht sollten wir uns überlegen, daß wir unsere Trennung offiziell machen«, war Richards Antwort gewesen, worauf Val den Hörer auf die Gabel geknallt hatte.

Wenn ihr schon eine glückliche Ehe versagt war, dann wollte sie wenigstens alles andere haben. Und so hatte sie sich Termine aufgehalst, bis sich ihre Patienten die Klinke förmlich in die Hand gaben, ihnen die entsprechenden Medikamente verschrieben und anschließend ihr Geld in Antiquitätenläden und Boutiquen getragen.

Vom Schreibtisch aus blickte Hippokrates sie finster an.

»Ich habe niemandem mit Absicht Schaden zugefügt«, sagte Val. »Es war keine Absicht, du alter Miesmacher. Fünfzehn Prozent aller Depressionen begehen Selbstmord, egal ob sie behandelt werden oder nicht.«

»Was ich auch bei der Behandlung sehe oder höre oder außerhalb der Behandlung im Leben der Menschen, das nicht an die Öffentlichkeit gelangen darf, darüber werde ich in der Überzeugung schweigen, daß Schweigen hier heilig ist.«

»Das Schweigen heiligen oder keinen Schaden zufügen?« fragte Val schaudernd bei der Vorstellung von Bess Leanders Leiche, die an einem Strick baumelte. »Was denn jetzt?« Hippokrates saß auf seinem Stapel Post-its und sagte kein Wort. Wenn sie mit Bess gesprochen hätte, anstatt ihr nur Antidepressiva zu verschreiben, hätte das sie retten können? Möglich war es. Und ebenso war es möglich, daß noch mehr Menschen starben, wenn sie ihre Politik des »Für jedes Problem gibt's eine Pille« fortsetzte. Das Risiko konnte sie nicht eingehen. Falls es möglich war, mit Gesprächstherapie statt Drogen auch nur ein Leben zu retten, dann war es den Versuch wert.

Val schnappte sich das Telefon und drückte die Schnellwahltaste für die einzige Apotheke im Ort, das Pine Cove Drug and Gift.

Eine der Angestellten hob ab, und Val fragte nach Winston Krauss, dem Apotheker. Winston war einer ihrer Patienten. Er war dreiundfünfzig, unverheiratet und hatte fünfunddreißig Kilo Übergewicht. Bei einer ihrer Sitzungen hatte er Val sein innerstes Geheimnis anvertraut: Er fühlte sich sexuell zu Meereslebewesen hingezogen – insbesondere zu Delphinen. Er hatte ihr gestanden, daß er nicht ein einziges Mal »Flipper« hatte anschauen können, ohne eine Erektion zu bekommen, und daß er so viele Jacques-Cousteau-Filme gesehen hatte, daß er bereits Schweißausbrüche bekam, sobald er nur einen französischen Akzent hörte. Zu Hause hatte er einen anatomisch genau nachgebildeten aufblasbaren Tümmler, den er allabendlich in der Badewanne sexuell mißbrauchte. Val hatte ihn davon kuriert, im Haus mit Taucherbrille und Schnorchel herumzulaufen, so daß die roten Druckstellen in seinem Gesicht allmählich verschwunden waren. Doch dem Delphin besorgte er es nach wie vor jede Nacht, wie er ihr einmal im Monat gestand.

»Winston, hier ist Val Riordan. Sie müssen mir einen Gefallen tun.«

»Klar, Doktor Val, soll ich Molly was vorbeibringen? Ich habe gehört, daß sie heute morgen im Slug ausgerastet ist.« In Pine Cove verbreiteten sich Gerüchte mit Lichtgeschwindigkeit – oder schneller.

»Nein, Winston. Sie kennen doch diese Firma, die originalgetreue Placebo-Versionen von sämtlichen Medikamenten anbietet? Wir haben am College damit gearbeitet. Ich möchte, daß Sie Nachbildungen von sämtlichen Antidepressiva bestellen, die ich verschreibe: Prozac, Zoloft, Serozone, Effexor – die ganze Latte, in allen Dosierungen. Und zwar in großen Mengen.«

»Ich verstehe nicht ganz, Val. Wozu?«

Val räusperte sich. »Ich möchte, daß Sie den Leuten für sämtliche Rezepte, die ich ausstelle, die Placebos geben.«

»Sie machen Witze.«

»Ich mache keine Witze, Winston. Ich möchte, daß meine Patienten von heute an keine echten Medikamente mehr bekommen. Nicht ein einziger.«

»Machen Sie einen Versuch? Mit Kontrollgruppe und so?«

»So ähnlich.«

»Und Sie wollen, daß ich den normalen Preis berechne?«

»Aber klar doch. Unsere übliche Vereinbarung.« Val bekam zwanzig Prozent Provision von der Apotheke. Sie würde nun um einiges härter arbeiten müssen, da stand ihr das Geld ja wohl zu.

Sie hörte, wie Winston durch die Glastür in den hinteren Bereich der Apotheke ging. Schließlich sagte er: »Das kann ich nicht machen, Val. So was ist unethisch. Das kann mich meine Lizenz kosten, und ich wander ins Gefängnis.«

Val hatte inständig gehofft, daß es soweit nicht kommen würde. »Winston, Sie werden es tun. Entweder Sie tun, was ich sage, oder in der *Pine Cove Gazette* gibt's eine Titelseite über einen Apotheker, der Fische fickt.«

»Das ist illegal. Sie können nicht irgendwas verbreiten, das ich Ihnen in der Therapie erzählt habe.«

»Winston, Sie brauchen mir nicht zu erzählen, was illegal ist und was nicht. Ich bin mit einem Anwalt verheiratet.«

»Ich mache das nur äußerst ungern, Val. Können Sie die Leute nicht zum Thrifty Mart in San Junipero schicken? Ich könnte ihnen ja erzählen, daß ich bei ihren Pillen Lieferprobleme habe.«

»Das würde doch nicht hinhauen, Winston. Denn bei Thrifty Mart hat niemand ein kleines Problem – so wie Sie.«

»Es wird zu Entzugserscheinungen kommen. Wie werden Sie das erklären?«

»Das lassen Sie mal meine Sorge sein. Ich werde meine Sitzungen vervierfachen. Ich will, daß es diesen Leuten bessergeht, anstatt ihre Probleme zu kaschieren.«

»Das hat mit dem Selbstmord von Bess Leander zu tun, stimmt's?«

»Ich werde nicht noch einen Patienten verlieren, Winston.«

»Antidepressiva erhöhen aber nicht die Häufigkeit von Selbstmorden oder Gewalttaten. Das hat Eli Lilly vor Gericht bewiesen.«

»Aber klar doch, und O. J. Simpson wurde freigesprochen. Was im Gerichtssaal entschieden wird, ist eine Sache, aber wenn man einen Patienten verliert, dann ist das Realität. Jetzt bestellen Sie also die Pillen. Ich wette, bei Zuckerpillen ist die Profitrate noch um einiges höher als bei Prozac.«

»Dann könnte ich ja in die Keys nach Florida fahren. Da gibt's eine

Stelle, wo sie einen mit Flaschenhalsdelphinen zusammen schwimmen lassen.«

»Sie können hier nicht weg, Winston. Sie dürfen keine Ihrer Sitzungen verpassen. Ich will Sie mindestens einmal pro Woche sehen.«

»Sie mieses Luder.«

»Ich versuche nur das Richtige zu tun. Welcher Tag paßt Ihnen denn?«

»Ich rufe Sie zurück.«

»Zwingen Sie mich nicht, Winston.«

»Ich muß eine Bestellung aufgeben«, sagte er und fügte gleich darauf hinzu: »Doktor Val?«

»Was ist?«

»Muß ich das Serozone absetzen?«

»Darüber reden wir in der Sitzung.« Sie legte auf und zog ein Post-it aus dem Brustkorb von Hippokrates.

»Wenn ich nun diesen meinen Eidspruch erfülle und nicht verletze, möge mir im Leben und in der Kunst Erfolg beschieden sein, Ruhm und Ansehen bei allen Menschen bis in ewige Zeiten. Wenn ich ihn übertrete und meineidig werde, möge mich das Gegenteil treffen.«

Heißt das, man ist entehrt für alle Zeit? überlegte sie. Ich versuche doch nur, das Richtige zu tun. Endlich das Richtige zu tun.

Sie machte sich eine Notiz, daß sie Winston zurückrufen mußte, um seine Termine festzulegen.

- 4 -

ESTELLE BOYET

Mit dem Fortschreiten des Septembers wurden die Menschen von Pine Cove von einer seltsamen Unruhe gepackt. Dies lag zu einem nicht unbedeutenden Teil daran, daß bei etlichen von ihnen nun Entzugserscheinungen infolge des Absetzens ihrer Medikamente einsetzten. Es ging nicht schlagartig – keinesfalls war es so, daß die Straßen plötzlich mit schwitzenden Junkies aus der Mittelschicht bevölkert gewesen wären, die sich unruhig hin und her wiegten und um eine Spritze bettelten –, es war vielmehr ein schleichender Vorgang, der einherging mit dem Kürzerwerden der Tage. Jedenfalls glaubten sie dies, denn Val Riordan hatte jeden einzelnen ihrer Patienten angerufen und ihnen erklärt, daß sie unter einer minderschweren jahreszeitlich bedingten Verstimmung litten, ähnlich dem Frühjahrsfieber. In diesem Fall vielleicht eher Herbst-Malaise.

Die Eigenheiten der Medikamente bewirkten, daß das Einsetzen der Symptome sich über mehrere Wochen hinzog. Prozac und einige ältere Antidepressiva brauchten fast einen Monat, bis sie abgebaut waren, so daß diese Patienten wesentlich langsamer in die Bredouille gerieten als jene, denen Zoloft, Paxil oder Wellbutrin verordnet war. Deren Wirkstoffe wurden schon nach ein bis zwei Tagen aus dem Stoffwechsel gespült. Die Entzugssymptome ähnelten einer schwachen Grippe, gefolgt von gelegentlicher Orientierungslosigkeit ähnlich einer temporären Störung des Konzentrationsvermögens. In einigen Fällen kam es auch zu einem Wiedereinsetzen der Depressionen, die sich über die Betroffenen legten wie ein nebliger Vorhang.

Eine der ersten, die die Auswirkungen zu spüren bekamen, war Estelle Boyet, eine recht erfolgreiche Malerin aus Pine Cove, die es mit idealisierten Darstellungen des Meeres und des Lebens an der Küste zu bescheidenem Ruhm gebracht hatte. Ihr Pillenvorrat war einen Tag, bevor Doktor Val die Medikamente durch Placebos ersetzt hatte, zur Neige gegangen, und so steckte sie schon mitten im Entzug, als sie die erste Dosis Zuckerpillen nahm.

Estelle war sechzig Jahre alt, rüstig und vital. Sie trug Kaftane in leuchtenden Farben, und ihr langes graues Haar umwogte ihre Schultern, während sie mit einer Energie und Bestimmtheit durchs Leben schritt, die Neidgefühle bei Frauen weckten, die nur halb so alt waren wie sie. Dreißig Jahre lang hatte sie als Lehrerin in dem von zunehmender Verwahrlosung und Gewaltbereitschaft geprägten Schuldistrikt von Los Angeles gearbeitet und Achtkläßlern den Unterschied zwischen Acryllack und Ölfarbe, Spachtel und Pinsel, Degas und Dalí erklärt. Dreißig Jahre hatten ihr ihre Ehe und ihre Arbeit als Entschuldigung dafür gedient, daß sie nie eigene Kunst produziert hatte.

Geheiratet hatte sie gleich nach der Kunsthochschule: Joe Boyet, ein vielversprechender Geschäftsmann. Er war der einzige Mann, den sie je geliebt hatte, und erst der dritte, mit dem sie geschlafen hatte. Als Joe starb – acht Jahre war das mittlerweile her –, hatte sie fast den Verstand verloren. Sie hatte sich in die Arbeit gestürzt, in der Hoffnung, durch die Anregungen, die sie ihren Schülern vermittelte, selbst einen Grund dafür zu finden weiterzumachen – auch wenn sie sich angesichts der zunehmenden Gewalt an ihrer Schule nur mit einer kugelsicheren Weste unter ihrem Malerkittel in den Unterricht traute und sie einige Farbbeutelgewehre mitgebracht hatte, um das Interesse ihrer Schüler zu wecken, was aber nur zu diversen Fällen von abstraktem Drive-by-Expressionismus geführt hatte. Es dauerte nicht lange, da bekam sie Morddrohungen, weil sie nicht erlaubte, daß die Schüler in ihrem Keramikunterricht Crackpfeifen herstellten. Ihre Schüler – Kinder, die in einer hypererwachsenen Welt aufwuchsen, wo Streitigkeiten auf dem Spielplatz mit Neun-Millimeter-Pistolen ausgestragen wurden – nahmen ihr schließlich die letzte Lust am Lehrberuf. Der Schulpsychologe überwies sie an einen Psychiater, der ihr Antidepressiva verschrieb und empfahl, sich augenblicklich in den Ruhestand versetzen zu lassen und einen Ortswechsel vorzunehmen.

Estelle zog nach Pine Cove, wo sie anfing zu malen und wo Doktor Valerie Riordan sie unter ihre Fittiche nahm. So war es nicht allzu verwunderlich, daß ihre Bilder im Verlauf der letzten Wochen immer finsterer geworden waren. Sie malte den Ozean. Und zwar jeden Tag. Wogen und Gischt, Felsen und Tang, der in wellenförmigen Strängen den Strand säumte. Sie malte Otter, Seelöwen, Pelikane und Möwen. Sie konnte kaum so schnell malen, wie ihre Werke in den Galerien am Ort verkauft wurden. Doch in letzter Zeit wurde der innere Glanz im Herzen der Wogen, das Titanweiß und Aquamarin, von einer gewissen Düsternis überlagert. In all ihren Strandstilleben spiegelten sich Verzweiflung und tote Fische. Sie träumte von schattenhaften Ungeheuern, die unter der Oberfläche der Wogen auf sie lauerten, und wachte zitternd vor Angst aus diesen Träumen auf. Es fiel ihr immer schwerer, jeden Tag ihre Farben und die Staffelei zum Strand zu schaffen. Das offene Meer und die leere Leinwand waren einfach zu furchterregend.

Joe ist weg, dachte sie. Ich habe keinen Beruf und keine Freunde, und ich produziere nichts weiter als kitschige Meerlandschaften, die genau so platt und seelenlos sind wie Wandteppiche mit dem Porträt von Elvis. Alles macht mir angst.

Val Riordan hatte sie angerufen und gedrängt, an einer Gruppensitzung für Witwen teilzunehmen, doch Estelle hatte abgelehnt. Stattdessen ließ sie eines Abends, nachdem sie ein quälendes Bild eines gestrandeten Delphins vollendet hatte, ihre acrylgetränkten Pinsel eintrocknen und machte sich auf den Weg ins Stadtzentrum – wohin war ihr egal, Hauptsache, sie mußte sich nicht diese Scheiße ansehen, die sie die ganze Zeit über Kunst genannt hatte. Sie landete schließlich im Head of the Slug Saloon – es war die erste Bar, in die sie einen Fuß setzte, seit sie vom College abgegangen war.

Das Slug war erfüllt von Blues und Zigarettenrauch und voll mit Kampftrinkern, die sich einen Schnaps nach dem anderen hinter die Binde kippten, um sich ihr Elend vom Leib zu halten. Wären sie Hunde gewesen, so hätten sie sich auf dem Rasen herumgewälzt, Gras gefressen und versucht das herauszuwürgen, weshalb sie sich so mies und beschissen fühlten. Knochen, an denen nicht herumgenagt, Bälle, denen nicht hinterhergejagt wurde – kein Schwanz, der munter wedelte. O ja, das Leben war eine Katze, die zu schnell, eine Leine, die zu kurz war. Ein Floh, der an einer Stelle saß, wo man sich nicht kratzen konnte. Es war das Hundeelend in Reinkultur, und Catfish Jefferson führte das Geheul an. In seinen Augen schimmerte der Mond, während sein Gesang die Summe menschlichen Elends und Jammers in A-Moll zusammenfaßte und er mit dem Slide seine Gitarre bearbeitete, bis sie wie ein träger Wind durch die Herzfasern der Anwesenden strich. Er grinste über beide Ohren.

Von den etwa hundert Gästen im Slug litt etwa die Hälfte unter den Folgen ihres Medikamentenentzugs. Eine Abteilung davon lungerte voller Selbstmitleid am Tresen herum, starrte in ihre Gläser und wiegte sich im Rhythmus des Delta. An den Tischen hingegen saßen die Geselligeren unter den Depressiven, die sich gegenseitig lallend die Ohren volljammerten, wobei sie sich abwechselnd in die Arme nahmen oder beschimpften. Am Pooltisch standen die Gereizten und Aggressiveren herum und suchten jemanden, dem sie die Schuld für ihr Elend in die Schuhe schieben konnten. Bei letzteren handelte es sich größtenteils um Männer, und Theophilus Crowe behielt sie von seinem Platz an der Bar aufmerksam im Auge.

Seit dem Tod von Bess Leander hatte es fast jeden Abend eine Schlägerei im Slug gegeben. Zusätzlich wurde seitdem mehr herumgekotzt, gekreischt, geheult, und mehr Annäherungsversuche wurden mit schallenden Ohrfeigen bedacht als je zuvor. Theo hatte schwer zu tun. Ebenso wie Mavis Sand. Mit dem Unterschied, daß Mavis froh darüber war.

In ihren mit Farbflecken übersäten Latzhosen trat Estelle durch die Tür. Sie trug einen Shetland-Pullover, ihr Haar war zu einem langen grauen Zopf geflochten. Kaum daß sie zur Tür herein war, blieb sie stehen, als sei sie gegen eine Wand aus Musik und Qualm gelaufen. Aus einer Gruppe mexikanischer Arbeiter, die mit Budweiser-Flaschen in der Hand herumstanden, erhob sich ein Pfiff.

»Ich bin eine alte Dame«, sagte Estelle. »Schämt euch was.« Sie schob sich durch die Gästeschar zur Bar und bestellte einen Weißwein. Mavis schenkte ihr einen Plastikbecher voll ein. (In letzter Zeit schenkte sie alles in Plastikbechern aus. Offensichtlich beförderte der Blues das Verlangen der Leute, Glas zu zerdeppern – vorzugsweise auf dem Schädel ihres Gegenübers.)

»Ganz schön viel Betrieb, was?« sagte Estelle, obwohl sie eigentlich keine Vergleichsmöglichkeit hatte.

»Der Blues treibt die Leute in Scharen rein«, sagte Mavis.

»Ich kann an Blues nichts finden«, sagte Estelle. »Ich mag klassische Musik.«

»Drei Dollar«, sagte Mavis. Sie nahm Estelles Geld und ging zum anderen Ende der Bar.

Estelle fühlte sich, als hätte man ihr eine Ohrfeige verpaßt.

»Kümmern Sie sich nicht um Mavis«, sagte die Stimme eines Mannes. »Sie ist immer grantig.«

Estelle hob den Kopf, erblickte einen Hemdknopf und schaute weiter hoch, bis sie Theo lächeln sah. Sie war dem Constable noch nie begegnet, doch sie wußte, wer er war.

»Ich weiß noch nicht mal, warum ich überhaupt hergekommen bin. Ich trinke eigentlich gar nicht.«

»Irgendwas liegt in der Luft«, sagte Theo. »Kann sein, daß wir 'n stürmischen Winter kriegen oder so. Die Leute drehen ein bißchen durch.«

Sie stellten sich einander vor, und Theo lobte Estelles Gemälde, die er in den Galerien am Ort gesehen hatte. Estelle überging sein Lob.

»Bißchen seltsame Lokalität, wenn man den Sheriff treffen will«, sagte Estelle.

Theo zeigte ihr das Handy an seinem Gürtel. »Operationsbasis«, sagte er. »Der meiste Ärger fängt sowieso hier an und wenn ich schon da bin, kann ich eingreifen, bevor es eskaliert.«

»Wie verantwortungsbewußt.«

»Nein, ich bin einfach nur faul«, erwiderte Theo. »Und müde. In den letzten drei Wochen mußte ich mich um fünf Familienstreitigkeiten, zehn Schlägereien und zwei Leute kümmern, die sich im Bad verbarrikadiert hatten und mit Selbstmord drohten. Dann gab's noch einen Kerl, der mit einem Vorschlaghammer von Haus zu Haus gezogen ist und den Gartenzwergen den Kopf abgeschlagen hat, und eine Frau, die versucht hat, ihrem Mann das Auge mit einem Löffel rauszureißen.«

»Meine Güte. Das hört sich ja an wie ein Tag im Leben eines Polizisten in L. A.«

»Hier ist aber nicht L. A.«, sagte Theo. »Ich will mich ja nicht beklagen, aber auf eine Verbrechenswelle bin ich nicht vorbereitet, da komm ich nicht mit klar.«

»Und es gibt nichts, wohin man sich flüchten könnte«, sagte Estelle.

»Wie bitte?«

»Die Leute kommen hierher, weil sie vor Konflikten wegrennen, oder etwa nicht? Sie ziehen in eine Kleinstadt, um der Gewalt und dem Streß in der Großstadt zu entkommen. Wenn man hier nicht damit fertig wird, hat man keine andere Möglichkeit mehr. Man kann genausogut aufgeben.«

»Das ist aber ein bißchen zynisch. Ich dachte immer, Künstler wären Idealisten.«

»Kratzen Sie bei einem Zyniker mal ein bißchen am Lack, und zum Vorschein kommt ein enttäuschter Romantiker«, sagte Estelle.

»Das sind Sie also?« fragte Theo. »Ein enttäuschter Romantiker?«

»Der einzige Mann, den ich je geliebt habe, ist tot.«

»Das tut mir leid«, sagte Theo.

»Mir auch.« Sie leerte ihren Becher Wein.

»Ganz langsam, Estelle. Davon wird's auch nicht besser.«

»Ich bin keine Trinkerin. Ich mußte nur mal raus.«

Vom Pooltisch drangen Schreie herüber. »Mein Typ wird verlangt«, sagte Theo. »Entschuldigen Sie mich.« Er bahnte sich einen Weg durch die Menge zu der Stelle, wo zwei Männer sich in Positur stellten, um sich zu prügeln.

Estelle gab Mavis ein Zeichen, daß sie nachschenken sollte, und drehte sich wieder um, um Theo bei seinen Bemühungen, Frieden zu stiften, zuzuschauen. Catfish Jefferson sang ein trauriges Lied über ein fieses altes Weib, das ihn fertigmachte. Das paßt doch auf mich, dachte Estelle. Hier steht sie – ein fieses, nutzloses, altes Weib.

Die medizinische Selbstversorgung der Patienten trug gegen Mitternacht Früchte. Die meisten der Gäste im Slug hatten sich abgeregt und klatschten oder jaulten zu Catfishs Blues. Etliche hatten schlappgemacht und waren nach Hause gegangen. Bei Ladenschluß waren nur noch fünf Leute im Slug, und Mavis rieb sich beim Anblick der prall gefüllten Kasse kichernd die Hände. Catfish Jefferson legte seine National Steel aus der Hand und packte das sieben Liter Einmachglas mit seinem Trinkgeld. Dollarnoten quollen über den Rand, Kleingeld schwappte am Boden, und hier und dort machte sich die eine oder andere Fünf- oder Zehn-Dollarnote breit. Sogar ein Zwanziger war darunter, und wie ein kleiner Junge, der nach dem Spielzeug in der Cornflakespackung sucht, bemühte sich Catfish, ihn herauszufischen. Er trug das Einmachglas zur Bar und wuchtete es geräuschvoll neben Estelle auf den Tresen, wo diese ihr trunkenes Haupt zur Ruhe gebettet hatte.

»Hey, Baby«, sagte Catfish. »Stehst du auf Blues?«

Auf der Suche nach dem Ursprung der Frage ließ Estelle ihren Blick durch die Luft schweifen, gerade so, als hätte eine der Motten, die um die Lampen hinter der Bar herumschwirrten, sie gestellt. Schließlich geriet der Bluesman in ihr Blickfeld, und sie sagte: »Sie sind sehr gut. Ich wollte eigentlich schon gehen, aber die Musik hat mir gefallen.«

»Na ja, und jetzt sind Sie immer noch da«, sagte Catfish. »Werfen Sie da mal 'n Blick drauf.« Er schüttelte das Einmachglas. »Hier hab ich knapp zweihundert Dollar, und das miese, alte Weib da schuldet mir mindestens noch mal soviel. Was würden Sie sagen, wenn wir uns noch 'ne Flasche schnappen, meine Gitarre nehmen und runter zum Strand gehen und noch 'ne Party feiern?«

»Ich gehe besser nach Hause«, sagte Estelle. »Ich muß morgen malen.«

»Sie sind Malerin? Ist mir noch nie eine begegnet. Wir wär's, wenn wir zum Strand gehen und uns den Sonnenaufgang ansehen?«

»Falsche Küste«, sagte Estelle. »Die Sonne geht über den Bergen auf.«

Catfish lachte. »Sehen Sie, da haben Sie mir schon mal 'ne ziemliche Warterei erspart. Gehen wir doch einfach runter zum Strand.«

»Nein, ich kann nicht.«

»Weil ich schwarz bin, stimmt's?«

»Nein.«

»Weil ich alt bin, deswegen?«

»Nein.«

»Weil ich 'ne Glatze hab. Sie mögen keine alten Männer mit Glatze, stimmt's?«

»Nein«, sagte Estelle.

»Weil ich Musiker bin. Sie haben gehört, Musiker haben kein Verantwortungsgefühl?«

»Nein.«

»Weil ich ein Riesending in der Hose habe?«

»Nein!« sagte Estelle.

Wieder lachte Catfish. »Würden Sie mir 'n Gefallen tun und es trotzdem überall rumerzählen?«

»Woher soll ich denn wissen, was Sie in der Hose haben?«

»Na ja«, sagte Catfish und schwieg einen Moment lang grinsend. »Sie könnten mit mir runter zum Strand gehen.«

»Sie sind ein schmutziger, verdorbener alter Mann, der's einfach nicht lassen kann, stimmt's, Mr. Jefferson?« sagte Estelle.

Catfish senkte den Kopf. »Das stimmt voll und ganz, Miss. Ich bin ganz und gar schmutzig und verdorben, und ich kann's einfach nicht lassen. Und ich bin zu alt, um irgendwelchen Ärger zu machen. Ich geb's zu.« Er streckte ihr seine lange, schlanke Hand entgegen. »Gehen wir runter zum Strand und feiern 'ne Party.«

Estelle fühlte sich, als würde der Teufel persönlich sie becircen. Unter dieser staubigen, altmodischen Schale lauerte etwas, das Sanftheit und Vibrationen aussandte. War dies der dunkle Schatten, der in den Schaumkronen der Wogen auf ihren Gemälden immer wieder auftauchte?

Sie nahm ihn bei der Hand. »Gehen wir zum Strand.«

»Ha!« rief Catfish.

Mavis zog den Louisville Slugger unter der Bar hervor und reichte ihn Estelle. »Hier, den können Sie vielleicht gebrauchen.«

Sie suchten sich eine Lücke in den Felsen, wo sie vor dem Wind geschützt waren. Catfish klopfte den Sand von seinen Wingtips und schüttelte seine Socken aus, bevor er sie zum Trocknen hinlegte.

»Das war vielleicht 'ne fiese alte Welle.«

»Ich hab Ihnen gesagt, Sie sollen Ihre Schuhe ausziehen«, erwiderte Estelle. Ihre Laune war besser, als sie nach ihrem Dafürhalten hätte sein sollen. Ein paar Schlucke aus Catfishs Flasche hatten verhindert, daß der billige Weißwein in ihrem Magen sauer geworden war. Trotz des frischen Winds war ihr warm. Catfish hingegen war ein Bild des Jammers.

»Das Meer konnte ich nie besonders leiden«, sagte Catfish. »Zuviel fieses Viehzeug da unten. Da kriegt man das kalte Grausen. Aber hundert Prozent.«

»Wenn Sie den Ozean nicht mögen, warum haben Sie mich dann gefragt, ob wir zum Strand gehen?«

»Der lange Typ hat gesagt, Sie malen Bilder vom Strand.«

»In letzter Zeit krieg ich beim Anblick des Meeres auch so was wie ein kaltes Grausen. Meine Bilder haben neuerdings so was Dunkles.«

Catfish wischte sich mit seinem schlanken Finger den Sand zwischen den Zehen weg. »Glauben Sie, Sie können den Blues malen?«

»Haben Sie je van Gogh gesehen?«

Catfish schaute hinaus aufs Meer. Der Mond war dreiviertel voll und glitzerte wie Quecksilber. »Van Gogh... van Gogh, der Fiedler aus St. Louis?«

»Genau der«, sagte Estelle.

Catfish schnappte sich die Flasche, die sie noch immer in der Hand hielt, und grinste. »Mädchen, du trinkst einem Mann den Schnaps weg und lügst ihn auch noch an. Ich weiß, wer Vincent van Gogh ist.«

Estelle konnte sich nicht erinnern, wann sie zum letzten Mal Mädchen genannt worden war, doch sie war ziemlich sicher, daß sie damals wesentlich weniger erfreut darüber gewesen war als jetzt. Sie sagte: »Und wer lügt jetzt? Von wegen: Mädchen!«

»Na ja, kann schließlich sein, daß unter der Latzhose und dem großen Pullover doch 'n Mädchen steckt. Kann aber auch sein, daß ich mich täusche.«

»Werden Sie nie erfahren.«

»Ach wirklich? Na, das is' aber wirklich traurig.« Er nahm seine Gitarre, die die ganze Zeit an einem Felsen gelehnt hatte, und begann leise zum Rhythmus der Brandung zu spielen. Er sang über nasse Schuhe, das letzte bißchen Schnaps, das einem noch geblieben war, und über einen Wind, der einem durch Mark und Bein drang. Estelle schloß die Augen und wiegte sich zur Musik. Es fiel ihr auf, daß dies das erste Mal seit Wochen war, daß sie sich gut fühlte.

Plötzlich hörte er unvermittelt auf. »Ich soll verdammt sein. Schauen Sie mal da!«

Estelle öffnete die Augen und schaute zu der Stelle an der Wasserlinie, wo Catfish hindeutete. Ein Schwarm Fische war aus dem Wasser auf den Strand geschossen und zappelte nun auf dem Sand herum.

»Haben Sie so was schon mal gesehen?«

Estelle schüttelte den Kopf. Noch mehr Fische schossen aus der Brandung. Hinter den Wellenkämmen schien das Wasser vor Fischen förmlich zu kochen, die aus dem Wasser hochsprangen und wieder hineinklatschten. Die Wasseroberfläche hob sich, als ob sie von unten hochgestemmt wurde. »Da unten bewegt sich was.«

Catfish hob seine Gitarre auf. »Machen wir uns aus dem Staub – aber schnell.«

Estelle kam gar nicht auf die Idee zu protestieren. »Sofort.« Sie dachte an die riesigen Schatten, die in ihren Bildern immer wieder unter den Wogen auftauchten. Sie schnappte sich Catfishs Schuhe, sprang von dem Felsen, wo sie gesessen hatten, und rannte den Strand entlang zu einer Treppe, die zu dem Kliff hinaufführte, wo Catfish seinen Kombi geparkt hatte. »Komm schon.«

»Ich komme.« Catfish kroch den Felsen hinunter und folgte ihr.

Am Auto angelangt, lehnten beide für einen Augenblick keuchend am Kotflügel, und während Catfish in seinen Taschen nach dem Wagenschlüssel kramte, hörten sie das Gebrüll. Es war ein Gebrüll, als ob tausend träge herumliegende Löwen in ihrer Ruhe gestört worden wären – zu gleichen Teilen geprägt von Lautstärke, Nässe und Wut. Estelle spürte, wie ihre Rippen von dem Lärm vibrierten.

»Herrgott, was war das?«

»Steig in den Wagen, Mädchen.«

Estelle stieg in den Kombi. Catfish fummelte den Schlüssel ins Zündschloß, startete den Wagen, legte den Vorwärtsgang ein und trat so heftig aufs Gas, daß hinter ihnen die Kieselsteine durch die Luft wirbelten.

»Stop, deine Schuhe stehen noch auf dem Dach.«

»Kann sie ruhig haben«, sagte Catfish. »Die sind besser als die, die sie beim letzten Mal gefressen hat.«

»Sie? Was zum Teufel war das? Weißt du etwa, was das war?«

»Ich erzähl's dir, sobald ich diesen Herzanfall hinter mich gebracht habe.«

- 5 -

DAS SEEUNGEHEUER

Das große Seeungeheuer wandte seine Aufmerksamkeit kurz von der Verfolgung des leckeren radioaktiven Aromas ab und sandte eine Infraschallbotschaft an einen Grauwal, der mehrere Meilen voraus seinen Weg kreuzte. Grob übersetzt lautete die Nachricht in etwa: »Hey, Schatzi, wie wär's, wenn wir uns 'ne Ladung Plankton reinziehen und hinterher 'ne wilde Nummer schieben?«

Der Grauwal, ein Weibchen, setzte unbeirrt seinen Weg gen Süden fort und antwortete mit einem Infraschallgezirpe, das sich folgendermaßen übersetzen ließ: »Ich weiß genau, wer du bist. Bleib mir bloß vom Leib.«

Das Seeungeheuer schwamm weiter. Während seiner Reise hatte es einen Riesenhai, diverse Delphine und ein paar hundert Thunfische gefressen. Mittlerweile richtete sich sein Interesse mehr auf Sex denn auf Nahrung. Je näher es der kalifornischen Küste kam, desto mehr verflüchtigte sich die radioaktive Witterung, bis sie fast gar nicht mehr vorhanden war. Das Leck in dem Atomkraftwerk war entdeckt und abgedichtet worden. Und so trieb das Seeungeheuer, den Bauch voller Fisch, in weniger als einer Meile Entfernung vor der Küste und konnte sich nicht mehr daran erinnern, warum es sein vulkanisches Nest überhaupt verlassen hatte. Doch mit einem Mal war da etwas, ein Summen aus Richtung der Küste, das seine Raubtierinstinkte kitzelte – die teilnahmslose Entschlossenheit von Beutetieren, die sich selbst aufgegeben haben: Depression. Warmblütige Mahlzeiten – Delphine und Wale – sandten manchmal die gleichen Signale aus. Da hinten, knapp hinter der Küste, gab es offenbar einen großen

Schwarm Nahrung, der quasi darum bettelte, gefressen zu werden. Das Seeungeheuer machte kurz hinter der Brandungslinie halt und tauchte inmitten eines Tangfeldes auf, wobei sein massiger Schädel sich durch den Seetang pflügte wie die Zombieversion eines Pick-up-Truck, der sich durch das kalte Erdreich aus seinem Grab wühlt.

Und in diesem Augenblick hörte das Seeungeheuer das Geräusch. Ein Geräusch, das ihm verhaßt war. Den Klang des Feindes. Es war ein halbes Jahrhundert her, seit das Seeungeheuer das Wasser zum letzten Mal verlassen hatte. Land war zwar nicht sein natürliches Refugium, doch sein Angriffsinstinkt war stärker als sein Selbsterhaltungstrieb. Es warf den Kopf zurück, schüttelte die mächtigen violetten Kiemen, die aus seinem Hals herausragten wie Bäume, und stieß das Wasser aus seinen rudimentären Lungen. Seine eingefallene Luftröhre brannte, als sich zum ersten Mal seit fünfzig Jahren ein Atemzug seinen Weg nach unten bahnte, um gleich darauf wieder als ein grauenerregendes Gebrüll ausgestoßen zu werden, in dem sich Schmerz und Zorn vermischten. Drei Schutzmembranen glitten über seine Augen zurück wie elektrische Scheiben eines Autos, so daß es in der bitteren Luft sehen konnte. Das Seeungeheuer schlug mit seinem Schwanz, ruderte mit seinen mächtigen Flossenfüßen und schoß auf die Küste zu wie ein Torpedo.

GABE

Es war fast zehn Jahre her, seit Gabe Fenton zum letzten Mal einen Hund seziert hatte, doch nun, gegen drei Uhr, überlegte er ernsthaft, ob er sich nicht ein Skalpell schnappen und damit seinem dreijährigen Labrador Skinner zu Leibe rücken sollte, der offensichtlich einen psychotischen Anfall von Bellwut hatte. Skinner war seit dem Nachmittag auf die Veranda verbannt, nachdem er sich auf einer toten Möwe herumgewälzt und sich anschließend geweigert hatte, im Meer zu baden oder auch nur in die Nähe des Gartenschlauchs zu kommen, um sich abwaschen zu lassen. Für Skinner sah die Sache anders aus: Tote Vögel waren der Duft schierer Romantik.

Gabe kletterte aus seinem Bett und watschelte in seinen Boxershorts zur Tür, wobei er auf dem Weg noch einen Wanderschuh einsammelte. Er war Biologe, hatte in Stanford seinen Doktor in Verhaltensforschung gemacht, und folglich war es wissenschaftlich fundiert, als er nun die Tür öffnete, den Stiefel nach seinem Hund schleuderte und dazu das hochgradig verhaltensbeeinflussende Kommando ausstieß: »Skinner, du Scheißköter, gib jetzt endlich Ruhe!«

Skinner unterbrach sein Gekläffe für einen kurzen Augenblick, um sich unter dem Wanderschuh wegzuducken und ihn – gemäß seiner angezüchteten Verhaltensmuster – aus dem Waschzuber herauszufischen, der ihm als Trinkwasserschüssel diente. Anschließend brachte er ihn zurück zur Tür, wo Gabe stand, und stellte den triefnassen Wanderschuh zu Füßen des Biologen ab. Gabe knallte ihm die Tür vor der Nase zu.

Der ist bloß eifersüchtig, dachte Skinner. Kein Wunder, daß er keine Weibchen abbekommt, wo er immer nach Weichspüler und Seife riecht. Wenn der Futter-Typ mal rausgehen und an ein paar Ärschen schnuppern würde, wäre seine Laune längst nicht mehr so mies. (Für Skinner war Gabe der »Futter-Typ«.) Schnell beschnupperte er sich, um sicherzugehen, daß er wirklich der Don Juan der Hundewelt war, um gleich darauf wieder in hysterisches Gekläffe zu verfallen. Will der Kerl es denn nicht kapieren, oder was? dachte Skinner. Gefahr ist im Anmarsch, Futter-Typ, Gefahr!

Auf dem Weg zurück ins Bett warf Gabe Fenton einen kurzen Blick auf den Computer in seinem Wohnzimmer. Tausend kleine grüne Punkte bewegten sich wie eine einzige Masse über die Karte der Umgebung von Pine Cove. Gabe blieb stehen und rieb sich die Augen. Das war doch nicht möglich.

Er ging zum Computer und tippte einen Befehl ein. Auf dem Bildschirm erschien die Karte in einem größeren Maßstab, und die Punkte bewegten sich noch immer in einer Linie. Er vergrößerte die Karte noch weiter, bis sie nur noch ein Gebiet von wenigen Quadratmeilen umfaßte, und die Punkte setzten ihren Weg fort. Jeder der grünen Punkte bezeichnete eine Ratte, die Gabe lebend gefangen und, nachdem er ihr einen Mikrochip implantiert hatte, wieder ausgesetzt hatte.

Ihre Standorte wurden von einem Satelliten registriert und aufgezeichnet. In diesem Augenblick bewegte sich jede einzelne Ratte innerhalb eines Gebiets von zehn Quadratmeilen von der Küste weg. So was machten Ratten normalerweise nicht.

Gabe verfolgte die Daten zurück und betrachtete die Bewegungen der Nagetiere in den letzten Stunden. Der Exodus hatte abrupt eingesetzt, und obwohl seitdem gerade mal zwei Stunden vergangen waren, war der Großteil der Ratten schon eine Meile landeinwärts gezogen. Sie rannten aus Leibeskräften, und das weit über ihren normalen Aktionsradius hinaus. Denn Ratten sind Sprinter und keine Langläufer. Irgendwas war im Gange.

Gabe drückte eine Taste, und neben jedem der grünen Punkte erschien eine kleine Zahl. Jeder Chip war einmalig, so daß jede Ratte eindeutig identifiziert werden konnte, wie ein Flugzeug auf dem Radarschirm eines Fluglotsen. Ratte Nr. 363 hatte sich seit fünf Tagen nicht aus einem Umkreis von zwei Metern herausbewegt. Gabe hatte angenommen, daß sie entweder Junge zur Welt gebracht hatte oder krank war. Doch nun befand sich Nr. 363 eine halbe Meile von ihrem normalen Territorium entfernt.

Für den Forscher sind Anomalien sowohl Fluch als auch Segen. Angesichts der Daten empfand Gabe freudige Erregung und unbehagliches Mißtrauen zugleich. Eine Anomalie wie diese konnte zu einer Entdeckung führen, sie konnte aber auch dafür sorgen, daß er sich bis auf die Knochen blamierte. Er glich die Daten mit drei Vergleichsparametern ab und rief dann die Informationen der Wetterstation auf seinem Dach ab. Was das Wetter betraf, gab es nichts Außergewöhnliches: Alle Veränderungen in bezug auf Luftdruck, Luftfeuchtigkeit, Wind und Temperatur lagen innerhalb des Normalbereichs. Er schaute aus dem Fenster: Über die Küste senkte sich der übliche Bodennebel. Völlig normal. Er konnte den alten Leuchtturm, der in hundert Meter Entfernung stand, gerade noch erkennen. Das Leuchtfeuer war vor zwanzig Jahren abgeschaltet worden, und seitdem diente der Bau als Wetter- und Forschungsstation für Biologen.

Gabe schnappte sich eine Decke von seinem Bett, legte sie sich gegen die Kälte über die Schultern und kehrte zurück zu seinem Arbeitstisch. Die grünen Punkte bewegten sich weiter. Er wählte die Nummer von JPL in Pasadena. Draußen bellte noch immer Skinner.

»Skinner, halt endlich dein elendes Maul!« brüllte Gabe just in dem Augenblick, als die automatische Vermittlung ihn zum Seismologischen Labor durchstellte. Eine Frau meldete sich. Sie hörte sich ziemlich jung an, vermutlich eine Praktikantin. »Wie bitte?« sagte sie.

»Entschuldigung, ich hab meinen Hund angebrüllt. Ja, hallo, hier ist Doktor Gabe Fenton von der Forschungsstation in Pine Cove. Kann es sein, daß in meinem Gebiet irgendwelche seismischen Aktivitäten vorliegen?«

»Pine Cove? Können Sie mir Längen- und Breitengrad durchgeben?«

Gabe tat wie gewünscht. »Ich nehme an, daß das Zentrum irgendwo vor der Küste liegt.«

»Nichts. Ein kleineres Beben mit Zentrum in Parkfield gestern um neun Uhr morgens. Stärke Null Komma drei. So schwach, daß man es nicht mal wahrnimmt. Zeigen Ihre Instrumente denn irgendwas an?«

»Ich habe keine seismographischen Instrumente. Deswegen habe ich ja bei Ihnen angerufen. Das hier ist eine biologische Forschungsstation.«

»Entschuldigen Sie, Doktor, das wußte ich nicht. Ich bin neu hier. Haben Sie irgendwas gespürt?«

»Nein. Meine Ratten spielen verrückt.« In dem Augenblick, als er es aussprach, bereute er auch schon, was er gesagt hatte.

»Wie bitte?«

»Schon gut. Ich wollte nur sichergehen. Ich habe hier eine Verhaltensanomalie bei einigen Versuchstieren. Wenn Sie in den nächsten Tagen irgendwas feststellen, könnten Sie mich dann anrufen?« Er gab ihr seine Telefonnummer.

»Sie glauben, daß Ihre Ratten ein Erdbeben voraussagen, Doktor?«

»Das habe ich nicht gesagt.«

»Daß Tiere seismische Aktivitäten vorher spüren, ist ein Ammenmärchen, aber das sollten Sie eigentlich wissen.«

»Das weiß ich auch, aber ich versuche alle Möglichkeiten auszuschließen.«

»Sind Sie schon mal auf die Idee gekommen, daß Ihr Hund den Ratten angst macht?«

»Diesen Faktor werde ich in meine Überlegungen mit einbeziehen«, sagte Gabe. »Danke für Ihre Mühe.« Als er den Hörer auflegte, fühlte er sich wie ein Trottel.

Weder seismische noch meteorologische Besonderheiten. Ein Anruf bei der Highway Patrol ergab, daß es auch keine Chemieunfälle oder Brände gegeben hatte. Er brauchte eine Bestätigung für seine Daten. Vielleicht stimmte ja mit dem Satellitensignal etwas nicht. Die einzige Möglichkeit das herauszufinden, war, daß er sein tragbares Suchgerät nahm und die Ratten draußen im Feld aufspürte. Rasch zog er sich an und machte sich auf den Weg zu seinem Pick-up.

»Skinner, hast du Lust auf 'ne Spazierfahrt?«

Skinner wedelte mit dem Schwanz und schoß auf den Pickup zu. Das wurde auch mal Zeit, dachte er. Nix wie weg von der Küste, Futter-Typ. Und zwar schnell.

Auf dem Bildschirm drinnen im Haus sonderten sich zehn der grünen Punkte von den anderen ab und bewegten sich auf die Küste zu.

DAS SEEUNGEHEUER

Das Seeungeheuer kroch auf den Strand. Es brüllte lautstark, als seine Beine mit einem Mal die gesamte Last seines Körpergewichts zu tragen hatten und das zurückfließende Wasser zusätzlich an ihm zerrte. Das Verlangen, seinen Feind zu töten, war mittlerweile in den Hintergrund getreten, und statt dessen verspürte es Hunger infolge der Anstrengung, die es ihm bereitete, aus dem Meer zu kriechen. Ein Organ an der Basis seines Gehirns, das bei sämtlichen anderen Arten zu einem Zeitpunkt verschwunden war, als die einzig lebenden Vorfahren des Menschen als Kletterspitzmäuse über die Bäume huschten, sandte elektrische Wellen aus, um Nahrung anzulocken. Es war eben jenes Organ, das spürte, daß es hier Beutetiere in Hülle und Fülle gab.

Das Seeungeheuer kam zu dem fünfzehn Meter hohen Kliff, das den Strand umsäumte. Abgestützt auf seinen Schwanz richtete es sich auf und zog sich mit den Vorderbeinen nach oben. Es war dreiunddreißig Meter lang, und wenn es seinen dicken Hals ausstreckte, erreichte es eine Höhe von acht Metern. Die Füße an seinen Hinterbeinen waren breit und mit Schwimmhäuten versehen, die Vorderfüße hingegen klauenartig und zusätzlich zu den drei Fingerkrallen mit einem Daumen bewehrt, um Beute festzuhalten und zu töten.

Im trockenen Gras oberhalb des Strands hatte sich die Beute auch schon versammelt und wartete. Waschbären, Eichhörnchen, ein paar Stinktiere, ein Fuchs und zwei Katzen tollten im Gras herum – einige kopulierten, andere waren ganz darin vertieft, Flöhe in ihrem Fell aufzuspüren, während wiederum andere sich einfach auf dem Rücken im Gras wälzten, als wären sie außer sich vor Freude. Das Seeungeheuer ließ einmal kurz seine Zunge hervorschnellen und zog sie in seinen gigantischen Rachen. Nur ein paarmal gab es ein kurzes Krachen und Knirschen, denn den Großteil seiner Beute schluckte das Monster einfach herunter, ohne sich die Mühe zu machen, sie zu zerkauen. Schließlich stieß es einen Rülpser aus und genoß noch einmal das Stinktieraroma, wobei seine Kiefer zusammenklatschten wie zwei nasse Matratzen und seine Flanken als Ausdruck seines Wohlbehagens in Neongelb zu strahlen begannen.

Das Seeungeheuer kroch den Abhang hinauf, überquerte den Highway, der die Küste entlangführte, und schlich durch die schlafende Stadt. Die Straßen lagen verlassen da, die Lichter in den Geschäften an der Cypress Street waren ausgeschaltet. Der Bodennebel umwaberte die Fachwerkfassaden der im Pseudo-Tudorstil gehaltenen Häuser und bildete grüne Aureolen um die Lichter der Straßenlaternen. Über all dem thronte die rote Texaco-Reklame wie ein Leuchtfeuer.

Das Seeungeheuer wechselte seine Farbe zu einem Nebelgrau und schlängelte sich wie eine gewundene Wolke auf der Fahrbahnmitte die Straße entlang. Es folgte einem tiefen Brummgeräusch, das von unterhalb des roten Leuchtfeuers zu ihm drang, brach aus dem Nebel, und dann sah es sie.

Schnurrend lag sie da vor der verlassenen Texaco-Tankstelle. Sie war neckisch und verlockend. Dieses Kommher-Brummen. Dieses tiefe, sexy Knurren. Silberne Flanken, in denen sich der Nebel und das rote Texaco-Schild spiegelten. Sie riefen ihm zu, ja bettelten es an, sie zu besteigen. Das Seeungeheuer ließ seine Flanken in allen Farben des Regenbogens erstrahlen, um seine großartige Männlichkeit zu demonstrieren. Es stellte seine Kiemen auf, die zu leuchten begannen wie bewegte Lichtreklamen.

Das Seeungeheuer sandte ein Signal, das grob übersetzt in etwa lautete: »Hey, Süße, dich hab ich hier ja noch nie gesehen.« Sie lag nur da, schnurrte und spielte die Unschuld vom Lande, doch er wußte, daß sie ihn wollte. Sie hatte kurze schwarze Beine, einen Stummelschwanz und roch, als hätte sie vor kurzem ein Fischerboot gefressen, aber ihre silbernen Flanken waren einfach unwiderstehlich.

Damit sie sich behaglicher fühlte, wechselte das Seeungeheuer nun ebenfalls seine Farbe zu Silber und stellte sich auf die Hinterbeine, um ihr sein erigiertes Geschlechtsteil zu zeigen. Keine Reaktion – nur dieses scheue Schnurren. Er deutete dies als Einladung und kroch über den Parkplatz, um den Tanklastwagen zu besteigen.

ESTELLE

Estelle stellte eine Tasse Tee vor Catfish auf den Tisch und setzte sich dann mit ihrer eigenen Tasse ihm gegenüber hin. Catfish nippte an dem Tee, verzog das Gesicht und zog die Schnapsflasche aus seiner Gesäßtasche. Er hatte schon den Deckel abgeschraubt und wollte gerade einschenken, als Estelle seine Hand festhielt.

»Sie müssen erst mal einiges erklären, Mr. Bluesman.« Estelle war mehr als nur ein wenig verstört. Als sie den Strand eine halbe Meile hinter sich gelassen hatten, war sie von dem plötzlichen Bedürfnis umzukehren gepackt worden und hatte Catfish ins Lenkrad gegriffen. Es war der schiere Wahnsinn, und sie war über ihr Verhalten genauso erschrocken wie über das Ding am Strand, so daß sie gleich nach der Ankunft zu Hause ein Zoloft eingenommen hatte, obwohl sie ihre Tagesdosis bereits aufgebraucht hatte.

»Laß mich mal machen, Weib. Ich hab gesagt, ich erzähl's dir. Ich brauch jetzt was für die Nerven.«

Estelle ließ seine Hand los. »Was war das da am Strand?«

Catfish goß einen Schuß Whiskey in Estelles Tee und dann in seinen eigenen. Er grinste. »Du mußt wissen, Catfish war nicht immer mein Name. Als ich zur Welt kam, hieß ich Meriwether Jefferson. Das mit dem Catfish kam erst später.«

»Mein Gott, Catfish, ich bin jetzt sechzig. Werd ich das Ende der Geschichte noch erleben? Was war dieses verdammte Ding da im Wasser?« Diese Flucherei sah ihr überhaupt nicht ähnlich.

»Willst du's wissen oder nicht?«

Estelle nippte an ihrem Tee. »Entschuldige. Erzähl weiter.«

- 6 -

CATFISH

Das ist jetzt ungefähr fünfzig Jahre her. Ich bin damals durch den Süden gezogen und mit meinem Partner Smiley in den Tanzschuppen aufgetreten. Er hieß Smiley, weil er nie den Blues gehabt hat. Der Junge konnte den Blues zwar *spielen*, aber *gehabt* hat er ihn nie – keine Sekunde lang. Egal wie verkatert oder abgebrannt er war – er hat immer gelächelt. Ich sag zu ihm: »Smiley, du wirst nie besser spielen als Deaf Cotton, wenn du's nicht in dir spürst.«

Deaf Cotton Dormeyer war so 'n alter Knabe, mit dem wir von Zeit zu Zeit gespielt haben. Weißt du, damals gab's 'n Haufen Bluesmen, die blind waren. Deswegen hießen sie Blind Lemon Jefferson, Blind Willie Jackson und so weiter. Und diese Jungs konnten Blues spielen, Mannometer. Aber Deaf Cotton – der war so taub wie 'n Stein, was 'ne Ecke schlimmer ist als blind, wenn du Musiker bist. Das lief dann so, daß wir »Crossroads« gespielt haben, und Deaf Cotton hat daneben gesessen und »Walking Man's Blues« gespielt und gejault wie 'n Hund. Und wir haben einfach aufgehört, sind runter zum Laden, haben uns ein Nabs und 'ne Cola gekrallt, und Deaf Cotton hat einfach weitergespielt. Und er war noch am besten dran, weil er konnte ja nicht hören, wie elend schlecht er war. Aber es hatte einfach keiner das Herz, es ihm zu sagen.

Aber egal, ich sag also: »Dir fehlt einfach der Blues. Du wirst nie besser spielen als Deaf Cotton, wenn dich nicht irgendwann das heulende Elend packt.«

Und Smiley sagt: »Du mußt mir helfen.«

Smiley, mußt du wissen, ist mein Freund, und zwar schon ewig. Wir sind Partner. Also sag ich, ich werd dafür sorgen, daß der Blues ihn anspringt, aber er muß versprechen, daß er nicht sauer wird über die Art, wie ich das anstelle. Er sagt »in Ordnung«, und ich sag »in Ordnung«, und ich überleg mir, wie ich's schaffe, daß der Blues ihn in die Krallen kriegt und wir nach Chicago oder Dallas gehen können und Platten machen, damit wir mit Cadillacs durch die Gegend gurken können wie Muddy Waters oder John Lee Hooker und die andern Jungs.

Smiley hatte 'ne Frau, die hieß Ida May. Sie war 'n süßes kleines Ding. Und sie wohnte oben in Clarksville. Er hat immer erzählt, er muß sich keine Sorgen um Ida May machen, wenn er unterwegs ist, weil sie ihn tief und innig liebt und er für sie der einzige ist. Also erzähle ich Smiley eines Tages, daß in Baton Rouge ein Mann eine 1a Gibson-Gitarre für zehn Dollar zu verkaufen hat und ob Smiley sie nicht für mich abholen kann, weil ich schlimmen Dünnschiß habe und mich so nicht in den Zug setzen kann.

Und kaum daß ein halber Tag vergangen ist, seit Smiley abgefahren ist, statte ich der kleinen Ida May einen Besuch ab, mit 'ner Flasche Schnaps und ein paar Blumen unterm Arm. Sie ist ein junges Ding, und Schnaps trinken ist nicht ihr Ding, aber sobald ich ihr erzähle, daß der gute alte Smiley sich von 'nem Zug hat überfahren lassen, kippt sie den Sprit runter wie 'n alter Hase (wenn sie nicht gerade am Heulen oder Kreischen ist – ich selbst quetsche mir auch 'n paar Tränen raus, weil schließlich war er ja mein Partner und so, Gott sei seiner Seele gnädig). Und bevor man sich's versieht, liege ich auch schon mit Ida May in den Federn und besorg's ihr – seelischer Beistand in schlimmen Zeiten der Trauer und all so 'n Kram.

Und weißt du was? Als Smiley wieder zurück war, verliert er kein Wort darüber, daß ich mit Ida May geschlafen habe. Er sagt, es tut ihm leid, aber er konnte den Kerl mit der Gitarre nicht auftreiben, gibt mir meine zehn Dollar und sagt, er muß zurück nach Hause, weil Ida May so glücklich ist, ihn wiederzusehen, daß sie ihn schon den ganzen Tag verwöhnt. Ich sag, mich hat sie auch verwöhnt, aber er meint nur, das wär in Ordnung, weil sie ja so fertig war und ich sein bester Freund bin. Der Kerl war praktisch immun gegen den Blues.

Also hab ich mir von jemand einen Ford Model T gepumpt, bin damit rüber zu Smiley getuckert und hab seinen Hund platt gefahren – der war vor'm Haus angebunden. »Der Hund war eh schon alt«, sagte Smiley. »Den hatte ich schon, seit ich ein kleiner Junge war, und ich wollte für Ida May sowieso 'n kleinen Hund kaufen.«

»Das macht dir gar nix aus?« frage ich ihn.

»Nöö«, sagt er. »Der alte Köter war sowieso reif.«

»Smiley, du bist ein hoffnungsloser Fall. Sieht so aus, als müßt ich mal richtig gründlich nachdenken.«

Also denk ich richtig gründlich nach. Zwei Tage hat's gedauert, bis mir eingefallen ist, wie man's Smiley so heftig einschenken kann, daß er den Blues kriegt. Aber was passiert? Selbst in dem Moment, als er vor den rauchenden Überresten seines Hauses steht, Ida May im einen und seine Gitarre im anderen Arm, selbst in dem Moment fällt ihm nix Besseres ein, als Gott zu danken, daß sie's geschafft haben, aus dem Haus rauszukommen, ohne selbst zu verbrennen.

Ein Pastor hat mir irgendwann erzählt, es gibt Leute, die mit ihrem Leid wachsen. Er hat gesagt, wenn die Schwarzen was erreichen wollen, müssen sie mit ihrem Leid wachsen wie der alte Hiob in der Bibel. Also denke ich mir, daß Smiley jemand ist, der mit seinem Leid wächst, jemand, der nur um so stärker wird, je mehr Unglück über ihn kommt. Aber es gibt ja mehr als eine Möglichkeit, sich den Blues einzufangen. Nicht nur dadurch, daß einem was Schlimmes passiert, manchmal reicht's auch, wenn einem was Gutes *nicht* passiert – also durch Enttäuschung, du weißt, was ich meine?

Mir kommt also zu Ohren, daß sich da unten in der Gegend von Biloxi, irgendwo in den Salzsümpfen am Golf, ein Catfish – ein Wels – rumtreibt, so groß wie 'n Ruderboot, und niemand schafft es, ihn zu fangen. Es soll sogar einen Weißen geben, der demjenigen fünfhundert Dollar zahlt, der den Catfish an Land zieht. Es gibt haufenweise Leute, die versuchen, das Vieh zu fangen, aber sie haben kein Glück. Ich also hin zu Smiley und erzähle ihm, daß ich 'n Geheimrezept habe und wir den Catfish fangen, das Geld kassieren, um damit nach Chicago zu zischen und 'ne Platte zu machen.

Ich weiß natürlich, daß es keinen Catfish gibt, der so groß ist wie 'n Ruderboot, und wenn's einen gäbe, hätte ihn bestimmt schon jemand gefangen, aber was Smiley braucht, ist eine richtig saftige Enttäuschung, und schon wird der Blues ihn anspringen. Und was tu ich also? Die ganze Fahrt runter zum Golf mach ich ihm Hoffnungen, bis seine Augen anfangen zu glänzen. Wir fahren mit dem alten Model T, wo ich seinen Hund mit platt gemacht habe. Wir haben eine Leine von gut sechzig Meter Länge dabei, ein paar Haifisch-Haken und mein geheimes Catfish-Rezept. Was die Köder angeht, so denk ich mir, werden wir auf dem Weg schon was aufgabeln, und gleich darauf überfahre ich zwei Hühner, die 'n bißchen nah an der Straße rumspaziert sind.

Noch bevor's dunkel wird, sind wir schon am Bayou, wo der alte Catfish sich angeblich rumtreibt. Damals war's noch so, daß in der Hälfte aller Counties in Mississippi Schilder rumstanden »NIGGER, VERPISS DICH AUS DIESEM COUNTY, BEVOR DIE SONNE UNTERGEHT«, und deshalb haben wir's so eingerichtet, daß wir immer dorthin kamen, wo wir hinwollten, bevor's dunkel wurde.

Mein Geheimrezept ist ein großes Einmachglas voller Hühnergedärm, das ich ein Jahr lang in meinem Garten vergraben habe. Ich nehme also das Glas, steche 'n paar Löcher in den Deckel und kippe es ins Wasser. Smiley erkläre ich, daß so 'n Catfish die vergammelten Hühnerinnereien meilenweit riecht, und schwuppdiwupp kommt er angezischt. Dann spießen wir noch eins von den Hühnern auf 'n Haken, werfen ihn aus und machen's uns am Ufer gemütlich. Wir trinken 'n bißchen Schnaps, und ich laber die ganze Zeit irgendwelchen

Quatsch über die fünfhundert Dollar, und Smiley grinst dazu wie üblich.

Es dauert nicht lange, bis Smiley einpennt. Ich laß ihn schlafen, weil ich mir denke, die Enttäuschung ist noch größer, wenn er aufwacht und wir den Catfish nicht gefangen haben. Um ganz sicherzugehen, fange ich an, die Leine einzuholen, und kaum, daß ich sie drei Meter eingeholt habe, beißt irgendwas an. Die Leine zischt los und verbrennt mir die Hände, als wär 'n scheuer Gaul am anderen Ende. Ich muß wohl geschrien haben, denn plötzlich wacht Smiley auf und rennt in die andere Richtung davon. »Was soll'n das?« brülle ich, und die Scheißleine rauscht mir durch die Hände wie 'ne brennende Schlange.

Das war's dann wohl, denk ich mir und laß die Leine los. (Als Bluesman muß man auf seine Hände achtgeben.) Aber als die Leine zu Ende ist, spannt sie sich auf einmal wie 'ne E-Saite und macht »Twang«, und ich hab das ganze Gesicht voller Schlamm und Grünzeug. Ich dreh mich um und sehe, wie Smiley in dem alten Model T sitzt und Vollgas gibt. Die Leine hatte er an der Stoßstange festgemacht, und jetzt fährt er vom Ufer weg – mit was immer da im Wasser rumkraucht im Schlepptau. Das Vieh wehrt sich ganz schön, und der alte Ford schlenkert hin und her und kreischt und jault, als würd der Motor jeden Moment in die Luft fliegen, bis schließlich der größte Catfish, den ich je gesehn hab, am Ufer auftaucht – und das Vieh ist alles andere als begeistert. Es zuckt und zappelt und begräbt mich fast im Schlamm.

Smiley zieht die Handbremse und dreht sich um, um nachzusehen, was wir da gefangen haben. Da gibt auf einmal dieser Catfish einen Ton von sich, wie ich's in meinem Leben noch nie von 'nem Fisch gehört hab. Es hört sich an, wie 'ne kreischende Frau. Aber was mir 'n noch größeren Schrecken einjagt, ist das Geräusch, das von draußen vom Bajou kommt. Das hört sich nämlich an, als wär der Leibhaftige höchstpersönlich im Anmarsch.

»Jetzt hast du's geschafft, Smiley«, sag ich.

»Steig ein«, sagt er.

Mehr braucht er auch gar nicht zu sagen, weil draußen im Bayou plötzlich was auftaucht, das aussieht wie 'ne Lokomotive mit Zähnen, und das Ding kommt auf uns zugerauscht wie 'n D-Zug. Ich also rein in den Ford und wir nix wie weg, den Catfish immer noch im Schlepptau und das Monster hinter uns her.

Dauert nicht lange, bis wir 'n ziemlichen Vorsprung haben, und ich sag Smiley, er soll mal anhalten. Wir steigen aus und werfen 'n Blick auf unseren Fünfhundert-Dollar-Catfish. Das Vieh ist mittlerweile tot, zu Tode geschleift und ziemlich übel zugerichtet, aber weil der Vollmond scheint, können wir trotzdem erkennen, daß das, was wir da vor uns haben, kein normaler Catfish ist. Sicher, das Vieh hat Flossen, Schwanz und alles drum und dran, aber unten an seinem Bauch sind ihm Dinger gewachsen, die aussehen wie Beine.

Smiley sagt: »Was'n das?«

Und ich sag: »Keine Ahnung.«

»Und das da draußen?« fragt er.

»Das is' die Mama von dem hier«, sag ich. »Und die ist garantiert stinksauer auf uns.«

- 7 -

Das Wehklagen gequälter Blues-Seelen trifft auf die Cowboy-Tragik des Country & Western, und heraus kommt folgendes:

Man rackert und rackert, sitzt seine Zeit hinterm Steuer ab, reißt Stunde um Stunde auf langweiligen Straßen runter; man sitzt sich die Bandscheiben platt, und der Magen wird einem sauer von zuviel starkem Kaffee. Und schließlich, just in dem Augenblick, wo man einen gutbezahlten Job an Land gezogen hat, mit Sozialleistungen und so weiter und man schon das Licht am Ende des Tunnels sehen und dem Ruhestand freudig entgegenblicken kann, just dann, wenn man sich schon in einem Angelboot sieht mit einem Kasten Bier, der einen freundlich anlächelt wie eine willige Raststättenkellnerin namens Darlin – just in diesem Augenblick kommt ein Monster daher und fickt einem den Lastwagen durch. Und man selbst fliegt volle Kanne in die Luft. Dies ist die Geschichte von Al.

Al lag in der Kabine seines Tanklastwagens und döste vor sich hin, während unverbleite flüssige Dinosaurier durch ein dickes schwarzes Rohr in die unterirdischen Tanks der Texaco-Tankstelle von Pine Cove gepumpt wurden. Die Tankstelle war bereits geschlossen, und so war niemand an der Kasse, mit dem er hätte herumplaudern können. Dies war Als letzte Station, und alles, was jetzt noch vor ihm lag, war die kurze Strecke an der Küste entlang zu seinem Motel in San Junipero. Aus dem Radio, das leise vor sich hindudelte, drang die Stimme von Reba McEntyre, die mit der vollen Autorität einer schielenden, rothaarigen Millionärin davon sang, wie hart das Leben doch ist.

Als der Lastwagen sich zum ersten Mal bewegte, dachte Al, daß ihm eventuell ein besoffener Tourist von hinten in den Wagen gefahren war. Doch dann fing das Gerüttel an, und er gelangte zu der Überzeugung, daß dies nun das große Jahrhundertbeben war, die große Endzeit-Nummer, bei der Städte in Schutt und Asche fielen und Brücken durchknickten wie trockene Zweige. Solche Dinge gingen einem nun mal im Kopf rum, wenn man mit vierzigtausend Litern explosiver Flüssigkeit im Schlepptau durch die Gegend gurkte.

Durch die Windschutzscheibe konnte Al das Texaco-Schild sehen, und er überlegte, daß das Ding doch eigentlich hin und her schwingen müßte wie ein Grashalm im Wind, doch das war nicht der Fall. Er mußte raus und die Pumpe abstellen.

Der Laster wackelte und schaukelte, als würde ein Nashorn ihn rammen. Al packte den Türgriff und drückte dagegen. Die Tür ließ sich nicht öffnen. Irgendwas blockierte sie. Auch das Fenster war versperrt. Ein Baum? War das Dach über den Zapfsäulen auf ihn runtergekracht? Er schaute zur Beifahrertür hinaus, doch diese war ebenfalls durch irgendwas versperrt. Es war nicht aus Metall, und es war auch kein Baum. Es hatte Schuppen. Durch die Windschutzscheibe sah Al einen dunklen feuchten Fleck, der sich auf dem Asphalt ausbreitete, und augenblicklich entleerte sich seine Blase.

»Ach du Scheiße, Scheiße, Scheiße!«

Er griff nach dem Schraubenschlüssel hinter seinem Sitz, um damit die Windschutzscheibe herauszuhauen, doch schon im nächsten

Augenblick war von Al nichts mehr übrig außer ein paar flammende Fetzen und qualmende Bröckchen, die über den Pazifik flogen.

Ein öliger Rauchpilz erhob sich über einer Flammensäule, die dreihundert Meter in die Höhe ragte. Die Druckwelle knickte alle Bäume im Umkreis von hundert Metern um wie Streichhölzer und ließ die Fenster der Häuser im Umkreis von dreihundert Metern bersten. Eine halbe Meile entfernt wurden die Alarmanlagen im Geschäftszentrum von Pine Cove durch Bewegungsmelder ausgelöst, und ihr Schrillen mischte sich in das Fauchen der Flammen. Mit einem Schlag war Pine Cove hellwach, und es schlotterte vor Angst.

Das Seeungeheuer wurde siebzig Meter hoch in die Luft geschleudert und landete mit dem Rücken voran auf den brennenden Überresten von Bert's Burger Stand. In den fünftausend Jahren seiner Existenz auf diesem Planet hatte es noch nie die Erfahrung des freien Fluges gemacht, und nun stellte es fest, daß ihm nichts entgangen war. Von der Nase bis zum Schwanz war es mit brennendem Benzin bedeckt, seine Kiemen waren so versengt, daß nur noch kurze Stummel davon übrig waren, und verbogene Metallfetzen ragten zwischen den Schuppen aus seinem Bauch hervor. Immer noch in Flammen stehend machte es sich auf den Weg zur nächsten Wasserstelle. Das war der Bach, der an der Rückseite des Geschäftsviertels entlangfloß. Als der Unhold sich in das Bachbett hinabwälzte, blickte er noch einmal zurück zu der Stelle, wo seine Geliebte ihn verschmäht hatte, und sandte ein Signal aus. Mittlerweile war sie zwar verschwunden, doch er sandte sein Signal trotzdem. Grob übersetzt lautete es: »Ein einfaches ›Nein‹ hätte auch gereicht.«

MOLLY

Das Plakat nahm die Hälfte der Wohnzimmerwand ihres Trailers ein. Es zeigte die junge Molly Michon in einem schwarzen Lederbikini und mit nietenbesetztem Hundehalsband, die ein fies aussehendes Breitschwert schwang. Im Hintergrund erhoben sich rote Rauchpilze über einer Wüstenlandschaft. *Warrior Babes of the Outland*, auf italienisch natürlich; Mollys Filme waren nur in Übersee in den Kinos gezeigt worden – in Amerika waren sie gleich als Video vermarktet worden. In der gleichen Pose wie damals vor fünfzehn Jahren stand Molly nun auf der Kabeltrommel, die ihr als Kaffeetisch diente. Das Schwert hatte seinen Glanz verloren, Mollys Sonnenbräune war verblaßt, ihr blondes Haar grau, und oberhalb ihrer rechten Brust verlief eine gezackte, fünfzehn Zentimeter lange Narbe. Doch der Bikini paßte noch immer, und an ihren Armen, Schenkeln und dem Bauch spannten sich drahtige Muskeln.

Molly hielt sich fit. In den frühen Morgenstunden ging sie hinaus auf den freien Stellplatz neben ihrem Trailer und schwang das Schwert wie eine tödliche Keule, sie machte Ausfallschritte und stach auf unsichtbare Gegner ein, und sie vollführte den spektakulären Salto rückwärts, mit dem sie zum Star geworden war (jedenfalls in Thailand). Um zwei Uhr morgens, wenn der ganze Ort um sie herum in tiefem Schlummer lag, verwandelte sich Molly, die durchgeknallte Lady, noch einmal in Kendra, die Kampfmieze der Atomwüste.

Sie trat von dem Couchtisch herunter und ging in ihre winzige Küche, wo sie das braune Fläschchen öffnete, eine der Pillen herausnahm und sie feierlich in den Abfalleimer fallen ließ – eine Veranstaltung, die sie nun schon seit einem Monat jede Nacht wiederholte. Dann verließ sie ihren Trailer, machte leise die Tür zu, damit ihre Nachbarn nicht aufwachten, und fing mit ihrem Programm an.

Als erstes Dehnübungen – Spagat im hohen, feuchten Gras, dann ein Bein anwinkeln wie ein Hürdenläufer, Fuß rechtwinklig in die Höhe strecken und mit der Stirn zum Knie. Sie spürte ihre Bandscheiben knacken wie eine Reihe kleiner Chinakracher, als sie ihre Rumpfbeugen rückwärts machte. Und dann – die Schenkel feucht vom Tau, das Haar mit einem Lederband zusammengebunden – begann sie mit der Schwertarbeit. Beidhändiger Hieb, Stoß, Riposte, Sprung über die Klinge, Drehung um die eigene Achse und zuschlagen – das Ganze zunächst langsam und dann mit immer mehr Schwung –, Drehung mit dem Schwert in einer Hand, Handwechsel, das Ganze in der anderen Richtung, Handwechsel hinter dem Rükken, immer schneller, bis das Schwert pfeifend durch die Luft zischte, während sie sich zu einer Reihe von Rückwärtssaltos vorarbeitete, bei denen das Schwert in Bewegung blieb, eins, zwei, drei. Sie schleuderte das Schwert in die Luft, vollführte ihren Salto rückwärts und streckte die Hand aus, um es mitten in der Drehung aufzufangen. Mittlerweile bedeckte ein dünner Schweißfilm ihren ganzen Körper – *Hand ausstrecken, auffangen*. Das Schwert erschien als Silhouette vor einem dreiviertel vollen Mond – *Hand ausstrecken, auffangen*. Und mit einem Mal färbte der Himmel sich rot. Die Druckwelle walzte sich durch Pine Cove, und Molly schaute sich um. Die Klinge schnitt in die Oberseite ihres Handgelenks und blieb dann zitternd im Boden stecken. Molly fluchte und schaute zu, wie sich über dem Himmel von Pine Cove ein orangefarbener Rauchpilz erhob.

Sie hielt ihr Handgelenk umklammert und starrte einige Minuten lang auf die Feuersäule im Himmel. Sie fragte sich, ob das, was sie da sah, wirklich existierte, oder ob es vielleicht ein wenig voreilig gewesen war, ihre Medikamente nicht mehr zu nehmen. In der Ferne heulte eine Sirene, dann hörte sie, wie sich etwas das Bachbett entlang bewegte – es klang, als ob große Felsbrocken zur Seite geschubst würden. Mutanten, dachte sie. Wo es Rauchpilze gab, gab es auch Mutanten, der Fluch von Kendras nuklear verseuchter Welt.

Molly schnappte sich das Schwert und rannte in ihren Trailer, um sich zu verstecken.

THEO

Bis die Druckwelle der Explosion Theos Hütte zwei Meilen außerhalb des Ortes erreicht hatte, war sie zu einem lauten Knall verebbt. Dennoch wußte er sofort, daß etwas passiert war. Er richtete sich in seinem Bett auf und wartete darauf, daß das Telefon klingelte. Anderthalb Minuten später tat es das auch. Die Notrufzentrale aus San Junipero war am anderen Ende.

»Constable Crowe? Bei Ihnen in Pine Cove gab's eine Explosion an der Texaco-Tankstelle an der Cypress Street. In der näheren Umgebung gibt es Brände. Ich habe Feuerwehr und Krankenwagen alarmiert, aber Sie sollten sich ebenfalls auf den Weg machen.«

Theo bemühte sich, einigermaßen wach zu klingen. »Jemand verletzt?«

»Das wissen wir noch nicht. Der Notruf kam gerade erst rein. Hört sich so an, als wäre ein Tanklastwagen in die Luft geflogen.«

»Ich bin schon unterwegs.«

Theo schwang seine langen Beine aus dem Bett und zog seine Jeans an. Er schnappte sich sein Hemd, das Handy und den Beeper vom Nachttisch und ging hinaus zu seinem Volvo. Er blickte in Richtung Stadt und sah den orangefarbenen Widerschein der Flammen und dicke schwarze Wolken, die sich über den vom Mond erleuchteten Himmel zogen.

Kaum daß er den Wagen anließ, drangen aus dem Funkgerät auch schon die Stimmen der freiwilligen Feuerwehrleute, die in den beiden Löschzügen von Pine Cove zur Unglücksstelle rasten.

Theo schaltete das Mikro ein. »Hey, Jungs, hier ist Theo Crowe. Schon irgendwer vor Ort?«

»Vermutliche Ankunftszeit in einer Minute, Theo«, kam die Antwort. »Der Rettungswagen ist schon da.«

Ein Rettungssanitäter meldete sich über Funk. »Die Tankstelle ist weg, die Burger-Bude genauso. Sieht nicht so aus, als würde sich das Feuer ausbreiten. Ich kann hier niemanden sehen, aber wenn jemand in einem von den beiden Läden war, ist er jetzt Toast.«

»Sehr feinfühlig, Vance. Überaus professionell«, sagte Theo ins Mikrophon. »Dauert noch fünf Minuten und ich bin da.«

Der Volvo schoß über die holprige Straße, und Theo knallte mit dem Kopf gegen das Wagendach. Er machte etwas langsamer und legte seinen Sicherheitsgurt an.

Bert's Burger Stand war weg. Nicht mehr da. Und der Mini-Markt an der Texaco-Tankstelle ebenfalls. Dem Erdboden gleichgemacht. Theo spürte ein Knurren im Magen, als er sich vorstellte, wie seine heiß geliebten Nachos aus dem Mini-Markt in den Flammen zu Holzkohle verbrannten.

Fünf Minuten später hielt er hinter dem Krankenwagen an und

sprang aus dem Volvo. Allem Anschein nach war es den Feuerwehrleuten gelungen, die Flammen auf die asphaltierte Zone um die Tankstelle und die Burger-Bude einzugrenzen. Das Unterholz auf dem Hügel hinter der Tankstelle hatte wohl ebenfalls gebrannt, wobei ein paar Bäume angesengt worden waren, doch die Feuerwehr hatte ihre Wasserwerfer doch zuerst eingesetzt, um zu verhindern, daß sich das Feuer in die Wohngebiete weiter oben am Hang ausbreitete.

Theo schirmte sein Gesicht mit beiden Händen ab. Die brennende Tankstelle strahlte eine sengende Hitze ab, die selbst in dreißig Meter Entfernung kaum erträglich war. Eine Gestalt in einem Schutzanzug der Feuerwehr kam durch den Qualm auf Theo zu. Kurz bevor sie vor ihm stand, klappte sie das Visier des Helmes hoch, und Theo erkannte Robert Masterson, den Chef der freiwilligen Feuerwehr. Er und seine Frau Jenny waren die Besitzer von Brine's Angelbedarf, Bootsausrüstung und Erlesene Weine. Er lächelte.

»Theo, du bist dem Hungertod geweiht – deine beiden Nahrungsquellen sind dahin.«

Theo rang sich ein Lächeln ab. »Sieht so aus, als müßt ich in Zukunft zu euch kommen und mich mit Brie und Cabernet eindecken. Gibt's Verletzte?« Theo zitterte. Er hoffte, daß Robert es im Licht des Feuers und im zuckenden Blaulicht der Rettungsfahrzeuge nicht bemerkte. Er hatte seinen Sneaky Pete auf dem Nachttisch vergessen.

»Wir können den Fahrer des Lastwagens nirgends finden. Wenn er drin war, als es passiert ist, können wir nichts mehr für ihn tun. Es ist immer noch zu heiß, um näher ranzugehen. Die Explosion hat die Kabine achtzig Meter weit da rüber geschleudert.« Robert deutete auf einen glühenden Haufen Metall am Ende des Parkplatzes.

»Was ist mit den unterirdischen Tanks? Sollten wir evakuieren oder so was?«

»Nein. Mit denen passiert nichts. Die Dinger haben Dunstventile eingebaut, also kann kein Sauerstoff eindringen und folglich auch nichts Feuer fangen. Was von dem Mini-Markt noch übrig ist, müssen wir halt ausbrennen lassen. Da waren ein paar Kisten Slim Jims drin, die in Brand geraten sind und brennen wie Zunder. Wir kommen einfach nicht nahe genug ran.«

Theo kniff die Augen zusammen und starrte in die Flammen. »Ich liebe Slim Jims«, sagte er niedergeschlagen.

Robert klopfte ihm auf die Schulter. »Mach dir keine Sorgen. Ich werd für dich welche bestellen, aber du darfst nicht weitererzählen, daß du sie bei mir kriegst. Und noch was, Theo, wenn das hier vorbei ist, komm doch mal zu mir in den Laden. Dann können wir uns unterhalten.«

»Unterhalten? Worüber?«

Robert setzte seinen Feuerwehrhelm ab und wischte sich die mittlerweile etwas schütteren Haare aus der Stirn. »Ich war zehn Jahre lang am Saufen. Ich hab aufgehört. Vielleicht kann ich dir irgendwie helfen.«

Theo schaute weg. »Mir geht's prima. Danke.« Er deutete auf einen drei Meter breiten, verbrannten Streifen, der auf der anderen Straßenseite seinen Anfang nahm und vom Feuer wegführte zum Bach. »Hast du 'ne Ahnung, was das zu bedeuten hat.«

»Sieht so aus, als hätte jemand ein brennendes Auto aus dem Feuer weggefahren.«

»Ich seh mir das mal an.« Theo nahm die Taschenlampe aus dem Volvo und überquerte die Straße. Das Gras war versengt, und hier und da wies der Boden tiefe Furchen auf. Man konnte von Glück sagen, daß das Ganze passiert war, nachdem die ersten Regenfälle bereits eingesetzt hatten. Zwei Monate zuvor hätte der ganze Ort in Schutt und Asche gelegen.

Theo folgte der Spur bis zum Bachbett. Er rechneten fest damit, am Bachufer ein Autowrack zu finden, das über die Böschung gebrettert war, doch es war nichts dergleichen zu sehen. Die Spur endete am Ufer. Das Wasser war nicht tief genug, als daß darin etwas hätte verschwinden können, das groß genug war, eine Spur wie diese zu hinterlassen. Er ließ den Lichtkegel der Taschenlampe am Ufer entlangschweifen und stoppte, als eine einzelne, tief eingegrabene Spur im Schlamm zu sehen war. Er blinzelte, schüttelte den Kopf, um sicher zu sein, daß er richtig sah, und schaute dann noch einmal hin. Das war doch nicht möglich.

»Irgendwas zu sehen?« Robert kam über das nasse Gras auf Theo zu.

Dieser sprang die Böschung hinunter und trampelte im Schlamm herum, bis die Spur völlig unkenntlich war.

»Nichts«, sagte Theo. »Anscheinend ist eine Ladung brennendes Benzin in die Richtung gespritzt.«

»Was machst du da?«

»Die Überreste von 'nem brennenden Eichhörnchen austreten. Hat vermutlich dort drüben Feuer gefangen und ist bis hierhergerannt. Armer kleiner Kerl.«

»Du mußt wirklich mal bei mir vorbeikommen, Theo.«

»Mach ich, Robert. Ganz sicher.«

- 8 -

DAS SEEUNGEHEUER

Er wußte, daß er wieder ins Meer zurückkehren sollte, wo er in Sicherheit war, doch seine Kiemen waren versengt, und bis sie geheilt waren, wollte er lieber keinen Fuß ins Wasser setzen. Wenn er gewußt hätte, daß das Weibchen so aus der Haut fahren würde, hätte er seine Kiemen in die schuppenbesetzten Hautfalten eingezogen, wo sie geschützt gewesen wären. So kroch er nun das Bachbett entlang, bis er eine Herde von Tieren entdeckte, die oberhalb der Böschung schliefen. Es waren häßliche Wesen, blaß und ungestalt, und er spürte, daß in jedem von ihnen Parasiten wohnten, aber dies war nicht der Augenblick, um wählerisch zu sein. Schließlich hatte es ja auch irgendwann mal eine unerschrockene Bestie gegeben, die als erstes damit angefangen hatte, Mastodons zu fressen, und wer hätte sich damals ausgemalt, daß diese pelzigen Dinger so schmackhaft sein konnten.

Jedenfalls konnte er in dieser wurmbefallenen Herde untertauchen, bis seine Kiemen geheilt waren, und dann vielleicht zum Dank eines der Weibchen durchrammeln. Im Augenblick jedoch versetzte ihm der Gedanke an das schnurrende Weibchen mit den silbernen

Flanken noch immer Stiche im Herzen. Er brauchte Zeit, um wieder auf die Beine zu kommen.

Das Seeungeheuer glitt die Böschung hinauf zu einem freien Platz inmitten der Herde, klemmte Schwanz und Beine unter den Bauch und nahm die gleiche Gestalt an wie die Tiere der Herde. Die Verwandlung war schmerzhaft und kostete es mehr Mühe, als es gewohnt war, doch nach ein paar Minuten war es vollbracht, und das Seeungeheuer schlief leise ein.

MOLLY

Nein, so hatte sie sich das nicht vorgestellt. Sie hatte aufgehört, ihre Medikamente zu nehmen, weil sie davon Schüttelfrost bekommen hatte, und sie war durchaus gewillt, sich mit den Stimmen herumzuschlagen, falls sie wieder zurückkehrten. Aber das war zuviel. Mit so was hatte sie nicht gerechnet. Sie war schwer versucht, zu ihrer Kochnische zu rennen und eine ihrer blauen Pillen zu schlucken (Stelazine – Vernunft-Schlümpfe, wie sie sie nannte), um zu sehen, ob sich damit die Halluzination vertreiben ließ, aber sie konnte sich einfach nicht vom Fenster ihres Trailers losreißen. Es war einfach zu abgedreht. Konnte es sein, daß da draußen ein riesiges, angekokeltes Monstrum aus dem Bachbett kroch? Und wenn ja, hatte sie gerade mit angesehen, wie es sich in einen extrabreiten Trailer verwandelt hatte?

Halluzinationen – das war eines der Symptome von Schizophrenie. Molly hatte eine Liste aller Symptome. Um genau zu sein, sie hatte die lose Blattsammlung von *DSL-IV – Diagnostischer und Statistischer Leitfaden*, vierte Auflage, das Buch, mit dessen Hilfe Psychiater Geisteskrankheiten diagnostizieren – von Valerie Riordan gestohlen. Dem *DSL-IV* zufolge mußte man zwei von fünf Symptomen aufweisen. Halluzinationen waren eines davon. Okay, das konnte sein. Aber Wahnvorstellungen? Kam nicht in die Tüte. Wie konnte sie an Wahnvorstellungen leiden, wenn sie wußte, daß sie Halluzinationen hatte? Nummer drei war wirre Sprache oder Inkohärenz. Das konnte sie ja mal versuchen.

»Hallo, Molly, wie geht's denn so?« fragte sie.

»Nicht besonders, aber danke der Nachfrage. Ich mache mir Sorgen, daß meine Sprache wirr und inkohärent sein könnte«, erwiderte sie.

»Na ja, für mich hörst du dich prima an«, kam die höfliche Antwort.

»Danke dafür, daß du das sagst«, erwiderte sie voll ernsthafter Dankbarkeit. »Ich denke mal, mit mir ist alles bestens.«

»Dir geht's prima. Klasse Arsch, übrigens.«

»Oh, danke, aber deiner ist auch nicht schlecht.«

»Siehst du. Kein bißchen wirr oder inkohärent«, erklärte sie, ohne zu bemerken, daß die Unterhaltung vorüber war.

Symptom Nummer vier war hochgradig unorganisiertes bis katatonisches Verhalten. Sie schaute sich in ihrem Trailer um. Das Geschirr war größtenteils abgespült, die Videobänder ihrer Filme waren chronologisch geordnet, und ihr Goldfisch war immer noch tot. Fehlanzeige, hier gab's nichts, was unorganisiert gewesen wäre. Schizo gegen Klar-im-Kopf 1:3.

Nummer fünf, negative Symptome, wie beispielsweise affektive Verflachung, Alogie oder Avolition. Nun ja, bei einer Frau über vierzig verflachten die Affektionen nun mal ein bißchen, aber sie war sich so sicher, daß die beiden anderen Symptome nicht auf sie zutrafen, daß sie sich erst gar nicht die Mühe machte, sie nachzuschlagen.

Dann war da allerdings noch eine Fußnote: »Sollten die Wahnvorstellungen bizarrer Natur sein oder die Halluzinationen eine Stimme beinhalten, die einen fortlaufenden Kommentar zum Verhalten der betreffenden Person liefert, so genügt ein einziges der aufgeführten Kriterien.«

Aha, dachte sie. Wenn ich einen Erzähler habe, bin ich absolut durchgeknallt. In den meisten der Kendra-Filme hatte es einen Erzähler gegeben. Denn dadurch ließ sich die Geschichte besser zusammenhalten, die in einer Zukunft nach dem Atomkrieg spielte, in Wirklichkeit aber in einem verlassenen Tagebaugebiet in der Nähe von Barstow gedreht worden war. Außerdem ließ sich eine Erzählstimme ohne große Probleme in andere Sprachen übertragen, denn man mußte nicht darauf achten, daß die Übersetzung lippensynchron war. Also lautete die Frage, die sie sich nun zu stellen hatte: »Habe ich einen Erzähler?«

»Nie im Leben«, sagte der Erzähler.

»Scheiße«, sagte Molly. Just in dem Augenblick, wo sie sich damit abgefunden hatte, unter einer simplen Persönlichkeitsstörung zu leiden, mußte sie wieder von neuem lernen, sich psychotisch aufzuführen. Als Schizo hatte man es gar nicht so schlecht. Schließlich hatte sie der Tatsache, daß bei ihr vor zehn Jahren Schizophrenie diagnostiziert worden war, eine monatliche Rentenzahlung wegen Schwerbehinderung zu verdanken. Val Riordan hatte ihr allerdings versichert, daß sich ihr Krankheitsbild seitdem gewandelt hatte – und zwar von Schizophrenie, paranoider Typus, mono-episodisch, mit teilweiser Rückbildung und vorwiegend negativen Symptomen, paranoiden Wahnvorstellungen und negativen Stressoren (in Mollys Augen waren die negativen Stressoren eine Art »Spezialsauce extrascharf«) zu einer wesentlich gesünderen Variante, nämlich einer postmorbiden, schizotypischen Persönlichkeitsstörung bipolaren Typs (ohne »Spezialsauce extrascharf«). Um es in die letztere Kategorie zu schaffen, mußte man mindestens einen psychotischen Vorfall nach- sowie fünf von neun Symptomen aufweisen. Es war eine wesentlich vertracktere und subtilere Version von »absolut durchgeknallt«. Mollys Lieblingssymptom war: »Eigenartige religiöse Auffassungen oder Neigung zu Aberglauben, die das Verhalten beeinflussen und von subkulturellen Normen abweichen.«

Der Erzähler sagte: »Aberglauben – das wäre also, wenn du glaubst, in einer anderen Dimension wirklich Kendra, die Killermieze aus der Atomwüste, zu sein?«

»Schon wieder dieser Scheißerzähler aus dem Off«, sagte Molly. »Du hast wohl keine Lust zu verschwinden? Das ist ein Symptom, das ich absolut nicht gebrauchen kann.«

»Eigentlich kann man ja nicht sagen, daß dein Aberglauben verhaltensbeeinflussend wäre, oder doch?« fragte der Erzähler aus dem Off. »Ich glaube nicht, daß du das Symptom für dich beanspruchen kannst.«

»Zum Teufel, nein«, erkärte Molly. »Der einzige Grund, warum ich nachts um zwei mit dem Schwert trainiere, ist der, daß ich auf das Ende der Zivilisation warte, um dann meine wahre Identität beanspruchen zu können.«

»Du versuchst einfach nur, in Form zu bleiben. Das macht heutzutage jeder.«

»Um in der Lage zu sein, fiese Mutanten zu Klump zu hauen?«

»Klar, Nautilus baut sogar 'ne Maschine nur zu diesem Zweck. Den Mutant Master 5000.«

»Das ist doch Stuß.«

»Entschuldige, ich bin schon still.«

»Da wäre ich dir wirklich dankbar. Auf das ›Stimmen-Symptom‹ kann ich nämlich gut verzichten, danke.«

»Da wäre allerdings immer noch die Monster-Trailer-Halluzination da draußen.«

»Ich dachte, du würdest endlich die Klappe halten.«

»Entschuldige, von jetzt an hörst du von mir kein Wort mehr.«

»Knalldepp.«

»Blöde Ziege.«

»Du hast gesagt…«

»Entschuldigung.«

Nun denn, ohne die Stimmen mußte sie sich nur noch mit der Halluzination herumschlagen. Der Trailer stand noch immer an Ort und Stelle, und zugegebenermaßen sah er wirklich aus wie ein ganz normaler Trailer. Molly konnte sich nur allzugut ausmalen, wie sie versuchte, dem Seelenklempner bei der Einlieferung in der Nervenklinik davon zu erzählen.

»Sie haben also einen Trailer gesehen?«

»Richtig.«

»Und Sie wohnen in einem Trailer-Park?«

»Korrekt.«

»Ich verstehe«, würde der Typ dann sagen. Und irgendwo zwischen diesen beiden Worten lauerte das Urteil: geisteskrank.

Nein, so würde sie auf gar keinen Fall vorgehen. Sie würde sich ihren Ängsten stellen und mutig voranschreiten, genau wie Kendra in *Tod den Mutanten: Warrior Babes II*. Sie schnappte sich das Schwert und verließ den Trailer.

Das Sirenengeheul war mittlerweile verebbt, doch der Himmel schimmerte noch immer orange in Folge der Explosion. War wohl doch keine Atomexplosion, dachte sie, sondern eher irgendein Unfall. Sie schritt über das Gelände und blieb etwa drei Meter vor dem Trailer stehen.

Aus der Nähe sah er aus – na ja, wie ein Trailer eben. Die Tür war an der falschen Stelle – an der Schmalseite anstatt seitlich. Die Fenster waren milchig und undurchsichtig, wie mit Rauhreif beschlagen. Das ganze Ding war mit einer rußigen Patina bedeckt, aber es war ein Trailer. Mit einem Monster hatte es jedenfalls nicht die geringste Ähnlichkeit.

Sie machte ein paar Schritte vorwärts und stach zaghaft mit dem Schwert hinein. Die Aluminiumhülle des Trailers schien sich vor der Schwertspitze zurückzuziehen. Molly machte einen Satz rückwärts.

Eine warme Woge des Wohlgefühls rauschte durch ihren Körper. Eine Sekunde lang vergaß sie, warum sie überhaupt hergekommen war, und ließ sich von dieser Welle mitreißen. Sie stach noch einmal in den Trailer, und wieder schwappte diese Welle über sie hinweg, diesmal sogar noch intensiver. Da war keine Furcht, keine Anspannung, nur das sichere Gefühl, daß sie exakt da war, wo sie hingehörte – wo sie schon immer hingehörte. Sie ließ das Schwert fallen und sich von diesem Gefühl überwältigen.

Der milchige Film über den beiden Fenstern an der Schmalseite des Trailers schien sich zu heben und den Blick frei zu geben auf die schlitzartigen Pupillen zweier goldfarbener Augen. Dann ging die Tür auf: Sie öffnete sich in halber Höhe und glitt nach unten und oben auf wie ein Mund. Molly machte auf dem Absatz kehrt und rannte davon, doch noch im Rennen fragte sie sich, warum sie nicht dort bei dem Trailer geblieben war, wo sie sich so rundum wohl gefühlt hatte.

ESTELLE

Estelle trug einen Fedora aus Leder, eine Sonnenbrille und eine einzelne lavendelfarbene Socke. Auf ihrem Gesicht leuchtete ein schwaches, zufriedenes Lächeln. Irgendwann, nachdem ihr Ehemann gestorben war – nachdem sie nach Pine Cove gezogen war und angefangen hatte, Antidepressiva zu nehmen, nachdem sie aufgehört hatte, sich die Haare zu färben oder sich um ihre Garderobe zu kümmern –, hatte Estelle geschworen, daß niemals wieder ein Mann sie nackt sehen würde. Damals war ihr dies als ein faires Geschäft erschienen: Fleischeslust, wovon es soviel nicht gab, gegen Süßigkeiten ohne schlechtes Gewissen, und davon gab es reichlich. Nun, da sie ihren Schwur gebrochen hatte und unter ihrem Federbett neben diesem verschwitzten, sehnigen alten Mann lag, der mit seiner Zunge an ihrer linken Brustwarze herumschleckte (wobei es ihm offensichtlich nichts ausmachte, daß besagte Brustwarze sich auf ihrem Sockel doch eher seitlich in Richtung Arm neigte, anstatt senkrecht wie die Kuppel des Taj Mahal gen Himmel aufzuragen), hatte Estelle das Gefühl, endlich das Lächeln der Mona Lisa zu verstehen. Mona hatte wohl gerade von dem einen genascht, ohne auf ihre Süßigkeiten zu verzichten.

»Du bist mir mal ein Geschichtenerzähler«, sagte Estelle.

Eine feingliedrige schwarze Hand kroch Estelles Schenkel hinauf wie eine Spinne und verharrte mit dem Zeigefinger auf der feuchten Stelle, wo es am schönsten war. Estelle wurde von einem Schauder gepackt. »Ich bin noch nicht fertig«, sagte Catfish.

»Ach nein? Und was war dieses ›Halleluja, mein Gott, endlich zu Hause!‹ und das Gebell danach?«

»Ich bin mit der Geschichte noch nicht fertig«, sagte Catfish mit bemerkenswert klarer Aussprache angesichts der Tatsache, daß er seinen Schleckrhythmus unbeirrt beibehielt.

Mundharmonikaspieler, dachte Estelle und sagte: »Entschuldige, ich weiß auch nicht, was über mich gekommen ist.«

Sie wußte es wirklich nicht. Gerade hatten sie noch Tee mit Schuß getrunken, und im nächsten gab es eine Explosion, und sie hatte ihre Lippen auf seine gepreßt und nur noch leidenschaftliche Klagelaute von sich gegeben wie ein Saxophonist, der mit aller Inbrunst sein Instrument bearbeitet.

»Ich hab mich ja auch nicht gewehrt«, sagte Catfish. »Wir haben noch viel Zeit.«

»Ach ja?«

»Klar, aber von jetzt an mußt du für mich aufkommen. Deinetwegen bin ich den Blues los, und ich hab so das Gefühl, als würd er nicht wieder zurückkommen. Dadurch bin ich auch meinen Job los.«

Estelle senkte den Blick und sah Catfish im gedämpften orangefarbenen Licht grinsen. Sie grinste zurück. Dann fiel ihr ein, daß sie überhaupt keine Kerzen angezündet hatten und daß sie keine orangefarbenen Glühbirnen hatte. Irgendwann im Verlauf des Handgemenges auf dem Weg von der Küche ins Schlafzimmer, als sie sich die Kleider vom Leib gerissen und ihre Hände das nackte Fleisch des anderen betastet hatten – irgendwann um den Dreh hatten sie das Licht ausgeschaltet. Der orangefarbene Schimmer drang durch das Fenster am Fußende des Betts.

Estelle richtete sich auf. »Die Stadt brennt.«

»Das ist hier drin«, sagte Catfish.

Sie zog das Laken hoch, um sich zuzudecken. »Wir müssen was unternehmen.«

»Ich hätte da schon so ’ne Idee.« Er bewegte seine Spinnenfinger ein wenig, und schon richtete sich ihre Aufmerksamkeit auf etwas anderes als das Fenster.

»Schon wieder?«

»Kommt mir auch ’n bißchen schnell vor, Mädchen, aber ich bin alt, und es könnte das letzte Mal für mich sein.«

»Was für ein reizender Gedanke.«

»Ich bin ein Bluesman.«

»Allerdings«, sagte sie und rollte sich auf ihn. Und dort blieb sie mit einigen Unterbrechungen bis zum Morgengrauen.

- 9 -

Daß dies ein spitzenmäßiger Tag werden würde, wußte Mikey »der Sammler« Plotznik in dem Augenblick, als er in die Stadt gerollt kam und sah, daß die Texaco-Tankstelle in die Luft geflogen und im Umkreis von vierzig Metern alles verkohlt war. Es war jammerschade, daß es die Burger-Bude ebenfalls erwischt hatte, deren scharfe Pommes ihm bestimmt fehlen würden, aber was soll's, schließlich bietet sich einem nicht jeden Tag der Anblick einer lokalen Sehenswürdigkeit, die in Schutt und Asche liegt. Das Feuer war mittlerweile gelöscht, doch noch immer waren mehrere Feuerwehrleute im Einsatz, die das Trümmerfeld inspizierten. Der Sammler winkte ihnen im Vorbeifahren zu. Ihre Erwiderung seines Grußes fiel etwas zaghaft aus, denn dem Sammler eilte ein gewisser Ruf voraus, der sie nervös machte.

Heute würde sein großer Tag werden, dachte Mikey. Die Texaco-Tankstelle war ein Omen, der Stern am Himmel über dem Traum seines Lebens. Heute würde er Molly Michon nackt erwischen, und wenn er es geschafft hatte (und mit dem Beweis im Gepäck zurückkehrte), würde sein Ruf wahrhaft mythische Dimensionen annehmen. Er tätschelte die Wegwerfkamera in der Bauchtasche seines Kapuzenshirts. O ja, er würde Beweise haben für seine Geschichte. Sie würden ihm glauben und in Ehrfurcht vor ihm niederknien.

Zu diesem Zeitpunkt seines Lebens galt das Interesse des Sammlers eigentlich eher Explosionen als nackten Frauen. Er war erst zehn Jahre alt, und es würde noch etwa zwei Jahre dauern, bis sich sein Interesse auf Mädchen verlagerte. Freud hat es unterlassen, eine bestimmte Entwicklungsstufe als »Phase pyrotechnischer Faszination« zu bezeichnen – was vermutlich daran lag, daß im Wien des neunzehnten Jahrhunderts Wegwerffeuerzeuge nicht im Überfluß vorhanden waren. Doch zehnjährige Jungs jagen nun mal Sachen in die Luft. Das ist halt ihre Art. Heute jedoch wurde Mikey von einem ebenso ungewohnten wie eigenartigen Gefühl befallen, ein Gefühl, für das er keine Bezeichnung wußte, doch wäre ihm das passende Wort eingefallen, so hätte es »Geilheit« gelautet. Während er also auf seinen

Rollerblades durch den Ort schoß und die *Los Angeles Times* in die Sträucher und Rinnsteine vor den Geschäften an der Cypress Street schleuderte, spürte er eine gewisse Enge in seinen Shorts, die er bisher immer nur mit dem allmorgendlich wiederkehrenden starken Blasendruck assoziiert hatte. Heute hingegen war es ein Zeichen dafür, daß er unbedingt die durchgeknallte Lady in unbekleidetem Zustand zu Gesicht bekommen mußte.

Zeitungsjungen sind die Träger präadoleszenter Mythen. Auf jeder Route gibt es ein Spukhaus, einen Hund, der kleine Kinder frißt, eine alte Dame, die einem zwanzig Dollar Trinkgeld gibt, und eine Frau, die immer nackt zur Tür kommt. Dergleichen war Mikey zwar noch nie begegnet oder widerfahren, doch hinderte ihn dies nicht daran, seinen Kumpels in der Schule wüste Geschichten über solcherlei Ereignisse aufzutischen. Heute würde er einen Beweis mitbringen, er spürte es in seinen Lenden.

Er rollte zum Fly Rod Trailer Park hinunter, schmiß eine Zeitung in den Rosenstrauch vor dem Trailer von Mrs. Nunez und zischte dann geradewegs zum Haus der durchgeknallten Lady. Aus ihren Fenstern drang ein bläulicher Schimmer – der Fernseher. Sie war also zu Hause, und sie war wach. Jaaa!

Zwei Türen vor ihrer blieb er stehen und bemerkte, daß neben dem Trailer der Lady ein neuer Trailer aufgestellt worden war. Vielleicht ein neuer Kunde? Warum sollte man's nicht mal probieren? Die Lady bekam keine Zeitung, von daher war seine Entschuldigung, daß er an ihre Tür klopfte, der Versuch, ihr ein Abonnement anzudrehen. Das konnte er ja schon gleich mal bei diesen neuen Leuten hier üben. Als er auf die Tür des neuen Trailers zurollte, gingen die Lichter in den beiden Fenstern an der Frontseite an. Yeah! Es war jemand zu Hause. Seltsame Vorhänge hatten die allerdings – sie sahen aus wie Katzenaugen.

Durch einen Spalt im Vorhang beobachtete Molly, wie der Junge die Einfahrt zum Trailer-Park entlanggerollt kam. Sie mochte Kinder, aber nicht *dieses* Kind. Mindestens einmal pro Woche klopfte er an ihre Tür und versuchte, ihr ein Zeitungsabonnement anzudrehen, und genausooft erklärte sie ihm, daß er sich aus dem Staub machen und nie mehr wiederkommen sollte. Manchmal brachte er auch einen seiner kleinen Kumpels mit. Sie konnte sie hören, wie sie um ihren Trailer herumschlichen und versuchten, bei ihr zum Fenster hineinzuspähen. »Bei Gott, ich schwör's dir, sie hat 'n toten Kerl da drin, mit dem sie's treibt. Ich hab ihn gesehen. Und ein Kind hat sie auch schon mal gefressen.«

Der Junge näherte sich dem Monster-Trailer.

Im Hintergrund lief ein Video im Fernseher: *Die Todesmaschine: Warrior Babe VII*. Und jeden Moment mußte nun DIE SZENE kommen. Molly wandte den Blick vom Fenster ab und schaute sich DIE SZENE zum tausendsten Mal an.

Kendra steht hinten auf einem Jeep an einem festmontierten MG, während der Jeep dem General der Finsternis durch die Wüste hinterherjagt. Der Fahrer reißt – wie im Drehbuch vorgeschrieben – das Lenkrad herum, und der Jeep zieht eine langgezogene Staubwolke hinter sich her, bis er plötzlich mit einem der Vorderräder gegen einen Felsbrocken knallt und sich überschlägt. Kendra wird zwanzig Meter durch die Luft geschleudert und landet in einem Sandhaufen. Ihr Bikinioberteil aus Stahl schneidet ihr tief ins Fleisch über der Brust, und das Blut spritzt nur so.

Die elenden Dreckschweine! Jedes Mal, wenn sie sich DIE SZENE anschaut, kann sie einfach nicht glauben, daß diese Dreckschweine sie dringelassen haben. Der Unfall war echt, das Blut war Mollys Blut, und als sie zehn Tage später wieder zum Dreh zurückkehrte, wurde sie von einem der Sicherheitsleute in Empfang genommen und zum Trailer des Produzenten eskortiert.

»Du kannst als Mutant weitermachen, und du bekommst die normale Statistengage«, sagte der Produzent. »Sehen wir den Tatsachen doch mal ins Auge: Deinen schauspielerischen Leistungen hast du deine Rolle doch sowieso nicht zu verdanken. Glaubst du vielleicht, ich unterbreche die Dreharbeiten für zehn Tage, wenn wir insgesamt nur drei Wochen Drehzeit haben? Wir haben eine neue Kendra. Den Unfall haben wir ins Drehbuch eingebaut – samt Gesichtsoperation und so weiter. Sie ist jetzt ein Cyborg. Du kannst dir's überlegen: Entweder du stellst dich bei den Mutanten an und holst dir deine Lumpen ab, oder du verpißt dich vom Set. Mein Publikum will perfekte Körper, und früher oder später wär's für dich eh gelaufen gewesen. Mit der Narbe bist du nicht mehr gefragt.«

Molly war gerade erst siebenundzwanzig geworden.

Sie riß sich von DER SZENE los und schaute wieder aus dem Fenster. Der Junge stand direkt vor dem Monster-Trailer. Irgendwie sollte sie ihn vielleicht warnen.

Sie klopfte gegen das Fenster, und der Junge schaute hoch. Er schien kein bißchen verschreckt, sondern er hatte vielmehr einen verträumten Gesichtsausdruck. Molly gab ihm ein Zeichen, daß er sich aus dem Staub machen sollte. Das Fenster, zu dem sie hinausschaute, ließ sich nicht öffnen. (Trailer wie ihrer waren damals so konstruiert worden, daß die Leute im Inneren im Falle eines Feuers verbrannten. Die Hersteller waren der Auffassung, auf diese Art und Weise ließe sich die Anzahl etwaiger Schadenersatzklagen begrenzen.)

Der Junge stand einfach nur da, die Faust geballt, als wollte er jeden Moment an die Tür klopfen und sei mitten in der Bewegung erstarrt.

Molly mußte mit ansehen, wie die Tür sich öffnete. Nicht an den Scharnieren, sondern vertikal, wie eine Garagentür. Verzweifelt hämmerte Molly mit dem Griff ihres Schwerts gegen das Fenster. Der Junge lächelte. Eine riesige rote Zunge kam aus der Tür hervorgeschnellt, wickelte sich um den Jungen und schlürfte ihn samt Rollerblades, Zeitungstasche und allem Drum und Dran. Molly stieß einen Schrei aus. Die Tür knallte zu.

Molly konnte nur dastehen und zuschauen. Sie hatte keine Ahnung, was sie tun sollte. Ein paar Sekunden später ging der Mund auf und spie einen fußballgroßen Klumpen schleimiger Zeitungen aus.

THEO

Für Theo krochen die Stunden des Tages dahin wie Schnecken auf einem rostigen Stacheldraht. Als es endlich vier Uhr nachmittags geworden war, fühlte er sich, als hätte er eine Woche nicht geschlafen, und die zahllosen Tassen französischen Kaffees hatten sich in seinem Magen in ein schäumendes Säurebad verwandelt. Dankenswerterweise war er nicht ein einziges Mal zu einem häuslichen Streit oder einer Kneipenschlägerei gerufen worden, so daß er den ganzen Tag am Ort der Tanklasterexplosion zubrachte, wo er sich mit Feuerwehrleuten und Repräsentanten von Texaco Oil unterhielt und mit einem Brandexperten sprach, den die Feuerwehr von San Junipero hergeschickt hatte, um zu untersuchen, ob es sich um Brandstiftung handelte. Er hatte schon den ganzen Tag keinen Zug von seinem Sneaky Pete genommen, und zu seinem eigenen Erstaunen waren die sonst üblichen Panikattacken bisher ausgeblieben. Er war ein wenig paranoid, doch es konnte ja sein, daß dies ohnehin die adäquate Einstellung angesichts des Zustands der Welt war.

Um Viertel nach vier kam der Brandexperte über den verkohlten Parkplatz auf Theo zu, der an der Motorhaube seines Volvo lehnte. Der Mann war Ende Zwanzig, hatte kurzgeschorene Haare und eine athletische Haltung, die selbst durch den orangefarbenen Schutzanzug zu erkennen war. Unter dem Arm trug er einen Schutzhelm aus Plastik, der jedem Astronauten gut zu Gesicht gestanden hätte, in diesem Zusammenhang jedoch aussah wie ein Football mit Tumorbefall.

»Constable Crowe, ich denke, das ist alles, was ich für heute tun kann. Es wird bald dunkel, und solange wir das Gelände absperren, wird morgen früh noch alles dasein.«

»Haben Sie irgendwelche Vermutungen?«

»Nun ja, im allgemeinen suchen wir nach Brandbeschleunigern – Benzin, Kerosin und so weiter. Und wie's aussieht, haben wir's hier ja mit brennbaren Flüssigkeiten en masse zu tun.« Er verzog den Mund zu einem säuerlichen Lächeln.

»Sie wissen also nicht, was passiert ist?«

»Ich würde sagen, allem Anschein nach ist der Tanklastwagen explodiert, aber ohne weitere Nachforschungen würde ich mich da ungern festlegen.« Wieder dieses Lächeln.

Theo lächelte zurück. »Also keine Brandursache?«

»Kann sein, daß der Fahrer das Dichtungsventil nicht korrekt verschlossen hat und sich eine Wolke von Dämpfen gebildet hat, die entweichen konnten. Gestern nacht hat kaum Wind geherrscht, so daß die Dämpfe sich am Boden gestaut haben und die Wolke immer größer wurde. Und dann kann alles mögliche zur Explosion führen. Kann sein, daß der Fahrer geraucht hat oder daß es die Zündflamme vom Grill der Hamburger-Bude war oder ein Funken im Auspuff des Lastwagens. Im Augenblick würde ich sagen, es war ein Unfall. Der ganze Laden gehörte einer großen Firma, er warf Gewinn ab, und von daher gibt es zumindest kein finanzielles Motiv für Brandstiftung. Texaco wird Ihrer Stadt mit Sicherheit eine neue Burger-Bude spendieren und vermutlich auf dem Vergleichsweg Entschädigungen an diverse Leute zahlen, die mit Schmerzensgeldforderungen kommen – wegen Traumata, Zwangsvorstellungen und nervöser Gereiztheit.«

»Ich weiß, wie der Fahrer hieß«, sagte Theo. »Ich werde mich mal erkundigen, ob er Raucher war.«

»Ich hab ihn schon gefragt, aber aus dem ist nichts rauszukriegen«, sagte eine Stimme aus ein paar Meter Entfernung.

Theo und der Brandexperte hoben die Köpfe. Vance McNally, der Sanitäter, kam auf sie zu und hielt einen Gefrierbeutel mit grauweißem Staub in die Höhe. »Da hab ich ihn«, sagte Vance. »Wollt ihr ihn verhören?«

»Wirklich komisch, Vance«, sagte Theo.

»Für die Autopsie brauchen die Jungs ein Sieb«, sagte Vance.

Der Brandexperte nahm Vance den Gefrierbeutel aus der Hand und betrachtete ihn eingehend. »Haben Sie vielleicht die Reste von einem Feuerzeug gefunden? Oder was in der Richtung?«

»Nicht mein Job«, sagte Vance. »Das Feuer war so heiß, daß die Federn in den Sitzen geschmolzen sind. Selbst die Knochen sind völlig verbrannt, bis auf diese kleinen Kalziumpartikel da drin. Um ganz ehrlich zu sein ist es möglich, daß das hier überhaupt nicht unser Knabe ist. Kann sein, daß wir seiner Frau eine Tüte voller verkohlter Autoteile geben, die sie dann in eine Urne packen und auf den Kamin stellen kann.«

Der Brandexperte zuckte mit den Achseln und reichte Vance den Gefrierbeutel zurück. An Theo gewandt sagte er: »Ich fahre jetzt nach Hause. Ich komme morgen wieder und schaue mich noch mal um.

Sobald ich mein Okay gebe, rückt die Ölgesellschaft an und läßt die Tanks leerpumpen.«

»Danke«, sagte Theo, und der Brandexperte fuhr in einem Behördenwagen davon.

Vance McNally hielt den Gefrierbeutel mit dem pulverisierten Lastwagenfahrer in die Höhe. »Theo, wenn mir jemals so was passiert, dann möchte ich, daß du all meine Freunde einlädst, eine große Party veranstaltest, und am Schluß ziehen sie mich alle durch die Nase hoch. Okay?«

»Du hast Freunde, Vance?«

»Schon gut. War nur so 'ne Idee«, sagte Vance. Er wandte sich um und trug seinen Beutel in den wartenden Krankenwagen.

Theo trank einen kleinen Schluck Kaffee und bemerkte, daß sich in dem verkohlten Buschwerk hinter der Tankstelle etwas bewegte. Es sah aus, als würde jemand eine Fernsehantenne in die Luft halten und dabei dem gelben Plastikband, mit dem das Areal abgesperrt war, zu nahe kommen. Herrgott, konnte es sein, daß er die ganze Nacht hier Wache schieben mußte, damit keiner das Gelände betrat? Er stieß sich von seinem Volvo ab und schritt auf den Eindringling zu.

»Hey, Sie da!« rief Theo.

Aus dem Buschwerk erhob sich Gabe Fenton, der Biologe. Was er in der Hand hielt, war in der Tat eine Art Antenne, und im Schlepptau hatte er außerdem noch einen Labrador, Skinner. Der Hund rannte auf Theo zu und drückte ihm zur Begrüßung seine schlammigen Vorderpfoten auf die Brust.

Theo griff zur klassischen Methode, wie man sich sabbernde Labradore vom Hals hält – er kraulte Skinner die Ohren. »Gabe, was zum Teufel machst du da unten?«

Der Biologe war über und über mit Kletten und Weidenkätzchen bedeckt. Der verkohlte Busch hatte Rußstreifen auf seinem Gesicht hinterlassen, und obwohl er einen erschöpften Eindruck machte, überschlug sich seine Stimme fast vor Begeisterung. »Du wirst es nicht glauben, Theo. Aber meine Ratten sind heute morgen geradezu massenhaft auf Wanderschaft gegangen.«

Theo gab sich zwar alle Mühe, doch er konnte Gabes Enthusiasmus nicht nachvollziehen. »Das ist ja spitzenmäßig, Gabe. Die Texaco-Tankstelle ist heute nacht in die Luft geflogen.«

Gabe Fenton schaute sich um, und es schien, als bemerkte er nun zum ersten Mal, daß die Gegend um ihn herum in Schutt und Asche lag. »Um welche Uhrzeit?«

»Gegen vier Uhr morgens.«

»Hmmm, vielleicht haben sie das ja gespürt.«

»Sie?«

»Die Ratten. Gegen zwei Uhr morgens sind sie plötzlich westwärts gezogen. Ich habe keine Ahnung, was sie dazu veranlaßt hat. Hier, sieh dir das mal auf dem Bildschirm an.« Gabe hatte einen Laptop dabei, den er sich mit einer Gurtkonstruktion um den Oberkörper geschnallt hatte, und er drehte sich nun so, daß Theo den Bildschirm betrachten konnte. »Jeder dieser grünen Punkte ist eines der Tiere, denen ich einen Chip eingepflanzt habe. Das ist ihre Position um ein Uhr heute nacht.« Er drückte eine Taste, und auf dem Bildschirm erschien eine Karte der Umgebung von Pine Cove. Die grünen Punkte waren hauptsächlich um das Bachbett und das Geschäftsviertel des Ortes konzentriert.

Gabe drückte auf eine andere Taste. »Hier sind sie um zwei.« Bis auf ein paar Punkte waren alle in Richtung der Ranch östlich von Pine Cove gezogen.

»Aha«, sagte Theo. Er mochte Gabe. Brachte zwar ein bißchen viel Zeit mit Nagetieren zu, aber ansonsten war er ein netter Kerl. Würde nicht schaden, wenn er sich ein bißchen mehr mit Menschen unterhalten würde, dachte Theo.

»Mann, siehst du's nicht? Sie sind alle auf einmal abgehauen. Bis auf die zehn hier, die zur Küste gezogen sind.«

»Aha«, sagte Theo. »Gabe, die Texaco ist in die Luft geflogen. Jemand ist dabei ums Leben gekommen. Ich hab den ganzen Tag mit Feuerwehrleuten in Weltraumanzügen geredet. Sämtliche Zeitungen des Landes haben angerufen und mich ausgefragt. Die Batterie von meinem Handy ist fast leer, ich hab seit gestern nichts gegessen und letzte Nacht nur eine Stunde geschlafen. Und jetzt sei so gut und erklär mir, was an dieser Rattenwanderung so enorm wichtig sein soll, okay?«

Gabes Begeisterung hatte sich verflüchtigt. »Ich hab keine Ahnung, was das zu bedeuten hat. Ich versuche diejenigen aufzuspüren, die nicht nach Osten gezogen sind, in der Hoffnung, irgendwelche Anomalien festzustellen, die mir einen Hinweis auf die größere Gruppe geben. Das Seltsame ist, daß vier von den zehn kurz nach zwei von meinem Bildschirm verschwunden sind. Selbst wenn sie getötet wurden, sollten die Chips immer noch Signale aussenden. Ich muß sie finden.«

»Na, dann mal viel Glück, aber hier kannst du nicht rumsuchen, das ist hier eine potentielle Gefahrenzone.«

»Vielleicht sind ja Dämpfe ausgetreten«, sagte Gabe. »Aber das erklärt nicht, warum sie alle in die gleiche Richtung gezogen sind. Manche kamen auf ihrem Weg von der Küste sogar genau hier durch.«

Theo war das Ganze völlig schnurz, doch er brachte es nicht übers Herz, Gabe darüber zu informieren. »Hast du seit Mittag schon was gegessen?«

»Nein. Ich bin seit letzter Nacht an der Arbeit.«

»Pizza, Gabe. Was wir brauchen, ist Pizza – und Bier. Ich zahle.«

»Aber ich muß...«

»Du bist Junggeselle, Gabe. Du brauchst einfach alle achtzehn Stunden eine Ladung Pizza und ein paar Biere, oder du funktionierst nicht richtig. Außerdem muß ich dich was fragen wegen einem Fußabdruck, und dazu ist es unbedingt nötig, daß du siehst, wie ich vorher ein paar Biere trinke, damit ich hinterher verminderte Zurechnungsfähigkeit geltend machen kann. Jetzt komm schon, Gabe. Ich führe dich ins Reich von Pizza und Bier.« Theo deutete auf seinen Volvo. »Du kannst die Antenne zum Schiebedach rausstrecken.«

»Vielleicht ganz gut, wenn ich mal 'ne Pause mache.«

Theo öffnete die Beifahrertür, und Skinner sprang in den Wagen und hinterließ rußige Pfotenabdrücke auf den Sitzen. »Dein Hund braucht Pizza. Sei doch kein Unmensch.«

»Okay«, sagte Gabe.

»Ich muß dir was zeigen. Drüben am Bach.«

»Was?«

»Einen Fußabdruck. Oder besser das, was davon noch übrig ist.«

Zehn Minuten später saßen sie, jeder einen beschlagenen Krug Bier vor sich, im Pizza in the Pines, der einzigen Pizzeria von Pine Cove. Sie hatten einen Tisch am Fenster, damit Gabe Skinner im Auge behalten konnte, der draußen auf und ab sprang und sie mit einem dauernd wechselnden Panorama der Straße beglückte. Straße. Straße mit Hundeschnauze (Ohren aufgestellt), Straße, Straße mit Hundeschnauze. Seit sie am Bachbett gewesen waren, hatte Gabe Fenton lediglich sein Bier bestellt und ansonsten kein Wort gesagt.

»Macht der ewig so weiter?« fragte Theo.

»Solange, bis wir ihm ein Stück Pizza abgeben.«

»Faszinierend.«

Gabe zuckte mit den Achseln. »Er ist halt ein Hund.«

»Der ewige Biologe.«

»Man muß den Geist in Schwung halten.«

»Also gut, was hältst du von der Sache?«

»Ich denke, daß du das, was du für einen Fußabdruck gehalten hast, größtenteils unkenntlich gemacht hast.«

»Gabe, es war ein Fußabdruck. Von einer Klaue oder so was.«

»Es gibt tausend Erklärungen für eine solche Vertiefung im Schlamm. Aber um eins handelt es sich bestimmt nicht, Theo, nämlich um den Fußabdruck eines Tieres.«

»Warum nicht?«

»Nun ja, einerseits, weil es sechzig Millionen Jahre her ist, seit zum letzten Mal ein Lebewesen dieser Größe auf diesem Kontinent herumspaziert ist. Und zum anderen, weil Tiere im allgemeinen mehr als nur einen Fußabdruck hinterlassen, sofern es sich nicht um ein Wesen handelt, das sich hüpfenderweise fortbewegt.« Gabe grinste.

Der flatternde Hundekopf sprang vor dem Fenster auf und ab.

»Da draußen waren jede Menge Leute und Fahrzeuge. Kann doch sein, daß die anderen Abdrücke verwischt worden sind.«

»Theo, jetzt geht aber die Phantasie mit dir durch. Du hast einen langen Tag hinter dir, und außerdem ...«

»Bin ich ein Kiffer.«

»Das war's nicht, was ich sagen wollte.«

»Ich weiß. Deswegen sag ich es ja. Erzähl mir mehr von deinen Ratten. Was machst du, wenn du sie findest?«

»Na ja, zuerst suche ich weiter nach dem Stimulus für ihr Verhalten. Dann fange ich ein paar aus der Gruppe, die weggezogen sind, und vergleiche ihre Hirnchemie mit der von den Tieren, die zur Küste gezogen sind.«

»Tut das weh?«

»Man muß das Gehirn pürieren und die Flüssigkeit durch die Zentrifuge jagen.«

»Also irgendwie schon.«

Die Bedienung brachte ihnen ihre Pizza, und Gabe trennte gerade die Käsestränge seines ersten Stücks durch, als Theos Handy klingelte. Der Constable ging ran, hörte gerade mal eine Sekunde zu, bevor er sich von seinem Platz erhob und in seinen Taschen nach Geld kramte. »Ich muß los, Gabe.«

»Was ist passiert?«

»Der kleine Plotznik wird vermißt. Seit er sich heute morgen mit seinen Zeitungen auf den Weg gemacht hat, hat ihn niemand mehr gesehen.«

»Vermutlich versteckt er sich irgendwo. Der Junge ist ein kleiner Mistkerl. Richtig fies. Vor einiger Zeit hat er mal irgendwas an seinem ferngesteuerten Auto zusammengebastelt, das die Chips in meinen Ratten durcheinandergebracht hat. Es hat drei Wochen gedauert, bis ich herausgefunden habe, warum die Viecher auf dem Parkplatz vor dem Lebensmittelladen Achten laufen. Schließlich hab ich ihn im Gebüsch erwischt, mit der Fernsteuerung in der Hand.«

»Ich weiß«, sagte Theo. »Mir hat Mikey mal erzählt, daß er nur zehn von deinen Ratten miteinander verkabeln muß, um den Discovery Channel zu empfangen. Trotzdem muß ich ihn finden. Der Junge hat schließlich auch Eltern.«

»Skinner ist ein ganz guter Spürhund. Willst du ihn mitnehmen?

»Danke, aber ich bezweifle, daß der Kleine 'ne Pizza in seiner Tasche hat.«

Theo klappte sein Handy zusammen, schnappte sich ein Stück Pizza und steuerte auf den Ausgang zu.

- 10 -

Val Riordan lehnte an der Tür ihrer Praxis und versuchte ruhig durchzuatmen und die Fassung zu bewahren. Während des gesamten Klinikums hatte sie nichts erlebt, das mit dem vergleichbar war, was sie in den Sitzungen am Tag nach der Tankstellenexplosion durchgemacht hatte. Innerhalb von zehn Stunden hatte sie zwanzig Patienten empfangen, und jeder einzelne hatte über nichts anderes reden wollen als Sex. Nicht Sex im abgehobenen, allgemeinen Sinne, sondern Sex als schlüpfriges Gebocke und Gerammel. Val Riordan war mit den Nerven an Ende.

Sie hatte damit gerechnet, daß mit einigen ihrer Patienten die Libido durchgehen würde (eine nicht ungewöhnliche Reaktion auf das Absetzen von Antidepressiva), doch in ihren Büchern stand, daß allenfalls fünfzehn Prozent der Patienten solcherart reagieren würden – in etwa der gleiche Prozentsatz, bei dem mit der Einnahme der Medikamente eine Abnahme der Libido einherging. Heute jedoch lag ihre Trefferquote bei hundert Prozent. Hatte sie eine psychiatrische Praxis oder einen Karnickelstall?

Nachdem ihr letzter Patient gegangen war, trat Valerie aus ihrem Sprechzimmer und sah sich mit dem Anblick von Chloe konfrontiert, ihrer neuen Sprechstundenhilfe, die, mit den Hacken gegen die Schreibtischplatte gestützt, so heftig masturbierte, daß ihr Stuhl quietschte wie ein Eichhörnchen in den Fängen fieser Tierquäler. Val murmelte eine Entschuldigung und machte auf dem Absatz kehrt, um sich in ihr Sprechzimmer zurückzuziehen und die Tür hinter sich zu schließen.

Chloe war einundzwanzig Jahre alt und hatte kastanienbraunes Haar. Ihre gesamte Garderobe war in Schwarz gehalten, und außerdem trug sie einen saphirbesetzten Nasenring. Sie war wegen ihrer Bulimie bei Val in Behandlung, seit sie ein Teenager war, und fest angestellt worden, nachdem die Anzahl der Behandlungstermine sich dramatisch ausgeweitet hatte, als die Placebos ihre Wirkung zeitigten. Chloe arbeitete im Austausch für Therapiesitzungen, was Val anfangs finanziell für recht attraktiv gehalten hatte, doch mittlerweile war Chloe ihr sympathischer, wenn sie einfach kotzte, soviel sie wollte.

Val war gerade mit Überlegungen darüber beschäftigt, was nun zu tun war, als es leise an der Tür klopfte.

»Ja?«

»Entschuldigen Sie«, sagte Chloe durch die Tür.

»Hmm, Chloe, das ist jedenfalls nicht die Art und Weise, wie man sich in einem Büro zu benehmen hat.«

»Na ja, Ihr letzter Patient war weg, und ich dachte halt, Sie würden noch eine Weile an Ihren Notizen sitzen und sie überarbeiten. Es tut mir wirklich leid.«

»Wie bitte? Mein letzter Patient verläßt die Praxis, und schon kann man die Sau rauslassen?«

»Bin ich jetzt gefeuert?«

Val dachte einen Augenblick nach. Morgen würden wieder zwanzig Patienten hier einfallen und am Tag danach noch mal so viele. Wenn der allgemeine Wahnsinn sie nicht ins Grab brachte, dann das Arbeitspensum. Sie konnte es sich derzeit einfach nicht leisten, auf Chloe zu verzichten. »Nein, du bist nicht gefeuert. Aber bitte laß das im Büro in Zukunft bleiben.«

»Haben Sie vielleicht noch etwas Zeit, damit wir uns unterhalten können? Ich weiß, daß mein nächster Termin erst nächste Woche ist, aber ich muß wirklich dringend mit Ihnen reden.«

»Würdest du nicht lieber erst mal nach Hause gehen und, ähm, über ein paar Sachen nachdenken?«

»Sie meinen, zu Ende bringen? Nein, das ist schon erledigt. Aber genau darüber will ich mit Ihnen reden. Das war heute nämlich nicht das erste Mal.«

Val mußte schwer schlucken. Es war höchst unprofessionell, sich mit einem Patienten durch die Tür hindurch zu unterhalten. Sie atmete einmal tief durch und zog die Tür auf. »Komm rein.« Dann ging sie zu ihrem Schreibtisch zurück, ohne das Mädchen anzusehen. Chloe setzte sich auf den Stuhl gegenüber von Val.

»Also das eben war heute nicht das erste Mal?« Nun war Val wieder ganz die Psychotherapeutin und nicht mehr die Chefin. Als Chefin hätte sie über den Schreibtisch gelangt und der kleinen Schlampe den Hals umgedreht.

»Nein, ich kann irgendwie nicht genug kriegen. Ich, na ja, das Ganze hat irgendwann gegen zwei Uhr heute nacht angefangen, und ich habe einfach weitergemacht, bis ich los mußte zur Arbeit. Und dann habe ich noch ein- oder zweimal nachgelegt, wenn ein Patient mitten in der Sitzung war.«

Val klappte die Kinnlade herunter. Sechzehn Stunden Dauermasturbieren mit gelegentlichen Unterbrechungen? Auch ihre anderen Patienten hatten zwei Uhr morgens als den Zeitpunkt angegeben, zu dem ihre sexuellen Aktivitäten begonnen hatten. Sie fragte: »Und wie fühlst du dich dabei?«

»Ich fühle mich ganz gut. Mein Handgelenk tut ein bißchen weh. Glauben Sie, davon kann man eine Sehnenscheidenentzündung kriegen?«

»Chloe, wenn du glaubst, du kannst einen auf berufsbedingte Arbeitsunfähigkeit machen ...«

»Nein, nein, nein. Ich will einfach nur aufhören.«

»Ist irgendwas vorgefallen, das diese Sache ausgelöst hat? Irgendwas um zwei Uhr heute nacht? Ein Traum vielleicht?« Ihre anderen Patienten hatten ihr verschiedene sexuelle Träume geschildert. Winston Krauss, der Apotheker mit einer sexuellen Obsession für Meeressäuger, hatte ihr gestanden, daß er von Sex mit einem Blauwal geträumt hatte, im Verlauf dessen er auf dem riesigen Tier in die Tiefe geritten war wie Kapitän Ahab mit 'ner Latte. Als er aufgewacht war, hatte er es seinem aufblasbaren Flipper so heftig besorgt, daß diesem irgendwann die Luft ausgegangen war.

Chloe rutschte indigniert auf ihrem Stuhl herum. Ihr kastanienbraunes Haar verdeckte ihr Gesicht. »Ich hab geträumt, ich hätte Sex mit einem Tanklastwagen, und dann ist das Ding in die Luft geflogen.«

»Ein Tanklastwagen?«

»Ich bin gekommen.«

»Chloe, sexuelle Träume sind etwas völlig Normales.« Hab ich richtig gehört? Mit einem Tanklastwagen? Völlig normal. »Erzähl ruhig weiter. Gab es Feuer in deinem Traum?« Pyromanen zogen sexuelle Befriedigung und Vergnügen daraus, Feuer zu entfachen und dabei zuzuschauen, wie es brannte. Auf diese Art und Weise wurden sie auch geschnappt – man mußte nur in der Menge der Gaffer nach dem einen Kerl Ausschau halten, der übers ganze Gesicht grinste, einen Steifen hatte und Benzinflecken auf seinen Schuhen.

»Nein, kein Feuer. Ich bin von der Explosion aufgewacht. Val, irgendwas stimmt nicht mit mir. Was ist das bloß? Ich will ... nur noch das eine. Und das die ganze Zeit.«

»Und du hast Bedenken, daß du unter Umständen zu triebhaft bist?«

Chloe setzte ihr zynisches Grufti-Gesicht auf. »Sie meinen, sich während der Arbeit einen abzurubbeln? Das beunruhigt mich allerdings ein wenig, Doktor Riordan. Können Sie nicht die Dosierung von meinen Medikamenten irgendwie umstellen oder so was?«

Da war's wieder. In der Vergangenheit wäre genau das die Lösung gewesen. Einfach die Prozac-Dosis auf achtzig Milligramm erhöhen – also auf etwa das Vierfache der Normaldosis bei depressiven Patienten – und sich darauf verlassen, daß die Nebenwirkungen in Form reduzierter Libido das Problem aus der Welt schaffen. Mit dieser Methode hatte Val während ihres Praktikums eine Nymphomanin behandelt, und es hatte ganz hervorragend geklappt. Doch was sollte sie jetzt tun? Ihrer Sprechstundenhilfe Grillhandschuhe an die Hände kleben? Ihre Tippkünste würden vermutlich nicht sonderlich darunter leiden, aber es konnte sein, daß die Patienten bei ihrem Anblick nervös wurden.

Val sagte: »Chloe, Masturbieren ist etwas ganz Natürliches. Jeder macht es. Aber wie bei allem gibt es Zeitpunkte und Orte, die dafür weniger geeignet sind. Vielleicht solltest du dich einfach ein wenig einschränken. Und es dir immer dann gönnen, wenn du dich dafür belohnen willst, daß du deine Bedürfnisse so gut im Griff hast.«

Chloe machte ein langes Gesicht. »Mich einschränken? Ich mache mir Sorgen, wie ich mit dem Auto heil nach Hause komme. Ich habe keine Automatik-, sondern eine Knüppelschaltung. Ich brauche beide Hände zum Fahren, aber ich glaube nicht, daß ich sie die ganze Zeit frei habe. Können Sie mir nicht ein Pflaster verschreiben oder so was? Wie wenn man mit dem Rauchen aufhören will?«

»Ein Pflaster?« Val gab sich Mühe, nicht laut loszulachen. Sie stellte sich vor, wie eine lange Schlange zuckender, jammernder Gestalten um den gesamten Block vor der Apotheke herumstand, jeder mit einem Rezept für ein Orgasmuspflaster in der Hand. Dagegen würde sich Heroin ausnehmen wie Gummibärchen. »Nein, so ein Pflaster gibt's nicht, Chloe. Du mußt dich einfach beherrschen. Ich habe das Gefühl, als könnte es sich um eine Nebenwirkung deiner Medikamente handeln. In ein bis zwei Tagen sollte das vorüber sein. Aber was deinen Traum angeht, würde ich gerne noch mehr wissen. Wie wär's, wenn wir uns morgen weiter unterhalten?«

Chloe erhob sich. Es war nicht zu übersehen, daß sie mit der Hilfe, die ihre Therapeutin ihr da anbot – nämlich absolut gar keine –, nicht zufrieden war. »Ich werd's versuchen.« Sie ging aus dem Sprechzimmer und schloß die Tür hinter sich.

Val ließ den Kopf auf den Schreibtisch sinken. Jesus, Maria und Josef, warum bin ich nicht in die Pathologie gegangen? Da gäbe es nichts weiter zu tun, als Urinproben aufzukochen, Kulturen von Milben und anderem Krabbelzeug anzulegen, aber ansonsten bliebe man von Spinnern und Streß verschont. Sicher, gelegentlich kam man mit ein paar tödlichen Milzbranderregern in Berührung, aber wenigstens blieb das Sexualleben anderer Leute in ihren Schlafzimmern und in den billigen Illustrierten, wo es hingehörte.

Die Sitzung mit Martin und Lisbeth Rose fiel ihr wieder ein. Die beiden waren bei ihr in Therapie, weil sie sich seit 1958 nicht mehr vernünftig unterhalten hatten, doch heute waren sie kaum zur Tür ihres Sprechzimmers hereingekommen, als sie anfingen, ihr eine genaue Auflistung all der sexuellen Perversionen zu liefern, mit denen sie sich in der vergangenen Nacht – angefangen um zwei Uhr früh – verlustiert hatten. Vor Vals innerem Auge formte sich ein Bild – welke, vertrocknete Fleischmassen, die sich aneinanderrieben bis zur Besinnungslosigkeit –, das plötzlich in Flammen aufging, als habe ein riesiger Pfadfinder aus den Weiten des Kosmos zwei alte Menschen genommen, um mit ihnen nach der Stöckchenmethode ein Feuer zu entfachen. Und das Schlimmste – das Allerschlimmste – war die Tatsache, daß sie während des Zuhörens feststellen mußte, daß all dies sie nicht unberührt ließ. Viermal hatte sie zwischen den einzelnen Terminen den Slip wechseln müssen.

Sie spielte mit dem Gedanken, sich ein ordentliches Glas Cognac einzuschenken und es sich damit vor dem Fernseher gemütlich zu machen, aber sie wußte, daß ihr damit nicht geholfen war. Was sie brauchte, waren Batterien. Vier 1,5 Volt Batterien – und zwar gleich. Und dann war es höchste Zeit, die Schublade mit den Dessous zu durchstöbern – auf der Suche nach einem vor langer Zeit in Vergessenheit geratenen Freund. Sie konnte nur hoffen, daß er immer noch funktionierte.

MOLLY

Es war schon lange dunkel, doch Molly starrte noch immer durch einen Spalt im Vorhang auf den Trailer, der den Jungen gefressen hatte. Das Problem, wenn man verrückt war, so dachte sie, bestand darin, daß man sich manchmal gar nicht so fühlte, als wäre man verrückt. Manchmal fühlte man sich sogar völlig gesund und normal, und es war einfach nur Zufall, daß ein trailerförmiger Drache es sich neben dem eigenen Heim bequem gemacht hatte und sich nicht mehr von der Stelle rührte. Sie konnte sich jedoch nicht recht überwinden, diese Tatsache in die Welt hinauszuposaunen, denn egal, wie normal und gesund man sich fühlen mochte, manche Sachen hörten sich nun mal gar zu verrückt an. Folglich blieb sie, immer noch in ihr Warrior-Babe-Dreß gehüllt, brav an Ort und Stelle und behielt die Lage im Auge in der Hoffnung, daß irgend jemand vorbeikam und es ebenfalls bemerkte. Gegen acht war es dann endlich soweit.

Sie sah, wie Theophilus Crowe die Türen der einzelnen Trailer abklapperte. Er geriet in ihr Blickfeld, als er zwei Trailer weiter bei den Morales' anklopfte, sich kurz mit Mr. Morales an der Tür unterhielt und dann weiterging zu dem Drachen-Trailer.

Molly war hin und her gerissen. Sie konnte Theo gut leiden. Sicher, ein oder zweimal hatte er sie in die Nervenklinik verfrachtet, doch er war immer nett zu ihr gewesen. Beispielsweise hatte er sie vor dem Jungen im Aufenthaltsraum gewarnt, der beim Parcheesi immer schummelte, indem er die Spielsteine einfach aufaß. Und außerdem – wenn er mit ihr redete, behandelte er sie nie, als hätte sie einen Sprung in der Schüssel. Theo war ein Fan.

Als Theo seine schwarze Stablampe in die Höhe hob, um an die Tür des Drachen-Trailers zu klopfen, sah Molly, wie sich die Augen an der Frontseite langsam öffneten und wieder die katzenartigen Pupillen zum Vorschein kamen. Theo bemerkte sie offensichtlich nicht, denn er schaute auf seine Schuhspitzen.

Mit aller Kraft schob sie das Klappfenster aus Aluminium in die Höhe und rief: »Da ist niemand zu Hause!«

Der Constable drehte sich nach Molly um. »Komme sofort«, sagte sie.

Sie hetzte zur Tür hinaus und blieb auf der Straße stehen, damit Theo sie sehen konnte. »Die sind nicht zu Hause. Komm mal kurz rüber«, wiederholte sie.

Theo steckte die Stablampe an seinen Gürtel. »Molly, wie geht's?«

»Prima, prima. Ich muß mit dir reden, okay? Und zwar hier, okay?« Sie wollte ihm nicht sagen, warum. Was war, wenn die Augen gar nicht da waren? Was war, wenn es wirklich nur ein Trailer war? Im Handumdrehen wäre sie wieder auf dem Weg in die Nervenklinik.

»Da ist also niemand zu Hause?« sagte Theo und deutete über seine Schulter auf den Drachen-Trailer, während er Molly anstarrte und sich dabei große Mühe gab, sich nicht anmerken zu lassen, daß er sie anstarrte. Er grinste über beide Ohren. Es war genau das gleiche dämliche Grinsen, das Molly auch bei dem Jungen bemerkt hatte, kurz bevor er verschluckt worden war.

»Nö, die sind schon den ganzen Tag weg.«

»Was soll das Schwert?«

Oh, Scheiße! Das Schwert hatte sie ganz vergessen. Sie hatte es sich beim Rausgehen geschnappt. »Gemüse kleinschneiden. Ich wollte chinesisch kochen.«

»Das sollte mit dem Ding wohl kein Problem sein.«

»Die Stiele vom Brokkoli«, sagte sie, als ob das alles erklärte. Er betrachtete den Lederbikini, und sie folgte seinem Blick, bis er auf der Narbe über ihrer Brust verharrte und sich dann abwendete. Sie bedeckte die Narbe mit einer Hand. »Eins von meinen alten Kendra-Kostümen. Meine anderen Klamotten sind alle im Trockner.«

»Klar. Sag mal, kriegst du eigentlich die *Times*?«

»Nö, wieso?«

»Der Junge, der sie austrägt, Mikey Plotznik, hat sich heute morgen auf seine übliche Tour begeben und ist seitdem nicht mehr gesehen worden. Sieht so aus, als wäre die letzte Adresse, wo er eine Zeitung abgeliefert hat, zwei Türen weiter gewesen. Du hast ihn nicht zufällig gesehen, oder?«

»Ungefähr zehn Jahre alt? Mit Rollerblades? Und irgendwie fies?«

»Genau der.«

»Nö, hab ich nicht.« Sie bemerkte, wie sich die Augen des Trailers hinter Theos Rücken schlossen, und atmete einmal tief durch.

»Du siehst ein bißchen nervös aus, Molly. Fühlst du dich einigermaßen wohl?«

»Mir geht's prima. Ich muß nur mal wieder zurück zu meinem Wok. Hast du Hunger?«

»Hat Val Riordan dich erreicht?«

»Klar, sie hat angerufen. Ich hab keine Meise.«

»Natürlich nicht. Trotzdem wär's mir lieber, wenn du die Augen nach dem Jungen offenhältst. Einer von seinen Kumpels hat erzählt, daß Mikey ganz scharf auf dich ist.«

»Auf mich? Echt?«

»Kann sein, daß er um deinen Trailer rumschleicht.«

»Echt?«

»Wenn du ihn siehst, ruf mich bitte an. Tust du mir den Gefallen? Seine Eltern machen sich Sorgen um ihn.«

»Wird gemacht.«

»Danke. Und frag auch mal deine Nachbarn, wenn sie zurückkommen, ja?«

»Aber klar doch.« Molly bemerkte, daß er sich nicht recht losreißen konnte. Er starrte sie einfach nur mit diesem dämlichen Grinsen an. »Sie sind erst vor kurzem eingezogen. Ich kenne sie kaum, aber ich werd trotzdem mal fragen.«

»Danke«, sagte er, immer noch grinsend wie ein Zwölfjähriger, bevor er sich bei seinem ersten Tanzabend an die Mauerblümchen heranmacht.

»Ich muß mal wieder los, Theo, wegen dem Brokkoli im Trockner.« Nein, ganz falsch, sie wollte sagen, daß sie sich wieder um ihr Essen kümmern mußte oder um die Wäsche, jedenfalls nicht beides.

»Okay, bis dann.«

Sie rannte zurück in ihren Trailer, knallte die Tür hinter sich zu und lehnte sich dagegen. Durch das Fenster konnte sie sehen, wie der Drachen-Trailer ein Auge aufmachte und ganz schnell wieder schloß. Sie hätte schwören können, daß er ihr zugezwinkert hatte.

THEO

Eine unangenehm klingende innere Stimme erklärte Theo, daß es, wenn er die durchgeknallte Lady attraktiv, ja sogar überaus attraktiv fand, ein schlechtes Zeichen dafür war, wie es um seinen eigenen Geisteszustand bestellt war. Andererseits, *so* schlecht fühlte er sich deswegen auch wieder nicht. Überhaupt machte ihm alles weniger aus, seit er in den Trailer-Park marschiert war. Er hatte sich mit einer Explosion herumzuschlagen, einem verschollenen Jungen, der Tatsache, daß der ganze Ort in letzter Zeit allmählich überzuschnappen schien – ihm flog die Scheiße in Form von Verantwortlichkeiten quasi nur so um die Ohren, doch es machte ihm nicht allzuviel aus. Und in dem Augenblick vor Mollys Trailer, als er über alles nachdachte und darauf wartete, daß die Woge der Lüsternheit wieder verebbte, fiel ihm auf, daß er den ganzen Tag noch kein Gras geraucht hatte. Seltsam. Eigentlich müßten ihm nach einer so langen Zeit ohne die Beruhigungszüge aus seinem Sneaky Pete sämtliche Nackenhaare zu Berge stehen.

Er war gerade auf dem Rückweg zu seinem Volvo, um die Suche

nach dem vermißten Jungen fortzusetzen, als sein Handy klingelte. Sheriff John Burton hielt sich nicht mit Begrüßungsfloskeln auf.

»Suchen Sie 'ne Telefonzelle«, sagte Burton.

»Ich bin gerade auf der Suche nach einem vermißten Jungen«, erwiderte Theo.

»Und einer Telefonzelle, Crowe, Und zwar sofort. Meine Privatnummer. Sie haben fünf Minuten.«

Theo fuhr zu der Telefonzelle vor dem Head of the Slug und schaute auf seine Uhr. Als fünfzehn Minuten vergangen waren, wählte er Burtons Nummer.

»Ich hab gesagt fünf Minuten.«

»Stimmt.« Theo konnte sich ein Lächeln nicht verkneifen, obwohl Burton sich anhörte, als würde er gleich ausrasten und losbrüllen.

»Niemand betritt die Ranch, Crowe. Der vermißte Junge ist nicht auf der Ranch, ist das klar?«

»Die Ranch gehört aber zum offiziellen Suchgebiet, wie's in der Notfallplanung vorgeschrieben ist. Wir müssen das gesamte Areal abdecken. Ich wollte schon ein paar von den Deputies anfordern, damit sie uns helfen. Die Jungs von der freiwilligen Feuerwehr sind nach der Explosion von heute morgen immer noch völlig fertig.«

»Nein. Keiner von meinen Leuten. Und auch nicht die Highway Patrol oder das CCC. Und auch keine Flugzeuge. Wenn die Ranch aus dem Suchgebiet rausgestrichen werden muß, dann streichen Sie sie raus. Jedenfalls betritt niemand das Gelände. Ist das klar?«

»Und was ist, wenn der Junge tatsächlich auf der Ranch ist. Ist Ihnen klar, daß es sich dabei um Hunderte Hektar Wald und Weiden handelt, die Ihretwegen nicht abgesucht werden?«

»Scheiße, Mann, der Junge sitzt vermutlich irgendwo in einem Baumhaus mit 'nem Stapel *Playboys*. Er wird erst wie lange vermißt? Seit zwölf Stunden?«

»Und was, wenn nicht?«

Einen Augenblick herrschte Schweigen. Theo wartete und beobachtete, wie drei neue Pärchen in weniger als einer Minute das Head of the Slug verließen. Neue Pärchen: In Pine Cove kannte jeder jeden, und jeder wußte, wer mit wem zusammen war. Doch diese Leute hier gingen nicht miteinander. Samstag morgens um zwei Uhr früh wäre dies kein allzu ungewöhnliches Phänomen gewesen, doch heute war Mittwoch, und es war gerade mal acht Uhr. Vielleicht war er ja nicht der einzige, der von einer gewissen Geilheit geplagt wurde. Die Pärchen da draußen machten jedenfalls aneinander rum, als wollten sie das Vorspiel schon abgehakt haben, bevor sie zu ihren Autos kamen.

Burton meldete sich wieder. «Ich werde dafür sorgen, daß die Ranch abgesucht wird, und Sie anrufen, wenn sie den Jungen finden. Aber ich will es als erster erfahren, falls *Sie* den Jungen finden.«

»War's das?«

»Finden Sie den kleinen Scheißer, Crowe.« Burton legte auf.

Theo stieg in seinen Volvo und fuhr zu seiner Hütte am Rande der Ranch. Mittlerweile waren mindestens zwanzig freiwillige Helfer mit der Suche nach Mikey Plotznick beschäftigt. Da konnte er sich schon mal die Zeit nehmen, kurz zu duschen und seine verräucherte Kleidung zu wechseln. Als er den Volvo parkte, fuhr ein teurer, schwer aufgemotzter roter Pick-up die Einfahrt zur Ranch hinauf und rollte langsam vorbei. Ein Latino saß lachend auf der Ladefläche und winkte Theo mit dem Lauf eines AK-47-Schnellfeuergewehrs zu.

Theo schaute weg und betrat die dunkle Hütte mit dem Wunsch, daß da drin jemand war, der auf ihn wartete.

- 11 -

CATFISH

Als Catfisch aufwachte, bot sich ihm der Anblick einer mit Ölfarbe vollgekleckerten Frau, die mit weiter nichts als einem Paar Wollsocken bekleidet durch das Haus stapfte. In den Wollsocken steckten diverse Pinsel, und jedesmal, wenn die Frau sich bewegte, verzierten diese ihre Waden mit ockerfarbenen, olivgrünen oder titanweißen Strichen. Leinwände standen auf Staffeleien, Stühlen, Ablagen und

Fensterbrettern. Alle zeigten Meerespanoramen. Eine Palette in der Hand huschte Estelle von einer Leinwand zur nächsten und malte wie besessen Details in die Wogen und Strände.

»Aufgewacht und von der Inspiration gepackt«, sagte Catfish.

Die Sonne war schon untergegangen. Sie hatten den ganzen Tag verschlafen, und so malte Estelle nun im Schein von fünfzig Kerzen und der glühenden Holzscheite in dem Kanonenofen, dessen Türen offenstanden. Zum Teufel mit der Farbenlehre. Die Bilder mußte man im Schein des Feuers betrachten.

Estelle hörte auf zu malen und hob den Arm mit dem Pinsel in der Hand vor ihre Brüste. »Die waren alle noch nicht fertig. Ich wußte schon, als ich sie gemalt habe, daß da noch was fehlte. Aber bis eben wußte ich nicht, was es war.«

Catfish schlüpfte in seine Hose und ging mit freiem Oberkörper zwischen den Bildern hin und her. Schuppige Schwänze, Krallen, Klauen und Zähne ragten aus den Wellen, und gierige Raubtieraugen blitzten auf den Leinwänden auf. Es wirkte beinahe, als seien sie heller als das Kerzenlicht, das sie beleuchtete.

»Du hast überall das alte Mädchen reingemalt?«

»Es ist kein Mädchen. Es ist ein Männchen.«

»Woher weißt du das?«

»Ich weiß es halt.« Estelle wandte sich wieder ihrem Bild zu. »Ich spüre das.«

»Woher weißt du, daß es so aussieht?«

»So sieht's doch aus, oder? Ganz genau so?«

Catfish kratzte sich die Bartstoppeln an seinem Kinn und betrachtete die Gemälde. »Ziemlich ähnlich. Aber es ist kein Männchen. Das alte Monster ist das gleiche wie das, das hinter mir und Smiley her war, weil wir sein Junges gefangen haben.«

Estelle hörte auf zu malen und wandte sich ihm zu. »Mußt du heute abend spielen?«

»Demnächst, ja.«

»Kaffee?«

Er trat zu ihr hin, nahm ihr Pinsel und Palette aus der Hand und küßte sie auf die Stirn. »Das wär mächtig süß von dir.«

Sie schlurfte zum Schlafzimmer und kam in einem alten Kimono zurück. »Sag schon, Catfish. Was ist passiert?«

Er saß am Tisch. »Ich glaube, wir haben einen Rekord aufgestellt. Ich kann mich kaum noch rühren.«

Estelle lächelte, doch sie ließ nicht locker. »Was ist damals an dem Bayou passiert? Habt ihr das Ding irgendwie mit 'ner Beschwörungsformel aus dem Wasser gelockt?«

»Was glaubst du, Frau? Wenn ich so was könnte, würde ich wohl kaum in irgendwelchen Clubs spielen.«

»Erzähl mir: Was war das für ein Gefühl damals, als das Ding aus dem Sumpf aufgetaucht ist?«

»Ich hatte Angst.«

»Und außerdem?«

»Da war nichts außerdem. Ich hab's doch gesagt. Ich hatte Angst und sonst nichts.«

»Aber gestern, als wir wieder hier waren, da hattest du keine Angst.«

»Nein.«

»Ich auch nicht. Was war das dann für ein Gefühl damals, als das Ding hinter dir her war?«

»Ganz anders als jetzt.

»Und wie ist das?«

»Ich fühle mich einfach prima, hier zu sitzen und mich mit dir zu unterhalten.«

»Ach, echt? Geht mir genauso. Aber damals?«

»Hör auf, mich zu nerven, Süße. Ich erzähl's dir ja schon. Aber ich muß in einer Stunde spielen, und ich hab keine Ahnung, wie ich das machen soll.«

»Wieso?«

»Der Blues ist weg. Du hast ihn verscheucht.«

»Ich kann dich ohne Hemd nach draußen in die Kälte scheuchen, wenn du glaubst, daß das was hilft.«

Catfish zuckte auf seinem Stuhl zusammen. »Vielleicht doch lieber 'nen Kaffee.

CATFISHS GESCHICHTE

Und dann legte Catfish los: »Irgendwann hatten wir dann einigen Vorsprung vor dem Vieh oder was immer uns verfolgt hat, und wir haben den alten Ford Model T angehalten, und Smiley und ich haben den dicken, ollen Catfish auf den Rücksitz gewuchtet. Das Vieh war so lang, daß der Schwanz auf der einen Seite vom Wagen rausgehangen hat und der Kopf auf der anderen. So hatte ich mir das Ganze überhaupt nicht vorgestellt – bei Smiley immer noch keine Spur vom Blues und bei mir dafür um so schlimmer. Doch dann geht mir auf, daß wir demnächst fünfhundert Dollar absahnen, und schwuppdiwupp verzieht sich der Blues.

Ich sage: ›Smiley, so wie ich die Sache sehe, haben wir schwer was zu feiern. Und dazu brauchen wir erst mal 'ne Ladung Schnaps und zum Abschluß 'n paar süße Delta-Pussys. Was hältst du davon?‹

Der olle Smiley traut sich wie üblich nicht, einem in die Parade zu fahren, aber er kann sich's natürlich nicht verkneifen, darauf hinzuweisen, daß wir erstens kein Geld haben und Ida May von irgendwelchen Pussys von außerhalb überhaupt nichts hält. Aber ich spüre, daß er auch irgendwie scharf drauf ist, und es dauert nicht lange, da fahren wir über einen Schleichweg zu einem Schwarzbrenner namens Elmore, der auch an Farbige verkauft.

Der alte Knabe hat zwar nur noch zwei Zähne im Mund, aber man konnte glatt hören, wie er damit geknirscht hat, als wir vorfuhren. Der Kerl war stinksauer und hat mit seiner Flinte in der Luft rumgefuchtelt wie irre, als ob er dachte, wir wollten seine Destille hochnehmen. Ich sage: ›Hey, Elmore, wie geht's deiner süßen Frau und deiner Schwester?‹

Er sagt, der geht's prima, aber wenn wir nicht schnell mit Geld rausrücken, schießt er sich 'n paar Nigger und macht, daß er schleunigst zu ihr zurückkommt, bevor sie sich's anders überlegt und keine Lust mehr hat.

›Wir sind 'n bißchen klamm‹, sage ich. ›Aber gleich morgen kassieren wir fünfhundert Dollar ab, wenn du also so nett wärst, uns 'ne Flasche auf Kredit zu geben.‹ Und dann zeig ich ihm den Catfish.

Der Kerl hätte sich am liebsten in die Hosen geschissen, was mir ganz recht gewesen wäre, weil das vielleicht den Geruch überdeckt hätte, der ihm ansonsten entströmte. Aber statt dessen sagt er nur: ›Bis morgen früh wart ich nicht. Wenn ihr 'ne Flasche wollt, müßt ihr mir jetzt was von dem Catfish abschneiden. Und zwar 'n ordentliches Stück.‹

Smiley und ich überlegen uns die Sache. Und es dauert nicht lang, da haben wir eine Zwei-Liter-Flasche Corn Mash, und der alte Elmore hat genug Catfish, um seine Weiber und Kinder und die, die beides sind, eine Woche oder noch länger durchzufüttern.

Wir fahren die Straße wieder ein Stück weit zurück, um uns von dieser alten Hure namens Okra den gleichen Vortrag über Geld anzuhören. Außerdem besteht sie darauf, daß wir ein Bad nehmen, bevor sie uns auch nur in die Nähe ihrer Mädels läßt. Ich tische ihr im Gegenzug wieder die Geschichte mit den fünfhundert Dollar auf, aber sie meint nur, mit den fünfhundert Dollar können wir dann ja morgen wieder kommen. Wenn wir allerdings heute nacht noch scharf auf Pussys sind, will sie ein fettes Stück von dem Catfish auf dem Rücksitz. Und diese Huren können auch 'ne ganz schöne Ladung Catfish wegspachteln – das kann ich dir sagen. Ich dachte schon, daß Smiley jetzt endlich den Blues kriegt, als ich ihn sagen höre, daß er 'ne Ladung Catfish im Wert von hundert Dollar nur für 'n Bad abgegeben hat. Aber er hatte es sich nun mal so ausgesucht. Er sitzt also im Wagen, bis ich fertig bin, und dann machen wir uns auf den Weg, um uns 'n Plätzchen zu suchen, wo wir übernachten können, bis wir am nächsten Morgen den Fisch zu Bargeld machen.

Wir fahren also von der Seitenstraße runter in die Büsche, genehmigen uns ein paar Schlucke aus der Flasche, um besser schlafen zu können, und rate mal, wer genau in dem Moment aus den Büschen kommt? Eine Meute von Kerls in weißen Bettlaken und mit langen spitzen Hauben auf dem Kopf. Und sie sagen: ›Hey, Nigger, du hast wohl das Schild nicht gelesen.‹

Und dann binden sie uns an dem alten Catfish fest und zwingen uns, ihn in den Wald zu schleifen, wo sie schon ein fettes Feuer brennen haben.

Das war schon übel, das kann ich dir sagen. Bis heute kann ich nicht an 'ner Wäscheleine mit Bettlaken vorbeigehen, ohne daß es mir eiskalt den Rücken runterläuft. Ich weiß genau, daß unser letztes Stündchen geschlagen hat, und ich sage sämtliche Gebete auf, die ich kenne, während die Typen mir in die Zähne treten und überall hin und Stücke von dem Catfish verspachteln, den sie auf Spieße gesteckt und gebraten haben.

Dann spüre ich es plötzlich, und die Tritte hören auf. Ich sehe den alten Smiley, wie er im Dreck liegt und seine Arme über den Kopf hält und mit einem blutigen Auge zu mir rüberschaut. Und er spürt es auch.

Die Klansmänner stehen da und starren in den Wald, als würde ihre lange verschollene Mom rauskommen. Sie strahlen übers ganze Gesicht, und die Hälfte von ihnen reibt sich die Schwänze förmlich durch die Hosen. Und dann kommt sie auch schon rausgerauscht. Dick und fett wie 'n D-Zug, und sie brüllt, daß einem das Blut aus den Ohren trieft. Und mit dem ersten Bissen verschwinden auch schon gleich zwei von den Typen.

Ich muß Smiley nicht erst 'ne Extraeinladung schreiben. Wir reden nicht lange rum, sondern rennen los, immer noch festgebunden an das, was von dem Catfish noch übrig ist, und sehen zu, daß wir zur Straße kommen. Wir schnappen uns ein Messer aus dem Auto und schneiden uns los. Smiley steht vorne an der Kurbel, und ich sitze am Steuer und rackere mich mit der Zündung ab. Hinter uns im Wald ist ein Heidengejohle und Geschrei – die reinste Musik in meinen Ohren, weil die Klansmänner alle aufgefressen werden.

Dann wird's ganz ruhig. Man hört nur noch den eigenen Atem und Smiley, der sich an der Kurbel abmüht. Ich brülle ihn an, er soll sich beeilen, weil ich höre, wie das Ding durch den Wald angewalzt kommt. Schließlich springt der Motor endlich an, aber ich kann ihn kaum hören, weil dieses Drachenvieh aus dem Wald gerauscht kommt und einen Höllenlärm veranstaltet. Ich sag Smiley, er soll einsteigen, doch er rennt um den Wagen herum nach hinten.

›Was machst du da?‹ frag ich.

›Fünfhundert Dollar‹, sagt er.

Und ich sehe, wie er den Catfish auf den Rücksitz schleudert. An dem stinkigen Vieh ist gerade mal noch der Kopf dran, so daß Smiley es auch allein schafft, es reinzuschmeißen. Dann macht er einen Satz auf das Trittbrett, und ich schaue mich zu ihm um, doch da wird er einfach aus der Luft weggeschnappt. Zack, weg ist er. Und dann schnappen diese Kiefer noch einmal zu, aber ich hau den ersten Gang rein, und der Wagen schießt los.

Und Smiley ist weg. Weg.

Am nächsten Tag finde ich den Weißen, der angeblich fünfhundert Dollar für den Catfish bezahlt, und er schaut den großen Fischkopf nur an und lacht mir ins Gesicht. Ich sag ihm, ich hätte wegen dem Mistvieh meinen besten Freund verloren, und er soll besser mit dem verdammten Geld rausrücken, doch er lacht nur und geht weg. Da bin ich ihm nach und hab ihm eine gescheuert.

Den alten Fischkopf hab ich mitgebracht vor Gericht, aber geholfen hat's mir auch nix. Der Richter hat mich zu sechs Monaten Knast verdonnert – weil ich einen Weißen geschlagen hab. Zum Gerichtsdiener hat er gesagt: ›Schaff Catfish hier raus.‹

Seitdem nennt man mich Catfish. Ich hab die Geschichte schon ewig nicht mehr erzählt, aber den Namen hab ich immer noch. Der Blues klebt seitdem förmlich an mir dran, aber ausgezahlt hat es sich für mich nicht. Als ich aus dem Knast kam, war Ida May vor Kummer gestorben, und ich hatte keinen einzigen Freund mehr, der noch am Leben war. Seitdem bin ich immer unterwegs.

Das Ding da draußen am Strand, das dieses Geräusch gemacht hat – das ist sie, und sie ist hinter mir her.«

CATFISH

»Es ist ein Männchen«, sagte Estelle. Sie wußte nicht, was sie sonst sagen sollte.

»Woher weißt du das?«

»Ich weiß es einfach.« Sie nahm seine Hand. »Das mit deinem Freund tut mir leid.«

»Ich wollte nur, daß der Blues ihn anspringt und wir 'ne Schallplatte machen.«

Eine Weile saßen sie einfach nur am Tisch und hielten einander an den Händen. Catfishs Kaffee wurde kalt. Estelle ließ sich die Geschichte durch den Kopf gehen. Es erfüllte sie gleichzeitig mit Schrecken und Erleichterung, daß die Schatten in ihren Bildern nur eine Gestalt hatten. Irgendwie kam ihr Catfishs Geschichte, so phantastisch sie sich auch anhören mochte, bekannt vor.

Sie sagte: »Catfish, hast du jemals *Der alte Mann und das Meer* von Ernest Hemingway gelesen?«

»Der Typ, der über Stierkämpfe und das Fischen schreibt? Dem bin ich mal über den Weg gelaufen, unten in Florida. Warum?«

»Du bist ihm begegnet?«

»Ja, der alte Mistbock hat meine Geschichte auch nicht geglaubt. Hat erzählt, er angelt auch gerne, aber er glaubt mir kein Wort. Warum fragst du?«

»Schon gut«, sagte Estelle. »Wenn dieses Ding Menschen frißt, sollten wir es dann vielleicht nicht lieber melden?«

»Ich erzähle den Leuten schon seit fünfzig Jahren von diesem Vieh, aber bis jetzt hat mir noch niemand geglaubt. Alle meinten immer nur, ich wär der größte Lügner, der sich je aus dem Delta hervorgewagt hat. Wenn das nicht gewesen wäre, hätte ich heute ein großes Haus und stapelweise Schallplatten. Wenn du den Bullen davon erzählst, bist du im Nu die spinnerte Lady von Pine Cove.«

»So eine haben wir schon.«

»Na ja, der einzige, der aufgefressen wird, bin wohl ich, und wenn ich meinen Job hier verliere, weil es heißt, ich hab 'ne Meise, dann muß ich weiterziehen. Verstehst du, was ich meine?«

Estelle nahm Catfishs Tasse vom Tisch und stellte sie ins Spülbecken. »Du machst dich besser für deinen Auftritt fertig.«

- 12 -

MOLLY

Um sich von dem Drachen nebenan abzulenken hatte Molly sich ihre Jogginghose übergezogen und angefangen, in ihrem Trailer klar Schiff zu machen. Sie hatte schon drei schwarze Müllsäcke mit den Überresten und Verpackungen von irgendwelchem Junkfood vollgepackt und machte sich gerade bereit, das Leichenfeld verendeter Asseln von ihrem Teppich aufzusaugen, als ihr der Fehler unterlief, den Fernseher mit Glasreiniger zu putzen. Im Videorecorder lief gerade *Stahlhart in der Atomwüste – Kendras Rache*, und als die feinen Tropfen des Glasreinigers auf den Bildschirm trafen, vergrößerten sie die Leuchtpunkte, so daß das Bild fast wirkte wie ein impressionistisches Gemälde – Seurats *Sonntagnachmittag auf der Insel der Grande Warrior Babe* sozusagen.

Molly stoppte das Video, als die ebenso überflüssige wie unvermeidliche Szene in der Dusche ins Bild kam. (Es gab in jedem ihrer Filme in den ersten Minuten eine Szene in der Dusche, völlig ungeachtet der Tatsache, daß Kendra auf einem Planeten lebte, wo es kaum Wasser gab. Um dieses Problem zu lösen, war ein junger Regisseur auf die glorreiche Idee verfallen, »antiradioaktiven Schaum« in der Duschszene zu verwenden, und Molly hatte sich fünf Stunden lang von einem Gebläse außerhalb des Blickfelds Waschmittelschaum um die Ohren pusten lassen müssen. Den gesamten Rest des Bildes hatte sie in einem Beduinenburnus absolviert, um den Ausschlag zu verdecken, der sie am ganzen Körper befallen hatte.)

»Kunstfilm«, sagte Molly, die auf dem Boden vor dem Fernseher saß und selbigen zum fünfzigsten Mal mit Glasreiniger einnebelte. »Damals hätte ich glatt in Paris als Model Karriere machen können.«

»Nie im Leben«, sagte der Erzähler. Er war immer noch da. »Viel zu mager. Damals waren fette Tussis angesagt.«

»Mit dir rede ich überhaupt nicht.«

»Dieser kleine Ausflug nach Paris hat dich bis jetzt eine halbe Flasche Glasreiniger gekostet.«

»Ist doch 'ne billige Art zu reisen«, sagte Molly. Dann stand sie aber trotzdem auf, nahm zwei Gläser, die auf dem Fernseher standen und wollte sie gerade in die Küche tragen, als es an der Tür klingelte.

Sie hielt die Gläser am Rand in einer Hand und öffnete die Tür. Draußen auf ihrer Treppe standen zwei Frauen in Kostümen; sie trugen Schuhe mit hohen Absätzen und hatten haarspraystarrende Hartfaserfrisuren. Sie waren beide Anfang dreißig und blond, und ihr Lächeln war so steif, daß es entweder auf Unaufrichtigkeit oder Drogenmißbrauch hindeutete. Molly war sich allerdings nicht im klaren, was von beidem zutraf.

»Die Avon-Beraterin?« fragte sie.

»Nein«, sagte die vordere Blondine und kicherte. »Mein Name ist Marge Whitfield, und das ist Katie Marschall. Wir kommen von der Vereinigung für eine Moralische Gesellschaft, und wir möchten uns mit Ihnen über unseren Feldzug zur Wiedereinführung des Schulgebets unterhalten. Ich hoffe, wir kommen Ihnen nicht ungelegen.« Katie trug Pink, Marge Pastellblau.

»Ich bin Molly Michon. Ich habe nur gerade ein bißchen aufgeräumt.« Molly hielt die beiden Gläser in die Höhe. »Kommen Sie doch rein.«

Die beiden Frauen traten ein und blieben in der Tür stehen, während Molly die Gläser in der Spüle abstellte. »Wissen Sie, es ist schon interessant«, sagte Molly, »wenn man zwei Gläser hat, und man schüttet Cola Light in das eine und normale Cola in das andere, und dann läßt man das Ganze, sagen wir mal, sechs Monate stehen, dann wächst auf dem Glas mit der normalen Cola so 'n grünes Zeug, aber die Cola Light ist noch so gut wie frisch.«

Molly kehrte ins Wohnzimmer zurück. »Kann ich Ihnen was zu trinken anbieten?«

»Nein, danke«, summte Marge zur Erwiderung. Es klang wie das Mantra eines Roboters. Sie und Katie starrten auf den Bildschirm, wo Molly saß und nackt in der Bewegung eingefroren war. Molly rauschte an den beiden vorbei und schaltete den Fernseher aus. »Entschuldigung, das ist ein Kunstfilm, den ich mal in Paris gemacht habe, als ich noch jünger war. Setzen Sie sich doch.«

Die beiden Frauen setzten sich nebeneinander auf Mollys abgewetzte Couch. Sie hielten ihre Knie so fest zusammengepreßt, daß Diamanten dazwischen zu Staub zermahlen worden wären.

»Ihren Lufterfrischer finde ich toll«, sagte Katie in dem Versuch, ihr Entsetzen zu überwinden. »Es riecht so sauber.«

»Danke, das ist Glasreiniger.«

»Das ist ja mal eine tolle Idee«, sagte Marge.

Das ist ja prima, dachte Molly. Ganz normale Leute. Wenn ich in Gegenwart von normalen Leuten nicht aus dem Ruder laufe, ist alles in bester Ordnung. Das hier ist ein prima Training. Sie setzte sich den beiden gegenüber auf den Fußboden. »Sie heißen also Marge. Den Namen hört man ja nur noch in Waschmittelwerbespots. Haben Ihre Eltern viel ferngesehen?«

Marge mußte kichern. »Das ist die Kurzform von Margaret. So hieß meine Großmutter.«

Katie meldete sich zu Wort. »Molly, was uns Sorge bereitet, ist die Tatsache, daß unsere Kinder ohne jegliche geistliche Anleitung aufwachsen. Unsere Vereinigung sammelt Unterschriften zur Wiedereinführung des Schulgebets.«

»Aha«, sagte Molly. »Sie wohnen sicher noch nicht lange hier, oder?«

»Nun ja, das ist richtig. Wir sind beide zusammen mit unseren Ehemännern aus Los Angeles hierhergezogen. Eine Kleinstadt ist einfach besser, wenn man seine Kinder großziehen will. Aber das wissen Sie bestimmt auch.«

»Sicher«, sagte Molly. Die beiden hatten nicht die geringste Ahnung, wer sie war. »Das ist auch der Grund, warum ich mit dem kleinen Stevie hergezogen bin.« Stevie war Mollys Goldfisch, der während eines ihrer Aufenthalte in der Nervenklinik gestorben war. Seitdem hauste er in einem Plastikbeutel im Gefrierfach ihres Kühlschranks und warf ihr jedesmal, wenn sie sich ein paar Eiswürfel herausnahm, einen frostigen Blick zu.

»Und wie alt ist Stevie?«

»Ach, sieben oder acht. Ich vergesse es manchmal, weil die Wehen so lange gedauert haben.«

»Dann ist er ein Jahr hinter meiner Tiffany zurück«, sagte Marge.

»Nun ja, der Schnellste ist er nicht gerade.«

»Und Ihr Mann ist …?«

»Tot.«

»Oh, das tut mir leid«, sagte Katie.

»Das braucht's nicht. Sie haben ihn ja vermutlich nicht umgebracht.«

»Jedenfalls«, sagte Katie, »brauchen wir dringend Ihre Unterschrift für unsere Petition an den Senat. Alleinerziehende Mütter sind ein wesentlicher Bestandteil unserer Kampagne. Darüber hinaus sammeln wir Spenden für unsere Forderung nach einem Verfassungszusatz.« Sie setzte ein verlegenes Lächeln auf. »Nicht einmal die Arbeit im Auftrag des Herrn kommt ohne Sponsoren aus.«

»Ich wohne in einem Trailer«, sagte Molly.

»Dafür haben wir Verständnis«, sagte Marge. »Alleinerziehende Mütter müssen häufig mit finanziellen Problemen kämpfen. Aber auch Ihre Unterschrift ist wichtig für die Arbeit im Auftrag des Herrn.«

»Aber ich wohne in einem Trailer. Gott haßt Trailer.«

»Wie bitte?«

»Er läßt sie in Flammen aufgehen, er läßt sie zu Eisblöcken gefrieren, und er läßt sie von Tornados zu Kleinholz machen – Gott haßt Trailer. Sind Sie sicher, daß ich Ihrer Sache nicht vielleicht eher schade?«

Katie kicherte. »Ach, Mrs. Michon, Sie machen Witze. Erst letzte Woche habe ich von einer Frau gelesen, deren Trailer von einem Tornado fast eine Meile durch die Luft gewirbelt wurde und die trotzdem überlebt hat. Sie sagte, daß sie die ganze Zeit gebetet und Gott sie gerettet hat. Da sehen Sie's doch.«

»Aber wer hat den Tornado erst mal losgeschickt?«

Die beiden pastellfarbenen Frauen zuckten auf der Couch zusammen. Die Bläuliche war die erste, die ihre Sprache wiederfand. »Wir würden Sie sehr gerne in unserer Bibelgruppe begrüßen, wo wir über dieses Thema diskutieren können, doch jetzt müssen wir leider weiter. Würde es Ihnen etwas ausmachen, die Petition zu unterschreiben?« Sie zog ein Klemmbrett aus ihrer übergroßen Handtasche und reichte es Molly zusammen mit einem Kugelschreiber.

»Wenn das hier durchkommt, dann dürfen die Kinder in der Schule beten?«

»O ja.« Marge fing an zu strahlen.

»Und die kleinen Moslems dürfen sich siebenmal am Tag nach Mekka verneigen oder was auch immer, ohne daß sie deswegen schlechtere Noten bekommen?«

Die pastellfarbenen Damen in Blau und Pink schauten einander an. »Nun ja... Amerika ist eine christliche Nation, Mrs. Michon.«

Molly wollte nicht den Eindruck entstehen lassen, daß man sie so einfach aufs Kreuz legen konnte. Sie hatte was auf dem Kasten. »Aber Kinder anderer Glaubensrichtungen können doch auch beten, richtig?«

»Ich nehme es mal an«, sagte Katie. »Jedenfalls im stillen.«

»Na, dann ist es ja gut«, sagte Molly, während sie die Petition unterschrieb, »weil Stevie nämlich endlich in der Red-Jets-Lesegruppe mitmachen darf, wenn er Vigoth, dem Würmergott, ein Huhn opfert. Aber sein Lehrer läßt ihn nicht.« Warum habe ich das gesagt? Warum habe ich das gesagt? Was ist, wenn sie mich fragen, wo Stevie überhaupt ist?

»Mrs. Michon!«

»Was? Das würde er auch in der großen Pause erledigen«, sagte Molly. »Damit er nichts vom Unterricht verpaßt.«

»Wir sind unterwegs im Auftrag des Einzigen und Wahren Gottes, Mrs. Michon. Unsere Vereinigung ist keine multireligiöse Organisation. Ich bin sicher, daß Sie, wenn Sie jemals die Macht Seines Geistes gespürt hätten, nicht so reden würden.«

»Oh, die habe ich schon gespürt.«

»Ach wirklich?«

»Aber sicher. Sie können Sie auch spüren. Wenn Sie wollen jetzt gleich.«

»Was meinen Sie damit?«

Molly reichte Katie das Klemmbrett zurück und erhob sich. »Kommen Sie mal mit nach nebenan. Es dauert nur einen Moment. Aber ich weiß genau, daß Sie es spüren werden.«

THEO

Während er durch die Wohngebiete von Pine Cove fuhr, stiegen Theos Hoffnungen, Mikey Plotznik zu finden. Nahezu überall hatten sich Suchtrupps von zwei oder drei Leuten gebildet, die mit Taschenlampen und Handys ausgerüstet die Gegend durchkämmten. Theo hielt bei jedem der Trupps an, erkundigte sich nach dem Stand der Dinge und gab Ratschläge. Als ob er auch nur den blassesten Schimmer gehabt hätte, was er da tat! Wem versuchte er eigentlich etwas vorzumachen? Meistens fand er ja noch nicht mal seine eigenen Autoschlüssel.

In den meisten Wohngegenden von Pine Cove gab es weder Straßenlaternen noch Gehsteige. Die Baumkronen der Kiefern wölbten sich über die Straße wie ein Vorhang, der das Mondlicht verschluckte und in dem sich die Lichtkegel von Theos Scheinwerfern verloren wie in einem Meer von Tinte. Theo stöpselte einen Suchscheinwerfer in die Buchse des Zigarettenanzünders und schwenkte damit über Häuser und unbebaute Grundstücke, doch alles, was er zu sehen bekam, waren zwei Rehe, die sich die Rosensträucher von irgend jemand schmecken ließen. Als er am Strandpark vorbeifuhr, einem Rasengrundstück von der Größe eines Fußballfeldes, das von Zypressen umstanden und gegen den Seewind mit einem zweieinhalb Meter hohen Holzzaun abgeschirmt war, sah er etwas weißlich Leuchtendes, das sich auf einem der Picknicktische bewegte. Er fuhr auf den Parkplatz neben dem Park und richtete die Scheinwerfer des Volvo wie auch den Suchscheinwerfer auf den Tisch.

Ein Pärchen trieb es mitten auf dem Tisch. Was da eben weiß geleuchtet hatte, war der blanke Arsch des Mannes gewesen. Nun drehten sich zwei Gesichter ins Licht des Scheinwerfers, die Augen ebenso weit aufgerissen wie bei den Rehen, die Theo zuvor überrascht hatte. Normalerweise wäre Theo einfach weitergefahren. Für ihn war es nicht ungewöhnlich, Leute »in flagranti« in irgendwelchen Autos auf dem Parkplatz hinter dem Head of the Slug oder entlang des zerklüfteten Küstenstreifens zu ertappen. Aber schließlich war er nicht die Sittenpolizei. Doch die Szene an diesem Abend ging ihm gegen den Strich. Mittlerweile war schon fast ein ganzer Tag vergangen, ohne daß er sich einen Zug aus seinem Sneaky Pete gegönnt hatte. Und vielleicht war es ja ein Entzugssymptom, dachte er.

Theo stellte den Motor des Volvo ab und stieg, die Taschenlampe in der Hand, aus dem Wagen. Die beiden auf dem Picknicktisch zogen hastig ihre Kleider an, während er auf sie zukam. Sie machten jedoch keinen Versuch zu fliehen. Es gab auch nichts, wo sie hingekonnt hätten, außer über den Zaun. Doch dahinter lag nur ein schmaler Strand, der zu beiden Seiten von Klippen begrenzt war und von eiskalten Wellen überspült wurde.

Auf halbem Wege über den Rasen erkannte Theo die beiden Triebtäter, und er blieb stehen. Die Frau, oder besser das Mädchen, war Betsy Butler, eine der Bedienungen auf H.P.'s Café, die im Augenblick einige Mühe hatte, ihren Rock herunterzuziehen, und der Mann – fortgeschrittene Glatzenbildung und eingesunkener Brustkorb – war der vor kurzem verwitwete Joseph Leander. Theo hielt sich noch einmal das Bild von Bess Leander vor Augen, die von einem Wandhaken in einem makellos sauberen Eßzimmer hing.

»Ein bißchen mehr Zurückhaltung wäre vielleicht schon angebracht, oder was denken Sie, Joe?« rief Theo, als er auf die beiden zuging.

»Ähm, es heißt aber Joseph, Constable.«

Theo spürte, wie ihm vor Wut die Kopfhaut zu glühen begann. Von Natur aus war er eigentlich überhaupt kein Mann, der zu Wut oder Zorn neigte, doch die Natur funktionierte in den letzten Tagen auch nicht mehr so wie früher. »Nein, Joseph heißt es nur, wenn Sie Ihren Geschäften nachgehen oder gramgebeugt den Tod Ihrer Frau beklagen. Wenn Sie auf 'nem Picknicktisch im Park ein Mädchen durchrammeln, das halb so alt ist wie Sie, dann heißt es Joe.«

»Ich – wir –, es war alles so schwierig, ich weiß nicht, was in uns gefahren ist, ich meine, in mich. Ich meine ...«

»Sie haben wohl nicht zufällig einen Jungen hier gesehen heute nacht. So ungefähr zehn Jahre alt?«

Das Mädchen schüttelte den Kopf. Sie schirmte ihr Gesicht mit einer Hand ab und starrte auf das Gras zu ihren Füßen. Joseph Leander ließ seinen Blick verzweifelt durch den Park schweifen, als ob sich irgendwo in der Dunkelheit wie von Zauberhand eine Falltür auftun könnte. »Nein, ich hab keinen Jungen gesehen.«

Theoretisch hätte Theo die beiden vom Fleck weg wegen unzüchtigen Verhaltens in der Öffentlichkeit verhaften können, doch der damit verbundene Papierkram im Bezirksgefängnis war ihm zuviel Zeitaufwand. »Fahren Sie nach Hause, Joe. Sie sollten Ihre Töchter im Augenblick nicht allein lassen. Betsy, haben Sie 'n Auto?«

Ohne die Hand vom Gesicht zu nehmen, sagte sie: »Ich wohne nur zwei Querstraßen weiter.«

»Dann gehn Sie nach Hause. Und zwar gleich.« Theo drehte sich um und ging zu seinem Volvo zurück. Dem Vorwurf allzu großer Cleverneß war Theo noch nie ausgesetzt gewesen (außer einmal bei einer Collegeparty, als er aus einer Zwei-Liter-Colaflasche und einem Bic-Kugelschreiber eine behelfsmäßige Wasserpfeife zusammengebastelt hatte), doch nun fühlte er sich ausgesprochen dämlich angesichts der Tatsache, daß er Bess Leanders Tod nicht eingehender untersucht hatte. Sich für einen Job anheuern zu lassen, weil man in dem Ruf stand, ein Trottel zu sein, war eine Sache. Diesem Ruf gerecht zu werden war etwas ganz anderes.

Morgen, dachte er. Erst mal geht's darum, den Jungen zu finden.

MOLLY

Molly stand zusammen mit den beiden pastellfarbenen christlichen Damen im Schlamm und betrachtete den Drachen-Trailer.

»Spüren Sie's?«

»Na ja, was um alles in der Welt meinen Sie denn damit?« sagte Marge. »Das ist doch nur ein dreckiger alter Trailer – oh, entschuldigen Sie –, ich meinte, ein Heim auf Rädern.« Bis vor einer Sekunde war sie lediglich darüber besorgt gewesen, daß sie mit ihren puderblauen Absätzen in den feuchten Lehm einsank. Doch nun standen sie und ihre Kollegin vor dem Drachen-Trailer und starrten ihn mit weit aufgerissenen Augen an.

Molly war sich absolut sicher, daß die beiden es spürten. Sie spürte es auch: eine unterschwellige Zufriedenheit, etwas, das mit Sexualität zusammenhing – nicht direkt Freude, aber etwas, das dem sehr nahekam. »Sie spüren es?«

Die beiden Frauen schauten einander an und versuchten sich nicht anmerken zu lassen, daß sie überhaupt etwas empfanden. Doch ihre Augen waren glasig, als stünden sie unter Drogen, und sie trippelten nervös herum, als ob sie versuchten, ein Kichern zu unterdrücken. Katie, die Pinkfarbene, sagte: »Vielleicht sollten wir den Leuten hier einen Besuch abstatten.« Zögernd machte sie einen Schritt vorwärts in Richtung auf den Drachen-Trailer.

Molly trat ihr in den Weg. »Da ist niemand zu Hause. Man bekommt nur so 'n Gefühl. Sie beide sollten jetzt besser losgehen und Ihre Petition ausfüllen.«

»Es ist schon spät«, sagte die Puderblaue. »Für einen Besuch reicht's vielleicht gerade noch, und dann müssen wir los.«

»Nein!« Molly verstellte ihnen den Weg. So spaßig, wie sie sich die Angelegenheit vorgestellt hatte, war das Ganze auf einmal doch nicht mehr. Sie wollte die beiden nur erschrecken, aber nicht, daß ihnen etwas passierte. Und nun hatte sie das ganz sichere Gefühl, daß, wenn die beiden dem Drachen-Trailer auch nur noch ein Stückchen näher kamen, die Kampagne für das Schulgebet zwei gutfrisierte Fürsprecher verlieren würde. »Sie gehen jetzt besser nach Hause, und zwar alle beide.« Molly packte sie an der Schulter, führte sie zurück zur Straße und schob sie zur Einfahrt des Trailer-Parks. Sehnsuchtsvoll verdrehten die beiden Damen die Hälse und schauten zurück zu dem Drachen-Trailer.

»Ich spüre, wie sich der Geist in mir regt, Katie«, sagte Marge.

Molly gab ihnen noch einen letzten Stoß. »Na wunderbar. Wie schön für Sie. Und jetzt ab durch die Mitte.« Ausgerechnet von ihr wurde immer behauptet, sie hätte nicht alle Tassen im Schrank.

»Los, los, los«, sagte Molly. »Ich muß Stevie sein Abendessen machen.«

»Es tut uns so leid, daß wir Ihren Jungen nicht getroffen haben«, sagte Molly. »Wo ist er überhaupt?«

»Hausaufgaben machen. Bis dann. Bye.«

Molly schaute den Frauen hinterher, wie sie zur Wohnwagensiedlung hinausgingen und in einen neuen Chrysler Mini-Van einstiegen. Aus irgendeinem Grund hatte sie plötzlich keine Angst mehr.

»Du hast wohl Hunger, Stevie?«

Der Drachen-Trailer veränderte seine Gestalt. Aus Ecken und Kanten wurden Rundungen, und die Fenster wurden wieder zu Augen, die jedoch nicht mehr so intensiv glänzten wie am frühen Morgen. Molly sah die verbrannten Kiemen, den Ruß und die Brandblasen zwischen den Schuppen. Verschwommene blaue Streifen schimmerten an den Flanken des Drachen und verblaßten wieder. Molly spürte, wie ihr vor Mitleid das Herz schwer wurde. Dieses Ding, was immer es auch sein mochte, hatte Schmerzen.

Sie ging ein paar Schritte näher heran. »Stevie paßt irgendwie nicht richtig zu dir, dafür bist du, glaub ich, zu alt. Außerdem wäre der richtige Stevie deswegen vielleicht eingeschnappt. Wie wär's mit Steve? Du siehst aus wie 'n Steve.« Molly mochte den Namen Steve. Ihr Agent bei der Schauspielervereinigung hatte Steve geheißen. Steve war ein guter Name für ein Reptil. (Im Gegensatz zu Stevie, der besser zu einem tiefgefrorenen Goldfisch paßte.)

Sie spürte, wie sie trotz all ihrer Traurigkeit von einer Welle der Wärme durchflutet wurde. Das Ungeheuer mochte seinen Namen.

»Du hättest den Jungen nicht fressen sollen.«

Steve erwiderte nichts. Immer noch auf der Hut, machte Molly einen weiteren Schritt vorwärts. »Du mußt von hier verschwinden. Ich kann dir nicht helfen. Ich bin nämlich verrückt, mußt du wissen. Ich hab sogar offizielle Papiere, die das beweisen.«

Das Seeungeheuer rollte sich auf den Rücken wie ein kleiner Welpe und bedachte Molly mit einem selten dämlichen, hilflosen Hundeblick, was im übrigen auch nicht gerade eine leichte Aufgabe für ein

Wesen darstellte, das locker in der Lage war, einen Volkswagen zu verschlucken.

»Nein«, sagte Molly.

Das Seeungeheuer winselte vor sich hin. Es war nicht lauter als ein neugeborenes Kätzchen.

»Oh, Mann, das ist doch einfach spitzenmäßig«, sagte Molly. »Stell dir nur vor, was Dr. Val mir alles für Medikamente verabreicht, wenn ich ihr von dem hier erzähle. Die Durchgeknallte und die Echse, so werden sie uns nennen. Hoffentlich bist du jetzt zufrieden.«

Gruppenzwänge

»Aber ich will mit verrückten Leuten nichts zu tun haben«, bemerkte Alice.
»Oh, dagegen kannst du nichts tun«, sagte die Katze. »Wir sind alle verrückt hier. Ich bin verrückt. Du bist verrückt.«
»Woher weißt du, daß ich verrückt bin?« fragte Alice.
»Das kann nicht anders sein«, sagte die Katze, »denn andernfalls wärst du gar nicht hierhergekommen.«

Lewis Carroll, *Alice im Wunderland*

- 13 -

FRÜHSTÜCK

Den Bewohnern von Pine Cove – und besonders jenen unter ihnen, deren Antidepressiva abgesetzt worden waren – kam es so vor, als hätte sich auf mysteriöse Weise im Verlauf der Nacht ein Gefühl der Ruhe und Zufriedenheit über sie gesenkt. Ihre Panik war nicht verschwunden, vielmehr tropfte sie an ihren Schultern herab wie ein warmer Regen, der sich über ein Kleinkind ergießt, das zum ersten Mal völlig verzaubert im Matsch herumtollt. Die Luft war erfüllt von Freude, Sex und Gefahr – und dem euphorischen Bedürfnis, dies mit anderen zu teilen.

Und so kam es, daß sie zur Frühstückszeit massenweise in die örtlichen Restaurants strömten, wo sie sich versammelten wie Tiere der Wildnis im Angesicht eines Löwenrudels – in dem instinktiven Bewußtsein, daß nur einer von ihnen auf der Strecke bleiben wird, nämlich derjenige, der sich allein auf weiter Flur erwischen läßt.

Jenny Masterson arbeitete mittlerweile seit zwölf Jahren als Kellnerin in H. P.'s Café, und sie konnte sich nicht erinnern, jemals außerhalb der Touristensaison einem solchen Ansturm ausgesetzt gewesen zu sein. Sie glitt zwischen den Tischen dahin wie eine Tänzerin, schenkte Kaffee mit und ohne Koffein nach, nahm Bestellungen auf und brachte das Essen an die Tische, wobei sie im Vorübergehen die Wünsche nach mehr Butter oder Salsa registrierte und hier und da das benutzte Geschirr abräumte. Keine überflüssige Bewegung, kein Gast, der übersehen wurde. Sie war gut – und zwar richtig gut –, und manchmal ging ihr das schwer auf die Nerven.

Jenny war vierzig, schlank und hatte einen hellen Teint, kastanienbraunes Haar, das sie bei der Arbeit immer hochgesteckt trug, und Beine, die einfach umwerfend waren. Sie und ihr Mann Robert waren die Inhaber von Brine's Angelbedarf, Bootsausrüstung und Erlesene

Weine, doch nachdem sie drei Monate lang versucht hatte, mit dem Mann zusammenzuarbeiten, den sie liebte, und nachdem ihre Tochter Amanda mittlerweile fünf Jahre alt war, hatte sie den Entschluß gefaßt, daß ihre Ehe und ihr Verstand nur dann zu retten waren, wenn sie wieder als Kellnerin arbeitete. Irgendwann zwischen dem Abschluß des College und dem heutigen Tage hatte sie sich zu einer absoluten Spitzenkellnerin entwickelt, und es war ihr nach wie vor ein Rätsel, wie in drei Teufels Namen es dazu gekommen war. Wie kam es, daß sie zu einem Auffangbecken für jegliches Stadtgespräch, inklusive Klatsch und Tratsch, geworden war? Und wann hatte sie diese schier unglaubliche Fähigkeit entwickelt, im Vorübergehen nahezu sämtliche Unterhaltungen ihrer Gäste aufzuschnappen, ohne den Faden zu verlieren?

Das beherrschende Thema am heutigen Tag war Mikey Plotznik, der am Tag zuvor beim Zeitungsaustragen verschwunden war. Es ging um die Suche nach dem Jungen und Spekulationen darüber, was wohl mit ihm passiert war. An einigen ihrer Tische saßen Pärchen, die offensichtlich nichts anderes im Sinn hatten, als ihre sexuellen Glanzleistungen der vergangenen Nacht noch einmal durchzukauen, und, wenn man ihr Getätschel und Geschmachte richtig deutete, nach dem Frühstück gleich wieder dort weiterzumachen gedachten, wo sie zuvor aufgehört hatten. Jenny versuchte diese Art von Konversation zu überhören. Darüber hinaus hatte sie einen Tisch mit alten Herren, die immer nur herumsaßen und Kaffee tranken und dabei allerlei Falschinformationen zu den Themen Politik und Rasenpflege austauschten. Dann saßen am Tresen noch ein paar Bauarbeiter, die eigentlich vorhatten, an ihrem freien Samstag eine ihrer raren Sonderschichten einzulegen, im Augenblick aber lediglich eine Portion Eier mit Speck verspachtelten und dabei die Zeitung lasen, und schließlich war da noch Val Riordan, die Seelenklempnerin des Ortes, die allein an einem Tisch saß und einen Notizblock vollkritzelte. Wobei letzteres ungewöhnlich war, da sich Val normalerweise tagsüber in Pine Cove nicht blicken ließ. Noch eigenartiger war allerdings die Tatsache, daß Estelle Boyet, die Küstenmalerin, mit einem dunkelhäutigen Herrn zusammen Tee trank, der aussah, als würde er bei der geringsten Berührung buchstäblich aus der Haut fahren.

Jenny hörte, daß es an der Kasse eine Auseinandersetzung gab, und als sie sich umdrehte, sah sie ihre Küchenhilfe mit Molly Michon diskutieren. Jenny zischte zum Tresen: »Molly, Sie wissen doch, daß Sie hier nicht reinkönnen«, sagte Jenny ruhig, aber bestimmt. Molly hatte lebenslanges Lokalverbot, nachdem sie einmal die Espressomaschine in H. P.'s Café attackiert hatte.

»Ich muß nur den Scheck hier einlösen. Ich brauche ein bißchen Geld, um ein paar Medikamente für einen kranken Freund zu kaufen.«

Die Küchenhilfe, eine Zehntkläßlerin von der Pine Cove High School verdrückte sich mit den Worten: »Ich hab's ihr gesagt«, schleunigst in die Küche.

Jenny betrachtete den Scheck. Er war vom Sozialamt ausgestellt, und der Betrag war höher als die Summe, die sie einzulösen befugt war. »Tut mir leid, Molly, aber das kann ich nicht machen.«

»Ich kann mich ausweisen, sogar mit Foto und allem.« Molly zog eine Videokassette aus ihrer riesigen Handtasche und klatschte sie auf den Tresen. Auf der Hülle war ein Foto von einer halbnackten Frau, die an zwei Pfähle gefesselt war. Der Filmtitel war auf italienisch.

»Das ist nicht das Problem, Molly, aber einen Scheck in dieser Höhe darf ich nicht einlösen. Ich will ja keinen Ärger machen, aber wenn Howard dich hier sieht, ruft er die Polizei.«

»Die Polizei ist schon hier«, sagte die Stimme eines Mannes.

Jenny hob den Kopf und sah Theophilus Crowe hinter Molly aufragen. »Hi, Theo.« Jenny mochte Theo. Er erinnerte sie an ihren Robert, bevor er mit dem Trinken aufgehört hatte – ein Hang zur Tragik, aber im Kern gutmütig.

»Kann ich irgendwie behilflich sein?«

»Ich muß dringend etwas Geld auftreiben«, sagte Molly. »Um Medikamente zu kaufen.«

Jenny warf einen kurzen Blick hinüber zu der Ecke, wo Val Riordan von ihren Notizen aufblickte und ärgerlich das Gesicht verzog. Die Psychiaterin wollte ganz offensichtlich nicht in diese Angelegenheit hineingezogen werden.

Sachte nahm Theo den Scheck Molly aus der Hand, betrachtete

ihn und sagte zu Jenny: »Der Scheck ist von einer Behörde ausgestellt, Jenny. Ich bin sicher, daß er gedeckt ist. Nur dies eine Mal? Es geht um Medikamente.« Über Mollys Schulter hinweg zwinkerte er Jenny zu.

»Howard bringt mich um, wenn er das sieht. Jedesmal, wenn sein Blick auf die Espressomaschine fällt, murmelt er etwas von wegen der Saat des Bösen.«

»Sag ihm, es wäre im Interesse der öffentlichen Sicherheit gewesen. Ich kann's ihm auch bestätigen, wenn's sein muß.«

»Na gut. Du hast Glück, daß heute soviel Betrieb ist und ich genug Geld in der Kasse habe.« Jenny reichte Molly einen Kugelschreiber. »Unterschreib ihn einfach auf der Rückseite.«

Schwungvoll setzte Molly ihre Unterschrift unter den Scheck und reichte ihn Jenny, die daraufhin einen Stapel Banknoten auf den Tresen abzählte. »Danke«, sagte Molly und wandte sich dann an Theo. »Danke. Hey, willst du eine Sammlerausgabe von *Warrior Babes*?« Sie hielt ihm die Videokassette hin.

»Ähm, nein, danke, Molly. Ich darf keine Geschenke annehmen.«

Jenny reckte den Kopf vor, um die Hülle der Kassette zu betrachten.

»Es ist auf italienisch, aber man kommt schon dahinter, worum's geht«, sagte Molly.

Theo schüttelte den Kopf und lächelte.

»Okay«, sagte Molly. »Ich muß jetzt los.« Sie machte auf dem Absatz kehrt und verließ das Restaurant. Theo stand wie angewurzelt da und starrte auf ihren Rücken.

»Sie war wohl wirklich mal beim Film«, sagte Jenny. »Hast du das Bild auf der Hülle gesehen?«

»Nöö«, sagte Theo.

»Faszinierend. Hat sie wirklich mal so ausgesehen?«

Theo zuckte mit den Achseln. »Danke, daß du ihren Scheck eingelöst hast. Ich werd mir mal 'nen Platz suchen. Ich nehm nur 'ne Tasse Kaffee und einen English Muffin.«

»Gibt's bei der Suche nach dem kleinen Plotznik schon was Neues?«

Theo schüttelte den Kopf und ging weiter.

GABE

Skinner bellte einmal kurz, um den Futter-Typ zu warnen, daß er gleich mit der durchgeknallten Lady zusammenrasseln würde, aber erstens kam sein Bellen ein bißchen spät, und zweitens kapierte der genervte, aber gutmütige Futter-Typ mal wieder nicht, was Skinner ihm mitzuteilen hatte. Zuvor war es Skinner gelungen, den Futter-Typ zu überreden, daß er mal eine Pause einlegte und sich was zu essen gönnte. Ratten fangen und im Schlamm herummarschieren konnte noch soviel Spaß machen, aber es war einfach wichtig, daß man von Zeit zu Zeit was zu beißen hatte.

Gabe, der bis zu den Knien mit Schlamm bespritzt und bis zu den Schultern mit Kletten behangen war, marschierte mit gesenktem Kopf auf H. P.'s Café zu und kramte im Rucksack nach seinem Geldbeutel, während Molly, die ihr Geld zählte, überhaupt nicht darauf achtete, wo sie hinging. Sie hörte Skinner in dem Augenblick bellen, als ihre Köpfe auch schon zusammenstießen.

»Aua, Entschuldigung«, sagte Gabe und rieb sich den Kopf. »Ich habe nicht aufgepaßt, wo ich hinlaufe.«

Skinner nutzte die Gelegenheit und beschnüffelte Mollys Schritt. »Netter Hund«, sagte sie. »War er in einem früheren Leben mal Produzent von B-Movies?«

»Entschuldigung.« Gabe packte Skinner am Halsband und zerrte ihn weg.

Molly faltete ihre Geldscheine zusammen und steckte sie in den Bund ihrer Gymnastikhose. »Hey, Sie sind doch der Biologe, oder?«

»Höchstpersönlich.«

»Wieviel Gramm Protein hat eine Kellerassel?«

»Was?«

»Eine Kellerassel. Sie wissen schon, Mopskäfer, Murmelkäfer – grau, viele Beine, rollen sich zusammen und sterben, sonst zu nichts weiter nützlich.«

»Klar, ich weiß, was eine Kellerassel ist.«

»Wieviel Gramm Protein hat eine?

»Ich hab keine Ahnung.«

»Könnten Sie das rauskriegen?«

»Ich nehme schon an.«

»Prima«, sagte Molly. »Ich rufe Sie an.«

»Okay.«

»Bye.« Molly rubbelte Skinners Ohren und ging davon.

Einen Augenblick lang stand Gabe einfach nur da – es war das erste Mal in sechsunddreißig Stunden, daß er von seiner Forschungsarbeit abgelenkt worden war. »Was zum Teufel?«

Skinner wedelte mit dem Schwanz. »Gehen wir endlich was essen.«

DR. VAL

Val Riordan schaute zu, wie sich die schlaksige Gestalt des Constable quer durch das Restaurant auf sie zu bewegte. Im Augenblick stand ihr der Sinn überhaupt nicht nach dienstlichen Angelegenheiten, das war schließlich auch der Grund gewesen, weshalb sie überhaupt hergekommen war – das und die Tatsache, daß sie keine Lust hatte, ihrer Assistentin Chloe mit ihrer neuentdeckten Nymphomanie entgegenzutreten. Was die Lektüre von Fachzeitschriften anging, so hatte sie Monate, ja sogar Jahre nachzuarbeiten, und so hatte sie einen Aktenkoffer damit vollgepackt, in der Hoffnung, wenigstens ein paar davon querlesen zu können, während sie vor ihren ersten Terminen noch eine Tasse Kaffee trank. Und so versuche sie sich nun hinter einer Ausgabe von *Alle Macht den Drogen – Amerikanische Fachzeitschrift für psychopharmakologische Praxis im Klinikbereich* zu verstecken, doch der Constable setzte seinen Weg unbeirrt fort.

»Dr. Riordan, haben Sie mal eine Minute Zeit?«

»Warum nicht.« Sie deutete auf den Stuhl ihr gegenüber.

Theo setzte sich und kam ohne Umschweife direkt zum Thema. »Sind Sie sicher, daß Bess Leander nie irgendwelche Probleme in ihrer Ehe erwähnt hat? Streitereien? Daß Joseph öfter länger weggeblieben ist? Irgendwas in der Richtung?«

»Ich habe Ihnen doch schon erklärt, daß ich darüber nicht reden darf.«

Theo zog einen Dollarschein aus seiner Tasche und schob ihn über den Tisch. »Nehmen Sie das.«

»Warum?«

»Ich möchte, daß Sie meine Therapeutin sind. Ich möchte in den Genuß der gleichen Verschwiegenheit kommen wie Bess Leander. Obwohl dieses Privileg nicht auch noch über das Grab hinaus gültig sein sollte. Ich engagiere Sie hiermit als meine Therapeutin.«

»Für einen Dollar? Ich bin kein Anwalt, Constable Crowe. Ich muß Sie nicht als Patienten akzeptieren. Und Bezahlung hat damit nichts zu tun.« Val versuchte ihn mit schierer Willenskraft zu verscheuchen. Schon von Kindesbeinen an hatte sie immer wieder versucht, anderen Menschen ihren Willen aufzuzwingen. Darüber hatte sie auch schon mit ihrem eigenen Therapeuten während ihres Praktikums gesprochen. Geh weg.

»Schön, dann nehmen Sie mich als Patienten. Bitte.«

»Ich nehme keine neuen Patienten an.«

»Nur eine Sitzung. Gerade mal dreißig Sekunden lang. Ich bin Ihr Patient, und ich verspreche Ihnen, daß es Sie höllisch interessieren wird, was ich bei unserer Sitzung zu sagen habe.«

»Theo, haben Sie sich je mit Ihrem, sagen wir mal, Drogenproblem befaßt?« Dies war eine überaus schnippische und unprofessionelle Bemerkung, doch Crowe führte sich auch nicht gerade professionell auf.

»Heißt das, Sie nehmen mich als Patienten?«

»Gestern nacht habe ich Joseph Leander im Park gesehen, wie er Geschlechtsverkehr mit einer jungen Dame hatte.« Theo faltete seine Hände und lehnte sich zurück. »Was fällt Ihnen dazu ein?«

Jenny dachte, sie höre nicht richtig. Nicht daß sie es darauf angelegt hatte, im Gegenteil, sie hatte einfach nur den English Muffin an den Tisch gebracht und war kalt erwischt worden, als Theo die Bombe platzen ließ. Bess Leander war kaum unter der Erde, da trieb es dieser spießige Presbyterianer schon mit irgendeiner Düse im Park? Sie blieb stehen, als ob sie nachschaute, ob an den anderen Tischen alles in

Ordnung war, und schob einen Augenblick später Theo seinen Muffin hin.

»Kann ich sonst noch was bringen?«

»Im Augenblick nicht, danke«, sagte Theo.

Jenny schaute Val Riordan an und entschied, daß das, was diese im Augenblick gebrauchen konnte, jedenfalls nicht auf der Speisekarte stand. Val saß da, als hätte ihr jemand eine tote Makrele ins Gesicht geklatscht. Jenny überließ die beiden sich selbst. Sie konnte es gar nicht erwarten, bis Betsy endlich auftauchte und sie zur Mittagsschicht ablöste. Betsy war es, die Joseph Leander bediente, wenn er ins Café kam, und sie machte auch dauernd Bemerkungen über ihn, von wegen, daß er der einzige Kerl mit zwei Kindern sei, der niemals gebumst hatte. Wenn Betsy das hörte, würde es sie glatt umhauen.

Betsy wußte natürlich schon Bescheid.

GABE

Gabe band Skinner draußen an, betrat das Café und stellte fest, daß alle Tische besetzt waren. Doch dann fiel sein Blick auf Theophilus Crowe, der mit einer Frau, die Gabe nicht kannte, an einem Tisch mit vier Plätzen saß. Er überlegte, ob er sich einfach dazusetzen sollte, fand dann aber, daß es eleganter wäre, so zu tun, als wollte er Theo über das Neueste von der Rattenfront in Kenntnis setzen, und darauf zu hoffen, daß dieser ihm daraufhin einen Platz anbieten würde.

Auf dem Weg zu besagtem Tisch kramte Gabe schon mal seinen Laptop aus dem Rucksack.

»Theo, du wirst nicht glauben, was ich letzte Nacht herausgefunden habe.«

Theo hob den Blick. »Hallo, Gabe. Kennst du Val Riordan? Sie hat hier eine psychiatrische Praxis.«

Gabe streckte ihr die Hand entgegen, und die Frau ergriff sie, ohne den Blick von seinen schlammverschmierten Stiefeln zu lösen. »Entschuldigung, aber ich war den ganzen Tag im Feld. Nett, Sie kennenzulernen.«

»Gabe ist Biologe. Er hat ein Labor oben bei der Wetterstation.«

Gabe fühlte sich ein wenig unbehaglich. Die Frau hatte kein einziges Wort gesprochen. Sie war ziemlich attraktiv – zurechtgemacht zwar, aber trotzdem attraktiv –, und sie wirkte ein bißchen neben der Spur oder so, als habe ihr irgend etwas auf den Magen geschlagen. »Tut mir leid, wenn ich euch unterbrochen habe. Wir können uns auch später unterhalten, Theo.«

»Nein, setz dich doch. Sie haben doch nichts dagegen, Val? Wir können unsere Sitzung auch später zu Ende bringen. Zwanzig Sekunden müßte ich eigentlich noch haben.«

»In Ordnung«, sagte Val, als käme sie allmählich wieder zu Bewußtsein.

»Vielleicht interessiert Sie das ja auch«, sagte Gabe. Er glitt auf einen der freien Stühle und schob den Laptop vor Val hin. »Schauen Sie sich das an.« Wie so viele Wissenschaftler war Gabe mit völliger Ignoranz in bezug auf die Tatsache geschlagen, daß Forschungsarbeit den meisten Menschen schnurzpiepegal war, solange man ihnen den Wert derselben nicht in Heller und Pfennig vorrechnete.

»Grüne Punkte?« sagte Val.

»Nein, das sind Ratten.«

»Komisch. Sie sehen aus wie grüne Punkte.«

»Das ist eine topographische Karte von Pine Cove. Und das hier sind meine markierten Ratten. Betrachten Sie die Divergenz. Sehen Sie diese zehn hier, die sich vorletzte Nacht nicht dem Zug der anderen angeschlossen haben?«

Val schaute Theo hilfesuchend an.

»Gabe pflanzt Ratten Mikrochips ein und verfolgt sie dann«, sagte Theo.

»Das ist nur eine von den Sachen, die ich mache. Die meiste Zeit verbringe ich damit, Kadaver am Strand zu zählen.«

»Was für eine faszinierende Arbeit«, sagte Val, ohne sich die geringste Mühe zu geben, ihre Verachtung zu verbergen.

»Ja, spitzenmäßig«, sagte Gabe und wandte sich an Theo: »Jedenfalls, diese zehn hier sind nicht mit den anderen mitgezogen.«

»Hast du schon erzählt. Du hast gemeint, es wäre möglich, daß sie tot sind.«

»Sind sie aber nicht. Zumindest die sechs, die ich gefunden habe, waren nicht tot. Was sie aufgehalten hat, war nicht der Tod, sondern Sex.«

»Was?«

»Ich habe zwanzig Exemplare aus der Gruppe, die weggezogen sind, lebend gefangen. Die aus der anderen Gruppe brauchte ich gar nicht zu fangen. Es waren drei Pärchen, und sie waren allesamt mitten beim Geschlechtsverkehr.«

»Weshalb haben sich die anderen aus dem Staub gemacht?«

»Keine Ahnung.«

»Aber diese hier, waren dabei, ähm, sich zu paaren?«

»Eins der Pärchen habe ich eine Stunde lang beobachtet. Sie haben es hundertsiebzehnmal gemacht.«

»In einer Stunde? So was können Ratten?«

»Können können sie's. Aber sie tun's nicht.«

»Aber du hast gesagt, sie haben's getan.«

»Es ist eine Anomalie. Allerdings bei allen drei Pärchen. Eines der Weibchen ist wohl im Verlauf des Ganzen gestorben, aber das Männchen hat sich davon nicht beirren lassen und war noch immer munter dabei, als ich es gefunden habe.«

Theos Gesicht war zerfurcht von Falten. Es kostete ihn offensichtlich große Mühe, sich einen Reim darauf zu machen, was zum Teufel Gabe ihm eigentlich mitteilen wollte und warum er es ausgerechnet ihm erzählte. »Was hat das zu bedeuten?«

»Ich habe keine Ahnung«, sagte Gabe. »Ich weiß nicht, warum eine Massenflucht stattgefunden hat, und ich weiß genausowenig, weshalb die kleinere Gruppe an Ort und Stelle geblieben ist und kopuliert hat.«

»Nun denn, danke, daß du das mit uns geteilt hast.«

»Sex und fressen«, sagte Gabe.

»Vielleicht solltest du was essen, Gabe.« Theo winkte nach der Kellnerin.

»Was wollen Sie damit sagen?« fragte Val. »Sex und fressen?«

»Unser gesamtes Verhalten ist darauf ausgerichtet, in den Genuß von Nahrung und Sex zu kommen«, sagte Gabe.

»Freud läßt grüßen.«

»Nein, eher Darwin.«

Val lehnte sich vor, und für einen Augenblick umwehte ein Hauch ihres Parfüms Gabes Nase. Es machte fast den Eindruck, als sei sie wirklich interessiert. »Wie können Sie so was behaupten? Das Verhalten von Lebewesen ist wesentlich komplexer.«

»Finden Sie?«

»Ich weiß es. Und was immer das sein mag, diese Funk-Ratten-Studie, die Sie da betreiben, ist der beste Beweis.« Sie drehte den Bildschirm des Laptop so, daß sie ihn alle sehen konnten. »Sie haben sechs Ratten, die Sex treiben, doch wenn ich es richtig verstanden habe, haben Sie, na ja, jede Menge Ratten, die sich plötzlich aus dem Staub gemacht haben – ohne jeglichen Grund. Hab ich recht?«

»Es hat einen Grund gegeben, nur kenne ich ihn bis jetzt noch nicht.«

»Aber es war nicht das Fressen, und ganz offensichtlich war es auch nicht Sex.«

»Das weiß ich noch nicht. Ich vermute, daß sie vielleicht gewalttätigen Fernsehprogrammen ausgesetzt waren.«

Theo lehnte sich zurück und beschränkte sich darauf, den Anblick zweier Menschen zu genießen, die zusammen drei Jahrzehnte Bildung auf dem Buckel hatten und sich nun voreinander aufplusterten wie Rabauken auf dem Schulhof.

»Ich bin Psychiater, nicht Psychologe. Unsere Fachrichtung ist in den letzten dreißig Jahren immer mehr dazu übergegangen, physiologische Ursachen für das Verhalten verantwortlich zu machen, oder ist Ihnen das entgangen?« Mittlerweile grinste Val Riordan sogar.

»Dessen bin ich mir durchaus bewußt. Deswegen werde ich auch die Gehirnchemie von beiden Gruppen analysieren, um festzustellen, ob es eine neurochemische Erklärung gibt.«

»Wie machst du das?« fragte Theo.

»Man jagt die Gehirne durch den Mixer und analysiert die chemischen Inhaltsstoffe«, sagte Gabe.

»Das tut doch bestimmt weh«, sagte Theo.

Val Riordan lachte. »Ich wollte, so könnte ich mit meinen Patienten auch umspringen, um zu einer Diagnose zu kommen. Jedenfalls bei einigen.«

VAL

Val konnte sich nicht erinnern, wann sie sich das letzte Mal so gut amüsiert hatte, doch sie vermutete, daß es beim Schlußverkauf eines Luxuskaufhauses in San Francisco vor zwei Jahren gewesen war. Sex und fressen – Mannometer. Dieser Kerl hier war ja so was von naiv, aber trotzdem hatte sie seit ihren Tagen an der Uni niemanden mehr erlebt, der mit solchem Eifer reine Forschung betrieb, und es tat gut, bei dem Gedanken an Psychiatrie nicht gleich finanzielle Erwägungen aufkommen zu lassen. Sie stellte fest, daß sie sich überlegte, wie Gabe Fenton wohl im Anzug aussehen würde, nachdem er geduscht und sich rasiert hatte und vor allem: nachdem er in kochendes Wasser getaucht worden war, um die ganzen Parasiten an ihm auszumerzen. Garantiert nicht schlecht, dachte sie.

Gabe sagte: »Ich kann einfach keinen äußeren Stimulus für dieses Verhalten finden, aber ich muß erst noch die Möglichkeit ausschließen, daß es sich um chemische oder umweltbedingte Einflüsse handelt. Wenn die Ratten davon betroffen sind, dann wirkt es sich eventuell auch auf andere Arten aus. Und dafür gibt es diverse Anzeichen.«

Val kam die Woge der Geilheit in den Sinn, die in den letzten beiden Tagen über ihre Patienten hinweggebrandet war. »Könnte es vielleicht am Wasser liegen? Was meinen Sie? Irgend etwas, das sich auf uns auswirkt?«

»Könnte sein. Wenn es chemische Ursachen sind, kann es sein, daß es bei Säugetieren von der Größe eines Menschen länger dauert, bis eine Wirkung eintritt. Euch beiden ist in den letzten beiden Tagen nicht zufällig irgendwas Ungewöhnliches aufgefallen, oder?«

Theo spuckte fast seinen Kaffee aus. »Das ganze Kaff schnappt völlig über.«

»Ich darf über einzelne Patienten keine Auskünfte geben«, sagte Val. Sie war entsetzt. Natürlich gab es seltsames Verhalten. Und sie hatte es ausgelöst, indem sie die Medikamente bei fünfzehnhundert Leuten auf einen Schlag abgesetzt hatte. So war es doch, oder? Sie mußte hier raus. Und zwar schleunigst. »Aber allgemein gesprochen kann ich sagen: Theo hat recht.«

»Ach ja, hab ich das?« sagte Theo.

»Hat er das?« sagte Gabe.

Jenny war wieder an ihren Tisch zurückgekehrt, um Kaffee nachzuschenken. »Es tut mir leid, daß ich mitgehört habe, aber ich muß Theo ebenfalls zustimmen.«

Alle blickten Jenny an und dann sich gegenseitig. Val sah auf ihre Uhr. »Ich muß jetzt los, denn ich habe einen Termin. Aber, Gabe, es würde mich sehr interessieren, was bei Ihren chemischen Analysen herausgekommen ist.«

»Wirklich?«

»Ja.«

Val legte etwas Geld auf den Tisch, und Theo sammelte es ein und reichte es ihr zusammen mit der Ein-Dollar-Note zurück, die er zuvor als Honorar auf den Tisch gepackt hatte. »Val, ich muß noch mal über die andere Angelegenheit mit Ihnen reden.«

»Rufen Sie mich an. Ich weiß aber nicht, ob ich Ihnen da behilflich sein kann. Bye.«

Als Val das Café verließ, empfand sie tatsächlich so etwas wie Vorfreude bei dem Gedanken an die Begegnung mit ihren Patienten, wobei allerdings die Vorstellung, ihre Gehirne durch einen Mixer zu jagen, eine gewisse Rolle spielte. Irgendwas, womit sie sich die Verantwortung vom Hals schaffen konnte, die ganze Stadt in den Wahnsinn getrieben zu haben. Doch andererseits konnte man sie dadurch, daß man sie ein bißchen verrückt machte, davon abhalten, sich selbst zu zerstören; und das war ja auch nicht der schlechteste Grund, zur Arbeit zu gehen.

»Ich muß auch los«, sagte Theo und erhob sich von seinem Stuhl. »Gabe, soll ich veranlassen, daß der Bezirk das Wasser überprüfen läßt oder so was? Ich muß sowieso heute noch zur Bezirksverwaltung nach San Junipero.«

»Noch nicht. Die allgemeinen Tests auf Toxine und Schwermetalle kann ich selbst durchführen. Das mache ich andauernd wegen der Untersuchung über die Froschpopulation.«

»Kommst du mit raus?«

»Ich wollte noch was zum Mitnehmen bestellen für Skinner.«

»Hast du nicht gesagt, daß es zehn Ratten waren, die sich vom Rest der Gruppe abgesetzt hatten?«

»Ja, aber finden konnte ich nur sechs.«

»Was ist mit den anderen vier passiert?«

»Ich hab keine Ahnung. Sie sind einfach verschwunden. Es ist eigenartig, denn diese Chips sind nahezu unzerstörbar. Selbst wenn sie tot wären, müßte ich sie per Satellit noch aufspüren können.«

»Außerhalb der Reichweite vielleicht?«

»Nie im Leben, der Radius beträgt zweihundert Meilen. Sogar mehr, wenn ich sie wirklich finden will.«

»Wo sind sie dann hin?«

»Als sie das letzte Mal aufgetaucht sind, waren sie unten am Bach. In der Nähe vom Fly Rod Trailer Park.«

»Du machst Witze. Genau dort ist der kleine Plotznik zum letzten Mal gesichtet worden.«

»Willst du einen Blick auf die Karte werfen?«

»Nein, ich glaube dir. Ich muß jetzt los.« Theo machte sich daran zu gehen.

Gabe legte ihm die Hand auf die Schulter. »Theo, ist, ähm …«

»Was?«

»Ist Val Riordan Single?«

»Geschieden.«

»Glaubst du, sie mag mich?«

Theo schüttelte den Kopf. »Gabe, ich kann dich ja verstehen. Ich bin auch zuviel allein.«

»Was? Ich hab doch nur gefragt.«

»Bis demnächst.«

»Hey, Theo, du machst heute so einen wachen Eindruck.«

»Du meinst, nicht stoned?«

»Entschuldige, ich wollte dir nicht...«

»Schon gut, Gabe. Danke.«

»Bleib tapfer.«

JENNY

Als Jenny am Tisch von Estelle Boyet vorbeikam, hörte sie, wie der farbige ältere Herr sagte: »Wir brauchen niemand nix zu erzählen. Es ist fünfzig Jahre her, seit ich das Ding gesehen hab. Gut möglich, daß es wieder zurück ins Wasser ist.«

»Trotzdem«, sagte Estelle, »ein kleiner Junge wird vermißt. Was ist, wenn zwischen den beiden Sachen ein Zusammenhang besteht?«

»Dich hat wohl noch nie jemand 'nen verrückten Nigger genannt?«

»Nicht daß ich mich erinnern könnte.«

»Mich schon. Und zwar noch zwanzig Jahre, nachdem ich das letzte Mal von diesem Ding erzählt hab. Ich sag niemand auch nur ein Wort. Das ist unser kleines Geheimnis, Mädchen.«

»Ich mag es, wenn du mich Mädchen nennst«, sagte Estelle.

Auf den Weg zurück zur Küche versuchte Jenny den heutigen Morgen mental in den Griff zu kriegen – die Gesprächsfetzen, die sie aufgelesen hatte, waren so surreal wie ein Puzzle von Dalí. Doch es stand fest, daß irgendwas in Pine Cove am Kochen war.

- 14 -

MOLLY

Pine Cove war ein dekorativer Ort, wo alles in erster Linie darauf angelegt war, Eindruck zu machen, weshalb es gerade mal eine Spur funktionaler war als Disneyland. Daher herrschte ein ziemlicher Mangel an Geschäften und Unternehmen, die für die Bewohner und nicht für die Touristen da waren. Im Stadtzentrum gab es zehn Kunstgalerien, fünf Probierstuben für Wein, zwanzig Restaurants, elf Souvenirläden und eine Eisenwarenhandlung. Die Stellung des Verkäufers in der Eisenwarenhandlung war unter den bereits im Ruhestand befindlichen Mitgliedern der männlichen Bevölkerung von Pine Cove heiß begehrt, denn nirgendwo sonst konnte ein Mann selbst nach Überschreiten seines Zenits noch eine so gute Figur abgeben, quasi ex cathedra Weisheiten verkünden und ganz allgemein ein arrogantes Platzhirschgehabe an den Tag legen, ohne daß eine Frau dazwischentrat und ihn daran erinnerte, daß er ganz offensichtlich nur einen Haufen Scheiße daherlaberte.

Die Schwelle des Eisenwarenladens zu überschreiben und durch die Lichtschranke zu treten, die die Klingel auslöste, war gleichbedeutend mit dem Auslösen eines Testosteron-Alarms, und wenn es nach den Verkäufern gegangen wäre, so hätten sie wohl einen Atomiseur konstruiert, der in allen Ecken und Winkeln des Ladens ihren Urin versprühte, sobald die Ladenklingel ertönte. Jedenfalls kam es Molly Michon so vor, als sie an jenem Samstagmorgen das Geschäft betrat.

Die Verkäufer, drei Männer, beendeten jäh ihre hitzige Diskussion über die Feinheiten der Installation einer ringförmigen Wachsdichtung für Toiletten, um die Frau, die gerade ihr Reich betreten hatte, kichernd in Augenschein zu nehmen und sie augenblicklich zum Gegenstand im Flüsterton vorgetragener spöttischer Bemerkungen zu machen. Molly rauschte am Tresen vorbei, den Blick auf eine Werbetafel für Gift gegen Kleinnagetiere gerichtet, um jeglichen Augenkontakt mit den Angestellten zu vermeiden. Ein heiseres Gelächter erhob sich, als sie in den Gang mit dem Dachdeckerzubehör einbog.

Die Verkäufer, Frank, Bert und Les – allesamt im Vorruhestand, schmerbäuchig und kahlköpfig und im großen und ganzen austauschbar, wenn man davon absah, daß Frank seine Cordhosen mit einem Gürtel hochhielt, während die anderen beiden Hosenträger bevorzugten, die aussahen wie gelbe Maßbänder –, wollten Molly zappeln lassen, bis sie bettelnd angekrochen kam. Erst einmal würden sie sie eine Weile durch das Geschäft streifen lassen und ihr die Gelegenheit geben, zu versuchen, die geheimen Zwecke zu ergründen, zu denen die Ideal-Spezial-Super-Turbo-Teile dienten, die, teilweise in Folie eingepackt, auf allerlei Tonnen, Kisten und Regale des Ladens verteilt waren. Dann würde sie schließlich reumütig zum Tresen zurückkehren und sich ergeben. Frank würde ihr die Gnade seiner Beratertätigkeit angedeihen lassen und ihrem Ego ein paar ausgewählte Tiefschläge verpassen, bevor er die Dame schließlich zu dem richtigen Produkt führte und sie mit ein paar gezielten Fragen endgültig fertigmachte, bis sie nur noch ein winselndes Häuflein Elend war. »Soll's eine Metallschraube oder 'ne Holzschraube sein? Drei Achtel Inch oder sieben Sechzehntel? Haben Sie einen Imbusschlüssel? Na ja, in dem Fall werden Sie wohl einen brauchen, oder? Wollen Sie das nicht vielleicht doch lieber von 'nem Fachmann erledigen lassen?« Bis sich die Kundin durch Tränen und/oder leises Schluchzen geschlagen gab und die Überlegenheit der männlichen Rasse ein für alle Mal konzedierte.

Frank, Bert und Les beobachteten Molly auf dem Monitor der Überwachungsanlage, tauschten einige Kommentare bezüglich ihrer Brüste aus und begannen nervös zu lachen, als sie sich nach fünf Minuten noch immer nicht ergeben hatte. Als sie schließlich mit einem Zwanzig-Liter-Eimer Dachteer, einer Rolle Glaswollebandagen und einer langstieligen Spritzpistole aus dem Gang heraustrat, versuchten alle drei, den Eindruck zu erwecken, als seien sie mit irgend etwas anderem beschäftigt.

Molly stand am Tresen und trippelte von einem Fuß auf den anderen. Bert und Les standen an einem Drehgestell und taten so, als würden sie einen Katalog studieren, während sie in erster Linie damit beschäftigt waren, ihre Bäuche einzuziehen, wohingegen Frank die Kasse bediente und den Eindruck zu erwecken versuchte, als sei er mitten in einer komplizierten Rechenoperation, die aber nur darauf abzielte, dem Gerät irgendwelche Pieptöne zu entlocken.

Molly räusperte sich.

Frank hob den Blick und tat so, als hätte er gerade erst bemerkt, daß sie überhaupt da war. »Alles gefunden, was Sie brauchen?«

»Ich glaube schon«, sagte Molly und wuchtete mit beiden Händen den Eimer mit Teer auf den Tresen.

»Brauchen Sie noch Harz für die Glaswollebandagen?« fragte Les.

»Und was zum Härten?« fragte Bert, woraufhin Frank kicherte.

»Was?« sagte Molly.

»Das Dach von 'nem Trailer können Sie damit aber nicht flicken, Miss. Sie wohnen doch im Fly Rod, oder?« Sie wußten alle, wer sie war und wo sie wohnte. Sie war häufig das Objekt von Klatschgeschichten und Spekulationen in der Eisenwarenhandlung, obwohl sie niemals zuvor einen Fuß in den Laden gesetzt hatte.

»Ich hab gar nicht vor, ein Dach zu flicken.«

»Na ja, für die Auffahrt können Sie den Kram hier jedenfalls auch nicht verwenden, da brauchen Sie Asphaltversiegler, und den müssen Sie mit 'nem Pinsel auftragen und nicht mit 'ner Spritzpistole.«

»Wieviel kostet das?« fragte Molly.

»Sie sollten 'ne Atemschutzmaske tragen, wenn Sie mit Glaswolle arbeiten. So eine haben Sie doch sicher zu Hause?« fragte Bert.

»Klar, gleich neben den Elfen und Gnomen«, sagte Les.

Molly verzog keine Miene.

»Er hat recht«, sagte Frank. »Wenn die Glasfasern erst mal in die Lunge kommen, können sie dort 'ne Menge Schaden anrichten, besonders bei so Lungen wie Ihren.«

Die Verkäufer lachten über den Witz.

»Draußen im Lieferwagen hab ich 'ne Atemschutzmaske«, sagte Les. »Ich könnte nach der Arbeit bei Ihnen vorbeikommen und Ihnen bei der Arbeit ein bißchen unter die Arme greifen.«

»Das wäre ganz prima«, sagte Molly. »Wann denn?«

Les zuckte zusammen. »Na ja, um …«

»Ich besorg ein paar Biere«, sagte Molly lächelnd. »Warum kommen Sie beide nicht auch mit, ich könnte ein bißchen Hilfe echt gebrauchen.«

»Ach, ich denke, Les kommt schon allein zurecht, oder, Les?« Frank drückte die Summentaste. »Das macht dann zusammen siebenunddreißig fünfundsechzig inklusive Steuer.«

Molly zählte das Geld auf den Tresen. »Dann bis heute abend?«

Les schluckte und rang sich ein Lächeln ab. »Da können Sie Gift drauf nehmen«, sagte er.

»Noch mal vielen Dank«, sagte Molly strahlend. Dann packte sie ihre Einkäufe und ging zur Tür.

Als sie durch die Lichtschranke trat, flüsterte Frank: »Die Schlampe hat sie doch nicht mehr alle.«

Molly blieb stehen, drehte sich langsam um und zwinkerte.

Sobald sie aus dem Laden war, gerieten die drei alten Säcke ziemlich aus dem Häuschen und unternahmen einige kümmerliche Versuche, sich nach schwarzer Jungmännermanier abzuklatschen, während sie Les auf die Schulter klopften. Der Traum eines jeden Eisenwarenverkäufers hatte sich erfüllt – Les würde nicht nur in den Genuß kommen, eine Frau einfach nur zu erniedrigen, nein, er würde sie, was noch besser war, nackt zu Gesicht bekommen. Aus irgendeinem Grund waren die drei in letzter Zeit ziemlich geil, was sich darin äußerte, daß sie nahezu ebensooft an Sex dachten wie an Schlagbohrer und Schleifmaschinen.

»Meine Frau bringt mich um«, sagte Les.

»Was sie nicht weiß, macht sie nicht heiß«, erwiderten die beiden anderen im Chor.

THEO

Theo spürte förmlich, wie ihm sein Magen in die Kniekehlen sackte, als er seinen Paradiesgarten betrat und eine Handvoll klebriger Knospen von seinen Pflanzen abschnippelte. Diesmal waren sie zwar nicht für ihn selbst, doch bei dem Gedanken daran, in welchem Maße dieses kleine Pflanzenbeet sein Leben bestimmte, wurde ihm schlecht. Und außerdem, wie kam es, daß er volle drei Tage nicht das geringste Bedürfnis verspürt hatte, seinen Sneaky Pete anzuzünden? Konnte man zwanzig Jahre lang regelmäßig Drogen nehmen, und plötzlich war einfach Schluß damit? Kein Entzug, keine Nebenwirkungen, kein brennendes Verlangen? Die plötzliche Freiheit war schon fast ekelerregend. Es war, als wäre die Fee der Verworrenheit einfach so in sein Leben geplatzt, hätte ihm mit einem Hühnchen aus Gummi eins über den Schädel gebraten und ihn ins Schienbein gebissen, um sich dann davonzumachen und den Rest von Pine Cove heimzusuchen.

Er stopfte das Marihuana in einen Plastikbeutel, steckte ihn in die Innentasche seiner Jacke und stieg in den Volvo, um sich auf den vierzig Meilen weiten Weg nach San Junipero zu machen. Er würde hinabsteigen in die Tiefen des Justizgebäudes und dem Spider Auge in Auge gegenübertreten, damit der ihm erzählte, was er wissen wollte. Das Gras war ein Schmiermittel für die Kooperationsbereitschaft des Spider. Er würde auf dem Weg noch bei einem Lebensmittelgeschäft haltmachen und eine Tüte voll Süßigkeiten kaufen, um die Bestechungssumme in die Höhe zu treiben. Der Spider war schwierig, arrogant und ganz und gar verkorkst, aber zumindest mußte man sich für ein Rendezvous mit ihm nicht in große Unkosten stürzen.

Durch die Panzerglasscheibe konnte Theo den Spider inmitten eines Netzes sitzen sehen: Fünf Bildschirme, auf denen unablässig Zahlenkolonnen herunterscrollten, tauchten den Spider in ein unheimliches blaues Licht. Die einzige andere Lichtquelle im Raum waren die winzigen roten und grünen Leuchtdioden an den einzelnen Geräten, die in der Dunkelheit schimmerten wie verlöschende Sterne. Ohne auch nur eine Sekunde seine Bildschirme aus den Augen zu lassen, drückte der Spider für Theo den Türöffner.

»Crowe«, sagte der Spider, ohne den Kopf zu heben.

»Lieutenant«, erwiderte Theo.

»Nennen Sie mich Nailgun«, sagte der Spider.

Eigentlich hieß er Irving Nailsworth, und sein offizieller Rang im

Sheriff's Department von San Junipero war Cheftechniker. Er war einssechzig groß, wog hundertfünfzig Kilo und trug in letzter Zeit immer ein schwarzes Béret, wenn er in seinem Netz lauerte. Nailsworth hatte schon früh gemerkt, daß die Welt irgendwann von Weicheiern mit Grips beherrscht werden würde, und sich im Keller des Bezirksgefängnisses sein kleines Lehen im Bereich der Informationen unter den Nagel gerissen. Nichts geschah, ohne daß der Spider davon erfuhr. Er überwachte und kontrollierte sämtliche Informationen, die im Umkreis des Bezirks herumgeisterten, und bevor irgend jemand erkannte, wieviel Macht damit einherging, hatte er sich auch schon unentbehrlich gemacht, so daß das System nicht mehr auf ihn verzichten konnte. Er hatte niemals einen Verdächtigen verhaftet, eine Waffe berührt oder einen Fuß in einen Streifenwagen gesetzt, und doch war er vom Rang her der dritthöchste Police Officer im ganzen Bezirk.

Außer seiner Vorliebe für rohes Datenmaterial hatte der Spider eine Schwäche für Junkfood, Internet-Pornos und hochklassiges Marihuana. Letzteres war Theos Eintrittskarte in das unterirdische Reich des Spider. Er legte den Plastikbeutel auf die Tastatur vor Nailsworth. Immer noch ohne Theo eines Blickes zu würdigen, öffnete Spider den Beutel, schnüffelte daran, zerdrückte eine Knospe zwischen Daumen und Zeigefinger, um den Beutel anschließend wieder zu verschließen und in seiner Brusttasche verschwinden zu lassen.

»Nett«, sagte er. »Was brauchen Sie?« Er pulte die Marshmallow-Glasur von einem Kuchen, stopfte sie in den Mund und warf den Kuchenboden in den Papierkorb zu seinen Füßen.

Theo stellte die Tüte mit den Süßigkeiten neben den Papierkorb. »Ich brauche den Autopsiebericht von Bess Leander.«

Nailgun nickte – kein leichtes Unterfangen für einen Mann, der allem Anschein nach gar keinen Hals besaß. »Und?«

Theo wußte nicht, was er fragen sollte. Nailsworth rückte nur höchst selten freiwillig mit Informationen heraus, man mußte ihm schon die richtigen Fragen stellen. Es war wie eine Unterhaltung mit einer aufgeblasenen Sphinx. »Ich habe mich gefragt, ob Sie mir vielleicht was liefern könnten, das mir dabei hilft, Mikey Plotznik zu finden.« Theo wußte, daß er keine weiteren Erklärungen abgeben mußte. Der Spider wußte sowieso schon alles über den vermißten Jungen.

Spider griff in die Tüte zu seinen Füßen und zog ein Twinkie heraus. »Zuerst fischen wir uns mal die Autopsie raus.« Seine fetten Wurstfinger huschten über die Tastatur. »Brauchen Sie einen Ausdruck?«

»Das wäre nett.«

»Hier steht aber nichts von wegen, daß Sie die polizeilichen Ermittlungen leiten.«

»Deswegen bin ich ja hergekommen. Das Büro des Gerichtsmediziners hat sich geweigert, mir Einblick in den Bericht zu geben.«

»Hier steht als Todesursache Herzstillstand infolge von Sauerstoffmangel. Selbstmord.«

»Ja, sie hat sich aufgehängt.«

»Das glaube ich aber nicht.«

»Ich habe die Leiche gesehen.«

»Ich weiß. Hing im Eßzimmer.«

»Und was soll das nun heißen: ›Glaube ich aber nicht‹?«

»Die Würgemale an ihrem Hals sind dem Bericht zufolge postmortem. Kein gebrochenes Genick, also ist sie nicht plötzlich heruntergefallen.«

Theo betrachtete blinzelnd den Bildschirm und versuchte aus den Daten schlau zu werden. »An der Wand waren Kratzspuren von ihren Absätzen. Sie muß sich selbst erhängt haben. Sie litt unter Depressionen, deswegen hat sie Zoloft genommen.«

»Davon steht aber nichts in der toxikologischen Analyse.«

»Was?«

»Es wurde eine toxikologische Untersuchung nach Antidepressiva durchgeführt, weil Sie es zu Protokoll gegeben hatten, aber es wurde nichts gefunden.«

»Hier steht aber Selbstmord.«

»Das ist schon richtig, aber es stimmt vom Zeitpunkt her nicht überein. So wie's aussieht, hatte sie einen Herzanfall. Anschließend hat sie sich aufgehängt.«

»Sie ist also umgebracht worden?«

»Sie wollten den Autopsiebericht sehen. Da drin steht Herzstillstand, nichts weiter. Andererseits ist Herzstillstand die Todesursache bei allem und jedem. Egal ob man sich eine Kugel im Kopf einfängt, von einem Auto überfahren wird oder Gift schluckt. Das Herz bleibt halt irgendwann stehen.«

»Gift schlucken?«

»Nur so als Beispiel, Crowe. Das ist nicht mein Gebiet. Wenn ich Sie wäre, würde ich versuchen rauszukriegen, ob sie früher schon mal Probleme mit dem Herzen hatte.«

»Sie haben gesagt, das ist nicht Ihr Gebiet.«

»Ganz richtig.« Der Spider drückte eine Taste, und in der Dunkelheit des Raumes begann irgendwo ein Laserdrucker zu surren.

»Über den Jungen hab ich kaum Informationen. Ich kann Ihnen aber eine Liste seiner Abonnenten geben, damit Sie seine Route abklappern können.«

Theo erkannte, daß er zum Fall Bess Leander nicht mit weiteren Informationen rechnen konnte. »Die Liste hab ich schon. Wie wär's mit einer Aufstellung sämtlicher Kinderschänder in der Gegend?«

»Kein Problem.« Die Finger des Spider huschten erneut über die Tastatur. »Glauben Sie, daß jemand den Jungen entführt hat?«

»Ich weiß einen Scheiß«, sagte Theo.

Der Spider sagte: »In Pine Cove sind keine Pädophilen bekannt. Wollen Sie den ganzen Bezirk?«

»Warum nicht?«

Der Laserdrucker surrte erneut, und der Spider deutete in die Dunkelheit auf die Geräuschquelle. »Alles, was Sie wollten, ist da hinten. Das ist alles, was ich für Sie tun kann.«

»Danke, Nailgun. Vielen Dank noch mal.« Theo spürte schon wieder einen Schauer seinen Rücken hinaufjagen – allmählich wurde die Sache chronisch. Er trat in die Dunkelheit und fand die Unterlagen im Papierfach des Laserdruckers. Dann ging er zur Tür. »Drücken Sie mir den Öffner?«

»Wohnen Sie eigentlich immer noch in der Hütte bei der Beer Bar Ranch?«

»Yo«, sagte Theo. »Schon seit acht Jahren.«

»Aber Sie sind noch nie auf der Ranch gewesen, oder?«

»Nein.« Theo zuckte zusammen. Konnte es sein, daß der Spider wußte, daß Sheriff Burton ihn in der Hand hatte?

»Gut so«, sagte Spider. »Halten Sie sich davon fern. Und Theo?«

»Ja?«

»Sheriff Burton hat sich von mir sämtliche Informationen darüber geben lassen, was in Pine Cove passiert. Seit dem Tod von Bess Leander und der Explosion des Tanklastwagens liegen seine Nerven ziemlich blank. Wenn Sie also im Fall Leander irgendwelche Nachforschungen anstellen, halten Sie sich lieber bedeckt.«

Theo kam aus dem Staunen nicht mehr heraus. Spider hatte tatsächlich freiwillig Informationen herausgerückt. »Warum?« war alles, was er sagen konnte.

»Ich mag das Gras, das Sie mir immer vorbeibringen.« Spider tätschelte die Brusttasche seines Hemds.

Theo lächelte. »Sie werden Burton nicht erzählen, daß Sie mir den Autopsiebericht gegeben haben?«

»Warum sollte ich?« sagte Spider.

»Passen Sie auf sich auf«, sagte Theo. Spider wandte sich wieder seinen Monitoren zu und drückte auf den Türöffner.

MOLLY

Molly war sich nicht so sicher, ob es schwieriger war, sich als die Irre von Pine Cove oder als Warrior Babe der Atomwüste durchs Leben zu schlagen. Für eine Killermieze waren die Fronten ziemlich klar: Man rannte auf der Suche nach Nahrung und Sprit halbnackt durch die Gegend und prügelte von Zeit zu Zeit den Schleim aus irgendwelchen Mutanten. Es gab keinerlei Arglist oder Gerüchte. Egal wie man sich aufführte, man brauchte sich nicht darum zu kümmern, ob die Sandpiraten ein solches Verhalten schätzten oder nicht. Wenn sie es schätzten, lauerten sie einem auf und folterten einen. Wenn nicht, beschimpften sie einen als Mistschlampe, um dann aufzulauern und zu foltern. Es konnte sein, daß sie einem ausgehungerte radioaktive

Kakerlaken auf den Hals hetzten, einen mit glühenden Feuerhaken malträtierten oder hordenweise über einen herfielen und einen vergewaltigten (letzteres allerdings nur in den Spezialfassungen für den Markt in Übersee), doch zumindest wußte man immer, woran man bei den Sandpiraten war. Außerdem kicherten sie niemals. Was kichern anging, so hatte Molly davon für den heutigen Tag die Nase gestrichen voll. In der Apotheke hatten sie auch gekichert.

Am Tresen des Pine Cove Drug and Gift arbeiteten vier Frauen im fortgeschrittenen Alter, über die von seinem Platz hinter einer großen Glasscheibe der delphinschänderische Apotheker Winston Krauss gebot wie ein Hahn über einen Hof voller Legehennen. Für Winston schien es keine Rolle zu spielen, daß seine Hennen nicht in der Lage waren, einen Geldschein zu wechseln oder auch nur die einfachsten Fragen zu beantworten; ebensowenig kratzte es ihn, daß sie sich sofort in den hinteren Bereich des Ladens zurückzogen, sobald jemand unter dreißig die Apotheke betrat, weil es ja sein konnte, daß man dadurch in die Verlegenheit kam, so etwas Furchtbares wie Kondome verkaufen zu müssen. Was für Winston Krauss von Bedeutung war, war die Tatsache, daß seine Hennen für den Mindestlohn arbeiteten und ihn wie einen Gott behandelten, während er hinter seiner Glaswand saß, wo ihn das Gekicher nicht störte.

Die Hennen fingen in dem Augenblick zu kichern an, als Molly an die Tür kam, und sie unterbrachen ihr Gekicher erst, als sie mit einer ganzen Kiste voller Haushaltstuben mit Brandsalbe an die Kasse trat.

»Sind Sie sich da ganz sicher, Liebes?« fragten sie immerzu und weigerten sich, Mollys Geld anzunehmen. »Vielleicht sollten wir erst mal Winston fragen. Das scheint ja doch eine ziemliche Menge zu sein.«

Winston war in dem Augenblick, als Molly den Laden betreten hatte, zwischen den Regalen mit getürkten Antidepressiva verschwunden. Er fragte sich, ob er vielleicht auch getürkte Antipsychotika hätte bestellen sollen. Davon hatte Val Riordan allerdings nichts erwähnt.

»Passen Sie auf«, sagte Molly schließlich. »Ich hab nicht alle Tassen im Schrank. Sie wissen das, ich weiß es, und Winston weiß es. Aber in Amerika ist es das gute Recht von jedermann, nicht alle Tassen im Schrank zu haben. Ich bekomme jeden Monat einen Scheck vom Staat, weil ich nicht alle Tassen im Schrank habe. Der Staat gibt mir Geld, damit ich mir kaufen kann, was immer ich brauche, um weiterhin nicht alle Tassen im Schrank zu haben. Und in diesem Augenblick brauche ich diese Kiste mit Brandsalbe. Also tippen Sie's endlich ein, damit ich mich vom Acker machen und irgendwo anders nicht mehr alle Tassen im Schrank haben kann. Okay?«

Die Hennen steckten die Köpfe zusammen und kicherten.

»Oder muß ich vielleicht einen Karton von den extragroßen, orange fluoreszierenden Kondomen mit den Lustnoppen oben dran kaufen und sie in der Glückwunschkartenabteilung aufblasen?« Mit den Sandpiraten mußte man nie so hart umspringen, dachte Molly.

Die Hennen reckten entsetzt die Köpfe in die Luft und schauten sich voller Verzweiflung um.

»Ich hab gehört, die sind wie tausend kleine Finger, die einen so fertigmachen, daß man kaum noch das Wasser halten kann«, fügte Molly hinzu.

Daraufhin schafften es die vier in nur zehn Minuten, Mollys Einkauf in die Kasse einzutippen und zumindest den Wechselgeldbetrag vor dem Komma richtig zu evaluieren.

Molly war schon auf dem Weg nach draußen, als sie sich noch einmal umdrehte und ihnen zurief: »In der Atomwüste wärt ihr schon längst verwurstet worden.«

- 15 -

STEVE

In die Luft gejagt zu werden hatte dem Seeungeheuer schwer auf die Stimmung geschlagen, es war verunsichert und verängstigt. Normalerweise, wenn es von einer solchen Gefühlslage gepackt wurde, schwamm es zur Kante eines Korallenriffs und lag im Sand herum, während die neonglänzenden Putzerfische die Parasiten und Algen von seinen Schuppen knabberten. An seinen Flanken blitzte dann ein kurzer Farbschimmer auf, der die kleinen Fische wissen ließ, daß ihnen nichts passieren würde, wenn sie in seinem Maul herumschwirrten und Nahrungsreste zwischen den Zähnen herauspickten wie winzige Zahnärzte. Gleichzeitig sandten die kleinen Fische eine elektromagnetische Botschaft aus, die grob übersetzt in etwa lautete: »Es dauert nicht lange, tut mir leid wegen der Unannehmlichkeiten. Bitte fressen Sie mich nicht.«

Eine ähnliche Nachricht empfing er nun von dem Warmblüterweibchen, das seine Verbrennungen verarztete, und so ließ er einen Farbschimmer an seinen Flanken aufleuchten, um ihr zu signalisieren, daß er verstanden hatte. Bei Warmblütern hatte er manchmal gewisse Verständnisschwierigkeiten, was ihre Botschaften anging, doch dieses Exemplar hier war auf eine seltsame Art anders. Er spürte, daß sie keine Gefahr für ihn darstellte und daß sie ihm sogar etwas zu Essen besorgen würde. Jedenfalls war das die Botschaft, die er heraushörte, wenn sie dieses »Steve«-Geräusch machte, während sie mit ihm redete.

»Steve«, sagte Molly. »Hör auf mit diesen Farben. Willst du vielleicht, daß die Nachbarn alles mitkriegen? Es ist hellichter Tag.«

Sie stand auf einer Trittleiter und hielt einen Pinsel in der Hand. Für einen unaufmerksamen Betrachter sah es so aus, als würde sie den Trailer ihres Nachbarn anstreichen. Doch in Wirklichkeit verteilte sie großzügige Portionen Brandsalbe auf dem Rücken des Seeungeheuers. »Erstens heilt dann alles schneller, und zweitens brennt es nicht so.«

Nachdem sie die rußgeschwärzten Stellen des Trailers mit Brandsalbe eingeschmiert hatte, deckte sie die betreffenden Partien mit Glaswollebandagen ab und verteilte mit einer Schöpfkelle flüssigen Dachteer auf dem Gewebe. Einige ihrer Nachbarn beobachteten das Geschehen kurzfristig durch ihre Fenster, doch sie taten ihre Handlungsweise als ein weiteres Beispiel für die exzentrischen Aktivitäten der durchgeknallten Lady ab und kehrten wieder zu ihren nachmittäglichen Game-Shows im Fernsehen zurück.

Molly war gerade dabei, den Dachteer mit der Spritzdüse auf den

Glaswollebandagen zu verteilen, als sie hörte, wie ein Wagen vor ihrem Trailer vorfuhr. Les, der Typ aus dem Heimwerkerladen, stieg aus dem Lieferwagen, richtete seine Hosenträger und kam auf sie zu. Er machte einen leicht nervösen, aber dennoch entschlossenen Eindruck, und auf seinem kahlen Kopf glänzten trotz der herbstlichen Kühle Schweißperlen.

»Meine Liebe, was *machen* Sie denn da? Ich dachte, Sie wollten warten, bis ich Ihnen helfe.«

Molly stieg von der Leiter und hielt die Spritzdüse quer vor der Brust, während schwarze Schmiere davon heruntertroff. »Ich wollte schon mal anfangen, bevor es dunkel wird. Danke, daß Sie hergekommen sind.« Sie schenkte ihm ein zuckersüßes Lächeln – eins von der Sorte, das aus ihren Tagen als Filmstar noch übriggeblieben war.

Les floh vor dem Lächeln ins Reich des Heimwerkertums. »Ich hab keine Ahnung, was Sie da veranstalten, aber was immer es ist, es sieht so aus, als hätten Sie's schon ordentlich versaubeutelt.«

»Nein, kommen Sie mal rüber und schauen Sie sich's an.«

Vorsichtig kam Les an Mollys Seite und schaute an dem Trailer hoch. »Woraus ist das verdammte Ding überhaupt gemacht? Aus der Nähe sieht's fast aus wie Plastik.«

»Vielleicht sollten Sie sich's mal von innen anschauen«, sagte Molly. »Da ist der Schaden auch viel besser zu erkennen.«

Der Verkäufer aus dem Baumarkt verzog den Mund zu einem anzüglichen Grinsen. Molly konnte förmlich spüren, wie sich seine Blicke durch ihr Sweatshirt bohrten. »Na ja, wenn Sie meinen. Gehen wir doch mal rein und betrachten uns die Sache ein wenig näher.« Er ging auf die Tür des Trailers zu.

Molly packte ihn an der Schulter. »Einen Moment noch. Wo sind die Schlüssel zu Ihrem Lieferwagen?«

»Die stecken. Warum? Hier kommt nichts weg.«

»Ach, nur so.« Molly verpaßte ihm ein weiteres Lächeln. »Warum gehen Sie nicht schon mal rein, und ich komme nach, sobald ich mir den Teer von den Händen geschrubbt habe.«

»Aber klar doch, kleine Lady«, sagte Les. Er trippelte auf die Eingangstür des Trailers zu wie ein Mann, der mal dringend aufs Klo muß.

Molly ging rückwärts in Richtung Lieferwagen. Als der Kerl aus dem Baumarkt die Hand auf die Türklinke legte, rief sie: »Steve! Lunch!«

»Ich heiße nicht Steve«, sagte Les.

»Stimmt«, sagte Molly. »Sie sind der andere.«

»Les, wollten Sie sagen?«

»Nein, Lunch«, sagte Molly und schenkte ihm ein letztes Lächeln.

Steve erkannte seinen Namen und spürte instinktiv, was es mit dem Wort »Lunch« auf sich hatte.

Les bemerkte, daß sich etwas Feuchtes um seine Beine schlang, und riß den Mund auf, um einen Schrei auszustoßen, doch just in diesem Augenblick legte sich die Spitze der Reptilienzunge über sein Gesicht und schnitt ihm die Luft ab. Das letzte, was Les sah, waren die nackten Brüste der gefallenen Leinwandfurie Molly Michon, die ihr Sweatshirt hochgezogen hatte, um ihm noch ein letztes Vergnügen zu bieten, bevor er unter großem Geschlabber im hungrigen Rachen des Seeungeheuers verschwand.

Molly hörte das malmende Geräusch berstender Knochen und zuckte zusammen. Junge, Junge, manchmal hat's auch sein Gutes, wenn man nicht mehr alle Tassen im Schrank hat. Jemandem, der klar im Kopf ist, würde so was vermutlich ziemlich sauer aufstoßen.

Eines der Fenster an der Frontseite des Trailers schloß sich langsam und öffnete sich dann wieder – ein Vorgang, der sich immer dann einstellte, wenn das Seeungeheuer seine Mahlzeit die Kehle hinunterdrückte. Molly hielt es allerdings für ein Augenzwinkern.

ESTELLE

Dr. Vals Praxis war in Estelles Augen stets eine Insel der Normalität gewesen, ein Status quo auf hohem Bildungsniveau, immer sauber, ruhig und straff durchorganisiert. Wie so viele Künstler lebte Estelle in einem chaotischen Durcheinander, das Außenstehende gern als künstlerischen Charme deuteten, doch in Wahrheit nichts anderes war als eine zivilisierte Methode, mit der relativen Armut und Ungewißheit umzugehen, die einherging mit der Notwendigkeit, die eigene Phantasie im Austausch für Geld auszuschlachten. Wenn man sein Innerstes schon nach außen kehren mußte, dann war es angenehm, dies in einem Raum zu tun, der nicht mit Farbe vollgekleckert oder mit Leinwänden vollgestellt war, die darauf warteten, endlich bemalt zu werden. Dr. Vals Praxis war eine Stätte der Zuflucht, der Erholung und des Ausruhens. Doch nicht am heutigen Tag.

Nachdem sie ins Sprechzimmer gebeten worden war, und noch bevor sie sich in einen der Ledersessel gesetzt hatte, sagte Estelle: »Ihre Sprechstundenhilfe trägt Grillhandschuhe, wußten Sie das?«

Valerie Riordan, deren Haare heute ausnahmsweise nicht so perfekt saßen wie sonst, rieb sich die Schläfen, stierte auf ihren Löschpapierabroller und sagte: »Ich weiß, sie hat Probleme mit ihrer Haut.«

»Aber sie sind mit Klebeband festgemacht.«

»Es sind halt sehr ernste Hautprobleme. Wie geht's Ihnen denn heute?«

Estelle warf einen Blick zurück zur Tür. »Das arme Ding. Sie schien ganz außer Atem, als ich hereinkam. War sie schon mal beim Arzt?«

»Estelle, Chloe wird schon wieder. Kann sogar sein, daß ihre Schreibmaschinenkenntnisse besser werden.«

Estelle spürte, daß Dr. Val keinen besonders guten Tag hatte, und beschloß, kein weiteres Wort über die Sprechstundenhilfe in Grillhandschuhen zu verlieren. »Danke, daß Sie mir so kurzfristig einen Termin geben konnten. Ich weiß, es ist schon eine Weile her seit unserer letzten Sitzung, aber ich hatte das Gefühl, daß ich wirklich mal mit jemandem reden muß. Mein Leben ist in der letzten Zeit ein wenig durcheinandergeraten.«

»Das ist im Augenblick nicht weiter ungewöhnlich«, sagte Dr. Val und kritzelte gedankenverloren auf ihrem Block herum. »Was gibt's denn?«

»Ich habe einen Mann getroffen.«

Erst jetzt hob Dr. Val den Blick. »Sie haben was?«

»Er ist Musiker. Ein Bluesman. Er ist im Slug aufgetreten. Da habe ich ihn auch getroffen. Wir sind, na ja, also seit zwei Tagen wohnt er bei mir.«

»Und was empfinden Sie angesichts dessen?«

»Es gefällt mir. Ich mag ihn. Seitdem mein Mann gestorben ist, war ich mit keinem Mann mehr zusammen. Ich dachte, ich hätte das Gefühl, als ob ich ihn betrüge. Aber so war's nicht. Ich fühle mich prima. Er ist witzig, und er strahlt, ich weiß auch nicht, eine gewisse Weisheit aus. Als ob er schon alles gesehen hat, aber trotzdem nicht zynisch geworden ist. Irgendwie scheint's, als ob die Härten des Lebens ihn eher amüsieren. Im Gegensatz zu den meisten anderen Leuten.«

»Aber was ist mit Ihnen?«

»Ich glaube, daß ich ihn liebe.«

»Liebt er Sie?«

»Ich glaube schon. Aber er sagt, daß er von hier weggehen wird. Das ist es, was mich stört. Es hat ewig gedauert, bis ich mich endlich damit abgefunden habe, alleine zu leben, und jetzt, wo ich doch jemanden gefunden habe, wird er mich verlassen, weil er Angst vor einem Seeungeheuer hat.«

Valerie Riordan ließ ihren Stift fallen und sackte auf ihrem Stuhl zusammen – alles andere als professionell, dachte Estelle.

»Wie bitte?« sagte Val.

»Ein Seeungeheuer. Wir waren vor ein paar Tagen abends am Strand, und irgendwas tauchte aus dem Wasser auf. Etwas ziemlich Großes. Wir sind zum Wagen gerannt, so schnell wir konnten, und später hat Catfish mir erzählt, daß er unten im Delta schon mal von einem Seeungeheuer verfolgt worden ist und daß es jetzt wieder hinter ihm her wäre. Er sagt, er will nicht, daß andere Leute darunter zu leiden haben, aber ich denke, er hat einfach nur Angst. Er denkt, das Monster kommt solange wieder, wie er sich in der Nähe der Küste aufhält. Deswegen versucht er jetzt ein Engagement in Iowa zu bekommen, so weit weg von der Küste, wie's nur irgendwie geht. Glauben Sie, daß er Bindungsängste hat? Darüber liest man doch andauernd in irgendwelchen Frauenzeitschriften.«

»Ein Seeungeheuer? Ist das eine Metapher für irgendwas? Irgendein Blues-Begriff, den ich nicht kapiere?«

»Nein, ich denke, es handelt sich um ein Reptil, zumindest, so wie er es beschreibt. Ich konnte es nicht so gut sehen. Es hat seinen besten Freund gefressen, als er noch ein junger Mann war. Ich denke, er rennt vor seiner Schuld davon. Was glauben Sie?«

»Estelle, Seeungeheuer gibt es nicht.«

»Catfish hat mir gleich gesagt, daß niemand mir glauben würde.«

»Catfish?«

»So heißt er. Mein Bluesman. Er ist furchtbar süß. Er hat so eine galante Art, die man nicht mehr allzu häufig findet, und ich glaube nicht, daß es bei ihm einfach nur eine Masche ist. Für so was ist er zu alt. Ich hätte nie geglaubt, daß ich jemals wieder so etwas empfinden könnte. Es sind Gefühle wie bei einem Mädchen, nicht wie bei einer Frau. Ich will den Rest meines Lebens mit ihm verbringen. Ich will die Großmutter seiner Enkel sein.«

»Enkel?«

»Sicher, vom Fusel und den flotten Weibern konnte er früher auch nicht die Finger lassen, aber ich denke, allmählich ist er soweit, daß er's ein bißchen langsamer angehen will.«

»Fusel und flotte Weiber?«

Es klang fast wie eine Fuge: Dr. Val war so verwirrt, daß sie, wie von einem psychiatrischen Autopiloten gesteuert, unfähig war, irgend etwas anderes zu tun, als alles, was Estelle sagte, in Frageform nachzuplappern wie ein Papagei. Doch was Estelle brauchte, war mehr als das.

»Glauben Sie, ich sollte die Behörden verständigen?«

»Wegen dem Fusel und den flotten Weibern?«

»Wegen dem Seeungeheuer. Immerhin wird der kleine Plotznik vermißt, wie Sie vielleicht wissen.«

Dr. Val zupfte mit großer Geste ihre Bluse zurecht. Sie bemühte sich um eine gelassene, professionelle Haltung, die signalisieren sollte, daß sie die Lage völlig im Griff hatte. »Estelle, ich glaube, wir sollten in bezug auf Ihre Medikamente etwas verändern.«

»Das Zeug hab ich gar nicht mehr genommen. Mir geht's prima. Catfish sagt, wenn Prozac vor hundert Jahren erfunden worden wäre, hätte es den Blues überhaupt nicht gegeben. Sondern nur jede Menge fröhlicher Leute ohne eine Spur von Seele. Für mich haben die Antidepressiva damals ihren Zweck erfüllt, als Joe gestorben war, aber ich bin nicht sicher, ob ich sie jetzt noch brauche. Ich habe sogar das Gefühl, daß ich wieder malen könnte, wenn ich bei all dem Sex endlich mal dazu komme.«

Dr. Val zuckte zusammen. »Estelle, was mir vorschwebt, sind keine Antidepressiva, sondern etwas anderes. Offensichtlich machen Sie im Augenblick einige schwerwiegende Veränderungen durch. Ich bin mir nicht sicher, wie wir da am besten vorgehen. Glauben Sie, daß Mr.... äh... Catfish etwas dagegen hätte, zusammen mit Ihnen zu einer Sitzung zu kommen?«

»Kann sein, daß das nicht allzu einfach wird. Er hat nichts übrig für Ihr Mojo.«

»Mein Mojo?«

»Nicht Ihr Mojo ganz speziell, sondern Psychiater-Mojo im allgemeinen. Er war mal 'ne Zeitlang in einer Nervenklinik, nachdem das Ungeheuer seinen Freund gefressen hatte. Aber das Mojo von dem Personal dort hat ihm nicht zugesagt.« Estelle fiel auf, daß ihr Vokabular und selbst Ihre Denkweise in den letzten Tagen eine ziemliche Veränderung erfahren hatte, als Folge des Eintauchens in den Blues-Kosmos von Catfish.

Die Ärztin rieb sich schon wieder die Schläfen. »Estelle, am besten, wir machen einen neuen Termin für morgen oder übermorgen. Sagen Sie Chloe, sie soll Sie noch ans Ende des Tages dranhängen, falls schon alles voll sein sollte. Und versuchen Sie, Ihren Gentleman mitzubringen. Sie können ihm ruhig versichern, daß meine Praxis völlig Mojo-frei ist, ja?«

Estelle erhob sich. »Kann die Kleine denn überhaupt schreiben mit den Grillhandschuhen an ihren Händen?«

»Das kriegt sie schon irgendwie hin.«

»Was soll ich denn jetzt machen? Ich will nicht, daß er geht. Aber ich habe das Gefühl, daß ich einen Teil von mir selbst verloren habe, als ich mich verliebt habe. Ich bin glücklich, aber ich weiß nicht mehr, wer ich bin. Ich mache mir Sorgen.« Estelle bemerkte, daß sie kurz davor stand, in Tränen auszubrechen, und starrte beschämt auf ihre Schuhe.

»Darum kümmern wir uns schon, Estelle. Reden wir beim nächsten Mal darüber.«

»Na gut. Soll ich dem Constable Bescheid sagen wegen dem Seeungeheuer?«

»Erst mal nicht. Solche Sachen erledigen sich manchmal von selbst.«

»Danke, Dr. Val. Wir sehen uns dann morgen wieder.«

»Wiedersehen, Estelle.«

Estelle verließ das Sprechzimmer und blieb an Chloes Schreibtisch stehen. Das Mädchen war weg, doch aus der Toilette am Ende des Flurs kamen animalische Geräusche. Vielleicht hatte sich ja einer der Grillhandschuhe in ihrem Nasenring verfangen. Das arme Ding. Estelle ging zur Tür der Toilette und klopfte sachte an.

»Ist mit Ihnen alles in Ordnung, Liebes? Oder brauchen Sie Hilfe?«

Als Antwort kam ein langgezogenes Stöhnen. »Mir geht's prima. Wirklich prima. O mein Gott!«

»Sind Sie sicher?«

»Ja, alles in Ordnung.«

»Ich sollte für morgen oder übermorgen einen Termin ausmachen. Dr. Riordan hat gesagt, Sie sollen ihn abends noch dranhängen, wenn's sein muß.« Estelle hörte ein dumpfes Pochen aus der Toilette; es klang, als sei ein Medizinschrank heruntergefallen.

»O wow! Wow! O wow!«

Anscheinend herrschte einiger Termindruck. »Tut mir leid. Ich lasse Sie jetzt in Ruhe. Seien Sie doch so nett und rufen mich noch mal an, um Bescheid zu sagen, wann es klappt, ja?«

Als Estelle Valerie Riordans Haus verließ, war sie noch beunruhigter als zuvor, und außerdem fiel ihr auf, daß es schon eine ganze Weile her war – jedenfalls ein halber Tag –, seit sie ihren dünnen Bluesman auf der Matratze gehabt hatte.

DR. VAL

Val hatte eine Pause zwischen zwei Terminen und somit Zeit, Überlegungen darüber anzustellen, daß es seit ihrem Entschluß, sämtliche Antidepressiva in Pine Cove aus dem Verkehr zu ziehen, in der Stadt zuging wie in einem Hühnerstall und daß das eine vermutlich eine Menge mit dem anderen zu tun hatte. Estelle Boyet war schon immer ein wenig exzentrisch gewesen, doch ihre Exzentrik war Teil ihrer Persönlichkeit als Künstlerin, und Val hatte diesen Charakterzug niemals als ungesund erachtet. Im Gegenteil – das Selbstverständnis, eine exzentrische Künstlerin zu sein, hatte Estelle allem Anschein nach über den Tod ihres Mannes hinweggeholfen. Doch nun faselte die Frau von Seeungeheuern und, was noch schlimmer war, sie stürzte sich in eine Beziehung mit einem Mann, die man nur als selbstzerstörerisch bezeichnen konnte.

War es möglich, daß Menschen – klar denkende, erwachsene Menschen – sich so verliebten? Waren sie in der Lage, solche Gefühle zu empfinden? Val wünschte sich, sie könnte so empfinden. Zum ersten Mal seit ihrer Scheidung fiel ihr auf, daß sie sich wünschte, wieder mit einem Mann zusammen zu sein. Nein, nicht einfach zusammen zu sein, sondern in einen Mann verliebt zu sein. Sie zerrte ihre Rolodex aus der Schublade ihres Schreibtischs und blätterte darin herum, bis sie die Nummer ihres Therapeuten in San Junipero fand. Während der gesamten Zeit ihres Studiums und des Praktikums war sie in Therapie gewesen, denn dies gehörte mit zur Ausbildung eines Psychiaters, doch mittlerweile waren fünf Jahre vergangen, seit sie ihren Therapeuten zum letzten Mal gesehen hatte. Vielleicht war es wieder mal an der Zeit. Doch welcher Zynismus hatte sie angefallen, daß sie den Wunsch, sich zu verlieben, als einen Zustand betrachtete, den man am besten wegtherapierte? Vielleicht war ihr Zynismus ja das Problem. Natürlich konnte sie ihm nicht erzählen, was sie mit ihren Patienten angestellt hatte, doch vielleicht …

An ihrem Telefon blinkte ein rotes Lämpchen, und offenbar machte Chloe gerade eine kurze Pause beim Onanieren, denn sie hatte den Anruf entgegengenommen, so daß nun auf dem Bildschirm zu lesen war, daß Constable Crowe auf Leitung eins wartete. Wenn man von Nervenbündeln sprach …

Sie nahm den Hörer ab. »Dr. Riordan.«

»Hi, Dr. Riordan, hier ist Theo Crowe. Ich wollte Sie nur anrufen, um Ihnen zu sagen, daß Sie recht hatten.«

»Danke für Ihren Anruf, Constable. Einen schönen Tag noch.«

»Sie hatten recht, was Bess Leander angeht. Sie hat ihre Antidepressiva wirklich nicht genommen. Ich habe gerade den toxikologischen Befund durchgelesen. In ihrem Körper gibt es keine Spuren von Zoloft.«

Val stockte der Atem.

»Doktor, sind Sie noch dran?«

All die Sorgen, die sie sich der Medikamente wegen gemacht hatte, der ganze perverse Plan, all die Extrasitzungen, die langen Arbeitstage, die Schuldgefühle, diese elenden Scheiß-Schuldgefühle, und Bess Leander hatte ihre Medikamente überhaupt nicht eingenommen. Val wurde kotzübel.

»Doktor?«

Val zwang sich, tief einzuatmen. »Warum? Ich meine, wann? Die Sache ist jetzt schon über einen Monat her. Wann haben Sie das rausgefunden?«

»Erst heute. Der Autopsiebericht ist unter Verschluß gehalten worden. Es tut mir leid, daß es solange gedauert hat.«

»Nun ja, Constable, danke, daß Sie mir Bescheid gesagt haben. Ich bin Ihnen wirklich dankbar.«

»Doktor Riordan, bevor Sie irgend etwas verschreiben, lassen Sie sich von den Patienten doch ihre Krankenakte geben, oder?«

»Ja, warum?«

»Wissen Sie, ob Bess Leander Probleme mit dem Herzen hatte?«

»Nein, körperlich war sie kerngesund. Warum?«

»Kein spezieller Grund«, sagte Theo. »Ach ja, Sie haben mir noch nicht gesagt, was Sie von der Angelegenheit halten, die ich beim Frühstück angesprochen habe. Wegen Joseph Leander. Es würde mich ziemlich interessieren, ob Ihnen dazu irgendwas eingefallen ist.«

Mit einem Mal stand die ganze Welt Kopf. Bisher hatte Val, was das Thema Bess Leander anging, jegliche Auskunft verweigert, weil sie angenommen hatte, daß ihre eigene Nachlässigkeit etwas mit ihrem Tod zu tun hatte. Und was jetzt? Genaugenommen gab es nicht sonderlich viel, was sie über Bess wußte. Sie sagte: »Was genau wollen Sie denn wissen, Constable?«

»Ich wollte nur wissen: Hatte sie ihren Mann im Verdacht, daß er eine Affäre hatte? Oder hat sie Ihnen gegenüber angedeutet, daß sie Angst vor ihm hatte?«

»Wollen Sie damit sagen, was ich glaube, daß Sie sagen? Sie glauben nicht, daß Bess Leander Selbstmord begangen hat?«

»Das sage ich nicht. Ich stelle nur Fragen.«

Val forschte in ihrem Gedächtnis. Was *hatte* Bess Leander über ihren Ehemann erzählt? »Ich erinnere mich, daß sie gesagt hat, sie hätte den Eindruck, als habe er mit dem Familienleben überhaupt nichts zu tun, und daß sie gesagt hat, sie hätte ihm gezeigt, wo's langgeht.«

»Ihm gezeigt, wo's langgeht? In welcher Hinsicht?«

»Sie hat ihm erklärt, daß er im Sitzen pinkeln muß, weil er sich beharrlich weigert, die Klobrille runterzuklappen.«

»Das ist alles?«

»Das ist alles, woran ich mich erinnere. Joseph Leander ist Vertreter. Er war viel unterwegs. Meiner Ansicht nach hat Bess Leander ihn als eine Art Eindringling in ihrem Leben und dem der Mädchen betrachtet. Es war keine gesunde Beziehung.« Als ob es so etwas überhaupt gab, dachte Val. »Stellen Sie Nachforschungen über Joseph Leander an?«

»Darüber möchte ich lieber nichts sagen«, erklärte Theo. »Glauben Sie, ich sollte?«

»Sie sind der Polizist, Mr. Crowe.«

»Ach, wirklich? Stimmt ja. Jedenfalls, vielen Dank, Doktor. Ach so, und da fällt mir noch was ein: Mein Freund Gabe hat gemeint, Sie wären, ähmm, interessant. Ich wollte sagen, charmant, ich meine, es hat ihm Spaß gemacht, sich mit Ihnen zu unterhalten.«

»Wirklich?«

»Erzählen Sie ihm nicht, daß ich Ihnen das gesagt habe.«

»Natürlich nicht. Wiedersehen, Constable.« Val legte auf und lehnte sich in ihrem Sessel zurück. Sie hatte völlig unnötigerweise die ganze Stadt in ein emotionales Chaos gestürzt, eine ellenlange Reihe mittelschwerer Straftaten begangen und nahezu sämtliche ethischen Normen ihres Fachgebiets gebrochen. Außerdem war eine ihrer Patientinnen möglicherweise ermordet worden, und doch war sie, tja, ganz aus dem Häuschen. »Charmant«, dachte sie. Er fand mich charmant. Ich frage mich, ob er wirklich charmant gesagt hat oder ob Theo sich das einfach nur ausgedacht hat – der alte Kiffer.

Charmant.

Sie lächelte und drückte auf den Summer, damit Chloe ihr den nächsten Patienten hereinschickte.

- 16 -

MAVIS

Hinter der Bar klingelte das Telefon, und Mavis zerrte den Hörer von der Gabel. »Olymp, hier spricht die Göttin des Sex«, sagte sie, und es ertönte ein mechanisches Knarren, als sie lasziv die Hüfte bewegte, während sie zuhörte. »Nein, den hab ich nicht gesehen – und ich würd's Ihnen auch nicht sagen, wenn er hier wäre. Zum Teufel, meine Güte, dies ist ein heiliger Ort uneingeschränkten Vertrauens – ich kann nicht einfach jeden Ehemann verpfeifen, der nach der Arbeit kurz vorbeikommt und sich 'nen Schnaps genehmigt. Woher soll ich das wissen? Meine Liebe, wollen Sie wissen, wie Sie das in Zukunft vermeiden? Zwei Worte: lange, dreckige Blowjobs. Ach ja? Dann sollten Sie's vielleicht lieber machen, anstatt Wörter zu zählen. Vielleicht würde Ihr Mann Ihnen dann auch nicht weglaufen. Ja, ja, schon gut. Bleiben Sie dran.«

Mavis hielt sich den Hörer vor die Brust und rief: »Hey! Hat irgend jemand Les gesehen? Den aus dem Baumarkt?« Kopfschütteln und eine Salve von »Nöös« war alles, was sie erntete.

»Nöö, der ist nicht hier. Klar, wenn ich ihn sehe, sag ich ihm natürlich, daß eine kreischende Harpyie sich nach ihm erkundigt hat. Und wenn schon, denen vom Verbraucherschutz hab ich's schon auf allen vieren besorgt, und sie waren begeistert, also richten sie ihnen einen schönen Gruß von mir aus.«

Mavis knallte den Hörer auf die Gabel. Sie fühlte sich wie der Blechmann im Regen. Ihre Metallteile fühlten sich rostig an, und sie war sicher, daß die Plastikteile in ihrem Inneren verrotteten. Es war Samstagabend zehn Uhr, es gab Live-Musik, und sie hatte immer noch nicht genug Schnaps verkauft, um die Gage für ihren Blues-Sänger abzudecken. Der Laden war zwar voll, aber die Leute klammerten sich an ihre Drinks, anstatt sie die Kehle runterzujagen, schauten einander tief in die Augen und machten sich paarweise aus dem Staub, bevor sie auch nur lächerliche zehn Dollar versoffen hatten. Was zum Teufel war nur mit dieser Stadt los? Der Blues-Sänger sollte sie in die Fänge des Alkohols treiben, aber statt dessen war die gesamte Bevölkerung im Liebestaumel. Statt zu trinken, waren sie alle nur noch am Quasseln. Weicheier. Mavis spuckte vor Abscheu in die Spüle, und es erklang ein helles »Ping«, als sich eine der winzigen Federn irgendwo in ihrem Inneren aus ihrer Verankerung löste.

Schlappschwänze. Mavis kippte sich einen Bushmills hinter die Binde und betrachtete die Pärchen, die an der Bar saßen. Dann starrte sie Catfish an, der gerade beim letzten Lied eines Sets angelangt war und untermalt von den klagenden Klängen seiner National Steel davon sang, wie er seine Seele an den Crossroads verloren hatte.

Catfish erzählte die Geschichte des großen Robert Johnson, jenes gespenstischen Bluesman, der dem Teufel an der Kreuzung zweier Highways begegnet war und seine Seele gegen übernatürliche Fähigkeiten eingetauscht hatte, seitdem jedoch von einem Höllenhund verfolgt wurde, der seine Witterung an den Pforten der Hölle aufgenommen hatte und ihn schließlich erwischte, als ein eifersüchtiger Ehemann Gift in Johnsons Schnaps kippte.

»Tatsache ist«, sagte Catfish ins Mikrophon, »daß ich mir um Mitternacht an jeder verdammten Kreuzung im Delta die Beine in den Bauch gestanden und versucht habe, meine Seele zu verhökern, aber es kam niemand, der sie kaufen wollte. Und das ist der wahre Blues. Aber einen ganz speziellen Höllenhund hab ich trotzdem, da könnt ihr Gift drauf nehmen.«

»Ach, wie süß, Fish-Boy«, rief Mavis hinter der Bar hervor. »Komm mal her, ich muß mit dir reden.«

»Tut mir leid, Leute, aber da ist wieder der Ruf der Hölle«, erklärte Catfish dem Publikum und grinste. Doch niemand hörte ihm zu. Er stellte die National auf ihren Ständer und schlenderte auf Mavis zu.

»Du bist nicht laut genug«, sagte Mavis.

»Dann dreh dein Hörgerät auf, Weib. Die National hat keinen Tonabnehmer, da geht's halt nicht lauter, oder es koppelt.«

»Die Leute sind nur am Reden, anstatt zu trinken. Spiel lauter. Und außerdem keine Liebeslieder.«

»Im Wagen hab ich noch 'ne Fender Stratocaster und 'nen Marshall-Verstärker, aber ich spiel da nicht gern darauf.«

»Geh sie holen. Stöpsel dich ein, und spiel ordentlich laut. Du bist hier, damit ich Schnaps verkaufe, ansonsten kann ich dich nicht gebrauchen.«

»Das ist sowieso meine letzte Nacht hier.«

»Geh die Gitarre holen«, sagte Mavis.

MOLLY

Molly krachte mit dem Lieferwagen in den Müllcontainer hinter dem Head of the Slug. Die Scheinwerfer gingen zu Bruch, Scherben fielen klirrend auf den Asphalt, und der Ventilator bohrte sich mit einem Kreischen in den Kühler. Es war ein paar Jahre her, seit Molly zum letzten Mal hinter dem Steuer eines Wagens gesessen hatte, und außerdem hatte Les beim angeblich narrensicheren Einbau der Austauschbremsen ein paar Teile ausgelassen. Molly stellte den Motor ab, zog die Handbremse und wischte das Lenkrad und den Schalthebel mit dem Ärmel ihres Sweatshirts ab, um keine Fingerabdrücke zu hinterlassen. Sie kletterte aus dem Lieferwagen und schleuderte die Schlüssel in den zerbeulten Müllcontainer. Aus der Hintertür des Slug drang keine Musik, nur gedämpftes Murmeln und der Geruch schalen Bieres. Sie huschte die unbeleuchtete Gasse entlang zur Hauptstraße und ging die vier Blocks bis nach Hause.

Nebelschwaden wehten über die Cypress Street, und Molly war froh über die Deckung, die sie ihr boten. Lediglich in ein paar der

Trailer in der Wohnwagensiedlung brannte noch Licht, und so lief sie eilig an ihnen vorbei auf ihren eigenen zu, dessen Fenster von einem bläulich zuckenden Schimmer erleuchtet waren, der von ihrem verwaisten Fernseher herrührte. Molly warf einen Blick an ihrem Heim vorbei zu der Stelle, wo Steve lag und sich erholte, und bemerkte eine Silhouette im Nebel. Als sie näher kam, stellte sie fest, daß es nicht eine, sondern zwei Personen waren, die in etwa sieben Meter Entfernung vor dem Drachen-Trailer standen. Sie wurde von Verzweiflung gepackt. Sie erwartete, daß jeden Augenblick die Blaulichter von Polizeiwagen durch den Nebel schwenken würden, doch die Gestalten standen einfach nur da und regten sich nicht. Molly schlich sich um die Ecke ihres Trailers, wobei sie sich so fest an die Wand preßte, daß sie spürte, wie die Kälte der Aluminiumaußenwand durch ihren Pullover drang.

Die Stimme einer Frau schnitt durch den Nebel: »Herr, wir haben deinen Ruf vernommen und sind zu dir geeilt. Vergib uns unser saloppes Erscheinungsbild, doch die Reinigung war schon geschlossen, und es schmerzt uns in der Seele, daß wir nicht in angemessener Kleidung samt passenden Accessoires vor dich hintreten können.«

Es waren die Damen vom Schulgebet, Katie und Marge, allerdings konnte Molly im Augenblick nicht sagen, welche welche war. Sie trugen identische pinkfarbene Jogginganzüge mit passenden Nike-Schuhen. Während sie das Geschehen verfolgte, bewegten sich die beiden näher auf Steve zu, und Molly bemerkte, wie die Außenhaut des Drachen-Trailers leichte Falten warf.

»So wie unser Herr Jesus Christus sein Leben für uns gegeben hat, so treten wir nun vor dich, o Herr, um uns selbst darzubringen.«

Die Kanten am Ende des Trailers rundeten sich, und Molly sah, wie Steve seinen massigen Kopf vorreckte, wobei sich die Tür von einem hochkant stehenden Rechteck in einen weiten horizontalen Rachen verwandelte. Die Frauen schienen gänzlich unberührt von dieser Verwandlung und bewegten sich weiter langsam vorwärts. Ihre Silhouetten zeichneten sich vor Steves geöffnetem Maul ab, wie vor einer zähnestarrender Höhle.

Molly rannte um ihren Trailer herum zur Vordertreppe, schnappte sich ihr Schwert, das neben der Tür an der Wand lehnte, und hastete um den Trailer zurück zu dem Seeungeheuer.

Marge und Katie standen nun schon fast im Maul von Steve. Molly sah, wie sich seine riesige Zunge zum Mundwinkel hinausschlängelte, um die beiden Kirchendamen von hinten zu packen und hineinzuzerren.

»Nein!« Wie ein Football-Spieler, der zwischen sich und der Torlinie nur noch eine Deckungsreihe zu durchbrechen hat, warf sich Molly zwischen Katie und Marge und klatschte Steve die flache Seite ihres Schwerts auf die Nase. Sie landete in seinem Maul und schaffte es gerade noch, sich hinauszurollen, bevor seine Kiefer auch schon hinter ihr zuklappten. Auf einem Bein kniend, erhob sie das Schwert und richtete es auf Steves Nase.

»Nein!« sagte sie. »Böser Drache.« Steve drehte fragend den Kopf, gerade so, als wüßte er gar nicht, worüber sie sich denn so aufregte.

»Verwandle dich zurück«, sagte Molly und hob das Schwert, als ob sie ihm gleich wieder eins auf die Nase geben wollte. Steve zog Hals und Kopf ein, bis er wieder aussah wie ein übergroßer Trailer.

Molly drehte sich zu den beiden Kirchendamen um, die sehr besorgt darüber waren, daß sie mit ihren pinkfarbenen Jogginganzügen im Matsch gelandet waren, wohingegen es ihnen offensichtlich völlig gleichgültig war, daß sie um ein Haar gefressen worden wären. »Seid ihr beiden in Ordnung?«

»Wir haben den Ruf vernommen«, sagte eine der beiden, entweder Marge oder Katie, während die andere zustimmend mit dem Kopf nickte. »Wir mußten einfach kommen, um uns dem Herrn darzubringen.« Ihre Augen waren ganz glasig, und sie blickten starr an Molly vorbei auf den Trailer, während sie redeten.

»Ihr müßt jetzt nach Hause, Mädels. Machen sich eure Männer denn gar keine Sorgen oder so?«

»Wir haben den Ruf gehört.«

Molly half ihnen auf die Füße und drehte sie von Steve weg, der einen zarten Klagelaut ausstieß, als sie die Kirchendamen in Richtung Straße vor sich herschob.

Dort angekommen, hielt Molly sie fest und redete von hinten auf die beiden ein: »Macht, daß ihr nach Hause kommt. Und kommt bloß nicht wieder. Ist das klar?«

»Wir wollten die Kinder mitbringen, damit sie den Geist ebenfalls spüren, aber es war schon zu spät, und wir müssen morgen zur Kirche.«

Molly verpaßte derjenigen, die gesprochen hatte, mit der flachen Seite ihres Schwerts einen satten beidhändigen Schlag auf den Hintern, so daß sie hinaus auf die Straße stolperte. »Ab nach Hause!«

Molly holte gerade aus, um auch der anderen noch eins überzubraten, als diese sich umdrehte und die Hand hob, als würde sie ein Freigetränk in einem Restaurant ablehnen. »Nein danke.«

»Dann verschwindet ihr jetzt, und ihr kommt nicht mehr zurück, klar?«

Die Frauen schienen nicht ganz sicher. Molly drehte das Schwert in ihrer Hand, so daß nun die Scheide nach vorn ragte. »Klar?«

»Ja«, sagte die eine. Ihre Freundin nickte zustimmend, während sie sich den Hintern rieb.

»Dann los jetzt«, sagte Molly. Als die Frauen davongingen, rief sie ihnen hinterher: »Und hört endlich auf, euch gleich anzuziehen, das ist doch krank.«

Sie schaute ihnen nach, bis sie im Nebel verschwunden waren, und ging dann zurück zu Steve, der wieder aussah wie ein Trailer und auf sie wartete. »Nun?« Sie stützte eine Hand in die Hüfte, verzog das Gesicht und tippte mit einem Fuß auf den Boden, als ob sie darauf wartete, daß er ihr eine Erklärung lieferte.

Seine Fenster verengten sich vor Scham.

»Die kommen wieder, das weißt du doch? Und was dann?«

Er winselte. Es war ein Geräusch, das tief aus seinem Inneren kam, beziehungsweise von dort, wo sich die Küche befunden hätte, wenn er wirklich ein Trailer gewesen wäre.

»Wenn du immer noch Hunger hast, mußt du mir das irgendwie sagen. Ich kann dir da weiterhelfen. Wir werden schon was für dich finden, obwohl es nur einen Baumarkt in der Stadt gibt. Aber eine einseitige Diät ist ohnehin nicht das Wahre.«

Plötzlich schnitt das Kreischen einer elektrischen Gitarre durch den Nebel, als hätte der Geist des Chicago Blues höchstpersönlich sein gequältes Haupt erhoben. Der Drachen-Trailer wurde wieder zu einem Drachen, seine weiße Haut verfärbte sich schwarz, und es blitzten strahlend helle Streifen von Zornesröte an ihr auf. Die Bandagen, die Molly in mühevoller Arbeit den ganzen Tag angebracht hatte, zerrissen unter dem abrupten Wechsel der Gestalt des Seeungeheuers, dessen Kiemen mit Fetzen von Glaswollebandagen behangen waren, als wäre es von fiesen Jungs mit Klopapier eingewickelt worden. Das Seeungeheuer warf den Kopf in den Nacken und stieß ein Gebrüll aus, daß im ganzen Trailer-Park die Fenster klapperten. Molly fiel im Rückwärtsgehen in den Schlamm, rollte sich zur Seite, und als sie wieder auf die Füße kam, hielt sie das Schwert mit der Spitze auf die Kehle des Seeungeheuers gerichtet.

»Steve, ich glaube, du kühlst dich besser erst mal ab, junger Mann.«

THEO

Daß man in einer so kurzen Zeit so viele neue Erfahrungen machen mußte. In den letzten paar Tagen hatte Theo seine erste große Suchaktion nach einer vermißten Person koordiniert, wobei er mit den besorgten Eltern des Jungen zur Milchkartonagenfabrik gefahren war, wo man von ihm wissen wollte, ob es eventuell möglich war, ein Bild von Mikey Plotznik aufzutreiben, auf dem er keine Grimasse schnitt oder sonstwie bescheuert in die Kamera glotzte. (Falls ja, so würde Mikeys Foto in großer Aufmachung auf zwei Prozent der Verpackung von fettfreier Milch landen, doch wenn sie das Foto verwenden mußten, das ihnen vorlag, würde er auf den Buttermilchtüten enden, wo er nur von alten Leuten gesehen wurde und von solchen, die ihr Ranch-Dressing selber machten.) Darüber hinaus hatte sich Theo um seinen ersten großen Brand kümmern und sich mit der Tatsache auseinandersetzen müssen, daß er Fußspuren eines riesigen Tieres zusammenhalluzinierte. Außerdem mußte er die Nachforschungen in einem echten Mordfall in Gang bringen – und das alles ohne Inanspruchnahme seiner chemischen Krücke, auf die er ein Leben lang zurückgegriffen hatte. Nicht, daß er nicht in der Lage gewesen wäre, es sich mit seiner Lieblingspfeife bequem zu machen, er hatte nur einfach kein Verlangen danach.

Nun mußte er entscheiden, wie er bei den Untersuchungen im Mordfall Bess Leander vorzugehen hatte. Sollte er jemanden einlochen, weichkochen und verhören? Einlochen – wo? In seiner Hütte? Er hatte kein Büro. Er konnte sich nicht recht vorstellen, wie er ein effektives Verhör führen sollte, während der Verdächtige auf dem Sitzsack im Schein der Lavalampe saß. »Jetzt red schon, du Schleimbeutel. Oder soll ich die Quarzlampe über dem Jimi-Hendrix-Poster anknipsen und ein paar Räucherstäbchen anzünden? Das willst du doch selber nicht.«

Und als ob es damit nicht genug gewesen wäre, ließ ihn auch noch das dringende Verlangen nicht los, zum Trailer-Park zurückzufahren und mit Molly Michon zu reden. Seine Gedanken gingen mit ihm durch.

Schließlich entschloß er sich, Joseph Leander einen Besuch abzustatten in der Hoffnung, den Vertreter kalt zu erwischen. Als er die Einfahrt hinauffuhr, stellte er fest, daß um die Gartenzwerge das Unkraut munter sprießte und das bunte Schild zur Vertreibung von Hexen, das über der Haustür hing, von einer Patina aus Staub bedeckt war. Die Garagentür stand offen, und Josephs Mini-Van war drinnen geparkt.

Theo blieb einen Augenblick vor der Tür stehen, ehe er anklopfte, um seinen Pferdeschwanz in den Kragen zu stopfen und diesen zurechtzurücken. Aus irgendeinem Grund hatte er das Gefühl, daß es besser wäre, wenn er eine Pistole dabei hätte. Er besaß sogar eine, einen Smith-and-Wesson-Revolver Kaliber .357, doch das Ding lag im obersten Fach seines Schranks gleich neben seiner Wasserpfeifensammlung.

Er klingelte und wartete. Es verging eine volle Minute, bevor Joseph Leander die Tür öffnete. Er trug Cordhosen, die voller Farbspritzer waren, und einen Strickpullover, der aussah, als wäre er schon ein Dutzend Mal aus der Mülltonne gefischt worden. Jedenfalls handelte es sich dabei ganz offensichtlich nicht um den Kleidungsstil, den Bess Leander in ihren vier Wänden geduldet hätte.

»Constable Crowe.« Leander lächelte nicht. »Was kann ich für Sie tun?«

»Wenn Sie eine Minute Zeit hätten, würde ich mich gerne mit Ihnen unterhalten. Kann ich reinkommen?«

»Aber ja doch«, sagte Leander. Er trat einen Schritt zurück, und Theo duckte sich durch den Türrahmen. »Ich habe gerade Kaffee gekocht. Wollen Sie auch welchen?«

»Nein danke. Ich bin im Dienst.« So was sagten Bullen doch immer, dachte Theo.

»Ich habe gesagt: *Kaffee.*«

»Ach so, ja klar. Mit Milch und Zucker bitte.«

Der Boden im Wohnzimmer hatte Dielen aus Kiefernholz und war mit Flickenteppichen bedeckt. Eine antike Kirchenbank diente als Sofa, daneben gab es noch zwei Korbsessel und eine Milchkanne mit einem gesteppten Kissen als weitere Sitzgelegenheiten. In den Ecken des Raums standen drei antike Butterfässer. Abgesehen von dem neuen Sony-Farbfernseher mit 72-Zentimeter-Bildschirm hätte es sich auch um das Wohnzimmer einer Familie aus dem 17. Jahrhundert handeln können (mit sehr hohen Cholesterinwerten, wegen all der Butter).

Joseph Leander kam ins Wohnzimmer zurück und reichte Theo einen handgetöpferten Becher aus Steingut. Der Kaffee hatte die Farbe eines Karamellbonbons und schmeckte nach Zimt. »Danke«, sagte Theo. »Neuer Fernseher?« Er nickte in Richtung des Sony.

Leander setzte sich Theo gegenüber auf die Milchkanne. »Ja, ich habe ihn für die Mädels gekauft. Kinderkanal und so weiter. Bess hat vom Fernsehen nicht viel gehalten.«

»Und da haben Sie sie umgebracht!«

Leander spie seinen Kaffee auf den Teppich. *»Was?«*

Theo trank einen Schluck, während Leander ihn mit weit aufgerissenen Augen anstarrte. Vielleicht war er ein bißchen zu forsch zu Werke gegangen. Erst mal zurückfallen lassen und neu formieren. »Und haben Sie sich einen Kabelanschluß legen lassen? Ohne Kabel ist der Empfang in Pine Cove einfach miserabel. Liegt vermutlich an den Hügeln.«

Leander blinzelte Theo wütend an. »Wovon reden Sie da?«

»Ich habe den Bericht des Leichenbeschauers über Ihre Frau gelesen, Joseph. An Erhängen ist sie jedenfalls nicht gestorben.«

»Sie sind von allen guten Geistern verlassen. Sie waren doch hier.«

Leander erhob sich und nahm Theo den Becher aus der Hand. »Ich werde mir das nicht länger anhören. Sie können jetzt gehen, Constable.« Leander machte ein paar Schritte rückwärts und wartete.

Theo stand ebenfalls auf. Konfrontationen lagen ihm nicht, im Gegensatz zu Friedensmissionen. Das hier war zuviel für ihn, doch er strengte sich an. »War es wegen der Affäre mit Betsy? Hat Bess Sie beide erwischt?«

Auf Leanders kahlem Schädel zeichneten sich die Adern ab. »Das mit Betsy hat gerade erst angefangen. Ich habe meine Frau geliebt, und ich dulde nicht, daß Sie ihr Andenken derart beschmutzen. Dazu haben Sie kein Recht. Sie sind ja noch nicht mal ein echter Bulle. Und jetzt verschwinden Sie aus meinem Haus.«

»Ihre Frau war ein verdammt guter Mensch. Ein bißchen abgedreht, aber gut.«

Leander stellte die beiden Tassen auf eines der Butterfässer, ging zur Tür und öffnete sie. »Gehen Sie«, befahl er und winkte Theo zur Tür.

»Ich gehe, Joseph. Aber ich komme zurück.« Theo trat hinaus ins Freie.

Leanders Gesicht war nun puterrot. »Nein, das werden Sie nicht.«

»Ach, ich denke doch«, sagte Theo und fühlte sich wie ein Zweitkläßler bei einem Streit auf dem Spielplatz.

»Versuchen Sie bloß nicht, mir ans Bein zu pissen, Crowe«, blaffte Leander. »Sie haben keine Ahnung, was Sie tun.« Er knallte Theo die Tür vor der Nase zu.

»Gleichfalls«, sagte Theo.

- 17 -

MOLLY

Molly hatte sich immer schon gefragt, wieso amerikanische Frauen von bösen Buben so fasziniert waren. Es schien, als ginge eine jeglicher Logik zuwiderlaufende Anziehungskraft von tätowierten Typen aus, die auf Motorrädern herumkurvten, eine Knarre im Handschuhfach oder einen Kokainzerstäuber auf dem Couchtisch stehen hatten. Als sie noch Schauspielerin gewesen war, hatte sie sich selbst zweimal mit solchen Typen eingelassen, doch dieser hier war der erste, der tatsächlich, nun ja, Leute verspeiste. Frauen glaubten immer, daß sie einen Kerl wieder auf die rechte Bahn zurückbringen konnten. Wie sonst ließ sich die Vielzahl der Heiratsanträge erklären, die einsitzende Serienmörder erhielten? Das war allerdings selbst für Molly eine Nummer zu abgedreht, und sie tröstete sich mit dem Gedanken, daß, egal wie verrückt sie auch sein mochte, sie niemals den Drang verspürt hatte, einen Kerl zu heiraten, der es sich zur Angewohnheit gemacht hatte, seinen Freundinnen den Hals umzudrehen.

Amerikanische Mütter hämmerten ihren Töchtern den Glauben ein, daß sie alles zum Guten wenden konnten. Wie sonst ließ es sich erklären, daß sie nun am hellichten Tag ein dreißig Meter langes Monstrum ein Bachbett entlang führte?

Glücklicherweise war das Bachbett an den meisten Stellen von Trauerweiden umstanden, und Steve wechselte passend zur Umgebung andauernd Farbe und Muster, so daß er nur noch wirkte wie eine Luftspiegelung, wie das Flimmern von Hitze, die über einem heißen Straßenbelag aufstieg.

Als sie zu der Brücke kamen, wo die Cypress Street das Bachbett überquerte, ließ Molly ihn in Deckung gehen und wartete, bis kein Verkehr herrschte, um ihm dann zu signalisieren, daß er weitergehen sollte. Wie eine Schlange, die in ihr Loch kriecht, glitt Steve unter der Brücke hindurch, stieß hier und da an, so daß dicke Betonklumpen aus dem Bauwerk herausgebrochen wurden, doch schließlich hatte er es geschafft.

Es dauerte nicht mal eine Stunde, da hatten sie die Stadt hinter sich gelassen und waren auf dem Gelände der Ranch, das sich die Küste entlang nach Norden erstreckte. Molly führte Steve durch eine Baumgruppe an den Rand einer Weide. »Bedien dich, Dicker«, sagte Molly und deutete auf eine Herde Holsteinrinder, die in etwa hundert Meter Entfernung grasten. »Frühstück.«

Steve kauerte sich am Rande der Waldung zusammen wie eine

Katze auf dem Absprung. Er zuckte kurz mit dem Schwanz, wobei er eine junge Zypresse zu Kleinholz machte. Molly setzte sich neben ihn und kratzte mit einem Stock den Schlamm von ihren Turnschuhen, während die Kühe langsam auf sie zugetrottet kamen.

»Das ist alles?« fragte sie. »Du liegst hier einfach nur rum, und die kommen her, um sich auffressen zu lassen? Da kann man als Mädchen glatt jeden Respekt vor dir als Jäger verlieren, weißt du das?«

THEO

Er versuchte gerade herauszubekommen, warum er überhaupt im Auto saß und zu Molly Michon fuhr, als sein Handy klingelte. Er ging nicht sofort ran, sondern ermahnte sich, darauf zu achten, daß er nicht bekifft klang, als ihm wieder einfiel, daß er ja überhaupt nicht bekifft war, und das war noch beängstigender.

»Crowe am Apparat«, sagte er.

»Crowe, hier ist Nailsworth vom Bezirksrevier. Sind Sie von allen guten Geistern verlassen?«

Theo mußte einen Moment seine Gedanken sortieren, um sich zu erinnern, wer dieser Nailsworth überhaupt war. »Ist das eine Umfrage?«

»Was haben Sie mit den Informationen angestellt, die ich Ihnen gegeben habe?« fragte Nailsworth. Plötzlich fiel Theo ein, daß Nailsworth der richtige Name von Spider war. Derweil signalisierte ihm ein Piepton, daß noch jemand versuchte ihn anzurufen.

»Nichts. Ich meine, ich habe eine Befragung durchgeführt. Können Sie dranbleiben, ich habe noch einen anderen Anruf.«

»Nein. Ich kann nicht dranbleiben. Ich weiß, daß Sie noch einen anderen Anruf haben. Von mir haben Sie nichts erfahren – nicht das geringste, kapiert? Ich habe absolut nichts rausgerückt. Verstanden?«

»Klar«, sagte Theo.

Spider legte auf, und Theo nahm den anderen Anruf entgegen.

»Crowe, haben Sie das letzte bißchen Verstand verloren!«

»Ist das eine Umfrage?« fragte Theo, der sich ziemlich sicher war, daß es sich nicht um eine Umfrage handelte, aber einigen Grund zu der Vermutung hatte, daß Sheriff Burton wenig entzückt sein würde über die wahrheitsgemäße Antwort, die gelautet hätte: »Ja, kann gut sein, daß ich den Verstand verloren habe.«

»Ich dachte, ich hätte Ihnen gesagt, daß Sie Leander in Ruhe lassen sollen. Der Fall ist abgeschlossen und zu den Akten gelegt.«

Theo dachte einen Moment lang nach. Es war noch keine fünf Minuten her, seit er bei Leander zur Tür hinausgegangen war. Wie kam es, daß Burton jetzt schon davon wußte? Niemand kam so schnell zum Sheriff durch.

»Es haben sich ein paar Verdachtsmomente ergeben«, sagte Theo und überlegte fieberhaft, wie er Spider aus der ganzen Angelegenheit raushalten konnte, falls Burton ihm auf den Zahn fühlen sollte. »Und da bin ich mal vorbeigefahren, um rauszufinden, ob an der Sache was dran ist.«

»Sie elender Kiffkopf. Wenn ich sage, Sie sollen die Finger von irgendwas lassen, dann lassen Sie gefälligst die Finger davon, ist das klar? Ich rede jetzt nicht von Ihrem Job, Crowe. Ich rede von Ihrem Leben, so wie Sie's kennen. Wenn ich aus Ihrer Ecke auch nur noch ein Wörtchen zu hören bekomme, ist Ihr Arsch Freiwild für jeden Aids-verseuchten Sträfling in Soledad. Lassen Sie Leander in Ruhe.«

»Aber ...«

»Sagen Sie ›Jawohl, Sir‹, Sie elender Haufen Scheiße.«

»Jawohl, Sir, Sie elender Haufen Scheiße«, sagte Theo.

»Sie sind erledigt, Crowe, Sie ...«

»Tut mir leid, Sheriff, aber die Batterie gibt ihren Geist auf.« Theo drückte die Ende-Taste und fuhr zu seiner Hütte zurück. Er zitterte wie Espenlaub.

MOLLY

In *Fleischfresser in der Atomwüste* hatte Kendra mit ansehen müssen, wie eine neue Rasse von Mutanten die vom Schicksal gebeutelten Bewohner eines Dorfes mit fleischzersetzenden Enzymen bespritzte und anschließend die Pfützen menschlichen Proteins aufschlabberte, was seitens der Tontechnik mit Originaltönen unterlegt worden war, die sie in einem Aquarium bei der Fütterung junger Walrosse mit Schalentieren aufgenommen hatten. Die Jungs von der Special-Effects-Abteilung hatten das Gemetzel mit großen Mengen Gummizement, Körperteilen aus Paraffin, das unter der Wüstensonne Mexikos wunderbar dahinschmolz, und Getriebeöl nachgestellt, das sie anstelle des sonst üblichen Kunstblutes aus Karo-Sirup verwendeten (denn das zuckrige Theaterblut übte eine große Anziehungskraft auf Schmeißfliegen aus, und der Regisseur wollte verhindern, daß militante Tierschützer ihn wegen Tierquälerei belangten). Das Ganze wirkte jedenfalls so real, daß Molly darauf bestand, sämtliche Aufnahmen von Kendras Rache erst nach den Aufräumungsarbeiten zu drehen, um zu vermeiden, daß sie vor der Kamera grün anlief und kotzen mußte. Infolge der Aasfresserszene und einer Ladung Salmonellen-Tacos von dem Catering-Service aus Nogales – in Kombination mit den wiederholten Annäherungsversuchen eines unter Mundgeruch leidenden arabischen Co-Produzenten – hatte Molly drei Tage lang krank darniedergelegen. Doch nichts von alledem, nicht einmal der faulige Falafelgeruch aus dem Munde des besagten Co-Produzenten, hatte in ihr solchen Ekel ausgelöst, wie der Anblick von Steve, als er vier in vollem Saft stehende, halb verdaute Holsteinrinder wieder hochwürgte.

Molly fügte ihren eigenen Mageninhalt (drei Tortenriegel und eine Cola Light) zu den vier schleimigen Haufen zermalmter Rinder, die Steve auf die Weide hinausgeschleudert hatte.

»Du verträgst wohl keine Milchprodukte?« Sie wischte ihren Mund mit dem Ärmel ab und betrachtete das Seeungeheuer. »Zeitungsjungs und Perverslinge aus dem Baumarkt gehen problemlos runter, aber Milchkühe bekommen dir nicht?«

Steve rollte sich auf den Rücken und bemühte sich um einen Ausdruck des Bedauerns – violette Streifen schimmerten an seinen Flanken auf, denn Violett war die Farbe dafür, daß er sich schämte. Zähflüssige Tränen von der Größe von Straußeneiern sammelten sich in den Winkeln seiner riesigen Katzenaugen.

»Ich nehme mal an, du hast immer noch Hunger?«

Steve rollte sich wieder auf die Füße, und die Erde unter ihm bebte.

»Vielleicht können wir ja ein Pferd für dich auftreiben oder so was«, sagte Molly. »Bleib dicht bei den Bäumen.« Sie benutzte ihr Schwert wie einen Spazierstock und führte ihn den Hügel hinauf. Während sie dahinmarschierten, wechselte Steve andauernd seine Farbe, um sich der Umgebung anzupassen, so daß es aussah, als würde Molly von einer Fata Morgana verfolgt.

THEO

Aus irgendeinem Grund gingen Theo die Worte von Karl Marx durch den Kopf, als er im Geräteschuppen nach seiner Machete kramte: *»Religion ist Opium für das Volk.«* Folglich ist Opium die Religion des Süchtigen, dachte Theo. Und haargenau aus diesem Grund empfand er die durch Mark und Bein gehende Reue eines Exkommunizierten, als er mit der Machete dem ersten der dicken und sehnigen Stämme seiner Marihuanapflanzung zu Leibe rückte. Mit jedem Hieb seiner Machete fielen die buschigen grünen Pflanzen wie gemarterte Heilige, und ein klebriger Harzfilm blieb an seinen Händen haften, als er die Pflanzen einzeln auf einen Haufen in der Ecke seines Grundstücks schleuderte.

Nach fünf Minuten war sein Hemd triefend naß vor Schweiß, und die Grasplantage sah aus wie eine Miniaturversion eines abgeholzten Waldes. Kahlschlag. Stümpfe. Er kippte einen Kanister Kerosin über den hüfthohen Haufen mit Cannabispflanzen, zog sein Feuerzeug aus der Tasche und zündete einen Fetzen Papier an. »Werft die Ketten eurer Unterdrücker ab«, hatte Marx gesagt. Diese Pflanzen, die Abhängigkeit, die mit ihnen einherging, waren Theos Ketten, der Stiefel in seinem Nacken, mit dem Sheriff Burton ihn acht Jahre lang am Boden gehalten hatte, das Damoklesschwert, das ihn daran hinderte, sich frei zu bewegen und das zu tun, was er für richtig hielt.

Er warf das brennende Stück Papier auf den Haufen, und die Flammen der Revolution fegten fauchend über die Pflanzen hinweg. Er empfand keinerlei Hochstimmung, und es stellte sich kein rauschhaftes Gefühl von Freiheit ein, als er von dem Scheiterhaufen zurücktrat. Anstelle von Triumph empfand er nur Einsamkeit, Schuld und das elende Gefühl von Verlust: Judas am Kreuze. Kein Wunder, daß der Kommunismus nicht funktioniert hatte.

Er ging in seine Hütte, kramte die Kiste aus dem obersten Fach seines Schranks und war gerade dabei, seine Wasserpfeifensammlung mit einem Hammer in kleinste Scherben zu klopfen, als er aus Richtung der Ranch Maschinengewehrsalven hörte.

IGNACIO UND MIGUEL

Ignacio lag im Schatten vor dem Wellblechschuppen und rauchte eine Zigarette, während Miguel drinnen damit beschäftigt war, Chemikalien zu Metamphetaminkristallen zu zerkochen. Bechergläser, die so groß waren wie Basketbälle, kochten auf elektrischen Brennern, die Dämpfe wurden durch Glasröhren zu einem Gebläse in der Wand abgeleitet.

Miguel war klein und drahtig. Gerade mal dreißig Jahre alt, verliehen ihm die Falten und sein permanent grimmiger Gesichtsausdruck das Aussehen eines Fünfzigjährigen. Ignacio war erst zwanzig, fett und strotzte vor Machismo. Der Erfolg und der Glaube an die eigene Härte waren ihm so sehr zu Kopf gestiegen, daß er sich schon auf dem besten Wege sah, der neue Pate der mexikanischen Mafia zu werden. Gemeinsam waren sie vor sechs Monaten über die Grenze gekommen, hereingeschmuggelt von einem Kojoten, wie die Schlepper hier genannt wurden, und der Zweck des ganzen Unternehmens war, daß sie genau das taten, was sie derzeit taten. Und seitdem lief alles wie am Schnürchen. Das Labor stand unter dem Schutz des großen Sheriffs höchstpersönlich, weswegen es niemals eine Razzia gab und sie nie wie andere Labors in Kalifornien von einem Moment zum nächsten mit der gesamten Ausrüstung umziehen oder sich über die Grenze verdrücken mußten, bis sich die Lage wieder beruhigt hatte. Es hatte nur sechs Monate gedauert, bis Miguel genug Geld nach Hause geschickt hatte, daß seine Frau eine Ranch in Michoacán kaufen konnte, und Ignacio mit einem vierradgetriebenen, mit allen Schikanen ausgestatteten Dodge herumfuhr und in fünfhundert Dollar teuren Alligatorstiefeln von Tony Lama herumspazierte. Und all das für acht Stunden Arbeit am Tag, denn sie waren nur eine von drei Mannschaften, die das Labor rund um die Uhr am Laufen hielten. Und es drohte einem auch keinerlei Gefahr, mit den Drogen im Wagen unterwegs angehalten zu werden, weil der große Sheriff einen Gringo beschäftigte, der alle paar Tage in einem kleinen Lieferwagen vorbeikam, Nachschub ablieferte und die Drogen mitnahm.

»Mach die Zigarette aus, *Cabrone*!« rief Miguel. »Willst du, daß wir in die Luft fliegen?«

Schnaubend schnippte Ignacio seine Zigarette in die Wiese. »Du machst dir zuviel Gedanken, Miguel.« Ignacio hatte von Miguels Gejammer die Nase voll. Er vermißte seine Familie, er machte sich Sorgen, daß sie geschnappt wurden, er wußte nicht, ob die Mischung stimmte. Wenn der ältere der beiden Männer nicht gerade arbeitete, brütete er vor sich hin, und weder Geld noch gute Worte konnten ihn auf andere Gedanken bringen.

Miguel tauchte in der Tür auf und beugte sich leicht zu Ignacio hinunter. »Spürst du das?«

»Was?« Ignacio griff nach dem AK-47, das an der Wand des Schuppens lehnte. »Was?«

Miguel ließ seinen Blick über die Wiese schweifen, doch er schien nichts zu erkennen. »Ich weiß auch nicht.«

»Es ist nichts. Du machst dir zu viele Gedanken.«

Miguel machte sich daran, die Wiese in Richtung der Bäume zu überqueren. »Ich muß mal da rüber. Paß auf den Herd auf.«

Ignacio stand auf und rückte den silberbeschlagenen Gürtel unter seinem Wanst zurecht. »Ich hab keine Ahnung, wie man auf den Herd aufpaßt. Ich bin der Wachmann. Bleib gefälligst hier und paß selbst auf deinen Herd auf.«

Miguel schritt über den Hügel, ohne sich umzuschauen. Ignacio setzte sich wieder und fischte eine Zigarette aus der Brusttasche seiner Lederweste. »Loco«, murmelte er, als er sie anzündete. Er rauchte ein paar Minuten und malte sich aus, wie es sein würde, wenn der ganze

Laden ihm gehörte; doch als er seine Zigarette zu Ende geraucht hatte, begann er sich Sorgen um seinen Partner zu machen. Er stand auf, um besser sehen zu können, doch hinter dem Gipfel des Hügels, über den Miguel verschwunden war, ließ sich nichts erkennen.

»Miguel?« rief er, doch er erhielt keine Antwort.

Er warf einen kurzen Blick in den Schuppen, um sicherzugehen, daß alles in Ordnung war, und soweit er es beurteilen konnte, war dies der Fall. Dann nahm er sein Sturmgewehr und rannte auf die Wiese. Er war gerade mal drei Schritte weit gekommen, als er eine weiße Frau sah, die über den Hügel kam. Sie hatte das Gesicht und den Körper einer heißen Señorita, doch das zerzauste, graublonde Haar einer alten Frau, und zum tausendsten Mal fragte er sich, was es war, das mit den amerikanischen Frauen nicht stimmte. Waren sie alle verrückt? Er senkte sein Sturmgewehr, doch er lächelte dabei, in der Hoffnung, die Frau abzuschrecken, ohne daß sie neugierig wurde.

»Sie stehenbleiben«, sagte er auf englisch. »Betreten verboten.« Er hörte, wie das Handy im Schuppen klingelte, und drehte sich für einen kurzen Moment um.

Die Frau kam weiter auf ihn zu. »Wir haben Ihren Freund getroffen«, sagte Molly.

»Wer ist ›wir‹?« fragte Ignacio.

Die Antwort kam hinter der Frau über den Hügel. Zuerst sah es so aus wie zwei verbrannte Krüppelkiefern, doch dann erschienen die riesigen Katzenaugen. »Heilige Maria, Mutter Gottes«, sagte Ignacio, während er an dem Sicherungsbolzen seines Sturmgewehrs herumfummelte.

THEO

Acht Jahre hatte Theo an der Grenze zur Ranch gelebt, und noch kein einziges Mal war er auch nur ein Stück weit auf der unbefestigten Straße hinunterspaziert. Er hatte strikte Anweisungen, dies zu unterlassen. Doch was nun? Er hatte im Verlauf der Jahre Lastwagen hinein- und herausfahren sehen, gelegentlich Männer rufen und brüllen gehört, aber irgendwie hatte er es fertiggebracht, all das zu ignorieren, und außerdem waren bisher noch nie Schüsse gefallen. Die Grenze zur Ranch zu überschreiten, um eine Schießerei mit automatischen Waffen zu untersuchen, schien ihm eine ausnehmend blöde Art und Weise zu sein, mit seiner neugefundenen Freiheit umzugehen, doch wenn er der Sache nicht auf den Grund ging, so ließ sich daraus etwas ableiten, dem er ganz und gar nicht gerne ins Auge blickte. Konnte es sein, daß er wirklich nichts weiter war als ein Feigling?

Als er dann einen Mann in der Ferne schreien hörte, wurde ihm die Entscheidung abgenommen. Es war nicht der Schrei von jemandem, der einfach nur Luft abläßt, sondern ein die Kehle zerfetzender Schrei, aus dem blankes Entsetzen sprach. Theo fegte mit dem Fuß die Scherben seiner Wasserpfeifensammlung von der Treppe und ging nach drinnen zum Schrank, um seine Pistole zu holen.

Die Smith & Wesson lag eingewickelt in ein öliges Tuch auf dem Regalbrett seines Kleiderschranks neben einer Schachtel Patronen. Er wickelte die Pistole aus, ließ den Zylinder herausschnappen und steckte sechs Patronen in die Kammern, wobei er gegen das heftige Zittern ankämpfen mußte, das von den Händen auf seinen ganzen Körper überging. Er steckte weitere sechs Patronen in seine Hemdtasche und ging hinaus zu seinem Volvo.

Er startete den Wagen und schnappte sich das Mikrophon des Funkgeräts, um Verstärkung anzufordern. Doch was sollte ihm das schon groß nutzen? Vom Revier des Sheriffs brauchte man unter Umständen eine geschlagene halbe Stunde bis Pine Cove, was einer der Gründe war, weshalb es den Posten des Constable hier überhaupt gab. Und was sollte er sagen? Er hatte nach wie vor die strikte Anweisung, keinen Fuß auf die Ranch zu setzen.

Er ließ das Mikro neben die Pistole auf den Sitz fallen und legte den ersten Gang ein. Er wollte gerade losfahren, als ein Dodge Mini-Van neben ihm anhielt. Am Steuer saß Joseph Leander und winkte ihm lächelnd zu.

Theo schaltete in den Leerlauf. Leander kletterte aus seinem Mini-Van, beugte sich zum Fenster der Beifahrerseite herein und sah die .357 auf dem Sitz. »Ich muß mit Ihnen reden«, sagte er.

»Vor einer Stunde hatten Sie dazu aber noch keine große Lust.«

»Dafür aber jetzt.«

»Später. Auf der Ranch ist irgendwas los, da muß ich mich drum kümmern.«

»Das trifft sich ganz hervorragend«, sagte Leander und schob eine kleine automatische Pistole zum Fenster herein, um sie Theo genau unter die Nase zu halten. »Da fahren wir doch gleich zusammen.«

- 18 -

DR. VAL

Die Büste des Hippokrates starrte Val Riordan vom Schreibtisch aus an. *»Ich will Schaden abwenden ...«*

»Ja, beiß mich doch«, sagte die Psychiaterin und warf dem alten Griechen ihren Versace-Schal übers Gesicht.

Val hatte einen miesen Tag. Der Anruf von Constable Crowe, aus dem hervorging, daß die Art und Weise, wie sie Bess Leander behandelt oder nicht behandelt hatte, nicht die Ursache für deren Tod war, hatte Val in ein tiefes Dilemma gestürzt. Wie ein Zombie hatte sie sich durch die Termine des Morgens geschleppt, Fragen mit Gegenfragen beantwortet, so getan, als würde sie sich Notizen machen, doch dabei hatte sie kein einziges Wort von dem registriert, was ihre Patienten ihr erzählten.

Vor fünf Jahren hatte es in den Medien eine wahre Flut von Berichten gegeben, die sich mit den Gefahren von Prozac und anderen Antidepressiva auseinandersetzten. Auslöser dieser Berichte waren eine Reihe aufsehenerregender Schadenersatzklagen gegen die Pharmahersteller. Was im Gefolge davon herauskam – die Tatsache, daß keine einzige Geschworenen-Jury feststellte, daß Antidepressiva als Ursache für destruktives Verhalten gelten konnten –, wurde auf die hinteren Seiten der Zeitungen verbannt. Eine mächtige religiöse Gruppe (deren Prophet ein ziemlich dumpfer Science-fiction-Autor war, in dessen Gefolgschaft sich massenweise irregeleitete Filmstars und Supermodels tummelten) hatte einen Medienfeldzug gegen Antidepressiva gestartet und empfohlen, Depressionen mit guter Laune, In-die-Hände-spucken und damit zu bekämpfen, daß man das Mutterschiff mit Benzingeldspenden am Laufen hielt. In den verschiedenen Fachzeitschriften erschienen keinerlei Berichte, in denen nachgewiesen wurde, daß es infolge von Antidepressiva zu einem vermehrten Auftreten von suizidalem oder gewalttätigem Verhalten kam. Val hatte zwar die religiösen Traktätchen gelesen (dahinter standen schließlich die Reichen und Schönen), die Fachzeitschriften ihrer Berufsorganisation jedoch nicht. Sicher, es war falsch gewesen, ihre Patienten quasi automatisch mit Antidepressiva zu behandeln, doch der Versuch, ihren Fehler wiedergutzumachen, indem sie bei sämtlichen Patienten die Medikamente absetzte, war ebenso falsch. Nun mußte sie sich mit der Tatsache auseinandersetzen, daß sie ihnen eventuell Schaden zugefügt hatte.

Val drückte auf die Schnellwahltaste mit der Telefonnummer der Apotheke. Winston Krauss antwortete, doch seine Stimme klang, als hätte er eine fürchterliche Erkältung.

»Pine Cobe Drug and Gibt.«

»Winston, Sie klingen ja furchtbar.«

»Ich hab meine Masbe und den Schnorgel an.«

»Oh, Winston.« Val rieb sich die Augen, wodurch ihre Kontaktlinsen irgendwo nach hinten in den Schädel rutschten. »Doch nicht im Laden.«

»Ich bin im Hinterzimmer.« Beim letzten Wort des Satzes wurde seine Stimme wieder klar. »So, ich hab sie abgenommen. Ich bin froh, daß Sie anrufen. Ich muß mich unbedingt mit Ihnen über Killerwale unterhalten.«

»Wie bitte?«

»Ich fühle mich zu Orcas hingezogen. Ich habe ein Jacques-Cousteau-Video darüber gesehen …«

»Winston, können wir darüber in meiner Praxis reden …«

»Ich bin besorgt, denn ganz besonders hingezogen fühlte ich mich zu dem Männchen. Heißt das, daß ich homosexuell bin?«

Jesus, er machte sich nicht im geringsten Sorgen darüber, daß er ein verhinderter Walrammler war, solange er kein verhinderter *schwuler* Walrammler war. Als Psychiaterin versuchte sie nach besten Kräften, Worte wie »durchgeknallter Psycho« aus ihrem Vokabular zu streichen, selbst in Gedanken, doch im Fall von Winston Krauss war alle Anstrengung vergebens. Das mußte aufhören. »Winston, die Leute kriegen allesamt wieder ihre SSRIs. Werden Sie die Placebos irgendwie los. Ich werde erst mal allen Paxil verschreiben, um den Medikamentenspiegel so schnell wie möglich hochzukriegen. Schärfen Sie den Prozac-Patienten ein, daß sie im Gegensatz zu früher auf keinen Fall auch nur einen Tag aussetzen dürfen.«

»Sie wollen, daß ich bei allen die Placebos absetze? Wissen Sie, wieviel Geld wir verdienen?«

»Fangen Sie heute damit an. Ich werde meine Patienten anrufen. Ich will, daß Sie die Placebos, die Sie noch übrig haben, verrechnen.«

»Da mache ich nicht mit. Ich habe schon beinahe genug Geld zusammen, daß ich mir einen Monat im Walforschungszentrum auf Grand Bahama leisten kann. Das können Sie mir nicht wegnehmen.«

»Winston, ich werde auf keinen Fall die Gesundheit meiner Patienten aufs Spiel setzen, damit Sie in Urlaub fahren können, um Flipper zu ficken.«

»Ich habe gesagt, ich mache nicht mit. Sie sind diejenige, die das Ganze angeleiert hat. Was war denn damals mit der geistigen Gesundheit Ihrer Patienten?«

»Ich habe einen Fehler gemacht. Ich werde auch nicht allen Patienten wieder Antidepressiva verschreiben, so daß Ihnen auch da einige Gewinneinbußen ins Haus stehen. Aber einige haben den Kram sowieso nicht gebraucht.«

»Nein.«

Val war entsetzt über die Bestimmtheit in Winstons Tonfall. Anscheinend hatte er keinerlei Probleme mehr mit seinem Selbstwertgefühl. Aber mußte er ausgerechnet in diesem Augenblick Fortschritte machen? »Sie wollen also, daß die ganze Stadt von Ihrem kleinen Problem erfährt?«

»Das werden Sie nicht tun, Valerie. Sie haben mehr zu verlieren als ich. Wenn Sie mich verpfeifen, erzähle ich den Zeitungen die ganze Geschichte. Ich falle unter die Kronzeugenregelung, und Sie wandern in den Knast.«

»Sie Bastard. Ich schicke meine Patienten zum Thrifty Mart nach San Junipero, und dann gehen Ihnen auch die normalen Verkäufe durch die Lappen.«

»Nein, das werden Sie nicht tun. Es bleibt alles genau so, wie es war, Dr. Val.« Winston legte auf.

Valerie Riordan starrte den Hörer noch einen Augenblick lang an, bevor sie ihn wieder auf die Gabel legte. Wieso? Wieso zum Teufel hatte sie ihr Leben in die Hände von jemandem wie Winston Krauss gelegt? Und was wichtiger war, wie bekam sie es wieder in den Griff, ohne ins Gefängnis zu wandern?

THEO

Joseph Leander preßte Theo die Pistole in die Rippen. Theos Waffe hatte er auf den Rücksitz geworfen. Leander trug ein Tweedjackett und Anzughosen aus Wolle. Ein Schweißfilm bildete sich auf seiner Stirn. Der Volvo holperte über eine Wurzel auf der unbefestigten Straße, und Theo spürte, wie sich die Mündung der Automatik in seine Rippen bohrte. Er versuchte krampfhaft, sich daran zu erinnern, was in einer solchen Situation zu tun war, doch alles, was ihm einfiel, wenn er an die Kriminalfilme dachte, die er gesehen hatte, war, daß man sich nie die Waffe abnehmen ließ.

»Joseph, könnten Sie vielleicht den Revolver von meinen Rippen wegnehmen oder den Sicherungshebel umlegen oder so was. Die Straße ist ziemlich holprig. Und ich hab keine Lust, meine Lunge zu verlieren, nur weil ich bei den Stoßdämpfern gespart habe.« Das klang schon einigermaßen souverän, dachte er. Kühl und gelassen wie ein Profi. Jetzt mußte er nur noch vermeiden, sich vor Angst einzupissen.

»Sie konnten die Sache einfach nicht ruhen lassen, wie? Mit der Zeit wäre Gras über die Angelegenheit gewachsen, und niemand hätte sich mehr dran erinnert. Aber Sie mußten ja unbedingt überall rumschnüffeln.«

»Also haben Sie sie umgebracht?«

»Sagen wir mal so: Ich habe ihr bei einer Entscheidung geholfen, mit der sie sich ohnehin schon einige Zeit rumgeschlagen hat.«

»Sie war die Mutter Ihrer Kinder.«

»Stimmt, und sie hat mir ungefähr genausoviel Respekt entgegengebracht wie einem Putenstecher.«

»Wow, da komm ich nicht ganz mit, Kollege.«

»Die benutzt man zur künstlichen Besamung, Crowe, Sie elender Kiffer. Ein Spritzer, und sie wandern in den Abfall.«

»Sie waren Ihr Dasein als Putenstecher also irgendwann leid, und da haben Sie halt Ihre Frau aufgehängt?«

»Ihr Kräutergarten hat sie umgebracht. Tee aus Fingerhut. Enthält große Mengen Digitalis. Führt zu Herzstillstand und ist so gut wie nicht nachweisbar, außer man gibt sich wirklich Mühe und sucht danach. Schon ironisch, oder? Von dem ganzen Scheiß hätte ich nicht die geringste Ahnung gehabt, wenn sie mir nicht andauernd die Ohren damit vollgequasselt hätte.«

Theo war überhaupt nicht glücklich darüber, daß Leander ihm dies alles erzählte. Denn es bedeutete, daß er demnächst Schritte zu seiner Rettung einleiten mußte, ansonsten war er ein toter Mann. Vielleicht gegen einen Baum fahren? Er schaute nach, doch Leander war angeschnallt. Wo gab's denn so was – ein Verbrecher, der jemanden kidnappte und nicht vergaß, sich anzuschnallen? Also den Mann erst mal weiter hinhalten. »An der Wand waren Kratzspuren von ihren Absätzen.«

»Ich dachte, das gibt der Sache einen hübschen Touch. Kann aber auch sein, daß sie noch gelebt hat, als ich sie da oben aufgehängt habe.«

Sie kamen nun aus dem Wald heraus, der die Ranch umgab, und steuerten auf offenes Weideland zu. In etwa hundert Meter Entfernung sah Theo den Wellblechschuppen neben einem extrabreiten Trailer. Ein knallroter Dodge Pick-up war neben dem Schuppen geparkt.

»Hmm«, sagte Leander. »Sie haben einen neuen Trailer für die Jungs gekauft. Fahren Sie zu dem Schuppen und parken Sie dort.«

Theo spürte die Panik seine Kehle hochsteigen wie überschäumende Säure und bemühte sich, sie hinunterzuschlucken. Was hatte er mal irgendwo gehört? Solange sie reden, schießen sie nicht, also sorg dafür, daß sie reden. »Sie haben also Ihre Frau umgebracht, weil Sie einen Großbildfernseher haben und mit Betsy ins Bett steigen wollten? Sich scheiden zu lassen ist Ihnen nicht eingefallen?«

Leander lachte, und Theo spürte, wie ihm ein kalter Schauer durch den ganzen Körper lief. »Sie sind wirklich mit Blödheit geschlagen, Crowe. Sehen Sie den Schuppen da? Allein im letzten Jahr habe ich aus diesem Schuppen Metamphetamin für achtundzwanzig Millionen Dollar abgekarrt. Selbst wenn man in Rechnung stellt, daß ich nur einen Teil davon kriege, ist es immer noch ein ganz schönes Sümmchen, das bei mir hängenbleibt. Denn ich bin der einzige Kurier. Ich bin Vertreter, habe Familie, bin harmlos und unauffällig. Wer würde da jemals irgendeinen Verdacht schöpfen, Mister Stullenhirn?«

»Ihre Frau vielleicht?«

»Bess hat es rausgefunden. Das Komische daran ist, daß sie mir hinterhergeschnüffelt hat, weil sie dachte, ich hätte eine Affäre, aber das mit Betsy und mir hat sie nie rausgekriegt. Sie wollte mich verpfeifen und dafür sorgen, daß ich in den Bau wander. Ich hatte keine Wahl.«

Theo steuerte den Wagen vor den Schuppen und stellte den Motor ab. »Aber jetzt haben Sie eine Wahl, Joseph. Sie müssen das hier nicht machen.«

»Ich werde überhaupt nichts tun, außer mein Leben so weiterführen wie bisher, und wenn ich genug Geld auf meinen Konten im Ausland habe, mache ich mich aus dem Staub. Verstehen Sie mich nicht falsch, Crowe. Bess umzubringen hat mir absolut keinen Spaß gemacht. Ich bin kein Killer. Zum Teufel, ich habe noch nie in meinem Leben Drogen genommen. Das hier ist kein Verbrechen, es ist einfach nur eine Liefertour, die richtig gut bezahlt wird.«

»Sie werden mich also nicht erschießen?« Theo versuchte von ganzem Herzen, daran zu glauben, was er gerade gesagt hatte.

»Nicht, wenn Sie tun, was ich Ihnen sage. Steigen Sie aus dem Wagen. Lassen Sie die Schlüssel stecken. Rutschen Sie zu meiner Seite rüber und kommen Sie raus.«

Theo tat wie ihm geheißen, während Leander die ganze Zeit die Pistole auf ihn gerichtet hielt. Woher wußte Leander, wie man so was machte? Solange hatte er seinen Fernseher doch noch gar nicht. Der Kerl mußte ein Fernstudium absolviert haben oder so was.

»Miguel! Ignacio! Kommt mal raus!« Leander gestikulierte mit der Pistole in Richtung des Schuppens. »Gehen Sie da rein.«

Theo duckte sich unter dem Türrahmen hindurch und sah sich einen Augenblick später von Regalen voller Laborgläser, Röhren und Plastikflaschen mit Chemikalien umringt. Ein einzelner Metallstuhl stand vor einem halben Dutzend Elektrokocher, die den Schuppen mit einer unangenehmen Hitze erfüllten.

»Setzen Sie sich«, befahl Leander.

Noch während er sich niederließ, spürte Theo, wie ihm seine Handschellen aus der Gesäßtasche gezerrt wurden.

»Legen Sie die Hände auf den Rücken.« Theo tat wie ihm geheißen, und Leander fädelte die Handschellen zwischen den beiden Metallstäben an der Rückenlehne des Stuhls hindurch und ließ sie um Theos Handgelenke einschnappen.

»Ich muß die Jungs suchen«, sagte Leander. »Vermutlich halten sie gerade Siesta. Was hat sich Burton bloß dabei gedacht, als er den Trailer gleich nebenan aufgestellt hat? Ich bin gleich wieder da.«

»Und was dann?«

»Dann wird Ignacio Sie erschießen, nehme ich an.«

MOLLY

So was war ihr noch nie passiert: ein Kerl, der wirklich tat, was man ihm sagte. Als sie hörte, daß ein Auto den Feldweg heraufkam, hatte sie Steve gebeten, sich in einen Trailer zu verwandeln, und er hatte es getan. Na ja, sie hatte ihm erst mit den Händen in der Luft aufzeichnen müssen, was sie meinte, und beim ersten Mal hatte er's auch nicht ganz geschafft, weil er versucht hatte, so auszusehen wie die Wellblechhütte vor seiner Nase – was allerdings kläglich danebengegangen war, weil nur sein Kopf sich verwandelt hatte und er daraufhin aussah wie ein Drache mit einer Aluminiumtüte über dem Kopf. Doch nach ein paar Sekunden hatte er es geschafft. Was für ein Kerl! Zugegeben, sein Schwanz, der im Trailer-Park immer im Bachbett gelegen hatte, schaute noch raus, aber vielleicht fiel das ja niemandem weiter auf.

»Was für ein Kerl«, sagte er und tätschelte seine Klimaanlage. Oder zumindest das, was in diesem Augenblick aussah wie eine Klimaanlage. Keine Ahnung, welches Körperteil es gewesen war, bevor er sich in den Trailer verwandelt hatte.

Sie tätschelt mein Gerät, dachte Steve, und ein tiefes, vor Wohlgefühl strotzendes Knurren drang aus der Vordertür.

Molly rannte hinter die Hütte und ging dort in Deckung. Sie spähte hinter der Hütte hervor und sah, wie ein weißer Volvo vorfuhr und stehenblieb. Beinahe hätte sie ihre Deckung verlassen, um Theo hallo zu sagen, doch dann sah sie, daß da noch ein anderer Mann im Wagen war, der eine Pistole auf Theo gerichtet hielt. Sie hörte, wie der Kerl mit der Glatze Theo in den Schuppen führte und einige Drohungen ausstieß. Am liebsten wäre sie aus ihrem Versteck herausgesprungen und hätte gesagt: »Nein, Ignacio wird niemanden erschießen, Mister Kahlkopf. Er ist im Augenblick viel zu beschäftigt damit, sich verdauen zu lassen.« Doch der Kerl hatte eine Pistole. Wie konnte sich Theo nur von jemandem gefangennehmen lassen, der aussah wie ein stellvertretender Schuldirektor?

Als klar wurde, daß der Typ mit der Glatze auf dem Weg nach draußen war, rannte sie zum Drachen-Trailer, hielt sich an der Kante der Klimaanlage fest und schwang sich aufs Dach.

Der Typ mit der Glatze ging um den Trailer herum zur Eingangstür. Molly rannte über das Dach und schaute über den Rand nach unten.

»Miguel! Ignacio!« brüllte der Typ mit der Glatze. »Macht, daß ihr rauskommt.« Er schien sich nicht ganz schlüssig, ob er in den Trailer hineingehen sollte.

Ich hab gesehen, wie sie da rein sind«, sagte Molly.

Der Kerl mit der Glatze machte einen Schritt nach hinten. Er blickte sich um, wo die Stimme herkam, und es schien, als würde er jeden Moment vor Wut explodieren.

»Sie sind ein stellvertretender Schuldirektor, stimmt's?« sagte Molly.

Der Kerl mit der Glatze entdeckte sie schließlich und versuchte die Pistole hinter seinem Rücken zu verbergen. »Sie sind doch die durchgeknallte Lady«, sagte er. »Was machen Sie hier?«

Molly baute sich am Rand des Drachen-Trailers auf. »Tschuldigung, wie bitte? Wie war das? Ich bin was?«

Er ignorierte ihre Frage. »Was machen Sie hier?«

»Entschuldigung, Entschuldigung, Entschuldigung«, wiederholte sie in einem seltsamen Singsang. »Aber da auf dem Boden liegt noch eine nicht zurückgenommene abfällige Bemerkung. Die müssen Sie erst aus dem Weg räumen, bevor's weitergeht.«

»Ich entschuldige mich für gar nichts. Was machen Sie hier? Wo sind Ignacio und Miguel?«

»Sie entschuldigen sich also nicht?«

»Nein. Und jetzt kommen Sie da runter.« Er zeigte ihr die Pistole.

»Na gut«, sagte Molly und tätschelte Steve den Kopf beziehungsweise das Dach. »Steve, friß dieses unhöfliche Arschloch auf.«

Sie hatte es bereits zuvor mit angesehen, aber auf Steves Kopf zu sitzen, als er seine Gestalt veränderte und seine Zunge unter ihr herausschoß und sich um den stellvertretenden Schuldirektor wickelte, war ganz besonders aufregend. Nach der Ouvertüre durch ein sattes Schlürfgeräusch war das unvermeidliche Krachen und Malmen, das sie zuvor immer irritiert hatte, diesmal irgendwie ganz wohltuend. Sie wußte nicht recht, ob es daran lag, daß der stellvertretende Schuldirektor eine Pistole auf ihren Freund gerichtet und sie eine durchgeknallte Lady genannt hatte, oder ob sich mittlerweile einfach nur so etwas wie Gewöhnung einstellte.

»Das war einfach klasse«, sagte sie. Sie rannte Steves Rücken entlang, glitt auf die Oberseite der Klimaanlage und sprang von dort aus auf den Boden.

Steve stieß ein Knurren aus, und die Kanten des Trailers schienen zu schmelzen, bis die Rundungen und Sehnen seiner Drachengestalt zu sehen waren. Er rollte sich auf die Seite, und Molly sah mit an, wie sich der Schuppenpanzer an seiner Bauchseite teilte und ein zwei Meter langer Drachenpenis zum Vorschein kam, der so dick und hart war wie ein Telefonmast. Das Gerät schillerte von oben bis unten in sämtlichen Farben des Regenbogens.

»Wow, das ist *echt* beeindruckend«, sagte Molly und machte ein paar Schritte rückwärts.

Steve sandte ihr eine Nachricht, die ähnlich war wie jene, die er dem Tanklastwagen hatte zukommen lassen, nur daß sie bei Molly besser ankam. Ihre Knie wurden weich, ein warmes Kribbeln schoß ihre Schenkel hinauf, und sie spürte, wie ihr Puls in den Schläfen pochte.

Sie schaute Steve in die Augen (na ja, jedenfalls in eines der beiden), ging auf sein Gesicht zu und berührte zärtlich seine Lippen (oder das, was Lippen gewesen wären, wenn er welche gehabt hätte). Dann ließ sie den süß-sauren Geruch seines Atems (eine Mischung aus Old Spice, mannhaften Mexikanern und gekotzten Kühen) über sich hinwegströmen.

»Weißt du«, sagte sie, »ich hab noch nie einen Kerl geküßt, der nach stellvertretendem Schuldirektor aus dem Mund gerochen hat.«

- 19 -

ALLES, WAS MAN DARÜBER WISSEN MUSS

Das Intimleben, also das, was zwischen zwei Menschen in ihrer Privatsphäre vor sich geht (oder zwischen einem Menschen und einem Seeungeheuer auf einer Wiese), geht niemanden etwas an außer die betreffenden Akteure. Doch für den Voyeur in uns allen sei hiermit der Mantel der Verschwiegenheit kurz gelüftet, um die allgemeine Neugierde durch ein oder zwei Appetithäppchen zu befrieden …

Molly gab sich nicht nur Mühe, sie unternahm heldenhafte Anstrengungen, doch selbst eine so wunderbar durchtrainierte Frau wie sie war dieser Aufgabe nicht gewachsen. Allerdings gelang es ihr, in der Nähe des Schuppens einen benzingetriebenen Rasentrimmer aufzutreiben (den die verstorbenen Drogenköche dazu benutzt hatten, feuergefährliches Material aus der näheren Umgebung zu entfernen), und durch den bestimmten, aber sanften Einsatz jener rohen Maschine und unter gutem Zureden schaffte sie es, Steve in einen Zustand zu versetzen, den die Franzosen in ihrer Unergründlichkeit den »kleinen Tod« nennen.

Und bald darauf entpuppte sich das, was zunächst wie ein unüberwindliches Hindernis ausgesehen hatte – nämlich der Größenunterschied –, als ein Vorteil, der es Molly ermöglichte, daß sie mit Steve an jenem Ort des Friedens und der Glückseligkeit vereint war. Wie? Man stelle sich vor, langsam ein glitschiges Geländer in Form einer Zunge hinunterzurutschen, wo jede Geschmacksknospe einen genau an der richtigen Stelle kitzelt, und schon wird man verstehen, wie es dazu kam, daß Molly als ein Pfützchen schieren Wohlgefühls in jener Kuhle zwischen Hals und Schulter endete, die Frauen so lieben (außer, daß in Steves Fall niemandem der Arm dabei einschlief).

Natürlich gab es auch hier einen Moment der Verlegenheit, wie er sich häufig einstellt, wenn frisch Verliebte, die sich kaum kennen, einander erkunden, und so wurde Theos Volvo unter einigem Getöse zertrümmert, bevor Steve merkte, daß sich im Gras herumzurollen nicht die angemessene Art war, seiner Begeisterung Ausdruck zu verleihen. Doch was ist schon ein eckiges schwedisches Auto im Vergleich zu großer Leidenschaft, wenn man in größeren Relationen dachte.

Und das ist alles, was man darüber wissen muß.

- 20 -

THEO

Im Lauf der Jahre hatte Theo gelernt, sich selbst dafür zu verzeihen, daß ihm zu unpassenden Gelegenheiten unangemessene Gedanken durch den Kopf schossen (er sich beispielsweise bei Begräbnissen die

Witwe nackt vorstellte oder bei Erdbeben in der Dritten Welt danach gierte, daß die Zahl der Todesopfer möglichst hoch war, oder er sich überlegte, ob weiße Sklavenhändler sich auf bequeme Ratenzahlungen einließen). Doch just in diesem Augenblick, da er mit Handschellen an einen Stuhl gefesselt war und auf seinen Scharfrichter wartete, überkam ihn nun doch eine gewisse Besorgnis angesichts der Tatsache, daß seine Gedanken eher darum kreisten, eine Nummer zu schieben, als irgendwelche Fluchtversuche zu unternehmen oder seinen Schöpfer um Vergebung zu bitten. Sicher, er hatte bereits versucht zu fliehen, mit dem Resultat, daß der Stuhl umgekippt war und er nun den Dreck auf dem Fußboden aus der Kakerlakenperspektive betrachten konnte. Doch kurz danach, als die Stimmen draußen verstummt waren, war er heimgesucht worden von Gedanken an Frauen, die er gehabt hatte und solche, bei denen das nicht der Fall gewesen war – unter anderem war da eine erotische Gedankenmontage, die die ehemalige Schauspielerin Molly Michon betraf.

Insofern war es eine Kombination aus Verlegenheit und Erleichterung, die er empfand, als im Anschluß an die Geräusche eines Rasentrimmers und ein metallisches Krachen Molly ihren Kopf zur Tür des Schuppens hereinstreckte.

»Hallo, Theo«, sagte sie.

»Molly, was machst du hier?«

»Spazierengehen.« Sie kam nicht herein, sondern reckte nur ihren Kopf um die Ecke.

»Du mußt von hier verschwinden, Molly. Da draußen treiben sich ein paar Typen rum, die gefährlich sind.«

»Kein Problem. Du willst also keine Hilfe?«

»Doch, geh Hilfe holen. Aber mach, daß du von hier wegkommst. Die Typen da draußen haben Knarren.«

»Ich meine, du willst nicht, daß ich dir die Handschellen abnehme oder so?«

»Dafür ist keine Zeit.«

»Es ist haufenweise Zeit. Wo sind die Schlüssel?«

»An meinem Schlüsselring. Im Zündschloß von meinem Wagen.«

»Alles klar. Bin gleich wieder da.«

Und schon war sie verschwunden. Theo hörte ein paar dumpfe Schläge und dann ein Geräusch, das sich anhörte, als würde Sicherheitsglas zerspringen. Eine Sekunde später war Molly wieder zurück und stand in der Tür. Sie warf die Schlüssel auf den Boden unweit von seinem Kopf. »Kommst du da ran?«

»Kannst du die Dinger nicht aufschließen?«

»Ähmm, im Augenblick eigentlich lieber nicht. Aber du kommst da schon irgendwann ran, oder?«

»Molly!«

»Ja oder nein?«

»Sicher, aber …«

»Okay. Bis später, Theo. Tut mir leid wegen deinem Auto.«

Und schon war sie wieder verschwunden.

Als er durch den Dreck zu seinem Schlüssel hinrobbte, machte er sich noch immer Sorgen über die unvermittelte Welle von Geilheit, die über ihn hinweggebrandet war. Konnte es sein, daß sie von den Handschellen ausgelöst worden war? Vielleicht stand er schon seit Jahren auf Fesselungen und hatte es einfach nur nie gemerkt. Andererseits hatte er, als er damals – kurz bevor Sheriff Burton ihn erpreßt hatte, den Posten des Constable zu übernehmen – verhaftet worden war, fast zwei Stunden mit Handschellen gefesselt zugebracht, und er konnte sich nicht erinnern, daß dies eine besonders erotische Erfahrung gewesen wäre. Vielleicht war es der drohende Tod gewesen. Machte ihn der Gedanke, gleich erschossen zu werden, etwa an? Oh, Mann, ich bin ja wohl wirklich krank im Hirn, dachte er.

Es dauerte zehn Minuten, bis er sich sowohl von den Handschellen als auch von den nervenden Gedanken an Tod und Sex befreit hatte. Molly, Joseph Leander und der Trailer waren verschwunden, und er stand vor den Trümmern seines Volvo und sah sich einer Flut gänzlich neuer Fragen ausgesetzt. Das Dach seines Kombi war platt gedrückt und lediglich noch genauso hoch wie die Motorhaube, drei der vier Reifen waren geplatzt, und am Boden um den Wagen herum befanden sich überall Fußspuren von etwas, bei dem es sich eigentlich nur um ein sehr, sehr großes Tier handeln konnte.

In Richtung des Hügels und darüber hinaus war das Gras in zwei

Bahnen niedergedrückt. Bei der einen handelte es sich offensichtlich um die Spur eines Menschen. Die andere hingegen war breiter als der Feldweg, der auf die Ranch führte.

Er streckte den Arm in den Volvo und suchte nach seinem Handy und seiner Pistole, obwohl er bei beidem nicht wußte, was er damit anfangen sollte. Es gab niemanden, den er hätte anrufen können, und erschießen wollte er schon gar niemanden. Außer Sheriff Burton vielleicht. Als er das Gelände absuchte, fand er Joseph Leanders Pistole und steckte sie in den Hosenbund seiner Jeans. In dem allradgetriebenen Pick-up steckten die Schlüssel, und nachdem er eine Minute die moralischen Bedenken, die ein »Ausleihen« des Pick-up mit sich brachte, gegen die Tatsache abgewogen hatte, daß er entführt, mit Handschellen gefesselt und beinahe umgebracht worden war, stieg er in den Wagen und fuhr über die Wiese den Spuren hinterher.

GABE

Gabe und der Rancher standen über die zermatschten Überreste eines Holsteinrinds gebeugt und wischten sich die Fliegen aus dem Gesicht, während Skinner ein paar Meter weiter weg mit angelegten Ohren im Gras kauerte und knurrend die Sauerei betrachtete, die sich vor ihm ausbreitete.

Der Rancher schob schaudernd seinen Stetson in den Nacken. »Wir züchten seit sechzig Jahren Milch- und Schlachtvieh auf dieser Ranch, aber ich hab noch nie von so was gehört, Gabe, und mit eigenen Augen gesehen schon gar nicht.«

Sein Name war Jim Beer. Er war fünfundfünfzig, doch man hätte ihn auch für siebzig halten können. Seine Haut war ledrig von zuviel Sonne und Streß, und in jedem Wort, das er sagte, schwangen Einsamkeit und Traurigkeit mit. Er war groß und dünn, doch seine Haltung war gebeugt wie bei einem geschlagenen Mann. Seine Frau hatte ihn schon vor Jahren verlassen; sie hatte sich einfach in ihren Mercedes gesetzt und war nach San Francisco gefahren, um von nun an dort zu leben, und sie hatte eine Urkunde mitgenommen, der zufolge ihr die Hälfte von Jim Beers hundert Hektar Land gehörte. Sein einziger Sohn, der eigentlich die Ranch hätte weiterführen sollen, war mittlerweile achtundzwanzig und in erster Linie damit beschäftigt, sich aus Colleges und Entzugskliniken überall im Land hinauswerfen zu lassen. Jim Beer lebte allein in einem Haus mit vierzehn Zimmern, das vor Einsamkeit knarrte und das Lachen seiner Rancharbeiter aufzusaugen schien, denen Jim jeden Morgen in seiner riesigen Küche ein Frühstück zubereitete. Nach Jim würde keiner mehr kommen, der noch aus dem gleichen Schrot und Korn war, und wenn er zurückdachte, womit sein Untergang begonnen hatte, dann kam er immer wieder zu dem Ergebnis, daß es die Affäre mit der Hexe gewesen war, die früher in Theos Hütte am Rande der Ranch gelebt hatte. Seitdem lastete ein Fluch auf ihm, oder zumindest glaubte er das. Und wäre die Hexe nicht schon vor zehn Jahren mit dem Eigentümer des Lebensmittelladens zusammen abgehauen, so hätte er jetzt steif und fest behauptet, daß die Verstümmelung seines Viehs auf ihr Konto ging.

Gabe schüttelte den Kopf. »Ich habe keine Ahnung, Jim. Ich kann ein paar Proben nehmen und ein paar Tests durchführen, aber ich weiß nicht, was wir hier vor uns haben.«

»Glauben Sie, es waren Kinder? Vandalen?«

»Kinder kippen Kühe manchmal um, Jim. Aber die hier sehen aus, als wären sie aus zehntausend Meter Höhe runtergefallen.« Gabe wußte, was allem Anschein nach passiert war, aber er war einfach nicht bereit, es zuzugeben. Ein Lebewesen, das zu so etwas in der Lage gewesen wäre, existierte gar nicht. Es mußte eine andere Erklärung geben.

»Sie sagen also, es waren Außerirdische?«

»Nein, ich sage definitiv nicht, es waren Außerirdische. Ich sage *nicht* Außerirdische.«

»Irgendwas war hier. Sehen Sie mal da die Spuren. Ein Satanskult?«

»Verdammt noch mal, Jim, wenn Sie nicht auf der Titelseite von *Total bescheuert* auftauchen wollen, dann hören Sie lieber auf, so daherzureden. Ich kann Ihnen nicht sagen, was für das hier verantwortlich ist, aber ich kann sagen, was es garantiert nicht war. Es waren keine Außerirdischen, keine Satanisten und auch nicht der Bigfoot im Vollrausch. Ich kann ein paar Proben nehmen und einige Tests machen, und dann kann ich Ihnen, vielleicht – vielleicht, wohlgemerkt – sagen, was es war, das das hier getan hat. In der Zwischenzeit rufen Sie besser die Typen vom Landwirtschaftsministerium an, damit die sich das mal ansehen.«

»Das kann ich nicht, Gabe.«

»Warum nicht?«

»Ich kann nicht zulassen, daß Fremde auf meinem Land rumlaufen. Ich will nicht, daß das hier nach außen dringt. Deswegen habe ich ja Sie angerufen.«

»Was ist das?« Gabe hielt den Finger in die Höhe, um konversationstechnisch am Ball zu bleiben, und schaute zu den Hügeln: ein Motorengeräusch. Einen Augenblick später tauchte auf dem Hügelkamm ein roter vierradgetriebener Pick-up auf und kam auf sie zu.

»Es ist besser, wenn Sie gehen«, sagte Jim Beer.

»Warum?«

»Es wäre einfach besser. An diesem Ende der Ranch soll sich außer mir niemand rumtreiben. Deswegen sollten Sie jetzt wirklich verschwinden.«

»Das ist doch Ihr Land?«

»Mein Junge, wir springen jetzt in Ihren Wagen und verduften.«

Gabe kniff die Augen zusammen, um den Pick-up besser sehen zu können, und fing plötzlich an zu winken. »Das ist Theo Crowe«, sagte er. »Was macht der denn in so 'nem Ding?«

»Au Scheiße«, sagte Jim Beer.

Theo steuerte den Pick-up neben Gabes Wagen, würgte den Motor ab und kletterte heraus. Gabe hatte den Eindruck, daß der Constable aussah, als sei er stinksauer, doch er war sich nicht ganz sicher, weil er diesen Gesichtsausdruck bei Theo noch nie gesehen hatte. »Tag, Gabe. Jim.«

Jim Beer starrte auf seine Stiefelspitzen. »Constable.«

Gabe bemerkte, daß Theo zwei Pistolen in seiner Jeans stecken hatte und auf der einen Seite ganz voller Staub war. »Hallo, Theo. Hübscher Wagen. Jim hat mich angerufen, damit ich rauskomme und mal einen Blick auf...«

»Ich weiß, was das ist«, sagte Theo und zuckte mit dem Kopf in Richtung der zermanschten Kuh. »Zumindest glaube ich das.« Er schlenderte auf Jim Beer zu, der den Anschein erweckte, er hätte sich am liebsten ein Loch in den Bauch gestarrt, um darin zu verschwinden.

»Jim, Sie haben da hinten eine Speed-Küche, die genug Stoff produziert, um ganz Los Angeles unter Strom zu setzen. Wollen Sie mir darüber vielleicht was erzählen?«

Es schien, als hätte jemand den Stöpsel gezogen, und mit einem Mal strömte sämtliche Lebensenergie aus Jim Beer heraus Er kippte nach hinten und blieb mit gespreizten Beinen auf dem Boden sitzen. Gabe hatte ihn gerade noch rechtzeitig am Arm gepackt, um zu verhindern, daß er sich das Steißbein brach. Ohne den Kopf zu heben, erklärte Beer: »Als meine Frau weg ist, hat sie eine Urkunde mitgenommen, wonach ihr die Hälfte der Ranch gehört. Sie wollte sie einklagen. Wo sonst sollte ich drei Millionen Dollar auftreiben?«

Gabe ließ seinen Blick von Jim zu Theo wandern, als wollte er sagen: »Was zum Teufel soll denn das nun wieder?«

»Ich erklär's dir später, Gabe. Ich muß dir sowieso noch was zeigen.« Theo schob Jim Beers Stetson zurück, damit er dem Rancher ins Gesicht sehen konnte. »Also hat Burton Ihnen das Geld gegeben, damit er auf Ihrem Land seine Küche aufstellen konnte.«

»Sheriff Burton?« fragte Gabe, der nun gar nicht mehr durchblickte.

»Halt die Klappe, Gabe«, blaffte Theo.

»Nicht alles auf einmal, sondern in Raten. Zum Teufel, was sollte ich denn machen? Mein Großvater hat diese Ranch aufgebaut. Ich konnte doch nicht die Hälfte davon einfach abschreiben.«

»Also sind Sie ins Drogengeschäft eingestiegen?«

»Ich hab die Drogenküche, von der Sie da reden, noch nie gesehen. Und meine Leute auch nicht. Dieser Teil der Ranch ist Sperrgebiet. Burton hat gesagt, er hätte Sie in die Hütte gesetzt, um zu verhindern, daß jemand durch das hintere Tor auf die Ranch kommt. Ich kümmere mich nur um mein Vieh und meine eigenen Angelegenheiten. Ich habe Burton nicht mal gefragt, was er hier draußen treibt.«

»Drei Millionen Dollar! Was zum Teufel haben Sie denn geglaubt, daß er macht? Karnickel züchten?«

Jim Beer gab keine Antwort. Er starrte nur auf den Boden zwischen seinen Beinen. Gabe hielt ihn an der Schulter fest, damit er nicht umkippte, und schaute zu Theo. »Vielleicht können wir das später regeln, Theo?«

Theo drehte sich um und ging in einem engen Kreis umher, wobei er mit den Händen in der Luft herumfuchtelte, als wollte er ein paar nervende Plagegeister verscheuchen.

»Ist mit dir alles in Ordnung?« fragte Gabe.

»Was zum Teufel mache ich jetzt? Heilige Scheiße? Was mache ich? Was sollte ich machen?«

»Dich abregen?« schlug Gabe vor.

»Scheiß drauf! Ich hab hier diverse Morde, Drogenherstellung, irgend so ein verdammtes Riesenvieh von einem Tier, eine ganze Stadt, die durchdreht, mein Wagen ist nur noch Schrott, und ich bin verknallt in eine Frau, die verrückt ist – so was kam in meiner Ausbildung nicht vor! So was kommt in keiner beschissenen Ausbildung vor!«

»Dich abregen ist also zumindest derzeit keine Alternative?« sagte Gabe. »Ich verstehe.«

Theo unterbrach sein panisches Kreisläufertum und wirbelte auf Gabe zu. »Und außerdem hab ich schon seit einer Woche kein Gras mehr geraucht, Gabe.«

»Herzlichen Glückwunsch.«

»Ich bin davon verrückt geworden. Es hat mein Leben ruiniert.«

»Ach, komm schon, Theo. Du hast doch noch nie ein Leben gehabt.« Kaum, daß er es gesagt hatte, fiel Gabe auf, daß er vielleicht die falsche Taktik gewählt hatte, um seinem Freund Trost zu spenden.

»Genau, da war ja noch was.« Theo ging mit großen Schritten auf den roten Pick-up zu und versetzte dem Kotflügel einen Schlag. »Aua! Verdammt noch mal!« Er wandte sich wieder an Gabe. »Und außerdem hab ich mir, glaub ich, gerade die Hand gebrochen.«

»Der Rinderwahnsinn macht mir echt Sorgen«, sagte Jim Beer, der am Boden zerstört dem Stupor anheimgefallen war.

»Halt die Klappe, Jim«, sagte Gabe. »Theo hat 'ne Pistole.«

»Pistolen!« rief Theo.

»Kann's sein, daß ich mich irre«, sagte Gabe, »oder hast du ein riesiges Tier erwähnt?«

Theo massierte sich die Schläfen, als ob er versuchte, auf diese Weise einen zusammenhängenden Gedanken aus seinem Kopf zu quetschen. Nach ein paar Minuten ging er zu der Stelle, wo Jim Beer auf dem Boden saß, und kniete sich vor ihn hin. »Jim, Sie müssen sich mal einen Moment lang zusammenreißen.«

Der Rancher schaute Theo an. Die Falten auf seinen Wangen waren feucht von Tränen.

»Jim, das hier ist alles nie passiert, okay? Sie haben weder mich gesehen, noch haben Sie irgendwas von diesem Ende der Ranch gehört, okay? Wenn Burton Sie anruft, ist alles wie üblich. Sie haben nicht die geringste Ahnung von irgendwas, ist das klar?«

»Nein, mir ist gar nichts klar. Wandere ich ins Gefängnis?«

»Das weiß ich nicht, Jim. Aber ich weiß, daß Burton, wenn er von dem hier erfährt, uns allen einen Heidenärger machen wird. Ich brauche ein bißchen Zeit, um ein paar Sachen herauszufinden. Wenn Sie mir helfen, werde ich tun, was ich kann, um Sie nach Möglichkeit rauszuhalten. Ich verspreche es Ihnen.«

»Okay.« Beer nickte. »Ich werde tun, was Sie sagen.«

»Fein, nehmen Sie Gabes Pick-up, und fahren Sie nach Hause. Wir holen den Wagen in etwa einer Stunde ab.«

Skinner, der Labrador, beobachtete das Geschehen mit großem Interesse. Zaghaft wedelte er mit dem Schwanz, wenn Theo bei seinen Tiraden eine Pause machte, und hoffte ganz tief im Innersten seines Herzens, daß er zu einer Spritztour in dem roten Pick-up mitkommen durfte. Selbst Hunde haben geheime Wünsche.

»Theo, die sind unmöglich echt«, sagte Gabe und strich mit der Hand über einen Fußabdruck von fast einem Meter Durchmesser. »Das ist irgend so 'n Schwindel. Obwohl die Tiefe der Klauenabdrücke und die Schleifspuren darauf hindeuten, daß derjenige, der das hier fabriziert hat, wirklich Ahnung vom Bewegungsablauf von Tieren hat.«

Theo war mittlerweile wieder einigermaßen ruhig; es schien, als hätte er sich mit der ganzen Unwirklichkeit der Situation abgefunden. »Und außerdem haben sie Ahnung, wie man einen Volvo zu Klump haut. Die Dinger sind echt, Gabe. Ich hab schon mal so eine Spur gesehen.«

»Wo?«

»Am Bach. In der Nacht, als der Tanklastwagen in die Luft geflogen ist. Ich hab's damals auch nicht für möglich gehalten.«

Gabe, der noch immer den Fußabdruck betrachtete, schaute auf. »Das war die Nacht, in der meine Ratten alle losgezogen sind.«

»Ja.«

»Unmöglich, Theo. Das kann nicht sein. Gegen ein Wesen, das solche Fußabdrücke hinterläßt, würde ein T. Rex aussehen wie ein Gartenzwerg. Es ist sechzig Millionen Jahre her, seit zum letzten Mal irgendwas von dieser Größe auf diesem Planeten existiert hat.«

»Jedenfalls nichts, das uns bekannt wäre. Paß mal auf, Gabe, ich bin der Spur durch das Gras bis zu den verstümmelten Kühen gefolgt. Ich dachte, das wäre die Richtung, in die sie gegangen sind, aber offensichtlich war es die Richtung, aus der sie kamen.«

»Sie? Du denkst, da ist mehr als eins?«

»Du gibst also zu, daß das hier real ist?«

»Nein, Theo. Ich frage dich nur, was du denkst.«

»Ich denke, daß das Ding mit Molly Michon zusammen unterwegs war.«

Gabe lachte. »Theo, ich glaube, daß der Entzug dir auf die Birne schlägt.«

»Ich mach keine Witze. Molly war hier, kurz nachdem ich gehört habe, wie mein Wagen zu Bruch ging. Sie hat mir die Schlüssel zu den Handschellen gegeben. Als ich rauskam, war sie weg und ebenso Joseph Leander und wer immer es war, mit dem er sich hier treffen wollte.«

»Und was glaubst du, ist mit denen passiert?«

»Das gleiche wie mit den Kühen. Oder was Ähnliches. Das gleiche, was meiner Meinung auch dem kleinen Plotznik passiert ist. Das letzte Mal, daß er gesehen wurde, war im Fly Rod Trailer Park. Und genau dort wohnt Molly.«

Gabe stand da und ließ seinen Blick über die verschiedenen Fußabdrücke schweifen. »Du warst heute noch gar nicht in der Stadt, oder, Theo?«

»Nein, ich hatte zu tun.«

»Les aus dem Eisenwarenladen wird vermißt. Man hat seinen Wagen hinter dem Head of the Slug gefunden, aber von ihm gibt's keine Spur.«

»Gabe, wir müssen uns auf den Weg zu Molly machen.«

»Wir? Theo, ich bin Biologe und kein Bulle. Ich würde sagen, wir versuchen aufzuspüren, was immer das hier ist. Skinner ist ein ziemlich guter Spürhund. Ich wette, wir stoßen auf eine Erklärung, die nichts mit einem riesigen Tier zu tun hat.«

»Ich bin auch kein Bulle mehr. Und was ist, wenn wir das Ding aufspüren, und du hast Unrecht, Gabe? Hast du Lust, plötzlich dem Ding gegenüberzustehen, das mein Auto so zugerichtet hat? Oder die Kühe von eben?«

»Wenn du mich so fragst: ja.«

»Das können wir später immer noch. Allzu schwierig sollte es nicht sein. Was immer es auch ist, zieht einen Trailer.«

»Was?«

»Hier hat ein Trailer gestanden, als Leander mich in den Schuppen gebracht hat. Als ich wieder rauskam, war er weg.«

Gabe schaute auf seine Uhr. »Hast du heute schon was gegessen? Nicht daß ich an dir zweifle, aber vielleicht ist dein Blutzucker im Keller oder so. Gehen wir erst mal was essen, und wenn dein Kopf wieder klar ist, können wir ja bei Molly Michon vorbeifahren.«

»Sicher, ich hab Halluzinationen infolge von einem ganz besonders schlimmen Hunger.«

Gabe packte ihn an der Schulter. »Theo, bitte, ich hab eine Verabredung.«

Theo nickte. »Zuerst zu Molly. Dann komme ich mit zum Essen.«

»Abgemacht«, sagte Gabe, der immer noch auf die Fußabdrücke starrte. »Ich muß später noch mal hierher zurück – mit 'nem Eimer Gips. Selbst wenn es ein Schwindel ist, will ich ihn zumindest dokumentieren.«

Theo war auf dem Weg zum Pick-up, doch er machte kehrt, als er im Schuppen ein Handy klingeln hörte. Er ging hinein, fand das Handy und schaute auf dem Display nach der Nummer des Anrufers. Es war Sheriff Burtons Privatnummer. Er zog seine Magnum .357 und zerschoß das Telefon in tausend Einzelteile. Als er wieder aus dem Schuppen herauskam, sah er, daß sich Gabe hinter dem Kotflügel des roten Pick-up versteckte und Skinner zusammengekauert auf der Ladefläche lag.

»Was zum Teufel soll das heißen, du hast eine Verabredung?«

- 21 -

GABE UND THEO

»Hier habe ich die Ratten gefunden, die nicht mit den anderen mitgezogen sind«, sagte Gabe, als sie in den Fly Rod Trailer Park einbogen.

»Das ist ja hübsch«, sagte Theo, der nur mit halbem Ohr zugehört hatte.

»Hab ich dir erzählt, daß Stanford mir die Resultate von der Analyse der Hirnchemie geschickt hat? Ziemlich interessant, aber ich bin nicht sicher, ob sich dadurch das Verhalten erklären läßt.«

»Bitte, nicht jetzt, Gabe.« Theo stieg auf die Bremsen, und der Wagen kam mit einem Ruck zum Stehen. »Was zum Teufel?« In Molly Michons Trailer brannte kein Licht, doch auf dem leeren Stellplatz nebenan standen mehrere gutgekleidete Erwachsene mit Kerzen in den Händen im Kreis herum.

»Gottesdienst?« schlug Gabe vor. »Es ist Sonntag abend.«

»Das letzte Mal, als ich hier war, stand da ein Trailer«, sagte Theo. »Genauso einer wie der auf der Ranch.«

»Ich weiß. Auf dem Standplatz habe ich die Ratten mit dem niedrigen Serotoninspiegel gefunden.«

Theo stellte den Motor ab, zog die Handbremse und kletterte aus dem Wagen. Dann schaute er noch einmal zurück zu Gabe. »Du hast deine Ratten hier gefunden?«

»Die sechs, die ich finden konnte. Aber das ist auch die Stelle, wo die anderen zuletzt registriert wurden, bevor sie verschwunden sind. Ich kann's dir nachher auf der Grafik zeigen.«

»Das wäre gut.«

Theo zog sein Flanellhemd über die Pistolen in seinem Hosenbund und ging auf die Leute zu, die immer noch im Kreis herumstanden. Skinner sprang aus dem Wagen und rannte voraus; Gabe folgte ohne große Begeisterung. Es machte in der Tat den Eindruck, als würden die Leute beten. Sie hielten ihre Köpfe gesenkt, während eine Frau in einem puderblauen Kostüm mit einem Pillbox-Hut auf dem Kopf vorbetete: »Gib uns deinen Segen, o Herr, denn wir haben in unserem Innersten gespürt, wie deine Macht uns angerührt hat, und sind deinem Ruf folgend zu diesem heiligen Ort gekommen, um an diesem Abend …«

Skinner stieß der Dame seine Nase in den Schritt, und sie quiekte wie ein Pudel nach einem Wespenstich. Alle in der Gruppe hoben die Köpfe und schauten sich um.

»Entschuldigen Sie«, sagte Theo. »Ich wollte Sie nicht unterbrechen, aber was machen Sie hier?« Einige der Männer schauten irritiert und traten hinter die puderblaue Dame, um ihr den Rücken zu stärken.

Die Frau hielt Skinners Schnauze von ihrem Kleid weg, während sie gleichzeitig bemüht war, mit der Kerzenflamme nicht zu nahe an ihre haarspraystarrende Frisur zu kommen. »Constable Crowe? Hab ich recht?«

»Ja, Ma'am«, sagte Theo. Die Frau war zwar mindestens fünf Jahre jünger als er und recht hübsch, wenn man texanische Maßstäbe anlegte und auf wallende Mähnen stand, doch angesichts ihres Kostüms und der Art, wie sie redete, fühlte sich Theo wie ein Erstkläßler, der von seiner Lehrerin beim Essen von Kleister erwischt worden war.

»Wir sind hierhergerufen worden, Constable«, erklärte die Frau. Sie streckte den Arm nach hinten aus, packte eine Frau an der Schulter, die aussah, als wäre sie ihr Klon in Pink, und zog sie nach vorne.

Skinner führte auch hier seinen Feuchte-Hundenase-Test durch und verpaßte dem pinkfarbenen Rock einen Stempel. »Margie und ich haben es zuerst gespürt, doch als wir nach der Kirche heute nachmittag davon erzählt haben, meinten die anderen ebenfalls, daß sie sich zu diesem Ort hingezogen fühlten. Der Heilige Geist hat uns hierherbeordert.«

»Frag sie, ob sie irgendwelche Ratten gesehen haben«, sagte Gabe.

»Ruf deinen Hund zurück«, blaffte Theo über seine Schulter hinweg.

Gabe rief nach Skinner, und der Labrador schaute sich um. Ich finde, sie riechen ganz gut, Futter-Typ. Wenn du mich fragst, fick sie, dachte Skinner. Doch alles, was er als Antwort erhielt, war eine kleine Strafpredigt.

»Der Heilige Geist hat Sie hierhergerufen?« fragte Theo.

Ernstes Kopfnicken seitens der gesamten Gruppe.

»Hat irgend jemand von Ihnen zufällig die Frau gesehen, die hier nebenan wohnt?«

Mit einer glockenhellen Stimme meldete sich die Frau in Pink zu Wort: »Oh, ja. Sie war es, die unsere Aufmerksamkeit überhaupt erst auf diesen Ort gelenkt hat. Das war am Abend vor zwei Tagen. Wir haben uns selbst erst ein bißchen gewundert, denn sie ist ja etwas seltsam, doch dann hat Katie erklärt«, sie deutete auf ihre Freundin, »daß unser Herr Jesus Christus auch mit Maria Magdalena zusammen gewesen ist, die ja wie Sie sicherlich wissen, eine, ähm … sie war eine …«

»Eine Hure«, schlug Theo vor.

»Nun … ja und deswegen dachten wir, wer sind wir, daß uns darüber ein Urteil zusteht?«

»Das ist sehr gnädig von Ihnen«, sagte Theo. »Aber haben Sie Molly Michon heute abend schon gesehen?«

»Nein, heute abend nicht.«

Theo spürte, wie seine Kraftreserven immer mehr dahinschwanden. »Also jetzt mal herhören, Leute. Sie sollten sich hier nicht aufhalten. Ich weiß nicht, ob es hier sicher ist. Es werden ein paar Leute vermißt …«

»Ach ja, der arme Junge«, sagte Margie.

»Genau, und vielleicht noch ein paar andere. Ich muß Sie bitten, Ihre Zusammenkunft irgendwo anders abzuhalten, bitte.«

In der Gruppe machte sich Enttäuschung breit. Einer von ihnen, ein korpulenter, kahlköpfiger Mitfünfziger, plusterte sich auf und trat nach vorne. »Constable, wir haben das Recht, unsere Gottesdienste abzuhalten, wann und wo es uns beliebt.«

»Ich denke nur an Ihre Sicherheit«, sagte Theo.

»Dieses Land wurde gegründet auf der Basis der Religionsfreiheit, und...«

Theo machte ein paar Schritte auf den Mann zu und baute sich mit seinen ganzen Einsfünfundneunzig vor ihm auf. »Dann fangen Sie mal schön an zu beten, daß ich Sie nicht zusammen mit dem größten und geilsten Arschficker aus dem gesamten Bezirk in eine Zelle werfe, was ich nämlich tun werde, wenn Sie nicht alle sofort nach Hause gehen.«

»Sachte«, meinte Gabe.

Zwing ihn, daß er sich auf den Rücken legt und einpißt, dachte Skinner.

Der kahlköpfige Mann räusperte sich erbost und drehte sich zur Gruppe um. »Treffen wir uns in der Kirche und diskutieren dort die Absetzung unseres örtlichen Polizeibeamten.«

»Ja, aber stellen Sie sich hinten an«, sagte Theo und schaute zu, wie die Gruppe sich auflöste und die einzelnen Leute zu ihren Autos trotteten und wegfuhren.

Als der letzte Wagen zur Ausfahrt hinausfuhr, sagte Gabe: »Irgendwelche Theorien?«

Theo schüttelte den Kopf. »Die gesamte Stadt dreht durch. Ich schaue mal in Mollys Trailer nach, aber ich glaube nicht, daß sie da ist. Soll ich dich nach Hause fahren, damit du noch mal duschen und dich umziehen kannst vor deiner Verabredung?«

Gabe schaute an seinen dreckverschmierten Arbeitshosen und seinem Safarihemd herunter. »Glaubst du, ich sollte?«

»Gabe, du bist der einzige Kerl, neben dem ich aussehe wie aus dem Ei gepellt.«

»Du kommst doch mit, ja?«

»Casanova«, sagte Theo. »Verglichen mit dir komm ich mir vor wie Casanova.«

»Was?« sagte Gabe. »Im H. P.'s gibt's heute Brathähnchen.«

STEVE

Steve lag unter einer Gruppe von Zypressen. Seine neue Freundin kuschelte sich an sein rechtes Vorderbein und schnarchte leise. Er ließ seine Zunge hervorgleiten und berührte mit der Spitze ihren nackten Rücken. Sie gab ein Stöhnen von sich und kuschelte sich enger an ihn. Sie schmeckte ziemlich gut, aber er hatte ja schon all diese anderen Warmblüter gegessen und von daher keinen Hunger mehr.

Als er noch ein Weibchen gewesen war – das war er, bis vor etwa fünfzig Jahren, knapp fünftausend Jahre lang gewesen –, hatte er es sich zur Angewohnheit gemacht, seine Partner nach der Paarung aufzufressen. Man machte das halt so. Doch als Männchen war er sich nicht so sicher. Seit er zum Männchen geworden war, hatte er sich noch mit keinem Artgenossen gepaart, und so war das Verlangen, nach der Paarung einfach gar nichts zu tun, etwas Neues für ihn. Es war ihm einfach nicht danach zumute, das Warmblüterweibchen zu fressen. Sie sorgte dafür, daß er sich besser fühlte, und aus irgendeinem Grund konnte er die Bilder ihrer Gedanken sehen, anstatt nur seine eigenen Signale auszusenden. Er spürte bei ihr keinerlei Furcht, und es schien auch nicht nötig, daß er Signale aussandte, um sie anzulocken. Seltsam für einen Warmblüter.

Er legte seinen Kopf auf das Bett aus Zypressennadeln, um zu schlafen und seine Wunden heilen zu lassen. Irgendwo in seinem Hirn wurde, just in dem Augenblick, als er einschlief, ein Alarm in Form von Furcht ausgelöst. In den fünftausend Jahren seiner Existenz hatte er niemals Überlegungen über ein »Später« oder »Vorher« angestellt, sondern immer nur über das Jetzt. Seine DNS hatte sich selbsttätig neu organisiert und sich so an Veränderungen angepaßt, ohne die Lebenszyklen von Generationen abzuwarten – insofern war er ein einmaliger Organismus –, doch das Konzept von Zeit, von Erinnerung auf einer höheren als der zellulären Ebene, war eine neue Wandlung. Durch seinen Kontakt mit Molly entwickelte er ein Bewußtsein, und die Natur, pragmatischer Mechanismus, der sie nun mal ist, versuchte ihn zu warnen. Das Alptraumwesen war kurz davor, einen Alptraum zu haben.

VAL

Ist das ein Rendezvous? Val saß allein an einem Tisch im hinteren Bereich von H. P.'s Café. Sie hatte ein Glas des hiesigen Chardonnay bestellt und versuchte sich eine Meinung zu bilden, die ihre Empörung in angemessene Worte kleidete, doch unglücklicherweise war der Wein ganz gut. Sie trug ein leichtes Abend-Make-up und ein unauffälliges Kostüm aus Indigo-Rohseide in Kombination mit einer einreihigen Perlenkette, um auf diese Weise optisch nicht allzu mit ihrem Rendezvous zu kollidieren, von dem sie wußte, daß es in Jeans oder Khakihosen auftauchen würde. Ihr Rendezvous? Wenn das ein Rendezvous ist, wie tief bin ich dann gesunken, fragte sie sich selbst. Dieses billige Café in diesem billigen kleinen Nest. Herumsitzen und Warten auf einen Mann, der noch nie in seinem Leben einen Frack oder eine Rolex getragen hat, und sie freute sich auch noch drauf.

Nein, es ist kein Rendezvous. Es ist einfach nur ein Abendessen. Ausnahmsweise mal nicht alleine essen. Auf Spritztour in den Slums der Heimatverbundenen und Gutnachbarlichen, das war's. Eine satirische Kunstperformance namens *Folie Bourgois Brat'ühnère*. Es ging ja noch an, hier bei einer Tasse Kaffee seine Fachzeitschriften zu lesen, aber ein Abendessen?

Gabe Fenton kam zur Tür herein, und Val spürte, wie ihr Puls sich beschleunigte. Sie konnte sich ein Lächeln nicht verkneifen, als sie sah, wie die Bedienung auf ihren Tisch zeigte. Dann tauchte Theo Crowe hinter ihm auf und folgte ihm durch das Restaurant, und Panik schoß ihr das Rückgrat hinauf. Dies war definitiv kein Rendezvous.

Gabe lächelte, und die Fältchen um seine Augen verzogen sich, als würde er gleich lauthals loslachen. Er streckte ihr die Hand entgegen.

»Hallo. Ich hoffe, Sie haben nichts dagegen, daß ich Theo gebeten habe, uns Gesellschaft zu leisten.« Seine Haare waren gekämmt, ebenso sein Bart, und er trug ein ausgebleichtes, aber immerhin sauberes Cambrai-Hemd. Nicht gerade umwerfend, aber immerhin ein gutaussehender Bursche, wenn auch ein wenig hausbacken.

»Aber nein«, sagte Val. »Bitte nehmen Sie doch Platz, Theo.«

Theo nickte und zog noch einen Stuhl an den Tisch, der nur für zwei Personen gedeckt war. Die Bedienung kam angerauscht und trug noch ein weiteres Gedeck auf, bevor sich alle setzten. »Tut mir leid, daß ich so mit reinplatze, aber Gabe hat darauf bestanden«, sagte Theo.

»Aber nicht doch. Leisten Sie uns Gesellschaft, Constable.«

»Sagen Sie doch Theo, bitte.«

»Also gut, dann Theo«, sagte Val und rang sich ein Lächeln ab. Was jetzt? Das letzte Mal, als sie mit diesem Mann gesprochen hatte, stand ihr Leben hinterher Kopf. Sie stellte fest, daß sie Gabe gegenüber Ressentiments aufbaute, wie sie normalerweise nur in Beziehungen auftreten, die schon eine lange Zeit dauern.

Theo räusperte sich. »Ach, Doktor, können wir wieder die Geschichte mit der ärztlichen Schweigepflicht aufrollen?«

Val nickte Gabe zu. »Das macht man gemeinhin im Rahmen einer Sitzung. Und nicht beim Abendessen.«

»Okay, dann sagen Sie einfach gar nichts, aber Joseph Leander hat seine Frau ermordet.«

Val sagte nicht: »Wow.« Beinahe zwar, aber dann doch nicht. »Und das wissen Sie aus welchem Grund?«

»Aus dem Grund, weil er mir's gesagt hat«, erklärte Theo. »Er hat ihr einen Fingerhut-Tee verabreicht. Offensichtlich kann das zu Herzversagen führen und ist obendrein kaum nachweisbar. Danach hat er sie im Eßzimmer aufgehängt.«

»Also haben Sie ihn verhaftet?«

»Nein, ich weiß nicht, wo er ist.«

»Aber Sie haben einen Haftbefehl ausgestellt oder was immer sie in so einem Fall machen?«

»Nein, ich bin nicht ganz sicher, ob ich noch der Constable bin.«

Gabe mischte sich ein. »Wir haben uns darüber schon unterhalten, Val. Ich sage, Theo ist in sein Amt gewählt worden, und von daher kann er seinen Job nur durch ein Absetzungsverfahren wieder verlieren. Selbst dann, wenn sein unmittelbarer Vorgesetzter versucht ihn umzubringen. Was glauben Sie?«

»Ihn umbringen?«

»Sachte«, sagte Theo und grinste zu Gabe hinüber.

»Ach so, vielleicht wär's besser, du erzählst erst mal von der Speed-Küche und dem ganzen Kram.«

Und so fing Theo an zu erklären, erzählte die Geschichte seiner Entführung, von dem Drogenlabor, vom Verschwinden Joseph Leanders und davon, wie Molly Michon ihn befreit hatte, wobei er allerdings sämtliche Theorien über ein riesiges Lebewesen ausließ. Während seiner Erzählung gaben sie ihre Bestellung auf (gebratenes Hühnchen für Theo und Gabe, ein griechischer Salat für Val), und sie waren bereits mitten beim Essen, als Theo seinen Vortrag beendete.

Val starrte auf ihren Salat, und am Tisch herrschte tiefes Schweigen. Wenn es eine Untersuchung in einem Mordfall gab, konnte es sein, daß sie aufflog. Und wenn man herausfand, was sie mit ihren Patienten veranstaltet hatte, war ihre Karriere zu Ende. Es konnte sogar sein, daß sie ins Gefängnis kam. Es war nicht gerecht, schließlich hatte sie nur versucht, ein einziges Mal in ihrem Leben etwas richtig zu machen. Sie widerstand dem inneren Drang, ein Geständnis herauszuposaunen – sich aus schierer Paranoia der Gnade des Gerichts auszuliefern. Statt dessen hob sie den Blick und schaute Gabe an, der dies als Signal deutete, das Schweigen zu brechen.

Gabe sagte: »Und ich weiß noch immer nicht, was der niedrige Serotoninspiegel in den Gehirnen der Ratten zu bedeuten hat.«

»Hä?« sagten nicht nur Val und Theo, sondern auch Jenny, die Bedienung, die vom Tisch nebenan das Gespräch mitgehört hatte und Gabe ebensowenig folgen konnte wie die anderen.

»Verzeihung«, sagte Gabe zu Val. »Ich dachte, Sie würden sich dafür interessieren, was bei den Tests über die chemische Zusammensetzung der Rattenhirne herausgekommen ist. Sie haben gesagt, ich soll Sie auf dem laufenden halten.«

»Es interessiert mich auch«, log Val und biß dabei die Zähne zusammen. »Aber ich bin noch ein wenig durcheinander wegen der Neuigkeit über Bess Leander.«

»Klar, jedenfalls hatten die Ratten, die nicht an der Massenwanderung teilgenommen haben, alle einen ungewöhnlich niedrigen Serotoninspiegel. Die Hirnchemie der größeren Gruppe, also derjenigen, die geflohen sind, lag völlig im Normalbereich. Also nehme ich an, daß...«

»Sie unter Depressionen litten«, sagte Val.

»Wie bitte?« sagte Gabe.

»Natürlich leiden sie unter Depressionen, es sind schließlich Ratten«, sagte Theo.

Gabe schaute ihn an.

»Na ja, stell dir vor, du wachst jeden Morgen auf und denkst«, fuhr Theo fort, »Mann, ist das ein schöner Tag, au Scheiße, ich bin ja noch immer 'ne Ratte. Egal.«

»Nun ja, was Ratten angeht, habe ich keine Ahnung«, sagte Val, »aber beim Menschen hat der Serotoninspiegel eine Vielzahl von Auswirkungen, in der Hauptsache schlägt er sich auf die Stimmung nieder. Ein niedriger Serotoninspiegel kann ein Anzeichen von Depressionen sein. Auf diese Weise funktioniert Prozac. Es macht nichts weiter, als das Serotonin im Gehirn zu halten, um so eine Depression beim Patienten zu verhindern. Vielleicht waren Gabes Ratten also einfach nur zu deprimiert, um abzuhauen.«

Gabe strich sich über seinen Bart. »Daran habe ich überhaupt nicht gedacht. Aber das hilft mir auch nicht groß weiter, denn es erklärt nicht, warum die Mehrzahl der Ratten sich auf die Flucht begeben hat.«

»Aber klar«, sagte Theo. »Wegen dem verdammten Monster.«

»Was?« sagte Val.

»Was?« sagte Jenny, die in der Nähe herumstand.

»Können wir noch mal die Speisekarte haben, wegen dem Nachtisch?« fragte Gabe, so daß Jenny ans andere Ende des Restaurants zurückmußte.

»Ein Monster?« fragte Val.

»Gabe, vielleicht erklärst du das besser«, sagte Theo. »Dein wissenschaftlicher Skeptizismus läßt die ganze Angelegenheit glaubhafter klingen.«

Vals Kinnlade sackte sichtlich herunter, während sie dasaß und zuhörte, wie Gabe von den Fußabdrücken auf der Ranch und den verstümmelten Kühen erzählte, sowie von Theos Theorie bezüglich des rätselhaften Verschwindens von Joseph Leander, Mikey Plotznik und Les aus dem Eisenwarenladen. Als Gabe auf Molly Michon zu sprechen kam, fiel Val ihm ins Wort.

»Sie dürfen nicht glauben, was Molly Ihnen erzählt. Sie ist eine sehr verwirrte Frau.«

»Sie hat mir überhaupt nichts erzählt«, konterte Theo. »Ich glaube einfach, daß sie irgendwas über die ganze Angelegenheit weiß.«

Val wollte schon Theos Drogenkarriere aufs Tapet bringen, um den Gedankengang abzuwürgen, doch dann fiel ihr wieder ein, was Estelle Boyet ihr während der Therapiesitzung erzählt hatte. »Ich werde nicht sagen, wer es war, aber einer meiner Patienten hat in einer Therapiesitzung ein Seeungeheuer erwähnt.«

Gabe fragte: »Wer?«

»Das kann ich nicht sagen«, erklärte Val.

»Estelle Boyet«, sagte Jenny, die an den Tisch kam, um die Bestellung für das Dessert aufzunehmen.

»Verdammt«, sagte Val. »Von mir haben Sie es jedenfalls nicht«, sagte sie zu Theo.

»Sie hat beim Frühstück mit diesem Catfish darüber geredet«, erklärte Jenny.

»Kein Nachtisch«, blaffte Val in Richtung Jenny.

»Ich bringe die Rechnung.«

»Also hat Estelle das Ding gesehen?« fragte Theo.

»Nein, sie sagt, sie hat es gehört. Sie ist nicht der Typ, der einen Schwindel aufzieht, was ich im Falle Molly Michon nicht ganz ausschließen kann. Vielleicht ist sie ja der Ausgangspunkt des ganzen Gerüchts. Ich kann Estelle mal fragen.«

»Machen Sie das«, sagte Theo. »Aber es ist kein Schwindel. Mein Wagen ist total zertrümmert. Das ist ein Beweis. Ich werde heute abend zu Molly rausfahren und auf sie warten. Die Tür war nicht abgeschlossen, als ich eben da war, und nach Hause kann ich sowieso nicht.«

»Glauben Sie, es ist wirklich so gefährlich?« fragte Val.

»Ich weiß es.« Theo erhob sich und zog ein paar Geldscheine aus seiner Tasche. Gabe winkte ab. Theo sagte: »Doktor, können Sie Gabe nach Hause fahren?«

»Sicher, aber ...«

»Danke«, sagte Theo. »Ich rufe dich an, Gabe. Danke, daß ich Ihnen Gesellschaft leisten durfte, Doktor. Ich dachte, es würde Sie interessieren, was mit Bess passiert ist. Ich befürchte allerdings, daß ich Ihre Verabredung vermasselt habe.«

Kann man wohl sagen, dachte Val, als sie Theo hinterherschaute, wie er das Restaurant verließ. Nach der ganzen Anspannung fühlte sie sich ausgelaugt und benebelt wie nach einem Eimer Espresso.

»Er hat gerade mit dem Grasrauchen aufgehört«, sagte Gabe. »Da geht ihm der Streß plötzlich nahe.«

»Nicht zu Unrecht. Aber was dieses Seemonster angeht, Sie glauben den ganzen Kram doch nicht etwa auch?«

»Ich habe da ein paar Theorien.«

»Würden Sie mit zu mir nach Hause kommen und mir die bei einer Flasche Wein erklären?«

»Wirklich? Ich meine, sicher. Das wäre nett.«

»Prima«, sagte Val. »Ich denke, ich muß mich mal richtig vollaufen lassen, und es wäre schön, wenn Sie mir Gesellschaft leisten.« Hatte sie seit ihren Collegetagen den Begriff »vollaufen lassen« jemals wieder benutzt? Sie glaubte nicht.

»Ich übernehme die Rechnung«, sagte Gabe.

»Aber sicher.«

»Ich hoffe, es macht Ihnen nichts aus, wenn ein Hund in Ihrem Wagen mitfährt«, sagte Gabe.

Ich bin nicht nur auf Spritztour in den Slums, dachte sie, ich bin dorthin umgezogen.

- 22 -

THEO

Die Wände von Mollys Trailer waren vollgeklebt mit Filmplakaten. Theo stand in der Mitte des Wohnzimmers zwischen verstreut herumliegenden Videokassetten, Zeitschriften und Werbesendungen und drehte sich langsam im Kreis. Es war sie, Molly. Sie hatte die ganze Zeit über nicht gelogen. Die Titel auf den meisten Plakaten waren in irgendwelchen Fremdsprachen abgefaßt, doch überall war eine Molly in jüngeren Jahren zu sehen, wie sie mehr oder weniger leicht bekleidet mit wehender Mähne irgendwelche Waffen in die Höhe hielt oder gegen Fieslinge kämpfte – vor dem Hintergrund einer von Atombomben zerstörten Stadt oder einer Wüste, in der menschliche Schädel und ausgebrannte Autos herumlagen.

Der pubertierende Junge in Theo, jener Wesenszug, den jeder Mann zu begraben sucht, den er dann aber doch bis ins Grab mit sich herumschleppt, bäumte sich auf. Sie war ein Filmstar. Und was für einer! Eine richtig heiße Braut! Und er kannte sie, hatte ihr sogar schon mal Handschellen angelegt. Wenn es doch nur einen Umkleideraum gegeben hätte, eine Straßenecke oder einen Pausenraum, wo er damit vor seinen Freunden hätte angeben können. Aber er hatte ja keine richtigen Freunde, außer Gabe, und Gabe war erwachsen. Doch der Moment der Geilheit und Erregung ging vorüber, und Theo hatte ein schlechtes Gewissen angesichts der Art und Weise, wie er Molly behandelt hatte: herablassend und altväterlich, ganz genau so, wie viele Leute ihn behandelten, wann immer er versucht hatte, etwas anderes zu sein als ein Kiffkopf und eine Marionette.

Vor einem Bücherregal voller Videos ging er auf die Knie, fand eine Kassette mit dem Etikett »KENDRA – WARRIOR BABE OF THE OUTLAND (ENGLISH)«, schob sie in den Videorecorder und schaltete den Fernseher ein. Dann knipste er das Licht aus, legte seine Pistolen auf den Couchtisch und legte sich auf Mollys Sofa, um zu warten, bis sie wiederkam. Eine halbe Stunde lang schaute er sich an, wie die durchgeknallte Lady von Pine Cove sich mit Mutanten und Sandpiraten herumschlug, bis er schließlich einschlief. Die Erholung, die sein Verstand angesichts seiner Probleme nun brauchte, konnte ihm kein Film bieten.

»Hallo, Theo.«

Theo schreckte aus dem Schlaf hoch. Das Zimmer war noch immer ins Flackerlicht des Films getaucht, also konnte er nicht allzulange geschlafen haben. Sie stand im Türrahmen, halb im Schatten, und sah der Frau auf dem Bildschirm mächtig ähnlich. An ihrer Seite hing ein Sturmgewehr herunter.

»Molly, ich habe auf dich gewartet.«

«Wie hat's dir gefallen?« Sie nickte in Richtung Fernseher.

»Super. Ich wußte ja gar nicht... Ich war einfach so müde...«

Molly nickte. »Ich brauche nicht lange. Ich wollte mir nur ein paar saubere Sachen holen. Du kannst ruhig hierbleiben.«

Theo wußte nicht, was er tun sollte. Es schien nicht gerade der angemessene Moment, um sich eine der Pistolen auf dem Couchtisch zu schnappen. Die ganze Situation erschien ihm eher peinlich als bedrohlich.

»Danke«, sagte er.

»Es ist der letzte, Theo. Nach ihm gibt's keine mehr von seiner Sorte. Seine Zeit ist vorbei. Ich denke, das ist es, was wir gemeinsam haben. Du weißt ja, wie es ist, wenn man außer einer glorreichen Vergangenheit nichts hat, oder?«

»Ich hab, glaube ich, noch nicht mal das.«

»Das ist einfacher, denn da kann's ja nur bergauf gehen und nicht bergab. So ein Abstieg ist eine finstere Angelegenheit.«

»Wieso? Warum? Wie? Was ist er?«

»Kann ich nicht genau sagen. Ein Drache vielleicht. Wer weiß?« Sie lehnte sich mit dem Rücken gegen den Türrahmen und seufzte. »Aber irgendwie weiß ich, was er denkt. Das liegt vermutlich daran, daß ich verrückt bin. Wer hätte je gedacht, daß mir das mal was nützen würde, hm?«

»Red nicht so über dich, du bist gesünder im Kopf als ich.«

Molly lachte, und Theo sah, wie ihr Filmstargebiß im Licht des

Fernsehers leuchtete. »Du bist ein Neurotiker, Theo. Ein Neurotiker ist jemand, der denkt, mit ihm stimmt was nicht, aber alle anderen denken, er ist normal; ein Psychiater denkt, er ist normal, aber alle anderen denken, irgendwas stimmt nicht mit ihm. Mach mal 'ne Umfrage bei den Leuten von hier, ich bin sicher, ich lande in der zweiten Kategorie, glaubst du nicht auch?«

»Molly, was du da machst, ist gefährlich. Du spielst mit dem Feuer.«

»Er wird mir nichts tun.«

»Es ist nicht nur das, Molly. Du kannst schon dafür ins Gefängnis wandern, weil du mit 'nem Maschinengewehr rumläufst. Es werden Leute umgebracht, stimmt's?«

»Kann man so sagen.«

»Das ist es, was mit Joseph Leander und den Typen passiert ist, die in der Drogenküche gearbeitet haben, stimmt's? Dein Kumpel hat sie gefressen.«

»Die wollten dir was antun, und Steve hatte Hunger. Ich fand, das paßte ganz prima.«

»Molly, das ist Mord!«

»Theo, ich bin verrückt. Was kann man mit mir schon machen?«

Theo zuckte mit den Achseln und ließ sich wieder auf die Couch zurücksinken. »Ich weiß nicht, was ich tun soll.«

»Im Augenblick gibt's ohnehin nichts, was du tun kannst. Also ruh dich erst mal aus.«

Theo ließ den Kopf in die Hände sinken. Sein Handy, das noch immer in seiner Hemdtasche steckte, begann zu klingeln. »Jetzt könnte ich wirklich einen Zug aus der Pfeife vertragen.«

»Im Schrank über der Spüle stehen noch ein paar Vernunftschlümpfe – Neuroleptika und Antipsychotika, die Dr. Val mir gegeben hat. Bei mir haben sie Wunder vollbracht.«

»Wie man sieht.«

»Dein Telefon klingelt.«

Theo zog das Telefon aus seiner Tasche, klappte es auf und drückte den Sprechknopf, um zu sehen, welche Nummer auf dem Display erschien. Es war Sheriff Burtons Handy-Nummer. Mit einem Knopfdruck unterbrach Theo die Verbindung.

»Ich bin volle Kanne am Arsch«, sagte Theo.

Molly nahm Theos .357 Magnum vom Tisch, richtete sie auf ihn und hob dann Joseph Leanders Automatik auf. »Die gebe ich dir wieder, wenn ich gehe. Ich hole mir jetzt ein paar saubere Klamotten und ein bißchen von meinem Mädchenkram aus dem Schlafzimmer. Kommst du hier allein zurecht?«

»Klar, sicher.« Den Kopf noch immer gesenkt, sprach er mit seinen Knien.

»Du machst mich völlig fertig, Theo.«

»Tut mir leid.«

Es dauerte nur fünf Minuten, bis Molly zurückkam; Theo hatte in der Zwischenzeit versucht, die Geschehnisse mental in den Griff zu bekommen. Als Molly zurückkehrte, hatte sie einen Seesack über der Schulter. Sie trug ihr Kendra-Kostüm einschließlich der schenkelhohen Stiefel. Selbst in dem trüben Licht des Fernsehers konnte Theo die zackige Narbe über ihrer Brust erkennen. Sie erwischte ihn dabei, wie er sie betrachtete.

»War das Ende meiner Karriere«, sagte sie. »Heutzutage können sie so was wieder hinbiegen, aber dafür ist es wohl ein bißchen zu spät.«

»Tut mir leid«, sagte Theo. »Für mich siehst du klasse aus.«

Sie lächelte und nahm beide Pistolen in eine Hand. Sie hatte das Sturmgewehr an die Tür gelehnt stehenlassen, und Theo hatte es nicht einmal bemerkt. »Hast du dich jemals als etwas Besonderes gefühlt, Theo?«

»Etwas Besonderes?«

»Nicht besser als alle anderen, sondern einfach nur anders, aber auf eine gute Art und Weise. So, als ob es einen Unterschied macht, ob du auf diesem Planeten existierst oder nicht. Hast du dich jemals so gefühlt?«

»Keine Ahnung. Ich glaube nicht.«

»Ich hatte eine Weile dieses Gefühl. Obwohl es nur abgeschmackte Billigfilme waren, und obwohl ich einige ziemlich erniedrigende Sachen tun mußte, um überhaupt mitmachen zu können, fühlte ich mich, als wäre ich was Besonderes. Dann war das irgendwann weg, Theo. Na ja, und jetzt fühle ich mich wieder so. Das ist der Grund.«

»Der Grund wofür?«

»Das ist der Grund, warum ich zu Steve zurückgehe.«

»Steve? Du nennst ihn Steve?«

»Er sah aus wie 'n Steve«, sagte Molly. »Ich muß jetzt los. Ich lege die Knarren auf die Ladefläche von dem roten Pick-up, den du geklaut hast. Versuch nicht, mir zu folgen, okay?«

Theo nickte. »Molly, laß nicht zu, daß er noch mehr Leute umbringt, versprich mir das.«

»Versprichst du mir, daß du uns in Ruhe läßt?«

»Das kann ich nicht.«

»Okay. Paß auf dich auf.« Sie schnappte sich das Sturmgewehr, stieß die Tür mit einem Fußtritt auf und ging hinaus.

Theo hörte, wie sie die Treppe hinunterstieg, stehenblieb und wieder zurückkam. Sie streckte den Kopf zur Tür herein. »Es tut mir leid, daß du dich nie wie was Besonderes gefühlt hast, Theo.«

Theo rang sich ein Lächeln ab. »Danke, Molly.«

GABE

Gabe stand im Foyer von Valerie Riordans Haus, betrachtete seine Wanderschuhe, dann den weißen Teppich und schließlich wieder seine Wanderschuhe. Val war in die Küche gegangen, um Wein zu holen. Skinner trieb sich draußen herum.

Gabe setzte sich auf den Marmorfußboden, knotete seine Schnürsenkel auf und zog die Schuhe aus. Im biotechnischen Institut in San Jose war er einmal in einem Cleanroom der Stufe neun gewesen, einem Ort, an dem die Luft bis zum letzten Mikron durch Filter und Reinigungsanlagen gejagt wurde und man in einem Hasenkostüm aus Plastik mit eigener Sauerstoffversorgung herumlaufen mußte, um zu vermeiden, daß man die Laborproben kontaminierte. Seltsamerweise hatte er damals ein ähnliches Gefühl gehabt wie in diesem Augenblick, nämlich: »Ich bin der Sämann von Dreck und Schmutz.« Gott sei Dank hatte Theo ihn überredet, vor seinem Date zu duschen und sich umzuziehen.

Val kam zurück in das abgesenkte Wohnzimmer. Sie trug ein Tablett mit einer Flasche Wein und zwei Gläsern. Sie schaute zu Gabe hinauf, der am oberen Ende der Stufen stand, als mache er sich bereit, einen Tümpel flüssiger Lava zu durchwaten.

»Kommen Sie doch und setzen Sie sich«, sagte Val.

Zögerlich machte Gabe einen Schritt vorwärts. »Hübsch haben Sie's hier«, sagte er.

»Danke. Aber es gibt immer noch eine Menge zu tun. Es wäre vermutlich am einfachsten, wenn ich mir einen Inneneinrichter nehmen würde, der die Sache endlich über die Bühne bringt, aber es macht mir soviel Spaß, selbst Sachen aufzustöbern.«

»Stimmt«, sagte Gabe und machte einen weiteren Schritt. »Hier drin könnte man glatt Handball spielen, wenn es einem nichts ausmacht, daß eine Menge Antiquitäten zu Bruch gehen.«

»Das hier ist ein Cabernet vom Wild Horse Vineyard auf der anderen Seite der Hügel. Ich hoffe, er schmeckt Ihnen.« Val schenkte den Wein in zwei Stielgläser ein. Sie nahm ihres und setzte sich auf die Samtcouch. Dann zog sie die Augenbrauen hoch, als wollte sie fragen: »Nun?«

Gabe setzte sich neben sie ans andere Ende der Couch und nippte zögerlich an seinem Wein. »Ganz gut.«

»Für einen lokalen Billiganbieter«, sagte Val.

Eine Weile herrschte eine beklemmende Stille, bis Val erneut mit großem Gestus von dem Wein probierte und schließlich sagte: »Sie glauben doch nicht wirklich dieses Zeug über das Seemonster?«

Gabe war erleichert. Sie wollte mit ihm über die Arbeit reden. Er hatte befürchtet, daß es etwas anderes war, worüber sie sich unterhalten wollte – irgendwas –, und er hatte keine Ahnung, wie er das anstellen sollte. »Na ja, da sind die Spuren, die sehr authentisch aussehen, so daß, wenn jemand sie getürkt hat, dieser Jemand fossile Spuren sehr genau studiert haben muß und sie perfekt nachgebildet hat. Dann ist da der Zeitpunkt der Rattenwanderung, plus Theo und Ihre Patientin Estelle, oder wie sie hieß.«

Val stellte ihr Glas ab. »Gabe, ich weiß, Sie sind Wissenschaftler, und eine Entdeckung wie diese könnte Sie reich und berühmt machen, aber ich glaube einfach nicht, daß sich hier im Ort ein Dinosaurier herumtreibt.«

»Reich und berühmt? Darüber habe ich noch gar nicht nachgedacht. Sicher, ich nehme schon an, daß man eine gewisse Anerkennung ernten kann.«

»Hören Sie, Ihr Metier sind harte Fakten, aber mein alltägliches Geschäft sind die Einbildungen und Konstruktionen in den Hirnen der Leute. Es handelt sich lediglich um Spuren auf dem Boden, vermutlich ist es irgendwas ähnliches wie der Bigfoot-Schwindel in Washington vor ein paar Jahren. Theo ist ein chronischer Drogenkonsument, und Estelle und ihr Freund Catfish sind vom Typ her Künstler. Sie alle haben eine stark ausgeprägte Phantasie.«

Gabe war mehr als nur leicht irritiert von der Art, wie sie seinen Freund Theo und die anderen herabwürdigte. Er dachte einen Augenblick nach und sagte dann: »Als Biologe habe ich eine bestimmte Theorie die Phantasie betreffend. Ich glaube, es ist ziemlich offensichtlich, daß Furcht – sei es vor lauten Geräuschen, sei es vor großer Höhe – einen Überlebensmechanismus darstellt, den wir uns im Laufe der Jahre angeeignet haben. Und im Falle der Phantasie verhält es sich ebenso. Alle Welt glaubt, daß es die großen starken Höhlenmenschen waren, die sich die Mädchen geschnappt haben, und in der Vielzahl der Fälle mag das auch stimmen, aber physische Stärke erklärt nicht, wieso unsere Rasse die Zivilisation entwickelt hat. Ich denke, es gab immer irgendwo einen verschrobenen Träumer, der am Rande des Feuers gesessen hat und die Phantasie hatte, sich Gefahren vorzustellen, der mit seiner Phantasie in die Zukunft schaute und Möglichkeiten erkannte und der deshalb überlebte und seine Gene an die nächste Generation weitergab. Als die großen starken Affenmenschen irgendwann beim Laufen in einen Abgrund stürzten oder bei dem Versuch umkamen, ein Mammut mit Stöcken zur Selbstaufgabe zu zwingen, stand der Träumer am Rande des Geschehens und dachte: ›Hey, das Ganze könnte funktionieren, aber ihr müßt das Mammut dazu bringen, in den Abgrund zu rennen.‹ Und dann ist er los und hat sich mit den Frauen gepaart, deren Versorger umgekommen waren.«

»Also wird die Welt von Eierköpfen beherrscht«, sagte Val mit einem Lächeln. »Aber wenn Furcht und Phantasie einen derartig hohen Entwicklungsstand bedingen, dann müßte eigentlich jemand mit paranoiden Wahnvorstellungen die Welt beherrschen.« Val wurde nun ebenfalls von der Theorie gepackt. Wie seltsam, sich mit einem Mann über Ideen zu unterhalten und nicht über Besitztümer und Karriereplanung. Val gefiel das. Und zwar sehr.

Gabe sagte: »Na ja, im Fall von Hitler waren wir doch schon ziemlich nah dran, oder? Die Evolution leistet sich manchmal auch Fehltritte. Eine Zeitlang funktionierten große Zähne ziemlich gut, bis sie schließlich zu groß wurden. Die Stoßzähne des Mastodons wurden irgendwann so groß, daß sie den Tieren buchstäblich das Genick gebrochen haben. Und vermutlich ist Ihnen auch schon aufgefallen, daß Katzen nicht mehr mit Säbelzähnen herumlaufen.«

»Okay, ich glaube ja, daß die Phantasie einen Quantensprung in der Evolution darstellt. Aber was ist mit Depressionen?« Jetzt, da sie über geistige Verfassung redeten, kam ihr wieder in den Sinn, was sie ihren Patienten angetan hatte. Ihre Vergehen kreisten in ihrem Hirn herum und suchten einen Ausweg. »Die Psychiatrie betrachtet die geistige Verfassung mehr und mehr unter physischen Aspekten, das haut also hin. Deswegen behandeln wir Depressionen mit Drogen wie Prozac. Aber welchen evolutionären Zweck gibt es für Depressionen?«

»Darüber habe ich nachgedacht, seit Sie es beim Essen erwähnt haben«, sagte Gabe. Er trank sein Glas aus und rückte näher zu ihr hin, als ob sie, wenn sie ihm näher war, seine Begeisterung eher teilen würde. Er war voll in seinem Element. »Eine Menge Tiere außer dem Menschen bekommen Depressionen. Höhere Säugetiere wie Wale und Delphine können daran sterben, aber selbst Ratten können sich den Blues einfangen. Ich kann mir auch nicht erklären, welcher Zweck dem zugrunde liegt. Aber beim Menschen verhält es sich wie bei Kurzsichtigkeit: Die Zivilisation dient als Schutz für eine biologische Schwäche, die andernfalls durch natürliche Gefahren oder Raubtiere ausgerottet worden wäre.«

»Raubtiere? Wie das?«

»Ich weiß nicht. Kann sein, daß Depressionen das Beutetier langsamer machen, daß es weniger schnell auf Gefahren reagiert. Wer weiß?«

»Folglich kann es sein, daß sich irgendwann ein Raubtier entwickelt, das ausschließlich Jagd auf deprimierte Beutetiere macht?« Aber klar, dachte Val. Meine Beute waren doch auch ausschließlich deprimierte Leute, davon habe ich mich doch ernährt, oder? Mit einem Mal schämte sie sich für ihr Haus und den puren Materialismus, der daraus sprach. Hier war ein unglaublich kluger und brillanter Mann, der sich um das reine Wissen bemühte, während sie ihre Integrität für einen Mercedes und einen Haufen Antiquitäten verhökert hatte.

Gabe schenkte sich noch ein Glas ein und lehnte sich zurück. Nachdenklich sagte er: »Eine interessante Idee. Ich würde vermuten, daß es einen chemischen oder verhaltenstechnischen Stimulus gibt, der das Raubtier auf das deprimierte Tier lenkt. Ein niedriger Serotoninspiegel kann zum Ansteigen der Libido führen, zumindest zeitweise, das ist doch richtig?«

»Ja«, sagte Val. Deswegen sind alle in der Stadt geil wie Nachbars Lumpi, dachte sie.

»Deswegen«, fuhr Gabe fort, »gibt es mehr Tiere, die sich paaren und die genetische Veranlagung zu Depressionen weitergeben. Die Natur neigt dazu, Mechanismen zu entwickeln, um die Balance zu wahren. Ein Raubtier oder eine Krankheit würden natürlicherweise die deprimierte Population in Grenzen halten. Interessant. Ich fühle mich in letzter Zeit ziemlich geil, und ich frage mich, ob ich an Depressionen leide.« Gabe riß die Augen weit auf, und er schaute Val voller Entsetzen darüber an, was er gerade gesagt hatte. Er kippte seinen Wein hinunter und sagte: »Entschuldigen Sie bitte, ich...«

Val hielt es nicht mehr aus. Gabes Ausrutscher hatte bei ihr Tür und Tor geöffnet, und sie schritt hindurch. »Gabe, wir müssen uns unterhalten.«

»Es tut mir echt leid. Ich wollte nicht...«

Sie packte seinen Arm, damit er Ruhe gab. »Nein, ich muß Ihnen etwas sagen.«

Gabe machte sich auf das Schlimmste gefaßt. Eben noch in den luftigen Höhen der Theorie schwebend, war er hinuntergefallen auf das mit Peinlichkeiten verminte, harte Terrain erster Verabredungen, und sie würde nun die Komm-bloß-nicht-auf-falsche-Gedanken-Bombe auf ihn abwerfen.

Sie packte ihn am Arm, und ihre Fingernägel gruben sich tief genug in seinen Bizeps ein, daß er zusammenzuckte.

Sie sagte: »Vor etwas mehr als einem Monat habe ich bei einem Drittel der Leute in Pine Cove sämtliche Antidepressiva abgesetzt.«

»Häh?« Das war keinesfalls das, was er erwartet hatte. »Mein Gott. Warum?«

»Wegen Bess Leanders Selbstmord. Oder was ich für einen Selbstmord gehalten habe. Ich habe mir in meiner Praxis kein Bein ausgerissen, sondern einfach nur Rezepte ausgeschrieben und Gebühren kassiert.« Sie erklärte ihm ihr Arrangement mit Winston Krauss und daß der Apotheker sich geweigert hatte, den Leuten wieder ihre Medikamente auszuhändigen. Als sie am Ende ihrer Erzählung angelangt war und auf sein Urteil wartete, standen ihr Tränen in den Augen.

Er legte zaghaft seine Arme um sie, in der Hoffnung, daß dies genau das war, was man in einer solchen Situation tun sollte. »Warum haben Sie mir das erzählt?«

Sie schmolz an seiner Brust dahin. »Weil ich Ihnen vertraue und weil ich es irgend jemandem erzählen mußte und ich eine Lösung finden muß, was jetzt zu tun ist. Ich will nicht ins Gefängnis, Gabe. Vielleicht haben nicht alle meiner Patienten Antidepressiva gebraucht, aber bei einigen von ihnen waren sie wirklich notwendig.« Sie schluchzte sich an seiner Schulter aus, und er fing an, ihr übers Haar zu streichen, bis er schließlich ihr Kinn nach oben hob und ihre Tränen wegküßte.

»Das kommt schon wieder in Ordnung. Ganz bestimmt.«

Sie blickte ihm in die Augen, auf der Suche nach einem Anzeichen von Arglist, und als sie nichts dergleichen entdecken konnte, küßte sie ihn und zog ihn auf die Couch hinunter.

Eine höhere Macht

Und sie beteten den Lindwurm an,
und jener gab der Bestie Macht.
Und sie beteten die Bestie an und sagten:
Wer kommt der Bestie gleich?

Offenbarung des Johannes 13:4

Ich sollte ein Paar Klauen sein
voller Kanten und Zacken und scharren über den
Grund der schweigenden Meere.

T. S. Elliot *»Das Liebeslied des J. Alfred Prufrock«*

- 23 -

STEVE

Von welchen Schrecken kann ein Drache träumen? Eine Kreatur, die auf ihre Weise den Planeten über Jahrmillionen hinweg beherrscht hat, eine Kreatur, der mickrige menschliche Säugetiere Tempel errichtet haben, eine Kreatur, die keinen Feind hat außer der Zeit – was konnte sich eine solche Kreatur zusammenträumen, das sie in Angst und Schrecken versetzte? Sollen wir es Bewußtsein nennen?

Und so lag der Drache – sexuell befriedigt, den Bauch voller Drogendealer – unter einer Gruppe von Eichen und träumte eine Vision vom Vergehen der Zeit. Das ewige Jetzt, das er immer nur gekannt hatte, war nun plötzlich mit einer Geschichte versehen. In seinem Traum sah er sich als Larve, eingehüllt in einer schützenden Tasche unter der Zunge seiner Mutter, bis es schließlich sicher genug war, unter ihren wachsamen Blicken die Welt draußen zu erkunden. Er sah vor sich das Jagen, die Paarungsvorgänge, die Formen, die er nachzuahmen gelernt hatte, während seine flüchtige DNS sich nicht wie bei anderen Lebensformen im Laufe von Generationen veränderte, sondern im Verlauf von Zellteilungen. Er sah die Männchen, die er nach der Paarung gefressen hatte, als er noch ein Weibchen war, und die drei Jungen, die er damals zur Welt gebracht hatte, einschließlich des letzten, das von einem Warmblüter getötet worden war, der den Blues sang. Er erinnerte sich an die vor nicht allzu langer Zeit erfolgte Umwandlung von einem Weibchen zu einem Männchen, und die Erinnerungen daran erschienen ihm in Gestalt von Bildern und nicht in Form von instinktiven Mustern und konditionierten Reaktionen.

Er sah all diese Bilder in einem Traum, der ausgelöst worden war durch den eigenartigen Paarungsvorgang mit dem Warmblüter, und er fragte sich, warum. Zum ersten Mal in den fünftausend Jahren seiner Existenz fragte er sich: *Warum?* Und sein Traum antwortete mit einer Bilderflut von Ozeanen und Sümpfen, Flüssen und Mooren, Gräben und Gebirgen unter der Meeresoberfläche, und sie waren alle verlassen von seiner Rasse. Er hätte genausogut in der kalten Schwärze am Ende des Universums treiben können, wo das Licht die Hoffnung aufgibt und die Zeit ihrem eigenen Schwanz hinterherjagt, bis sie vor Erschöpfung stirbt, denn genauso allein war er.

Bei manchen Kerls hat Sex nun mal solche Folgen.

VAL

»Oh, mein Gott, die Rattenhirne!« rief Gabe.

Dies war eine ganz andere Art der Reaktion auf sexuelle Aktivitäten. Val wußte nicht genau, ob sie sich gekränkt fühlen sollte, denn sie kam sich in diesem Augenblick ziemlich verletzlich vor mit ihren Knien auf Höhe der Ohren, einem Biologen über sich und ihrer Strumpfhose, die von einem ihrer Füße herunterhing wie eine arg in Mitleidenschaft gezogene Regimentsfahne.

Gabe fiel in ihre Arme, und sie warf einen Blick über die Schulter zum Couchtisch, um nachzusehen, ob sie nicht vielleicht die Weingläser auf den Teppich gekippt hatten.

»Mit dir alles in Ordnung?« fragte sie ein wenig außer Atem.

»Entschuldige, aber mir ist gerade aufgegangen, was mit diesem Wesen los ist.«

»Darüber hast du nachgedacht?« Jawohl, ihre Gefühle waren verletzt, definitiv.

»Nein, nicht währenddessen. Aber gleich danach, da ist es mir aufgegangen, wie eine Erleuchtung. Irgendwie schafft es das Wesen, Säugetiere anzulocken, die einen niedrigeren Serotoninspiegel haben als normal. Und du hast – wieviel? – ein Drittel der Leute, die herumlaufen und sich mit dem Entzug von Antidepressiva herumschlagen.«

Jetzt war sie nicht mehr verletzt, sondern stinksauer. Sie stieß ihn von sich weg, stand auf, zog sich den Rock herunter und marschierte davon. Er wurschtelte sich in seine Hose und schaute sich nach dem Hemd um, das zerfetzt hinter dem Sofa lag. Seine Sonnenbräune endete am Hals und unterhalb der Schultern an den Oberarmen; der Rest seines Körpers war käseweiß. Aus dem Zwischenraum zwischen dem Sofa und dem Couchtisch schaute er mit flehenden Augen zu ihr auf wie aus einem Sarg, in dem er nun lebendig begraben werden würde.

»Es tut mir leid«, sagte er.

Er schaute ihr nicht in die Augen, und Val bemerkte mit einem Mal, daß er seine Worte an ihre nackten Brüste richtete. Sie zog ihre Bluse zu, und eine wahre Kanonade wüster Beschimpfungen kam ihr in den Sinn, doch was hätte es ihr genützt, diese Bosheiten abzufeuern, außer, daß sie sich beide hinterher geschämt hätten? Er war nun mal, wie er war – ehrlich und aufrichtig –, und sie wußte, daß er sie nicht hatte verletzen wollen. Also weinte sie und dachte: Na prima, die Heulerei hat mir den Schlamassel hier überhaupt erst eingebrockt!

Sie ließ sich auf die Couch fallen und vergrub ihr Gesicht in den Händen. Gabe rückte näher und legte seinen Arm um sie. »Es tut mir wirklich leid. Ich bin, was das angeht, ziemlich dämlich.«

»Du bist prima. Es ist einfach nur zuviel.«

»Ich gehe vielleicht besser.« Er machte Anstalten aufzustehen.

Sie packte seinen Arm. »Wenn du jetzt gehst, komm ich dir hinterher und mach dich kalt wie einen tollwütigen Hund.«

»Ich bleibe.«

»Nein, geh«, sagte sie. »Ich versteh schon.«

»Okay, dann gehe ich.«

»Wag es bloß nicht.« Sie schlang ihre Arme um ihn, küßte ihn heftig und zog ihn auf die Couch hinunter. Ein paar Sekunden später waren sie wieder völlig ineinander verschlungen.

Jetzt ist aber Schluß mit der Heulerei, dachte sie. Daran liegt's nämlich. Dieser Kerl wird geil, wenn er mich leiden sieht.

Doch bald darauf waren sie nur noch ein keuchendes, schwitzendes Häufchen auf dem Boden, und der Gedanke an Tränen war Lichtjahre entfernt.

Und dieses Mal sagte Gabe: »Das war wundervoll.«

Val bemerkte ein umgekipptes Weinglas neben ihrem Kopf und eine blutrote Lache Cabernet, die sich auf dem Teppich ausbreitete. »Was war's noch mal – Salz oder Mineralwasser?«

Gabe rückte soweit von ihr ab, daß er ihre Augen sehen konnte, und bemerkte, daß sie auf den Fleck auf dem Teppich gerichtet waren. »Salz und kaltes Wasser, glaube ich. Oder ist das Blut?« Ein Schweißtropfen perlte von seiner Stirn auf ihre Lippen.

Sie schaute ihn an. »Diesmal hast du aber nicht an dieses Wesen gedacht, das gar nicht existiert, oder?«

»Nur an dich.«

Sie lächelte. »Wirklich?«

»Und an einen Rasentrimmer, seltsamerweise.«

»Du machst Witze.«

»Ähm, ja, genau. Ich hab nur an dich gedacht.«

»Du hältst mich also nicht für ein elendes Miststück wegen dem, was ich getan habe?«

»Du hast nur versucht das zu tun, was du für richtig gehalten hast. Was kann daran elend sein?«

»Ich fühl mich elend.«

»Es ist lange her. Ich bin ein bißchen aus der Übung.«

»Nein, nicht deswegen. Wegen meiner Patienten. Glaubst du wirklich, daß irgendein Wesen sich auf die Jagd nach ihnen machen könnte?«

»Das war nur eine Theorie. Vielleicht gibt es so ein Wesen ja überhaupt nicht.«

»Und wenn doch? Sollten wir nicht die Nationalgarde alarmieren oder so was?«

»Ich hab mir überlegt, ob ich Theo anrufen soll.«

»Theo ist doch überhaupt kein richtiger Polizist.«

»Er hat aber ein Recht darauf, Bescheid zu wissen.«

Schweigend lagen sie ein paar Minuten lang da und schauten zu, wie sich der Rotweinfleck auf dem Teppich immer weiter ausbreitete, während sie spürten, wie der Schweiß an ihren Rippen heruntertroff, und sie dem Herzschlag des anderen lauschten.

»Gabe?« flüsterte Val.

»Ja?«

»Vielleicht sollten wir zu einer Partnerberatung gehen.«

»Sollten wir uns vorher nicht lieber erst anziehen?«

»Das mit dem Rasentrimmer war dein Ernst, oder?«

»Ich weiß auch nicht, woher das Bild aufgetaucht ist.«

»In San Junipero gibt es angeblich einen guten Partnertherapeuten, außer du würdest lieber zu einer Frau gehen.«

»Ich dachte, wir wollten die Nationalgarde alarmieren.«

»Nur, wenn sich's nicht vermeiden läßt«, sagte Val und dachte. Wenn wir die ganze Geschichte einem Therapeuten erzählen, lasse ich den Teil mit dem umgekippten Weinglas aber aus.

THEO

Gibt es irgendwas Nervigeres als Leute, die gerade gevögelt haben? Besonders, wenn man es selber nicht getan hat. Und zwar schon eine ganze Weile lang.

O ja, es war nicht zu übersehen – schon als sie zur Tür von Mollys Trailer hereinkamen und Theo zum zweiten Mal in dieser Nacht aufweckten: Gabes Grinsen, das so breit war wie der Kühlergrill eines alten Chryslers, und Val Riordan, die Jeans trug und kaum Make-up. Beide leicht durcheinander und dauernd am Kichern wie kleine Kinder. Theo hätte am liebsten gekotzt. Er freute sich für die beiden, aber dennoch hätte er am liebsten gekotzt.

»Was gibt's?« fragte Theo.

Gabe stand förmlich unter Strom und gab sich alle Mühe, sich nichts anmerken zu lassen. Er steckte die Hände in die Taschen, damit er nicht wild mit ihnen in der Luft herumfuchtelte. »Ich –« Er schaute Val an und lächelte. »*Wir* glauben, daß dieses Wesen, wenn es denn existiert, eventuell von Beutetieren mit einem niedrigen Serotoninspiegel angezogen wird.«

Gabe stand wippend auf seinen Fußballen, während er darauf wartete, daß seine Worte eine Wirkung zeitigten. Theo jedoch saß einfach nur da und starrte ihn mit der unveränderten Miene besorgter Erschöpfung an, die er schon an den Tag gelegt hatte, als die beiden zur Tür hereingekommen waren. Er nahm an, daß von ihm erwartet wurde, daß er nun irgendwas sagte.

»Molly war hier«, erklärte Theo. »Das Wesen existiert. Es hat Mikey Plotznik gefressen und Joseph Leander und wer weiß wen sonst noch. Sie sagt, es ist ein Drache.«

Gabes Lächeln verflüchtigte sich mit einem Schlag. »Das ist großartig. Ich meine, das ist natürlich furchtbar, aber vom Standpunkt des Wissenschaftlers aus gesehen ist es großartig. Ich habe noch eine Theorie über diese Tierart. Ich denke, es verfügt über einen ganz speziellen Mechanismus, um seine Beute anzulocken. Bist du in letzter Zeit geil gewesen?«

»Du brauchst nicht gleich abzuheben, Gabe. Es freut mich ja, daß ihr beide euren Spaß gehabt habt, aber man muß ja nicht unbedingt Salz in die Wunden streuen.«

»Nein, nein, du verstehst mich falsch.« Gabe setzte ihm auseinander, wie es dazu gekommen war, daß Val Riordan bei ihren Patienten sämtliche Antidepressiva abgesetzt hatte und wie infolgedessen das Sinken des Serotoninspiegels zu einem Ansteigen der Libido geführt hatte. »Folglich wimmelt es in Pine Cove nur so von Leuten, die geil sind.«

»Haargenau«, sagte Theo, »und ich komme trotzdem nicht zum Stich.«

Val Riordan lachte, und Theo starrte sie an. Gabe sagte: »Die Ratten, die noch am Leben waren und die ich in der Nähe von diesem Trailer gefunden habe, wo wir glauben, daß dieses Wesen auch gewesen ist, diese Ratten waren dabei, sich zu paaren, als ich sie gefunden habe. Es gibt ein paar Arten fleischfressender Pflanzen, die Sex-Pheromone absondern, um so ihre Beute anzulocken. Bei einigen Tierarten kommt es vor, daß das Verhalten des Männchens – ein Duft, ein Tanz oder sein Federschmuck – die Eierstöcke des Weibchens stimuliert, ohne daß es zu einem physischen Kontakt kommt. Ich denke, das ist mit uns passiert.«

»Unsere Eierstöcke sind stimuliert worden?« Theo rieb sich den Schlaf aus den Augen. »Ich will ganz ehrlich zu dir sein, Gabe, aber ich spüre es nicht.«

Val wandte sich an Gabe. »Das ist aber nicht sehr romantisch.«

»Es ist unglaublich aufregend. Das, womit wir es hier zu tun haben, ist vielleicht das eleganteste Raubtier, das die Welt je gesehen hat.«

Theo schüttelte den Kopf. »Ich habe kein Zuhause, keinen Job, keinen Wagen. Möglicherweise gibt es schon einen Haftbefehl auf meinen Namen, und du willst, daß ich aus dem Häuschen gerate darüber, daß hier in der Stadt ein Monster rumkraucht, das einen geil macht, damit es einen fressen kann? Tut mir leid, Gabe, aber irgendwie kann ich dem keine positiven Seiten abgewinnen.«

Val meldete sich zu Wort: »Unter Umständen ist das aber auch der Grund, warum es dir so leichtgefallen ist, mit dem Grasrauchen aufzuhören.«

»Wie bitte? Leichtgefallen?« Theo wäre am liebsten aufgesprungen und hätte beiden eine gescheuert.

»Hast du's jemals so lange ohne geschafft?«

»Kann gut sein, daß sie recht hat, Theo«, sagte Gabe. »Wenn dieses Ding Auswirkungen auf den Serotoninspiegel hat, dann kann es genausogut sein, daß es auch andere Neurotransmitter beeinflußt.«

»Na prima«, sagte Theo. »Dann machen wir doch eine Entzugsklinik auf! Die eine Hälfte der Patienten verfüttern wir an das Ungeheuer, und die andere wird wieder gesund. Ich kann's kaum erwarten.«

»Du brauchst nicht gleich sarkastisch zu werden«, sagte Gabe. »Wir versuchen bloß, dir zu helfen.«

»Helfen? Helfen wobei? Kneipenschlägereien? Damit komme ich klar. Skateboard-Diebstahl? Kein Problem. Aber in meiner ganzen Polizeikarriere habe ich noch nichts erlebt, das mich auf so was wie das hier vorbereitet hätte.«

»Da hat er recht, Gabe«, sagte Val. »Theo ist doch eher so was wie ein Miet-Polizist. Vielleicht sollten wir doch besser den Sheriff oder die Nationalgarde alarmieren.«

»Und was wollt ihr denen erzählen?« fragte Theo. Miet-Polizist? Nicht mal das bin ich noch.

»Da hat er recht«, sagte Gabe. »Genau betrachtet haben wir schließlich nichts.«

»Der alte Blues-Sänger hat es gesehen«, sagte Val.

Theo nickte. »Wir müssen ihn finden. Vielleicht wird er ...«

»Er wohnt bei Estelle Boyet«, sagte Val. »Ich habe die Adresse von ihr in meinem Büro.«

- 24 -

DER SHERIFF

Sheriff John Burton stand neben den Überresten von Theos Volvo und hämmerte mit den Fingern auf die Tastatur seines Handy ein. Der Geruch der Kuhscheiße, in die er hineingetreten war, strömte von seinen Guccis in die Höhe und stieg ihm in die Nase, während der feuchte Wind seine silbrig schimmernde Gelfrisur in alle Himmelsrichtungen abstehen ließ. Sein schwarzer Armani-Anzug war mit der Asche verschmiert, in der er hinter Theos Hütte herumgestochert hatte, weil er dachte, daß vielleicht eine verkohlte Leiche darunter begraben war. Sheriff Burton war alles andere als glücklich.

Ging denn kein Schwein mehr ans Telefon? Er hatte Loseph Leander angerufen, Theophilus Crowe und Jim Beer, den Besitzer der Ranch, doch niemand ging ran. Und haargenau das war der Grund, warum es ihn mitten in der Nacht nach Pine Cove verschlagen hatte und er kurz davor stand, in Panik auszubrechen. Die zweite Schicht von Speed-Köchen sollte in diesem Augenblick bei der Arbeit im Labor sein, doch es war niemand zu sehen. Seine ganze Welt fiel um ihn herum in Scherben, und schuld daran war nur ein verkiffter Constable, der vergessen hatte, daß Inkompetenz seine höchste Dienstpflicht war.

Bei Crowe klingelte das Telefon. Burton hört ein Klicken, und augenblicklich wurde aufgelegt. »Scheiße!« Er klappte das Handy zu und steckte es in die Tasche seines Jacketts. Jemand ging bei Crowe ans Telefon. Entweder war er noch am Leben, oder Leander hatte ihn umgebracht, ihm das Telefon abgenommen und versuchte nun, ihn zu verarschen. Andererseits parkte Leanders Van vor Crowes Hütte. Wo war er also? Zu Hause jedenfalls nicht, da hatte Burton schon nachgesehen und nichts weiter vorgefunden als einen verschlafenen Babysitter und zwei völlig erledigte kleine Mädchen in Nachthemden. Würde Leander sich aus dem Staub machen und seine Töchter zurücklassen?

Burton zückte erneut sein Handy und wählte die Nummer der Datenverarbeitung im Polizeirevier. Spider meldete sich.

»Nailsworth«, sagte der Spider. Burton hörte ihn kauen.

»Legen Sie das Twinkie weg, Sie elender Fettkloß. Sie müssen mir einen Namen und eine Adresse raussuchen.«

»Es ist kein Twinkie, sondern ein Snoball. In Rosa. Und außerdem esse ich nur die Marshmallow-Glasur.«

Burton fühlte, wie seine Schläfen zu pochen begannen, und gab sich große Mühe, seine Wut im Zaum zu halten. Er war so überstürzt nach Pine Cove aufgebrochen, daß er seine Blutdruckmedikamente vergessen hatte. »Der Name lautet Betsy Butler; was ich brauche, ist ihre Adresse in Pine Cove.«

»Die Freundin von Joseph Leander?« fragte der Spider.

»Woher wissen Sie das?«

»Ich muß doch sehr bitten, Sheriff«, sagte der Spider und zog dabei indigniert die Nase hoch. »Sie wissen doch, mit wem Sie reden, oder?«

»Geben Sie mir einfach die Adresse.«Burton hörte Nailsworth tippen. Der Spider war gefährlich, eine ständige Bedrohung seines Unternehmens, doch Burton bekam ihn einfach nicht zu fassen. Er war immun gegen Bestechung oder Drohungen jedweder Art, und es schien, als sei er einfach nur zufrieden mit dem, was er hatte, solange er auf diese Art erreichte, daß alle vor ihm im Staub kriechen mußten. Und den fettleibigen Informationsbeschaffer einfach zu feuern, traute Burton sich auch nicht, denn er hatte zuviel Angst davor, was dieser eventuell über ihn wußte. Vielleicht half ja der Fingerhut-Tee, den Leander bei seiner Frau verwendet hatte. Es war unwahrscheinlich, daß jemand Verdacht schöpfte, wenn ein Mann einen Herzanfall erlitt, der schon beim Auspacken eines Snickers außer Atem geriet.

»Keine Adresse«, sagte Nailsworth. »Nur ein Postfach. Ich habe das Führerscheinamt, die Zulassungsstelle und die Sozialversicherung überprüft. Sie arbeitet im H. P.'s Café in Pine Cove. Wollen Sie die Adresse?«

»Es ist fünf Uhr morgens, Nailsworth. Ich muß diese Frau jetzt gleich auftreiben.«

Spider seufzte. »Der Laden macht um sechs Uhr auf. Wollen Sie die Adresse?«

Burton schäumte vor Wut. »Geben Sie sie mir«, sagte er zähneknirschend.

Der Spider gab ihm eine Adresse in der Cypress Street und sagte: »Probieren Sie mal die Eier Sothoth, die sind angeblich ganz hervorragend.«

»Woher wissen ausgerechnet Sie das? Sie verlassen doch nie Ihr gottverdammtes Büro?«

»Ach, was für Narren sind diese Sterblichen«, erwiderte der Spider mit einem grauenhaften britischen Akzent. »Ich weiß alles, Sheriff. Alles.« Dann legte er auf.

Burton atmete tief durch und schaute auf seine Rolex. Er hatte genug Zeit, um Jim Beer noch einen Besuch abzustatten, bevor das Restaurant öffnete. Der alte Scheißer war vermutlich schon auf den Beinen und gab den Kühen eins zwischen die Hörner oder was zum Teufel Rancher sonst so um diese Uhrzeit anstellten. Jedenfalls ging er nicht ans Telefon. Burton stieg in seinen schwarzen Eldorado und röhrte über den holprigen Feldweg in Richtung auf das Gatter bei Theos Hütte.

Als er auf der Küstenstraße war, um im Bogen um die Ranch herum zum vorderen Gatter zu fahren (nie im Leben hätte er den Caddy zwei Meilen über Kuhfladen gescheucht, eher sollte er der Verdammnis anheimfallen), trat jemand in den Lichtkegel seiner Scheinwerfer, und er stieg mit beiden Füßen auf die Bremse. Das Antiblockiersystem pulste und pochte, und der Caddy kam knapp vor einer Frau in einem weißen Chorgewand zum Stehen. Es war eine ganze Reihe von diesen Gestalten, die den Coast Highway entlangschritten und dabei brennende Kerzen gegen den Wind abschirmten. Sie hoben nicht einmal den Blick, sondern gingen wie in Trance an seinem Wagen vorbei.

Burton kurbelte das Fenster herunter und streckte den Kopf hinaus.

»Hey, Leute, was macht ihr da? Es ist fünf Uhr morgens.«

Ein Mann mit hoher Stirn und einem Chorgewand, das drei Nummern zu klein war, hob den Kopf und zeigte ein glückliches Lächeln. Er sagte: »Wir wurden vom Heiligen Geist gerufen. Wir wurden gerufen.« Dann ging er weiter.

»Na ja, es hätt' nicht viel gefehlt, und ihr hättet ihn jetzt schon gesehen!« rief Burton, doch niemand achtete auf ihn. Er ließ sich auf seinen Sitz zurücksinken und wartete, bis die Prozession vorbeigezogen war. Es waren nicht nur Leute in Chorgewändern, sondern auch alternde Hippies mit Birkenstock-Sandalen, ein halbes Dutzend Angehörige der Generation X in Sonntagsanzügen und ein dürrer Kerl im safrangelben Gewand eines buddhistischen Mönchs.

Burton zerrte seinen Aktenkoffer vom Beifahrersitz und ließ ihn aufklappen. Gefälschter Paß, Führerschein, Sozialversicherungskarte, ein falscher Bart und ein Flugticket zu den Cayman Islands: sein Notgepäck de Luxe, das er immer bei sich trug, falls er sich schnellstens abseilen mußte. Vielleicht war es ja jetzt an der Zeit, sich aus dem Staub zu machen.

SKINNER

Na also, der Futter-Typ hat endlich ein Weibchen abbekommen, dachte Skinner. Lag vermutlich daran, daß er den Geruch haschierter Kühe an sich hatte. Skinner war selbst versucht gewesen, sich in der Brühe zu wälzen, doch er hatte Angst gehabt, daß der Futter-Typ ihn anbrüllen würde. (Und das haßte er.) Außerdem, das hier war noch besser: in einem neuen Auto rumzufahren, zusammen mit dem Futter-Typ, seinem neuen Weibchen und dem langen Kerl, der immer nach verbranntem Gras roch und ihm manchmal Hamburger gab. Er schaute aus dem Fenster und wedelte mit dem Schwanz, den er Theo bei dieser Gelegenheit mehrfach ins Gesicht klatschte.

Jetzt hielten sie an. Junge, Junge, vielleicht würden sie ihn ja im Wagen lassen. Das wäre prima; die Sitze hatten Biß und schmeckten nach Kuh. Aber nein, sie ließen ihn raus, sagten, er solle mitkommen zu einem kleinen Haus. Ein alter Kerl machte die Tür auf, und Skinner rammte ihm zur Begrüßung die Nase in den Schritt. Der alte Kerl kraulte ihm die Ohren. Skinner mochte ihn. Er roch wie ein Hund, der die ganze Nacht lang geheult hat. In seiner Nähe fühlte Skinner das Bedürfnis, ebenfalls zu heulen, was er dann auch tat, aber nur ein einziges Mal, wobei er den traurigen Klang seiner Stimme richtig genoß.

Der Futter-Typ sagte, er solle aufhören.

Der alte Kerl sagte: »Ich glaube, ich weiß, wie's dir geht.«

Sie gingen alle nach drinnen und ließen Skinner auf der Treppe zurück. Sie waren nervös, allesamt, das konnte Skinner riechen, und vermutlich würden sie nicht allzulange drinnen bleiben. Er mußte sich an die Arbeit machen. Es war ein großes Grundstück mit jeder Menge Büsche, wo andere Hunde ihm Nachrichten hinterlassen hatten. Er mußte sie alle beantworten, so bekam jeder nur einen kleinen Spritzer. E-Mail für Hunde.

Er war erst zur Hälfte fertig, als sie wieder herauskamen.

Der lange Kerl sagte: »Nun, Mr. Jefferson, wir wollen das Monster aufspüren, und wir möchten, daß Sie uns helfen. Sie sind der einzige, der es gesehen hat.«

»Ach, wissen Sie, wenn Sie's sehen, werden Sie schon merken, was Sie vor sich haben«, sagte der alte Kerl. »Ich glaub nicht, daß Sie da groß auf meine Hilfe angewiesen sind.«

Alle verströmten einen Geruch von Traurigkeit und Angst, und Skinner konnte sich mit einem Mal nicht mehr beherrschen. Er stimmte ein verzweifeltes Geheul an und hielt den Ton so lange, bis der Futter-Typ ihn am Halsband packte und zum Wagen zerrte. Skinner hatte das unangenehme Gefühl, daß sie zu der Stelle fahren würden, wo die Gefahr lauerte.

Gefahr, Futter-Typ, warnte er. Sein Gebell im Inneren des Mercedes war schier ohrenbetäubend.

ESTELLE

Estelle kochte vor Wut, als sie die Teetassen vom Tisch abräumte und in die Spüle schleuderte. Zwei davon gingen zu Bruch, und sie fluchte, bis sie sich umdrehte und an Catfish wandte, der auf dem Bett saß und eine verhaltene Version des »Walkin' Man's Blues« auf seiner National zupfte.

»Du hättest ihnen helfen sollen«, sagte Estelle.

Catfish schaute auf die Gitarre und sang: »Ich hab ein fieses altes Weib, o Gott, und sie ist sauer die ganze Zeit.«

»Es gibt keinerlei Entschuldigung dafür, deine Kunst zu mißbrauchen, um vor dem Leben davonzurennen. Du hättest ihnen helfen sollen.«

»Ich hab ein fieses altes Weib, o Gott, o Gott, o Gott, und sie ist sauer die ganze Zeit.«

»Komm mir bloß nicht mit der Ignoranzmasche. Catfish Jefferson. Ich rede mit dir. Die Leute in dieser Stadt haben dich gut behandelt. Du solltest ihnen helfen.«

Catfish warf den Kopf nach hinten und sang die Decke an. »Sie weiß nicht, was ihr gehört und was mir, und deshalb gibt's immer Streit.«

Estelle schnappte sich eine Bratpfanne aus dem Regal und hob sie in die Höhe, um Catfish damit eins überzubraten. »Mach schon, sing noch 'ne Strophe über dein ›fieses altes Weib‹. Ich bin schon ganz neugierig, was sich auf ›verdroschen‹ reimt!«

Catfish legte die Gitarre beiseite und setzte seine Sonnenbrille auf. »Weißt du, daß immer wieder erzählt wird, daß es 'ne Frau war, die Robert Johnson vergiftet hat?«

»Weißt du, was sie benutzt hat?« Estelle lächelte nicht. »Ich schreibe gerade meinen Einkaufszettel.«

»Herrgott noch mal, Weib, warum redest du so daher? Ich war immer gut zu dir.«

»Und ich war gut zu dir. Deswegen singst du auch immer nur von einem fiesen alten Weib, stimmt's?«

»Na ja, ›süßes altes Weib‹ klingt ja wohl nicht besonders.«

Estelle ließ die Pfanne sinken. Tränen traten ihr in die Augen.

»Du kannst denen doch helfen, und wenn es vorbei ist, kannst du hierbleiben. Du kannst Musik machen, und ich male. Die Leute in Pine Cove mögen deine Musik.«

»Die Leute hier begrüßen mich auf der Straße, stecken zuviel Geld in mein Glas und spendieren mir Drinks – mir geht's zu gut, ich bin den Blues los.«

»Und was mußt du jetzt machen, um ihn dir wieder aufzuhalsen: deinen Wagen zu Schrott fahren, Baumwolle pflücken oder einen Mann in Memphis abknallen oder was? Und für was?«

»Weil ich nie was andres gemacht habe und sonst nichts andres kann.«

»Du hast nie was anderes probiert. Ich bin hier, und ich bin real. Ist es so schlimm zu wissen, daß man ein warmes Bett hat, in dem man mit jemand zusammen schlafen kann, der einen liebt? Da draußen ist nichts, Catfish.«

»Der Drache ist da draußen, und er wird ewig da draußen sein.«

»Dann stell dich ihm. Du bist ihm schon einmal entkommen.«

»Was kümmert dich das?«

»Weil es für mich alles andere als einfach war, nach allem, was ich durchgemacht habe, mein Herz zu öffnen, und ich für Feiglinge nicht mehr viel übrig habe.«

»Nenn es wie du willst, Mama.«

Estelle machte kehrt und ging in die Küche zurück. »Dann ist es vielleicht wirklich besser, wenn du gehst.«

»Ich hole nur meinen Hut«, sagte Catfish, legte die National in ihren Koffer und ließ die Schlösser zuschnappen. Er nahm seinen Hut vom Tisch und einen Moment später war er verschwunden.

Estelle drehte sich um und starrte auf die Tür. Als sie hörte, wie der Motor des Kombi angelassen wurde, fiel sie zu Boden und spürte plötzlich, wie das, was einmal wie eine von Wärme erfüllte Zukunft ausgesehen hatte, zu einem schwarzen Fleck wurde.

IN DER ZWISCHENZEIT ZU HAUSE AUF DER RANCH

Die Höhle lag unterhalb eines Abhangs in weniger als einer Meile Entfernung von dem Feldweg, der zu Theos Hütte führte. Von ihrem schmalen Eingang aus überblickte man eine breite, grasbewachsene Ebene, die sich bis zum Pazifik erstreckte, und in ihrem Inneren, das sich wie eine Kathedrale aufwölbte, hallte das Krachen der Wellen nach. Die Wände waren übersät von versteinerten Seesternen und Trilobiten, während der Boden mit einer Patina aus Fledermausguano und kristallisiertem Meersalz bedeckt war. Das letzte Mal, als Steve dieser Höhle einen Besuch abgestattet hatte, hatte sie noch unter Wasser gelegen, und er hatte hier einen angenehmen Herbst verbracht, in dem er sich an den Grauwalen sattgefressen hatte, die die Küste entlang zur Baja wanderten, um dort ihre Jungen zur Welt zu bringen. Natürlich hatte er keine bewußte Erinnerung an die Höhle, doch als er spürte, daß Molly nach einem Versteck suchte, hatte er sich von der Karte in seinem Gehirn, die vor langer Zeit in Instinkt übergegangen war, hierherführen lassen.

Seit ihrer Ankunft in der Höhle war Steve von einer düsteren Stimmung befallen worden. Und Molly ebenso. Sie hatte noch ein paar Mal den Rasentrimmer zum Einsatz gebracht, um ihn ein bißchen aufzumuntern, doch jetzt war ihr das Benzin für die Sexmaschine ausgegangen, und außerdem wurde sie allmählich wund zwischen den Schenkeln von den wiederholten Ritten auf seiner Zunge. Es waren zwei Tage vergangen, seit sie zum letzten Mal etwas gegessen hatte, und auch Steve verschmähte seine Kühe (schwarze Angus-Stiere, jetzt, da Molly wußte, daß er auf Milchprodukte allergisch reagierte).

Seit dem Auftauchen des Seeungeheuers war Molly von einer kontrollierten Euphorie befallen gewesen. Die Sorgen über ihre geistige Gesundheit waren dahingeschmolzen, und sie hatte mit ihm den Zen-Moment der animalischen Existenz geteilt; doch seit seinem Traum und der schrecklichen Erkenntnis seiner selbst, die sich über Steve gesenkt hatte, war in Mollys Bewußtsein eine Ahnung aufgestiegen, wie eine Forelle, die auf eine Fliege zusteuert: Sie paßten nicht zusammen.

»Steve«, sagte sie, während sie sich auf ihr Schwert stützte und ihm in eines seiner basketballgroßen Augen starrte. »Du hast einen Mundgeruch, der haut glatt 'nen Geier von 'nem Wagen voller Scheiße.«

Das Seeungeheuer verzichtete lieber darauf, sich gegen diese Anschuldigung zu wehren (denn die einzige Art, sich zu wehren, die Steve einfiel, bestand darin, ihr die Beine abzubeißen). Statt dessen beschränkte er sich darauf, ein jämmerliches Gewinsel anzustimmen, und er versuchte, seinen Kopf unter eines seiner Vorderbeine zu stekken. Augenblicklich bedauerte Molly ihre Bemerkung und bemühte sich, den Schaden wiedergutzumachen.

»Ach, ich weiß ja, daß es nicht deine Schuld ist. Vielleicht verkaufen sie ja demnächst Tic Tacs, die so groß sind wie Ohrensessel. Wir schaffen das schon.« Doch sie meinte es nicht ernst, und Steve spürte ihre Unaufrichtigkeit. »Vielleicht sollten wir öfter vor die Tür gehen«, fügte sie hinzu.

Draußen dämmerte es bereits, und ein Sonnenstrahl schien in die Kathedrale wie die Stablampe eines Polizisten durch eine verräucherte Bar. »Wie wär's mit Schwimmen?« fragte Molly. »Deine Kiemen scheinen ja ganz gut verheilt zu sein?« Woher sie wußte, daß es sich bei den an kleine Bäume gemahnenden Auswüchsen an seinem Hals um Kiemen handelte, war ihr auch nicht ganz klar – vielleicht gehörte dies ja zu den Dingen, über die Verliebte keine Worte verlieren müssen.

Steve hob den Kopf, und Molly dachte schon, sie hätte seine Aufmerksamkeit geweckt, doch dann bemerkte sie den Schatten, der den Eingang der Höhle verdunkelte. Sie hob den Kopf und sah ein halbes Dutzend Leute in Chorgewändern an der Stelle stehen, wo sich die Decke der Höhle zur Kathedrale aufwölbte.

»Wir sind gekommen, um unser Opfer darzubringen«, brachte eine Frau heraus.

»Und ihr habt garantiert keine einzige Pfefferminzpastille dabei«, sagte Molly.

- 25 -

THEO

H.P.'s Café war in der Hauptsache von der allmorgendlichen Frühschicht betagter Kaffeetrinker bevölkert. Theo kippte in rasantem Tempo drei Tassen Kaffee hinunter, wodurch er nur noch unruhiger wurde. Val und Gabe hatten sich zusammen eine Zimtrolle bestellt, von der Val nun ein Stück an Gabe verfütterte, als ob der Mann an ihrer Seite, der es immerhin geschafft hatte, ein mittleres Alter zu erreichen und zwei Doktortitel zu erwerben, nie gelernt hätte, selbständig zu essen. Theo wäre vor Empörung am liebsten geplatzt.

Val sagte: »Ich hoffe nur, es liegt nicht an diesem Ungeheuer, wie ich mich im Augenblick gerade fühle.«

Prima, dachte Theo, laß dir von der Tatsache, daß du all die Leute, die sowieso schon in der Scheiße gesteckt haben, noch tiefer in die Scheiße geritten hast, bloß nicht die Laune vermiesen. Und die strafbaren Handlungen, die du dir im Verlauf dessen hast zuschulden kommen lassen, erwähnen wir einem so putzigen Turteltäubchen gegenüber besser auch nicht. Andererseits war Theos Auffassung von Polizeiarbeit von dem Motto »fehlgeleitet, aber ehrlich« geprägt, und er glaubte aufrichtig daran, daß sie nur versucht hatte, einen Fehler wiedergutzumachen, indem sie die Medikamente bei ihren Patienten absetzte. Und obwohl Val ihn derzeit nervte wie ein Stachelschwein im Hintern, war er doch ehrlich genug einzusehen, daß er in erster Linie eifersüchtig auf das war, was sie in Gabe gefunden hatte. Kaum daß er dies erkannt hatte, fing auch Gabe an, ihm auf die Nerven zu gehen.

»Was sollen wir jetzt anstellen, Gabe? Das Ding irgendwie betäuben? Es erschießen? Oder was?«

»Vorausgesetzt, es existiert.«

»Es existiert«, blaffte Theo. »Aber wenn du noch lange wartest, bis du alle Beweise hast, befürchte ich, daß wir für dich einen Arschspender brauchen, weil das Vieh dir bis dahin deinen abgebissen hat.«

»Du brauchst jetzt nicht pampig zu werden, Theo. Ich bin einfach nur skeptisch, wie es sich für einen Forscher gehört.«

»Theo«, sagte Val, »ich kann dir eine Packung Valium verschreiben. Vielleicht sind dann die Entzugssymptome nicht mehr so schlimm.«

Theo schnaubte verächtlich. Allerdings war verächtlich zu schnauben etwas, das er nicht allzuoft tat, und deshalb machte es auf Gabe und Val den Eindruck, als versuche er, ein Haarknäuel hochzuwürgen.

»Mit dir alles in Ordnung?« fragte Gabe.

»Mir geht's prima. Ich hab nur verächtlich geschnaubt.«

»Worüber?«

»Über unsere Dr. Feelgood, die mir ein Rezept für Valium ausstellen will, damit ich mir von Winston Krauss eine Schachtel M&Ms andrehen lassen kann.«

»Das hatte ich total vergessen«, sagte Val. »Entschuldigung.«

»So wie's scheint, haben wir's mit mannigfaltigen Problemen zu tun, und ich hab nicht die geringste Ahnung, wo wir anfangen sollen«, sagte Theo.

»Mannigfaltigen?« fragte Gabe.

»Einem ganzen beschissenen Haufen«, sagte Theo.

»Ich weiß, was das Wort bedeutet, Theo. Ich kann es nur nicht fassen, es aus deinem Mund zu hören.«

Val lachte fröhlich über Gabes Versuch von Humor. Theo starrte sie nur an.

Jenny, die Kellnerin, die beinahe ebenso gereizt war wie Theo, weil sie am Abend zuvor den Laden dichtgemacht hatte und nun zur Frühschicht schon wieder antreten mußte, nachdem die betreffende Bedienung sich krank gemeldet hatte, kam vorbei, um Kaffee nachzuschenken.

»Da fährt gerade dein Boß vor, Theo. Oder?« fragte sie und nickte in Richtung Vorderfront. Durch das Fenster sah Theo, wie Sheriff Burton sich aus seinem schwarzen Eldorado hievte.

»Hinterausgang?« fragte Theo, ein drängendes Flehen in den Augen.

»Klar, durch die Küche und dann durch Howards Büro.«

Es dauerte keine Sekunde, da war Theo auch schon aufgestanden und auf halbem Weg zur Küche, als ihm auffiel, daß Gabe und Val die gesamte Unterhaltung zwischen ihm und Jenny verpaßt hatten und einander noch immer versonnen in die Augen starrten. Er rannte zurück und klatschte mit der flachen Hand auf den Tisch. Sie schauten ihn an, als wären sie gerade aus einem Traum gerissen worden.

»Achtung«, sagte Theo und versuchte nicht laut zu werden. »Der Sheriff kommt gleich rein? Mein Boß? Ein gefährlicher Drogenhändler? Wir sind Kriminelle. Wir versuchen durch die Hintertür abzuhauen? Jetzt? Hallo?«

»Ich bin kein Krimineller«, sagte Gabe. »Ich bin Biologe.«

Theo packte ihn am Hemdkragen und rauschte, den Biologen im Schlepptau, zur Küche. Da bekam die kriminelle Seelenklempnerin ihren Hintern ebenfalls hoch.

DER SHERIFF

»Ich bin auf der Suche nach Betsy Butler«, sagte Burton und klappte sein Etui mit der Marke auf, als ob angesichts seiner Armani-Anzug-weißer-Stetson-Kombination nicht sowieso jedermann im ganzen Bezirk gewußt hätte, mit wem er es zu tun hatte.

»Was hat sie denn ausgefressen?« fragte Jenny und baute sich zwischen dem Sheriff und der Küchentür auf.

»Das braucht Sie nicht zu kümmern. Ich muß einfach nur mit ihr reden.«

»Na ja, ich bin allein im Laden, also müssen Sie mir schon hinterherlaufen, wenn Sie sich unterhalten wollen, weil ich sonst ins Hintertreffen gerate.«

»Ich will nicht mit Ihnen reden.«

»Auch gut.« Jenny wandte dem Sheriff den Rücken zu und ging zur Kaffeemaschine hinter dem Tresen, um eine neue Kanne Kaffee aufzusetzen.

Burton folgte ihr, wobei er das drängende Verlangen unterdrückte, sie einfach in den Schwitzkasten zu nehmen. »Wissen Sie, wo sie wohnt?«

»Ja«, sagte Jenny. »Aber sie ist nicht zu Hause.« Jenny warf einen verstohlenen Blick durch die Durchreiche, um sicher zu sein, daß Theo und seine Kumpels es durch Howards Büro geschafft hatten.

Burtons Gesicht lief rot an. »Bitte. Könnten Sie mir wohl sagen, wo sie ist?«

Jenny hatte den Eindruck, daß sie den Kerl noch gut und gerne weitere zehn Minuten zappeln lassen konnte, doch es sah nicht so aus, als sei das notwendig. Außerdem war sie sauer, daß Betsy sich krank gemeldet hatte. »Sie hat sich heute morgen krank gemeldet mit der Begründung, es handle sich um einen spirituellen Notfall. Das sind übrigens ihre eigenen Worte. Bei Grippe hab ich ja noch Verständnis, aber daß ich nach der Nachtschicht heute auch noch die Frühschicht machen darf, weil jemand einen spirituellen Notfall…«

»Wo ist Betsy Butler?« bellte der Sheriff.

Jenny machte einen Satz rückwärts. Der Mann sah aus, als würde er jeden Moment seine Waffe ziehen. Kein Wunder, daß sich Theo Hals über Kopf durch die Hintertür aus dem Staub gemacht hatte. »Sie hat gesagt, sie würde mit einer Gruppe von Leuten zur Beer Bar Ranch gehen. Daß sie vom Geist gerufen worden seien, um ein Opfer darzubringen. Ziemlich abgedreht, oder?«

»Ist Joseph Leander mit ihr gegangen?«

»Das zwischen Joseph und Betsy soll eigentlich niemand wissen.«

»Ich weiß über die beiden Bescheid. War er bei ihr?«

»Hat sie nicht gesagt. Sie hat sich angehört, als wär sie ein bißchen hinüber.«

»Kommt Theo Crowe hier manchmal her?«

»Manchmal.« Jenny hatte nicht die geringste Lust, diesem Irren freiwillig Informationen zu liefern. Er war ungehobelt und fies, und er hatte sein Aramis in solchen Mengen aufgetragen, daß davon sogar einem Skunk schlecht geworden wäre.

»War er heute schon hier?«

»Nein, ich hab ihn nicht gesehen.«

Ohne ein weiteres Wort machte Burton kehrt und stürmte zur Tür hinaus zu seinem Cadillac. Jenny ging nach hinten in die Küche, wo Gabe, Val und Theo sich neben den Friteusen drängten und versuchten, den beiden Köchen nicht im Weg zu stehen, während diese Eier wendeten und Bratkartoffeln in Scheiben hackten.

Gabe deutete auf die Hintertür. »Abgeschlossen.«

»Er ist weg«, sagte Jenny. »Er war auf der Suche nach Betsy und Joseph, aber er hat auch nach dir gefragt, Theo. Ich glaube, er ist jetzt auf dem Weg zur Beer Bar Ranch, um Betsy zu suchen.«

«Was macht Betsy auf der Ranch?« fragte Theo.

»Irgendwas von wegen, ein Opfer darbringen. Das Mädchen braucht Hilfe.«

Theo wandte sich an Val. »Gib mir die Schlüssel von deinem Wagen. Ich fahre ihm hinterher.«

»Das glaube ich nicht.« Die Psychiaterin hielt ihre Handtasche von ihm weg.

»Bitte, Val. Ich muß rauskriegen, was er vorhat. Das hier ist mein Leben.«

»Und das da ist mein Mercedes, und den wirst du nicht nehmen.«

»Ich hab zwei Pistolen, Val.«

»Ja, aber du hast keinen Mercedes. Das ist nämlich meiner.«

Gabe schaute sie an, als hätte sie ihm gerade den Saft einer Grapefruit ins Auge gespritzt. »Du willst dich wirklich weigern, Theo dein Auto zu geben?« Seine Stimme klang beinahe tonlos vor Enttäuschung. »Es ist doch nur ein Auto.«

Mit einem Mal starrten sie alle an – selbst die beiden Köche, stämmige Latinos, die bis zu diesem Zeitpunkt die Gegenwart sämtlicher in der Küche befindlicher Personen strikt ignoriert hatten. Val griff in ihre Handtasche, brachte die Autoschlüssel zum Vorschein und reichte sie Theo, als ob sie ihm ein Kind als Opfer darbrachte.

»Wie kommen wir nach Hause?« fragte Gabe.

»Lauft zum Head of the Slug und wartet da. Entweder hole ich euch da ab, oder ich rufe euch von meinem Handy aus an und halte euch auf dem laufenden. Es wird wohl nicht allzu lange dauern.« Mit diesen Worten rannte Theo aus der Küche.

Ein paar Sekunden später zuckte Val Riordan zusammen, als sie hörte, wie Theo mit quietschenden Reifen vom Parkplatz fuhr.

SKINNER

Wie jeder Hund mochte es Skinner, Autos hinterherzujagen, zumal sie nicht so leicht abhauen konnten, wenn man sie mit einem anderen Auto verfolgte, aber trotz der Erregung über die Verfolgungsjagd war Skinner unruhig. Als er gesehen hatte, wie der lange Kerl auf den

Wagen zukam, hatte er gedacht, der Futter-Typ würde auch kommen. Aber nun fuhren sie weg vom Futter-Typ und geradewegs auf die Gefahr zu. Skinner spürte es ganz genau. Er jaulte und rannte auf dem Rücksitz des Mercedes hin und her, er drückte seinen Nasenstempel an die Scheibe und sprang schließlich auf den Beifahrersitz und streckte den Kopf zum Fenster raus. Die Gerüche, die mit Turbodruck in seine Nase drangen, und der Wind in seinen Ohren bereiteten ihm nicht das geringste Vergnügen, sondern verhießen einfach nur Gefahr. Er bellte und kratzte am Türgriff herum, um den langen Kerl zu warnen, aber alles, was er für seine Mühen erntete, war ein flüchtiges Ohrenkraulen, und so kroch er dem langen Kerl auf den Schoß, wo er sich wenigstens ein bißchen sicherer fühlte.

DER SHERIFF

Burton bemerkte den Mercedes hinter sich zum ersten Mal, als er auf die Zufahrtsstraße zum Küsten-Highway einbog. Vor einer Woche hätte er sich darüber keine weiteren Gedanken gemacht, doch mittlerweile sah er hinter jedem Busch einen Feind. Die Drogenfahnder von der DEA würden keinen Mercedes benutzen, ebensowenig das FBI; bei der mexikanischen Mafia wäre das aber durchaus möglich. Mit Ausnahme seines Unternehmens hatten die Mexikaner das gesamte Amphetamingeschäft im Westen in der Hand, und vielleicht hatten sie ja mittlerweile beschlossen, daß sie den ganzen Handel für sich wollten. Das wäre eine Erklärung für das Verschwinden von Joseph Leander, Crowe und den Jungs aus dem Labor. Obwohl, dafür war es eigentlich zu sauber. Die würden Leichen in der Gegend herumliegen lassen und hätten Crowes ganze Hütte niedergebrannt und nicht nur seine Graspflanzung.

Er zog seine Beretta 9mm aus dem Holster und legte sie neben sich auf den Beifahrersitz. Im Kofferraum hatte er noch eine Schrotflinte, aber da nützte sie ihm im Augenblick genausoviel, als wäre sie in Kanada. Wenn es nur zwei waren, konnte er unter Umständen mit ihnen fertigwerden. Wenn es mehr waren, hatten sie vermutlich Uzis dabei oder Mac-10-Maschinenpistolen, und er machte sich besser aus dem Staub. Die Mexikaner hatten gerne Zuschauer, wenn sie jemanden umnieteten. Burton bog abrupt von der Schnellstraße ab und hielt einen Block weiter in einer Seitenstraße an.

THEO

Warum hatte er Skinner nicht beim Café rausgelassen? Er war nicht in der Lage gewesen herauszufinden, wie die elektrische Sitzverstellung des Mercedes funktionierte, so daß er ohnehin schon mit dem Lenkrad zwischen den Knien fuhr, und jetzt hatte er auch noch einen vierzig Kilo schweren Hund auf dem Schoß, dessen Kopf er immer wieder zur Seite schieben mußte, um Burtons Cadillac nicht aus den Augen zu verlieren.

Der Caddy fuhr abrupt vom Highway ab, und Theo schaffte es gerade mal so, den Mercedes um die Kurve zu manövrieren, ohne daß die Reifen platzten. Als er wieder an Skinners Kopf vorbeischauen konnte, stand der Caddy fünfzig Meter vor ihm am Straßenrand. Theo duckte sich rasch auf den Beifahrersitz und vertraute darauf, daß DIE MACHT die Lenkung im Griff hatte, als er an dem Caddy vorbeifuhr.

DER SHERIFF

Sheriff John Burton war darauf gefaßt, sich mit Agenten der DEA auseinanderzusetzen, er war darauf gefaßt, Gas zu geben und zu fliehen, er war sogar darauf gefaßt, sich mit mexikanischen Drogenhändlern eine Schießerei zu liefern, wenn es denn soweit kommen sollte. Er rühmte sich seiner Fähigkeit, in jedweder Situation knallhart und eiskalt zu reagieren; ja, er fühlte sich anderen Männern überlegen, wegen seiner gelassenen Reaktionsweise, wenn er unter Druck geriet. Doch er war trotz alledem nicht im geringsten darauf gefaßt, einen Mercedes an sich vorbeifahren zu sehen, an dessen Steuer ein Labrador saß. Seine *Übermensch*-Arroganz zerbröselte, als er mit offenem Mund dasaß und dem Mercedes nachblickte. Der Wagen bog leicht schlingernd an der nächsten Ecke ab, wobei er einen Bordstein streifte, bevor er hinter einer Hecke verschwand.

Burton war kein Mann, der seine Wahrnehmung in Frage stellte – wenn er etwas sah, dann sah er das –, und so schaltete sein Geist um, und er schlüpfte in seine Rolle als Politiker, um das eben Gesehene einzuordnen. »Das da eben«, sagte er laut, »ist der Grund, warum ich niemals einen Gesetzentwurf unterstützen würde, der Hunden erlaubt, den Führerschein zu machen.«

Allerdings würden ihm seine politischen Gewißheiten herzlich wenig nützen, wenn er nicht bald Betsy Butler fand und herausbekam, was mit seinem Drogenkurier passiert war, der ihm stets treu so wertvolle Dienste geleistet hatte. Er machte kehrt und fuhr wieder zurück zur Küstenstraße, wo ihm auffiel, daß er die Fahrer in den entgegenkommenden Wagen wesentlich genauer betrachtete als sonst.

MOLLY

Insgesamt waren es dreißig. Sechs standen Seite an Seite am Eingang der Höhle, und der Rest drängte sich dahinter und versuchte einen Blick nach drinnen zu erhaschen. Molly erkannte die Wortführerin: Es war die zickige Bedienung aus H.P.'s Café. Sie war Mitte Zwanzig, hatte kurze blonde Haare und eine Figur, die aller Wahrscheinlichkeit schwer ins Birnenförmige gehen würde, sobald sie die Vierzig erreichte, Sie trug ein weißes Chorgewand über einem Paar Jeans und Aerobicschuhen.

»Sie sind doch Betsy aus dem H.P.'s?« fragte Molly auf ihr Schwert gelehnt.

Betsy machte den Eindruck, als würde sie Molly jetzt erst erkennen. »Sie sind die durch-«

Molly hob das Schwert, um das Mädchen zum Schweigen zu bringen. »Immer schön brav bleiben.«

»Entschuldigung«, sagte Betsy. »Wir wurden gerufen. Ich hatte nicht erwartet, daß Sie hiersein würden.«

Zwei Frauen traten neben Betsy. Es waren die beiden pastellfarbenen Kirchendamen, die Molly von dem Drachen-Trailer verscheucht hatte. »Erinnern Sie sich noch an uns?«

Molly schüttelte den Kopf. »Was genau glaubt ihr, daß ihr hier macht?«

Sie schauten einander an, als wäre ihnen diese Frage bis zu diesem Zeitpunkt noch gar nicht in den Sinn gekommen. Sie reckten die Hälse und starrten mit zusammengekniffenen Augen in die Kathedrale, um zu sehen, was hinter Mollys Rücken noch war. Steve lag zusammengerollt im Dunkel des hinteren Teils der Höhle und schmollte.

Molly drehte sich um und sprach in Richtung hintere Höhlenwand: »Steve, hast du diese ganzen Leute kommen lassen? Was hast du dir dabei gedacht?«

Ein lautes, tiefes Winseln kam aus der Dunkelheit. In der Menschenmenge am Eingang erhob sich Gemurmel. Plötzlich trat ein Mann nach vorne und stieß Betsy zur Seite. Er war Mitte Vierzig und trug ein afrikanisches Dashiki-Hemd über Khakihosen und Birkenstocksandalen. Sein langes Haar wurde von einer Perlenschnur aus dem Gesicht gehalten. »Paß auf, Mann, du kannst uns nicht aufhalten. Was hier passiert, ist echt was Besonderes und Spirituelles, und wir lassen uns nicht von 'ner durchgeknallten Lady daran hindern, uns da einzuklinken. Also geh aus dem Weg.«

Molly lächelte. »Ihr wollt euch also da einklinken?«

»Ganz genau«, sagte der Mann. Die anderen hinter ihm nickten.

»Also gut, ich will, daß ihr alle eure Taschen leert, bevor ihr hier reinkommt. Laßt eure Schlüssel, Brieftaschen, euer Geld und alles draußen.«

»Das müssen wir nicht«, sagte Betsy.

Molly trat vor und rammte das Schwert zwischen den Füßen des Mädchens in den Boden. »Auch gut, dann also nackt«, sagte Molly.

»Was?«

»Hier kommt nur rein, wer nackt ist. Also überlegt's euch.«

Es erhoben sich einige Proteste, bis schließlich ein kleiner Asiate mit kahlrasiertem Schädel seine safrangelbe Robe ablegte, nach vorne trat und sich vor Molly verbeugte, wobei er dem Rest der Gruppe sein blankes Hinterteil entgegenstreckte.

Voller Bedauern über den Mönch schüttelte Molly den Kopf. »Ich dachte, ihr Kerls hättet mehr Verstand.« Dann wandte sie sich zum hinteren Teil der Höhle und rief: »Hey, Steve, jetzt ist aber Schluß mit dem Trübsalblasen, ich hab 'nen Chinesen zum Lunch mitgebracht.«

- 26 -

Val und Gabe betraten die Bar, durchquerten den Eingangsbereich und blieben bei dem Flipperautomaten stehen, um ihre Augen an die Dunkelheit zu gewöhnen. Val rümpfte die Nase angesichts des katergeschwängerten Geruchs nach abgestandenem Bier und Zigaretten, während Gabe blinzelnd den Boden in Augenschein nahm, in der Hoffnung, dort Anzeichen interessanter Lebensformen zu erblicken.

Der Morgen war der finsterste Teil des Tages im Head of the Slug Saloon. Es war so dunkel, daß das schmuddlige Interieur der Bar das Licht, das jedesmal von der Straße hereindrang, wenn jemand die Tür öffnete, förmlich einzusaugen schien, woraufhin die Stammgäste der Tagschicht zusammenzuckten und Zischlaute von sich gaben, als ob sie auf ihren Barhockern verdampfen würden, sobald ein Sonnenstrahl sie auch nur streifte. Mit grimmiger Miene und leicht wackligen Schrittes bewegte sich Mavis hinter der Bar auf und ab, trank Kaffee aus einer giftgrünen Henkeltasse, während eine Tarryton Extra Long zwischen ihren Lippen baumelte, von der gelegentlich lange Aschewürste auf ihren Pullover herunterfielen, die aussahen wie die rauchende Kacke winzig kleiner Geisterpudel. Sie war damit beschäftigt, an der noch unbesetzten Rundung der Bar Schnapsgläser mit billigem Bourbon zu füllen, die sie aufbaute wie Soldaten eines Erschießungskommandos. Im Abstand von zwei oder drei Minuten betraten diverse ältere Männer die Bar – samt und sonders in zerbeulten Hosen und gebeugten Ganges, manche gestützt auf einen

Gehstock, andere auf die letzte Hoffnung, einen schmerzlosen Tod zu erleiden – und erklommen einen der leeren Hocker, um ihre arthritischen Klauen um eines der Gläser zu winden und es an die Lippen zu hieven. Die Schnäpse wurden nicht einfach heruntergekippt, sondern gehegt und gepflegt, und als Mavis ihre erste Tasse Kaffee ausgetrunken hatte, sah die Rundung der Bar aus wie die Warteschlange am Eingang der Hölle: gebeugte, keuchende alte Säcke, aufgereiht wie Hühner auf der Stange.

Dürfen wir Ihnen in der Wartezeit ein paar Erfrischungen servieren? Der Sensenmann wird sich gleich um Sie kümmern.

Gelegentlich kam es vor, daß eines der Schnapsgläser unberührt und der dazugehörige Hocker leer blieb, und dann ließ Mavis für gewöhnlich eine Stunde verstreichen, bevor sie den Schnaps zum nächsten Stammgast weiterschob und Theo anrief, damit er den Vermißten aufspürte. Meist rollte der Krankenwagen dann so leise durch die Stadt wie ein Geier im Aufwind, und Mavis wußte, was los war, wenn Theo kurz die Tür öffnete, den Kopf schüttelte und sich wieder davonmachte.

»Hey, Schluß mit dem Trübsal«, sagte Mavis dann gewöhnlich. »Immerhin ist für euch ein Freidrink rausgesprungen. Der Hocker da bleibt jedenfalls nicht lange leer.«

Es hatte immer eine Stammbesetzung gegeben, die ihre Tagschicht hier abriß, und es würde immer eine geben. Der Nachwuchs kam ab neun Uhr morgens hereingeschneit – jüngere Männer, die sich nur jeden dritten Tag rasierten und badeten und den Großteil ihrer Tage am Pooltisch verbrachten, billiges Bier vom Faß tranken und den grünen Filz mit Argusaugen im Blick behielten, um bloß nicht mit ihrem eigenen Leben konfrontiert zu werden. Mochte es früher einmal Frauen und Jobs gegeben haben, so träumten sie nun von brillanten Stößen und ausgefuchsten Strategien. Wenn ihre Träume verblaßten und die Sehkraft nachließ, landeten sie auf den Hockern am Ende der Bar bei der Tagschicht.

Ironischerweise war es die Aura der Verzweiflung, die über der Tagschicht schwebte, die Mavis beinahe einen ähnlichen Nervenkitzel verschaffte wie damals, als sie einem Polizisten mit ihrem Louisville

Slugger eins übergebraten hatte. Wenn sie die Flasche Old Tennis Shoes aus dem Kühlfach zog und am Ende der Bar die Gläser der Stammbesetzung auffüllte, dann schoß ihr eine geradezu elektrische Ladung von Abscheu das Rückgrat hinauf, so daß sie zum anderen Ende der Bar trippelte und dort atemlos stehenblieb, bis ihr Herzschrittmacherdoppel ihren Puls wieder aus dem roten Bereich manövriert hatte. Es war, als würde man dem Tod in die Nase kneifen oder einer Kobra ein »Verpaß mir 'n Tritt«-Schildchen an den Kopf kleben und damit durchkommen.

Gabe und Val beobachteten das Ritual, ohne sich von ihrem Platz neben dem Flipper wegzubewegen. Val war neugierig und wartete nur auf den richtigen Augenblick, um zur Bar zu gehen und zu fragen, ob Theo angerufen hatte, und Gabe war, wie üblich, verlegen in Gegenwart anderer Menschen.

Mavis zog sich zu ihrem Platz neben der Kaffeekanne zurück, wo sie sich außer Reichweite der Klauen des Todes fühlte, und rief dem Pärchen zu: »Wollt ihr beide was zu trinken, oder glotzt ihr nur das Schaufenster an?«

Gabe ging voran zur Bar. »Zwei Kaffee, bitte.« Er warf einen kurzen Blick hinüber zu Val, um sich ihrer Zustimmung zu vergewissern, doch sie stierte auf Catfish, der Mavis gegenüber am Ende der Bar saß. Genau hinter ihm saß ein anderer Mann, ein unglaublich hagerer Herr, dessen Haut so weiß war, daß sie durch den Nebel von Mavis' Zigarettenqualm nahezu durchsichtig wirkte.

»Hallo, ähm, Mr. Fish«, sagte Val.

Catfish, der auf den Boden seines Schnapsglases starrte, hob den Blick und quälte sich ein Lächeln ab, was aber bei den tiefen, katzenjammrigen Sorgenfalten in seinem Gesicht nicht viel nützte. »Jefferson«, sagte er. »Catfish ist mein Vorname.«

»Entschuldigung«, sagte Val.

Mavis notierte sich im Geiste das neue Pärchen. Gabe hatte sie wiedererkannt. Er war schon ein paar Mal mit Theophilus Crowe hier gewesen, doch die Frau war ein neues Gesicht. Sie stellte zwei Kaffee vor Gabe und Val hin. »Mavis Sand«, sagte Mavis, doch sie streckte ihnen nicht die Hand entgegen. Jahrelang hatte sie jegliches Händeschütteln vermieden, weil ihre Arthritis sie danach geschmerzt hatte, und nun, mit ihren neuen Gelenken und Hebeln aus Titan, mußte sie zu sehr aufpassen, damit sie nicht die zarten Fingerglieder ihrer Gäste zerquetschte.

»Entschuldigung«, sagte Gabe. »Mavis, das ist Dr. Valerie Riordan. Sie hat eine psychiatrische Praxis hier in der Stadt.«

Mavis trat zurück, und Val konnte sehen, wie sich der Apparat im Auge der Frau scharfstellte – wenn das Licht vom Snooker-Tisch im richtigen Winkel einfiel, dann schien es, als würde das Auge rot schimmern.

»Erfreut«, sagte Mavis. »Kennen Sie Howard Phillips?« Mavis nickte zu dem hageren Mann am Ende der Bar.

»H.P.«, fügte Gabe hinzu und nickte ebenfalls zu Howard hinüber. »Vom Café.«

Howard Phillips mochte vierzig sein oder sechzig oder siebzig, oder es konnte ebensogut sein, daß er jung gestorben war, denn ungefähr so lebhaft wirkte sein Gesicht. Er trug einen schwarzen Anzug aus dem neunzehnten Jahrhundert, und er hielt ein Glas Guinness Stout zärtlich umklammert, obwohl er nicht so aussah, als ob er sich in den letzten Monaten irgenwelche Kalorien zugeführt hatte.

Val sagte: »Wir kommen gerade aus Ihrem Restaurant. Wirklich nett da.«

Ohne eine Miene zu verziehen sagte Howard: »Als Psychiater, empfinden Sie es da als störend, daß Jung ein Nazi-Sympathisant war?« Er hatte einen tonlosen britischen Upper-Class-Akzent, und Val hatte beinahe das Gefühl, als wäre sie gerade angespuckt worden.

»Was für ein Sonnenscheinchen, unser Howard«, sagte Mavis. »Sieht aus wie der leibhaftige Tod, oder?«

Howard räusperte sich und sagte: »Die gute Mavis glaubt, sich über den Tod lustig machen zu können, da der Großteil ihrer sterblichen Organe durch Apparate ersetzt wurde.«

Mavis beugte sich zu Gabe und Val vor, als ob sie ihnen ein Geheimnis anvertrauen wollte, doch gab sie sich große Mühe, so laut zu flüstern, daß Howard es hören konnte: »Er ist jetzt schon zehn Jahre lang völlig mies gelaunt und außerdem die meiste Zeit besoffen.«

»Ich hatte gehofft, dem Laudanum anheimzufallen – in der Tradition von Byron und Shelley«, sagte Howard. »Doch die Beschaffung jener Substanz ist, gelinde gesagt, schwierig.«

»Ja, aber der eine Monat, in dem du Wick Medinait auf Eis getrunken hast, war auch kein großer Erfolg. Er ist von seinem Hocker runtergekippt wie 'ne Eins oder hat manchmal vier Stunden lang dagesessen und geschlafen, bis er wieder aufgewacht ist und sein Glas ausgetrunken hat. Obwohl ich sagen muß, Howard, du hast kein einziges Mal gehustet.« Wieder lehnte sich Mavis über die Bar. »Manchmal behauptet er, daß er an Schwindsucht leidet.«

»Ich bin sicher, die gute Frau Doktor ist nicht interessiert an Einzelheiten meines Drogenmißbrauchs, Mavis.«

»Eigentlich«, erklärte Gabe, »sind wir nur hier, weil wir auf einen Anruf von Theo warten.«

»Und ich glaube, daß ich statt Kaffee doch lieber eine Bloody Mary möchte«, sagte Val.

»Ihr könnt reden, soviel wie ihr wollt, aber ich werd kein Monster jagen, also versucht erst gar nicht, mich zu überreden«, erklärte Catfish. »Ich hab den Blues, und ich bin beschäftigt mit Trinken.«

»Sei nicht so 'n Jammerlappen, Catfish«, sagte Mavis, während sie Vals Cocktail mixte. »Monster kannst du in der Pfeife rauchen. Howard und ich haben schon mal eins erledigt, was, Howard?«

»War ein sprichwörtlicher Spaziergang«, sagte Howard.

Catfish, Val und Gabe saßen da und starrten Howard an.

Mavis sagte: »Allerdings hat deine Sauferei ziemlich genau nach dem letzten angefangen, oder?«

»Nonstop«, sagte Howard.

THEO

Während er versuchte, in sicherer Entfernung hinter dem Caddy des Sheriffs zu bleiben, der gerade auf die Ranch fuhr, fiel Theo ein, daß er niemals eine richtige Ausbildung in bezug auf das Verfolgen von Personen genossen hatte. Er hatte sich noch niemals jemandem an die Fersen geheftet. Na ja, in den Siebzigern hatte es mal eine Zeit gegeben, da war er den Grateful Dead durchs ganze Land nachgezogen, aber in dem Fall brauchte man nur dem Zug der Batikhemden zu folgen und mußte sich keine Gedanken darüber machen, daß sie einen umbrachten, wenn sie rausbekamen, wer man war (außer damals in Altamont). Was ihm außerdem auffiel, war die Tatsache, daß er keinen Schimmer hatte, warum er Burton verfolgte, außer daß er dadurch eine aggressivere Haltung dokumentierte, als wenn er sich zu einer Kugel zusammengerollt hätte und vor Gram und Sorgen gestorben wäre.

Der schwarze Caddy bog ab und fuhr durch ein Weidegatter zu dem Teil der Ranch, der dem Meer zugewandt war. Theo verlangsamte die Fahrt und hielt unter einer Reihe von Eukalyptusbäumen neben dem Feldweg an, um den Sheriff zwischen den Bäumen hindurch im Auge zu behalten. Auf das weite, grasbewachsene Plateau, das sich bis zum Meer absenkte, konnte er nicht hinausfahren, ohne von Burton bemerkt zu werden. Er mußte warten, bis der Caddy den ersten Hügelkamm überquert hatte, der ungefähr eine halbe Meile weit entfernt war, bevor er es wagen konnte, ihm zu folgen. Theo sah mit an, wie der Caddy durch die tiefen Schlaglöcher des Feldwegs schaukelte und die Vorderräder den Schlamm in die Luft schleuderten, als er den Hügel hinauffuhr, und plötzlich bereute er, daß er nicht den vierradgetriebenen Pick-up genommen hatte. Es konnte sein, daß er mit dem heckgetriebenen Mercedes nicht mehr allzuweit hinterherkam.

Als der Caddy den Hügelkamm erreicht hatte, fuhr Theo los und schoß mit dem Mercedes durch das Weidegatter hinaus aufs freie Feld. Das hohe Gras klatschte lautstark gegen den Unterboden des schweren deutschen Wagens, während Theo von Steinen und Löchern durchgeschüttelt und Skinner durch das Auto geschleudert wurde wie ein Spielzeug. Ihr Schwung trug sie den Abhang des ersten Hügels hinauf. Als sie sich dem Hügelkamm näherten, ging Theo vom Gas. Der Mercedes verlor an Fahrt und blieb stehen. Als Theo wieder auf das Gaspedal trat, drehten die Hinterräder durch und gruben sich ins Erdreich. Sie saßen fest.

Theo ließ Skinner und die Schlüssel im Wagen und rannte zum

Gipfel des Hügels. Von hier aus konnte er weiter als eine Meile in jede Richtung blicken: nach Osten zu einer Felsgruppe in der Nähe der Baumlinie, nach Westen zum Meer und über das Küstenplateau im Norden, das nach einer Biegung an der Küste außer Sicht geriet, Was den Süden anging, da kam er ja gerade her. Da war nichts außer seiner Hütte – und jenseits davon die Speed-Küche. Was er nicht sehen konnte, war der schwarze Cadillac.

Er überprüfte die Batterie seines Handy und schaute bei beiden Pistolen nach, ob sie geladen waren, dann machte er sich zu Fuß auf den Weg zu der Felsformation. Denn dies war die einzige Stelle, wo der Caddy verschwunden sein konnte. Burton mußte dort irgendwo sein.

Zwanzig Minuten später stand er schwitzend am Fuß der Felsgruppe und versuchte wieder zu Atem zu kommen. Vielleicht würde sein Lungenvolumen ja wieder zunehmen, nun, da er kein Gras mehr rauchte. Diese Felsen waren keine Sedimentformation, deren Kanten über die Jahrhunderte hinweg von der zurückweichenden See abgeschliffen worden waren. Diese zerklüfteten Mistviecher sahen aus wie graue Zähne, die durch den heftigen Rülpser eines Vulkans und das knirschende Aufeinandertreffen zweier Kontinentalplatten durch die Erdkruste gerammt worden waren. Flechten und Möwenschiß bedeckten die Oberfläche, und hier und dort versuchten ein paar Kreosotbüsche oder Zypressen, in den Ritzen Fuß zu fassen.

Irgendwo hier in der Nähe gab es angeblich eine Höhle, doch Theo hatte sie noch nie gesehen, und er bezweifelte, daß sie groß genug war, um einen Cadillac darin zu parken. Er hielt sich geduckt und schlich um den Rand der Felsgruppe herum – in der Erwartung, hinter jedem Vorsprung plötzlich einen schwarzen Kotflügel glitzern zu sehen. Er zog seine Dienstwaffe und arbeitete sich, den Lauf der Pistole nach vorn gerichtet, von Ecke zu Ecke vor, um dann seine Strategie zu wechseln. Wenn er weiter so vorging, war es, als würde er ein großes Warnschild vor sich hertragen. Folglich duckte er sich jedesmal, bevor er um eine Ecke herumlinste, ganz tief hinab, gemäß der Überlegung, daß Burton, wenn er Theo hörte oder ihm auflauerte, vermutlich in Kopfhöhe zielen würde. Das Ausmaß dessen, was Theo in bezug auf Überwachungstechniken und Kampfstrategien alles nicht wußte, schien mit jedem Schritt, den er machte, zu wachsen. Er war halt einfach kein gerissener Hund.

Er schlitterte einen schmalen Pfad zwischen zwei Felstürmen entlang, die aussahen wie Reißzähne. Als er sich daranmachte, einen Blick um die vor ihm liegende Ecke zu riskieren, rutschte er mit dem Fuß ab und trat einen Haufen Steine los, die den Abhang herunterkrachten wie Glasscherben. Er blieb stehen, hielt den Atem an und lauschte, ob sich irgendwo zwischen den Felsen etwas regte. Es war nichts weiter zu hören als die Brandung in der Ferne und das tiefe Pfeifen des Windes von der Küste. Er wagte einen kurzen Blick um den Felsvorsprung, und bevor er den Kopf zurückziehen konnte, hörte er hinter seinem Ohr das metallische Klicken einer Pistole, deren Hahn gespannt wurde, und es war, als würde ihm jemand Eiszapfen ins Rückenmark treiben.

MOLLY

Molly wühlte sich durch die Kleiderhaufen, die die Pilgerschar am Eingang der Höhle zurückgelassen hatte. Ihre Ausbeute bestand bislang aus zweihundertfünfzig Dollar in bar, einem Stapel Kreditkarten in Gold und mehr als einem Dutzend Röhrchen mit Antidepressiva.

Eine Stimme in ihrem Kopf sagte: »So viele Pillen hast du nicht mehr zu Gesicht bekommen, seit du in der geschlossenen Abteilung warst. Ganz schön dreist, dich durchgeknallt zu nennen.« Der Erzähler war wieder da, und Molly war kein bißchen froh darüber. In den letzten Tagen war ihr Denken von einer geradezu unglaublichen Klarheit gewesen.

»Sicher, und du bist mir eine echt große Hilfe, was die Selbsteinschätzung meiner geistigen Gesundheit angeht«, sagte sie zu dem Erzähler. »Mir hat's besser gefallen, als ich mit Steve allein war.«

Keiner von den Pilgern schien zu bemerken, daß Molly mit sich selbst redete. Sie befanden sich alle in einem tranceähnlichen Zustand, waren splitterfasernackt und saßen in einem Halbkreis um Steve herum, der, den Kopf unter seinen Vorderbeinen versteckt, im hinteren, dunklen Teil der Höhle lag und gelegentlich seine Flanken in düsteren Farben schimmern ließ: rostrot, olivgrau und ein Blau, das so dunkel war, daß es eher wirkte, wie der Widerschein eines geschlossenen Augenlids als wie eine wirkliche Farbe.

»Ach ja, du und Steve«, sagte der Erzähler abfällig. »Die zwei größten Früher-war-ich-mal-wer-Typen aller Zeiten. Er liegt da rum und schmollt, und du plünderst Leute aus, die noch beknackter sind als du. Und dann wirst du sie auch noch an den alten Lustmolch da drüben verfütterm.«

»Das werd ich nicht.«

»Sieht so aus, als ob keiner von den Leuten da drüben seit dem Sportunterricht in der High School auch nur einen Sonnenstrahl abbekommen hat. Von Training ganz zu schweigen. Außer der eine Kerl mit den Birkenstocks, und der hat 'ne Hautfarbe wie Ghandi und diesen verhungerten Vegetarierblick, der einen vermuten läßt, daß er einen ganzen Kindergarten abschlachten würde, nur um an eine Riesenknackwurst mit Sauerkraut zu kommen. Findest du das eigentlich gut, wenn du diese Leute strippen und vor dem Großen auf die Knie fallen läßt?«

»Ich dachte, das würde sie verscheuchen.«

»Die Echse nutzt dich aus.«

»Wir kümmern uns umeinander. Und jetzt halt endlich die Klappe. Ich versuche nachzudenken.«

»Oh, so wie bisher.«

Molly schüttelte heftig den Kopf in dem verzweifelten Versuch, auf diese Art und Weise den Erzähler los zu werden. Ihr Haar klatschte ihr ins Gesicht und auf die Schultern und stand anschließend in alle Richtungen ab. Der Erzähler war still. Molly zog ein Schminkset aus der Handtasche von einer der Pilgerinnen und betrachtete sich im Spiegel. Sie sah aus wie der helle Wahnsinn in Person. Sie machte sich auf den Kommentar des Erzählers gefaßt, doch es kam nichts.

Sie versuchte, das warme Gefühl wiederzuerwecken, das ihren Körper durchströmt hatte, seit Steve aufgetaucht war, doch es stellte sich nicht ein. Vielleicht sogen die Pilger ja all seine Energie auf. Vielleicht war der Zauber einfach verflogen.

Sie erinnerte sich daran, wie sie einmal auf einem Sonnendeck in Malibu gesessen und auf einen Produzenten gewartet hatte, der kurz zuvor mit ihr geschlafen hatte und dessen mexikanisches Dienstmädchen nun mit einem Glas Wein und einer Entschuldigung auftauchte, daß »der Herr Chef ins Studio fahren mußte, es ihm tun sehr leid, Sie ihn bitte nächste Woche anrufen.« Dabei hatte Molly den Kerl wirklich gemocht. Sie hatte sich den Fuß gebrochen, als sie seinem Zweit-Ferrari beim Gehen noch einen Tritt verpaßte, und während der Dreharbeiten zu ihrem nächsten Film hatte sie so viele Schmerzmittel geschluckt, daß sie hinterher einen Entzug durchmachen mußte. Von dem Produzenten hatte sie nie wieder gehört.

So war das, wenn man ausgenutzt wurde. Das hier war etwas anderes.

»Richtig«, sagte der Erzähler voller Sarkasmus.

»Ssschht«, sagte Molly. Sie hörte das Knirschen von Schritten auf den Felsen vor der Höhle. Sie schnappte sich das Sturmgewehr und legte sich am Eingang der Höhle auf die Lauer.

- 27 -

VAL

Val wünschte sich, sie hätte eine Videokamera dabei gehabt, um die himmelschreiende Lügengeschichte für die Nachwelt festzuhalten, die Mavis Sand und Howard Phillips ihr während der vergangenen Stunde aufgetischt hatten. Wenn man den beiden glauben wollte, so war der Ort Pine Cove zehn Jahre zuvor von einem Dämon aus der Hölle heimgesucht worden, und nur den gemeinsamen Anstrengungen einer Handvoll Trunkenbolde war es zu verdanken gewesen, daß der Dämon wieder dorthin verbannt werden konnte, wo er hergekommen war. Es war eine Wahnvorstellung ganz außergewöhnlichen Ausmaßes, und Val dachte, daß es ihr genügend Material für mindestens eine Arbeit zum Thema Kollektivpsychosen liefern würde. Der

Umgang mit Gabe hatte offenbar ihren wissenschaftlichen Ehrgeiz entfacht.

Als Mavis und Howard ihre Geschichte zu Ende gebracht hatten, erzählte Catfish, wie er von einem Seeungeheuer durch den Bayou gejagt worden war, und es dauerte nicht lange, bis Val und Gabe dessenTheorie zum Besten gaben, wonach das Seeungeheuer die Fähigkeit entwickelt hatte, die Gehirnchemie seiner Beutetiere zu beeinflussen. Leicht beschwipst von ein paar Bloody Marys und mitgerissen von den eigenen Erzählungen, gestand Val, daß sie sämtliche Antidepressiva in Pine Cove durch Placebos hatte ersetzen lassen, doch schon in dem Augenblick, als sie ihr Gewissen erleichterte, war ihr klar, daß ihre und Gabes Geschichten um keinen Deut glaubwürdiger waren als das Märchen, das Mavis und Howard gerade erzählt hatten.

»Dieser Winston Krauss ist ein Aasgeier«, sagte Mavis. »Kommt hier jeden Tag rein und führt sich auf, als würd seine Scheiße nicht stinken, und nimmt dann den ganzen Leuten zuviel Geld ab für etwas, das sie gar nicht kriegen. Ich hätt gleich wissen müssen, daß er 'n Fischficker ist.«

»Das ist aber streng vertraulich«, sagte Val. »Ich hätte das gar nicht erwähnen sollen.«

Mavis stieß ein kehliges Lachen aus. »Na ja, ich werd schon nicht zu Sheriff Burton rennen, um dich zu verpetzen. Der ist ein Aasgeier hoch zehn. Außerdem hat sich dadurch, daß du den ganzen Trantüten ihre Pillen weggenommen hast, mein Umsatz fast verdoppelt, Kleines. Und ich dachte schon, ich hätte das unsrem alten Wuschelkopf da drüben zu verdanken.« Roboterhaft zuckte Mavis' Daumen in Richtung Catfish.

Der Bluesmann stellte sein Glas ab. »Hey!«

Gabe sagte: »Sie glauben also, daß sich da draußen auf der Ranch wirklich ein Seeungeheuer rumtreibt?«

»Welchen Grund hätten Sie, uns anzulügen?« erwiderte Howard. »Allem Anschein nach ist Mr. Fish ja ebenfalls ein Augenzeuge.«

»Jefferson«, sagte Catfish. »Catfish Jefferson.«

»Halt die Klappe, du Hühnerschiß«, blaffte Mavis. »Du hättest

Theo helfen können, als er dich drum gebeten hat. Was glaubt der Junge eigentlich, wer er ist? Einfach so dem Sheriff nachzufahren auf die Ranch! Viel ausrichten kann er ja wohl sowieso nicht.«

Gabe sagte: »Das wissen wir nicht. Er ist einfach losgefahren und hat gesagt, wir sollen hierherkommen und auf seinen Anruf warten.«

»Was seid ihr alle herzlos«, sagte Catfish. »Mir ist eine richtig gute Frau durch die Lappen gegangen, nur wegen dem ganzen Kram hier.«

»Sie ist schlauer, als sie aussieht«, sagte Mavis.

»Theo hat meinen Mercedes«, fügte Val hinzu und bereute es in dem Augenblick, als sie es aussprach. Mit einem Mal schämte sie sich mehr für die Herablassung, die sie diesen Leuten gegenüber empfunden hatte, als für ihre beruflichen Verfehlungen.

»Ich mache mir allmählich Sorgen«, sagte Gabe. »Es ist jetzt schon über eine Stunde her.«

»Ich nehme mal an, keiner von euch ist auf die Idee gekommen, vielleicht *ihn* anzurufen?« fragte Mavis.

»Haben Sie seine Handy-Nummer?« sagte Gabe.

»Er ist der Constable. Und es wird ja wohl kaum so sein, daß er eine Geheimnummer hat.«

»Darauf hätte ich eigentlich auch kommen sollen«, sagte Howard.

Mavis schüttelte den Kopf, und eine ihrer falschen Wimpern schoß in die Höhe wie eine Mausefalle. »Sehe ich das richtig? Da sitzen drei Leute, die zusammen dreißig Jahre am College waren und immer noch zu dämlich sind, ein Telefon zu bedienen?«

»Scharf beobachtet«, sagte Howard.

»Ich war nie am College«, sagte Catfish.

»Na dann Prost auf deine natürliche Blödheit«, sagte Mavis und griff zum Telefon.

Die Stammbesetzung am Ende der Bar rappelte sich kurz aus ihrem Elend hoch, um über Catfish abzulachen, denn nichts bereitet dem Verzweifelten solche Befriedigung, wie wenn er auf jemand anderen herabsehen kann.

THEO

Die Mündung der Pistole bohrte sich mit solcher Kraft in die Stelle hinter seinem Ohr, daß Theo glaubte, seinen Schädel knacken zu hören. Burton griff um ihn herum, nahm ihm die .357 aus der Hand und warf sie weg; dann zog er die Automatik aus Theos Hosenbund und tat damit das gleiche.

»Auf den Boden, Gesicht nach unten.« Burton trat Theo die Füße unter dem Körper weg, stemmte ihm dann das Knie in den Rücken und legte ihm Handschellen an. Theo schmeckte Blut an der Stelle, wo seine Lippe aufgesprungen war, als er auf dem Felsen aufschlug. Er wandte den Kopf zur Seite und rieb mit der Wange über ein paar Flechten. Panik erfüllte ihn. Sämtliche Muskeln seines Körpers brannten vor Schmerz und wollten nur das eine – fliehen.

Burton schlug ihm mit seiner Pistole quer über den Hinterkopf – nicht hart genug, um ihn bewußtlos zu schlagen, doch als das gleißende weiße Licht im Gefolge des Schlags verblaßte, spürte Theo, wie ihm Blut ins rechte Ohr schwappte.

»Du Scheißkiffer. Wie kannst du's wagen, mir in meinen Geschäften rumzupfuschen?«

»Was für Geschäfte?« fragte Theo in der Hoffnung, daß er mit dem Leben davonkam, wenn er sich blöd stellte.

»Ich hab deinen Wagen beim Labor gesehen, Crowe. Das letzte Mal, als ich mit Leander gesprochen habe, war er auf dem Weg zu dir. Und wo bitte schön ist er jetzt?«

»Keine Ahnung.«

Die Pistole traf ihn mit voller Wucht auf der anderen Seite seines Kopfes.

»Ich hab keine verdammte Ahnung!« kreischte Theo. »Er war im Labor, und dann war er verschwunden. Ich hab nicht gesehen, daß er weggefahren ist.«

»Mir ist scheißegal, ob er lebt oder tot ist, Crowe. Und für dich ändert sich dadurch nicht das geringste. Aber ich muß Bescheid wissen. Hast du ihn umgelegt? Ist er abgehauen? Was?«

»Ich glaube, er ist tot.«

»Du glaubst?«

Theo spürte, wie Burton erneut zu einem Schlag ausholte.

»Nein! Er ist tot. Ich weiß es.«

»Was ist passiert?«

Theo versuchte krampfhaft, sich irgendeine plausible Erklärung auszudenken, irgend etwas, womit er eine Minute oder auch nur ein paar Sekunden herausschlagen konnte, doch er war unfähig, einen klaren Gedanken zu fassen. »Ich weiß nicht genau«, sagte er. »Ich – ich habe Schüsse gehört. Ich war in dem Schuppen. Als ich herauskam, war er weg.«

»Woher weißt du dann, daß er tot ist?«

Theo konnte keinen Vorteil darin erkennen, Burton zu verraten, was Molly ihm erzählt hatte. Burton würde Molly aufspüren und sie in das gleiche flache Grab werfen, in dem er selbst enden würde.

»Leck mich«, sagte Theo. »Find es selber raus.«

Die Pistole fuhr über seinen Hinterkopf, und diesmal hätte Theo wirklich beinahe das Bewußtsein verloren. Er hörte ein Klingeln in den Ohren, doch eine Sekunde später fiel ihm auf, daß es nicht seine Ohren waren, die klingelten, sondern das Handy in seiner Brusttasche. Burton drehte ihn auf den Rücken und hielt die Mündung der Pistole vor Theos rechtes Augenlid.

»Wir werden jetzt rangehen, Crowe. Und wenn du's verbockst, wird der Anrufer einen ziemlich lauten Knall hören, wenn das Gespräch zu Ende ist.« Der Sheriff beugte sich herunter, bis sein Gesicht das von Theo beinahe berührte, und griff nach dem Telefon.

Plötzlich ging in ein paar Metern Entfernung eine Reihe von ohrenbetäubenden Explosionen los, und Kugeln pfiffen zwischen den Felsen hindurch wie wütende Wespen. Burton rollte von Theo herunter in eine flache Felsspalte unterhalb von ihnen. Theo spürte, wie jemand ihn am Kragen packte und auf die Füße hievte. Bevor er sehen konnte, wer es war, legten sich ein Dutzend Hände um ihn und zerrten ihn aus der Sonne. Er fiel unsanft auf den Rücken, und die Schüsse hörten auf. Sein Telefon klingelte noch immer. Eine Wolke von Fledermäusen flatterte über ihm in der Luft herum.

Er schaute auf und erblickte Molly, die, ein rauchendes Sturmgewehr in der Hand, über ihm stand, und in diesem Augenblick sah sie haargenau so aus, wie er sich immer einen Racheengel vorgestellt hatte, außer daß sechs nackte weiße Typen neben ihr standen.

»Hallo, Theo«, sagte sie.

»Hallo, Molly.«

Molly deutete mit dem Gewehrlauf auf das Telefon in seiner Hemdtasche. »Soll ich rangehen?«

»Ja, kann sein, daß es wichtig ist«, sagte Theo.

Plötzlich krachte ein Schuß, und eine Kugel prallte an der Höhlenwand ab und schwirrte in die Dunkelheit. Im hinteren Teil der Höhle erhob sich ein Gebrüll, das Theos Rippen erzittern ließ.

DER SHERIFF

Burton streckte die Hand über den Rand der Felsspalte und feuerte einen Schuß in die Richtung ab, wo er den Eingang der Höhle vermutete, um sich gleich darauf gegen einen Feuerstoß aus dem AK-47 zu wappnen, doch statt dessen hörte er ein Gebrüll, das klang, als ob jemand die gesamte Besetzung aus *König der Löwen* in eine Friteuse geworfen hätte. Burton war beileibe kein Feigling, doch man mußte schon geisteskrank sein, um bei diesem Geräusch keine Angst zu bekommen. Hier passierte viel zuviel verrückter Kram innerhalb viel zu kurzer Zeit. Eine Frau in einem Lederbikini mit schenkelhohen Stiefeln, die mit einem AK-47 rumballerte, während sechs nackte Typen Crowe in eine Höhle zerrten. Er brauchte eine Atempause, um sich wieder zu sammeln, Verstärkung anzufordern und eine Flasche Glenlivet zu trinken.

Im Augenblick schien es hier ganz sicher. Solange er sich nicht vom Fleck bewegte, konnte sich niemand in Schußposition bringen und auf ihn schießen, ohne selbst eine Zielscheibe abzugeben. Er nahm sein Handy aus der Jackentasche, verharrte einen Augenblick und überlegte, wen er anrufen sollte. Ein allgemeiner Notruf »Einsatzbeamter in Schwierigkeiten« hatte zur Folge, daß alles und jeder hier aufkreuzte, und das Letzte, was er brauchte, war, daß Hubschrauber voller Fernsehteams hier herumschwirrten. Außerdem hatte er keineswegs vor, die Verdächtigen zu verhaften – er wollte sie vielmehr für immer zum Schweigen bringen. Er konnte die Mannschaft aus der Speed-Küche anrufen, doch als er sich vorstellte, wie eine Horde unausgebildeter illegaler Einwanderer mit automatischen Gewehren um den Hügel herumturnte, erschien ihm das auch nicht gerade als die beste aller Strategien. Er mußte das SWAT-Team rufen, aber nur seine Jungs. Von den zwanzig Mann hatte er acht in der Tasche. Allerdings konnte er auch die nicht über die Zentrale anfordern. Er mußte sie über ihre Privatnummern erreichen. Er wählte die Nummer der Informationszentrale tief im Keller des Bezirksjustizgebäudes. Der Spider hob nach dem ersten Klingeln ab.

»Nailsworth.«

»Hier ist Burton. Mund halten und zuhören. Rufen Sie Lopez, Sheridan, Miller, Morales, O'Hara, Crumb, Connelly und Le May an. Sagen Sie ihnen, daß sie in voller SWAT-Ausrüstung zur Beer Bar Ranch nördlich von Pine Cove kommen sollen, und zwar zur nördlichen Zufahrt. Dort ist eine Höhle. Fummeln Sie sich an Karten raus, was Sie brauchen, um den Jungs Wegbeschreibungen zu geben. Benutzen Sie keine offenen Frequenzen. Die Jungs sollen sich nicht zum Dienst melden oder irgend jemandem Bescheid sagen, wohin sie fahren. Hier sind mindestens zwei Verdächtige mit automatischen Waffen. Ich sitze etwa zehn Meter vom westlichen Eingang entfernt fest. Die anderen sollen sich südlich von den Felsen treffen – das finden sie schon –, und dann soll Sheridan mich anrufen. Kein Flugzeug. Finden Sie raus, ob die Höhle noch einen anderen Zugang hat. Ich brauche sämtliche Leute so schnell wie möglich am Einsatzort. Kriegen Sie das hin?«

»Aber sicher«, sagte Spider. »Es wird allerdings mindestens vierzig Minuten dauern, unter Umständen länger, wenn ich nicht alle erreiche.«

Burton hörte das Tastengewitter, das die fetten Finger von Spider bereits anrichteten. »Schicken Sie, wen Sie auftreiben können. Sagen Sie ihnen, sie sollen in mehreren Wagen kommen und bei der

Anfahrt, wenn's geht, auf Sirenen verzichten. Auf der Ranch auf jeden Fall.«

»Haben Sie eine Beschreibung von den Verdächtigen?«

»Theophilus Crowe und eine Frau, einssiebzig, fünfundfünfzig Kilo, Alter zwischen fünfundzwanzig und vierzig, graue Haare, trägt einen Lederbikini.«

»Fünfundzwanzig bis vierzig? Ziemlich eindeutig«, sagte der Spider voller Sarkasmus.

»Lecken Sie mich, Nailsworth. Was glauben Sie wohl, wie viele Weiber auf diesen Hügeln in Lederbikinis rumlaufen und mit 'nem AK-47 rumballern? Rufen Sie mich an, wenn die Jungs auf dem Weg sind.« Burton brach die Verbindung ab und überprüfte die Batterie seines Telefons. Sie würde noch eine Weile halten.

Nachdem das Gebrüll aus der Höhle gekommen war, hatte Stille geherrscht, doch er traute sich nicht, einen Blick über den Rand der Felsspalte zu riskieren. »Crowe!« rief er. »Es ist noch nicht zu spät, um die ganze Angelegenheit zu regeln.«

THEO

Die nackten Typen standen über Theo gebeugt und lächelten benebelt, als ob sie gerade eine dicke Opiumpfeife zusammen geraucht hätten. »Herrgott, war es das?« fragte Theo, dem Steves Gebrüll noch immer in den Ohren klingelte.

»War *er* das«, korrigierte ihn Molly und hob einen Finger, um Theo zum Schweigen zu bringen, während sie die Sprechtaste seines Handys drückte. »Hallo«, sagte sie ins Telefon. »Geht Sie nix an. Wer spricht denn da?« Sie deckte die Sprechmuschel ab und sagte: »Es ist Gabe.«

»Sag ihm, mit mir ist alles in Ordnung. Und frag ihn, wo er ist.«

»Theo sagt, mit ihm ist alles in Ordnung. Wo sind Sie?« Sie horchte einen Augenblick und hielt dann wieder die Sprechmuschel zu. »Er ist im Slug.«

»Sag ihm, ich rufe ihn gleich zurück.«

»Er ruft gleich zurück.« Sie brach die Verbindung ab und warf das Handy auf den Kleiderhaufen am Eingang.

Theo schaute zu den nackten Typen hoch. Er glaubte ein paar von ihnen wiederzuerkennen, doch das wollte er lieber nicht zugeben. »Könnt ihr 'n bißchen weiter weggehen?« sagte Theo. Sie bewegten sich nicht von der Stelle. Theo schaute zu Molly. »Kannst du ihnen sagen, daß sie woanders hingehen sollen? Sie machen mich ein bißchen nervös.«

»Warum?«

»Molly, ich weiß ja nicht, ob's dir schon aufgefallen ist, aber diese Typen haben alle – eine Erektion.«

»Vielleicht freuen sie sich einfach, dich zu sehen.«

»Würdest du ihnen bitte sagen, daß sie ein bißchen zurückgehen sollen?«

Molly bedeutete den Typen, sich wegzubewegen. »Geht jetzt. Los, Jungs, geht wieder nach hinten in die Höhle. Los. Los. Los.« Sie stieß einigen mit dem Sturmgewehr in die Bäuche. Langsam drehten sie sich um und trotteten weiter nach hinten in die Höhle.

»Was zum Teufel noch mal fehlt denn denen?«

»Was meinst du mit ›fehlt‹? Sie führen sich auf wie alle Typen, nur daß sie ein bißchen ehrlicher sind.«

«Molly, im Ernst, was hast du mit ihnen gemacht?«

»Ich hab gar nichts gemacht. So führen die sich auf, seit sie Steve da hinten gesehen haben.«

Theo schaute in den hinteren Teil der Höhle, doch alles, was er sehen konnte, waren die teilweise erleuchteten Rücken einer Gruppe von Leuten, die auf dem Höhlenboden saßen. »Sieht aus, als wären sie in Trance oder so was.«

»Ja ist das nicht cool? Andererseits haben sie mir geholfen, dich hier reinzuschaffen, als ich's ihnen gesagt habe. Sie sind keine kompletten Zombies. Irgendwie hab ich das Kommando.«

Blut troff von Theos Kopfhaut, verklebte seine Haare und hinterließ Flecken auf seinem Hemd. »Spitzenmäßig, Molly. Aber kannst du mir vielleicht die Handschellen abnehmen?«

»Deswegen wollte ich dich auch schon fragen. Jedesmal, wenn

ich dich sehe, hast du Handschellen an. Bist du Fetischist oder so was?«

»Bitte, Molly, der Schlüssel ist in meiner vorderen Tasche.«

»Er hat dir den Schlüssel gegeben?«

»Es ist mein Schlüssel.«

»Ich verstehe«, sagte Molly und lächelte wissend.

»Alle Handschellen funktionieren mit dem gleichen Schlüssel, Molly, und jetzt hilf mir aus den Dingern raus, bitte!«

Sie kniete sich hin und griff ihm in die Tasche, wobei sie ihm die ganze Zeit tief in die Augen blickte. Sein Kopf pochte, als er sich auf den Bauch rollte, damit sie ihn von den Handschellen befreien konnte.

Während sie ihn losmachte, hörten sie Burton, der draußen rief: »Crowe, es ist noch nicht zu spät. Wir können das immer noch regeln.«

Sobald er die Hände frei hatte, schlang Theo seine Arme um Molly und zog sie an sich. Sie ließ das Gewehr fallen und erwiderte seine Umarmung. Wieder ertönte ein Brüllen aus dem hinteren Teil der Höhle. Zwei der Pilger kreischten, und Molly ließ Theo los. Sie erhob sich und blickte nach hinten in die Dunkelheit.

»Alles in Ordnung, Steve«, sagte sie.

»Was zum Teufel war das?« rief Burton von draußen.

»Das war Steve«, rief Molly zurück. »Sie wollten doch wissen, was mit Joseph Leander passiert ist. Das da eben war's – Steve hat ihn gefressen.«

»Wie viele von euch sind da drin?« fragte Burton.

Molly schaute sich um. »Ein ganzer Haufen.«

»Wer zum Teufel sind Sie?«

»Ich bin Kendra, das Warrior Babe der Atomwüste.« Sie machte ein dämliches Gesicht und lächelte Theo an, der sich bemühte, dem Ganzen zu folgen, während er gleichzeitig aus dem hinteren Teil der Höhle einige beruhigende Geräusche hörte, die den Eindruck erweckten, als sei dort irgendwas im Gange.

»Was wollen Sie?« fragte Burton.

Wie aus der Pistole geschossen sagte Molly: »Zehn Prozent der

Bruttoeinnahmen aus all meinen Filmen, und zwar fünfzehn Jahre rückwirkend, einen professionellen Rasentrimmer inklusive Sprit und den Weltfrieden.«

»Jetzt mal im Ernst. Wir können uns einigen.«

»Okay, ich will sechzig Sandwiches mit Erdnußbutter und Marmelade, acht Liter Cola Light, und...« Sie wandte sich an Theo. »Willst du irgendwas?«

Theo zuckte mit den Achseln. Andererseits, solange es sowieso nicht voranging: »Einen neuen Volvo Kombi.«

»Und einen neuen Volvo Kombi«, rief Molly. »Und zwar mit Getränkedosenhaltern links und rechts, du Mistbock, oder du kannst dein Geschäft vergessen.« Sie drehte sich um und strahlte Theo an.

»Das hat was.«

»Du hast es verdient«, sagte Molly. Plötzlich riß sie die Augen weit auf, während sie an Theo vorbeischaute. »Nein, Steve!« kreischte sie.

Theo rollte sich herum und sah ein riesiges Paar Kiefer, das sich auf ihn herabsenkte.

- 28 -

DER SHERIFF

Für Burton hörte es sich an, als ob es dreißig oder vierzig Leute wären, die in der Höhle ein kollektives Gejammer anstimmten, ganz zu schweigen von dem Ding, das dieses Gebrüll von sich gab. So leicht, wie er es sich vorgestellt hatte, würde es nicht werden, die Zeugen los zu werden. Wenn all die Leute, an denen er zuvor auf der Straße vorbeigefahren war, sich hier in der Höhle befanden, dann hätten die Scharfschützen des Sondereinsatzkommandos eine Menge zu tun. Eines war jedenfalls klar: Er konnte auf keinen Fall zulassen, daß Crowe und die Frau, wer immer sie auch sein mochte, die Ranch lebend verließen.

Sein Handy klingelte, und er drückte auf die Empfangstaste.

»Was?« Er legte seine Waffe hin und hielt sich das Ohr zu, damit der Krach aus der Höhle ihn weniger störte.

»Nailsworth hier«, sagte Spider. »Sie sind auf dem Weg. Brauchen etwa vierzig Minuten. Die Höhle hat keinen anderen Zugang.«

Burton war nicht erfreut über die Aussicht, noch weitere vierzig Minuten in der Felsspalte herumliegen zu müssen, doch sobald das SWAT-Team ankam, war es ja vorbei. »Nailsworth, das hier ist ein Schuß ins Blaue, aber haben Sie jemals von jemandem namens Kendra, das Warrior Babe mit dem Atombusen, gehört?«

»Das Warrior Babe der Atomwüste«, korrigierte ihn der Spider. »Klar, das sind die absolut großartigsten Filme über die Zukunft nach dem Atomschlag, die je gedreht wurden. Kendra ist ein Superstar. Vielmehr war ein Superstar. Die Schauspielerin hieß Molly Michon. Warum?«

»Schon gut. Eine der Verdächtigen hält sich für komisch.«

»Wenn Sie ein paar Filme aus der Reihe auf Video haben wollen, kann ich Ihnen ein paar Kassetten für zwanzig Dollar das Stück verkaufen. Ich habe sie fast komplett.«

»Nailsworth, Sie sind ein jämmerliches Stück Scheiße.«

Burton unterbrach die Verbindung. Aus der Höhle klangen noch immer Klagelaute, und die Frau kreischte etwas, das er nicht verstehen konnte.

MOLLY

Zwischen Steves Zähnen schauten noch Theos Turnschuhe heraus. Molly packte ihr Schwert, rannte das Vorderbein des Seeungeheuers hinauf und sprang auf seinen breiten Nacken. Sie drosch mit solcher Wucht mit dem Schwert auf die Stelle zwischen seinen Augen ein, daß ihre Hände taub wurden. »Spuck ihn aus! Spuck ihn aus!«

Steve warf den Kopf herum, um sie abzuschütteln, doch sie hielt ihre Schenkel um seinen Hals gepreßt und hackte weiter auf seinen Kopf ein. Schuppige Klumpen segelten durch die Luft, und das Schwert sprühte Funken. »Spuck ihn aus! Spuck ihn aus!« kreischte

Molly und drosch im Takt ihrer panischen Litanei mit dem Schwert auf Steves Schädel ein. Sie wußte, wenn sie erst einmal das qualmende Geräusch hörte, war Theo erledigt.

Das Seeungeheuer öffnete die Kiefer, um Theo den Gnadenstoß zu versetzen, und Molly hörte, wie Theo einen gurgelnden Schrei ausstieß. Sie sprang auf die Füße, kletterte auf Steves Stirn und richtete die Spitze des Schwertes auf seinen Augenwinkel. Sie machte sich bereit, sich mit ihrem ganzen Körpergewicht gegen den Griff zu wuchten, um ihm das Schwert in die Augenhöhle zu stoßen. »Spuck ihn aus! Sofort!«

Steve verdrehte die Augen und schielte, um seinen Angreifer sehen zu können. Dann gab er einen Grunzlaut von sich und spie den Constable auf den Boden. Er warf den Kopf herum, und Molly wurde drei Meter durch die Luft geschleudert, bis sie mit dem Rücken gegen die Höhlenwand krachte und zu Boden sank.

Die Klagelaute der Pilger wurden zu einem Schluchzen, als Steve sich umdrehte und in den hinteren Teil der Höhle zurücktrottete.

Theo, der von einer klebrigen Mischung aus Blut, Fledermausguano und Drachensabber überzogen war, stemmte sich auf alle viere und schaute zu Molly hinüber. »Bist du in Ordnung?«, keuchte er.

Sie nickte. »Ich glaube schon. Und du?«

Theo nickte und schaute an sich hinunter, um sicherzugehen, daß seine Beine noch dran waren. »Ja.« Er kroch zu ihr hinüber und lehnte sich neben sie an die Höhlenwand. Er keuchte, um wieder zu Atem zu kommen. »Nette Freunde hast du. Warum hat er aufgehört?«

»Ich glaube, seine Gefühle sind verletzt.«

»Das tut mir leid.«

»Er kommt drüber weg. Er ist ein großer Junge.«

Theo konnte nicht anders, er mußte einfach lachen, und es dauerte nicht lange, da saßen er und Molly aneinandergelehnt da und kicherten unkontrolliert vor sich hin.

»Steve, hmm?« sagte Theo.

»Er sieht aus wie 'n Steve, findest du nicht?« fragte Molly.

Theo wischte sich den Drachensabber von seinem Mund und

lehnte sich hinüber, um sie zu küssen. Sie packte ihn am Kinn und schob ihn von sich weg. »Ich glaube, das wäre keine so gute Idee.«

Wieder erhob sich ein Gebrüll aus dem hinteren Teil der Höhle, doch diesmal klang es verglichen mit dem letzten Mal eher traurig.

»Gut möglich«, sagte Theo.

»Crowe, was zum Teufel geht da drin vor?« rief Burton von draußen. »Du hast nicht allzuviel Zeit für irgendwelche Sperenzchen. Ein SWAT-Team ist im Anmarsch. Also, was willst du?«

»Ich hab keine Ahnung, wovon Sie reden«, rief Theo zurück.

»Was willst du, um von hier zu verschwinden? Den Staat zu verlassen und alles zu vergessen. Wieviel? Nenn mir eine Summe.«

Theo schaute Molly an, als ob sie die Antwort wüßte. Sie sagte: »Ich dachte, wir hätten unsere Forderungen ziemlich klar zum Ausdruck gebracht.«

»Er wird mich nicht gehenlassen, Molly. Und dich wird er mittlerweile auch nicht mehr ziehen lassen. Wenn wirklich ein SWAT-Team auf dem Weg hierher ist, sitzen wir schwer in der Klemme.«

»Ich muß mit Steve reden.« Molly stand auf und bahnte sich einen Weg zwischen den schluchzenden Pilgern hindurch zum hinteren Teil der Höhle. Theo sah ihr nach, wie sie in der Dunkelheit verschwand, wo das Seeungeheuer lag und bläßliche Flecken in Grün und Blau an seinem Körper aufleuchten ließ. Theo rieb sich die Augen, um deutlicher sehen zu können.

»Also Crowe, wie sieht's aus?«

»Machen Sie mir 'n Angebot«, sagte Theo und dachte krampfhaft darüber nach, wie er sich absichern konnte. Was er sagen mußte, um länger als zwei Sekunden am Leben zu bleiben, sobald er einen Schritt aus der Höhle machte.

»Ich geb dir hunderttausend. Das ist ein faires Angebot, Crowe. Du kannst sowieso nichts beweisen. Jedenfalls nicht, wenn Leander tot ist. Schnapp dir das Geld, und mach dich aus dem Staub.«

»Ich bin ein toter Mann«, murmelte Theo. Die Höhe der Summe, die Burton genannt hatte, verriet, daß sein Angebot nicht ernst gemeint war. Nie im Leben würde er Theo lebendig davonkommen lassen. »Wir müssen uns hier erst mal drüber unterhalten«, rief Theo.

Sein Kopf pochte von den Schlägen mit der Pistole, und die Sicht auf seinem linken Auge war trübe. Irgendwo in dem Haufen mit den Kleidern der Pilger piepte sein Handy, und er wühlte sich durch die Klamotten und Pillenfläschchen. Plötzlich wurde ihm schwarz vor Augen, und er mußte sich einen Augenblick ruhig halten, bis er wieder sehen konnte. Schließlich fand er sein Telefon – verstrickt in eine Damenstrumpfhose – und drückte die Sprechtaste.

STEVE

Feinde erkannte er auf den ersten Blick. Er spürte die Wellen der Aggression und Furcht, die sie ausstrahlten, und er hatte gefühlt, daß solche Schwingungen nun von seiner warmblütigen Freundin ausgingen. Sogar jetzt, da sie durch die Gruppe der Beutemenschen auf ihn zukam, spürte er ihre Furcht. Wenn sie doch sowieo schon ein neues Männchen gefunden hatte, warum hatte sie sich dann noch die Mühe gemacht, ihm sein Futter auszupacken?

Es störte ihn nicht im geringsten, daß sie mit dem scharfen Ding auf ihn eingeschlagen hatte, im Gegenteil, es fühlte sich ganz gut an, und er dachte, sie wollte sich wieder mit ihm paaren. Doch dann, als sie es auf sein Auge gerichtet hatte, da wußte er, daß sie ihn umgebracht hätte. Er spürte es. Sie hatte die Fronten gewechselt, und ihre Loyalität galt nun jemand anderem. Er zog in Erwägung, ihr den Kopf abzubeißen – nur um ihr zu zeigen, wie mies er sich fühlte.

Als sie nun auf ihn zukam, steckte er den Kopf unter eines seiner Vorderbeine. Sie rieb eine seiner Kiemen, und er ließ einen scharlachroten Balken auf seinem Rücken aufleuchten, um ihr zu bedeuten, daß sie aufhören sollte.

»Es tut mir leid, Steve. Ich habe nicht allzu viele Freunde. Ich konnte nicht zulassen, daß du Theo auffrißt.«

Er spürte das Wohlwollen in ihrem Tonfall, doch er traute ihr nicht mehr. Vielleicht sollte er ihr einfach mal probehalber einen Arm abbeißen. Er leuchtete abwechselnd in Magenta und Blau.

»Du mußt verschwinden, Steve. Ein Sondereinsatzkommando ist

auf dem Weg hierher. An dem Kerl draußen kommst du ohne Probleme vorbei. Du kannst ihn fressen, wenn du willst. Ich fände es sogar richtig prima, wenn du den Kerl draußen fressen würdest.«

Sie machte ein paar Schritte von ihm weg. »Steve, du mußt hier raus, oder die bringen dich um.«

Er ließ ein trübes, olivfarbenes Muster aufleuchten und steckte seinen Kopf weiter unter sein Vorderbein. Sie wollte, daß er wegging, das konnte er deutlich spüren. Und er wollte ja auch weg, aber er wollte nicht, daß sie wollte, daß er wegging. Er wußte, daß sie niemals das sein konnte, was er wollte, und er verstand mittlerweile auch, was niemals bedeutete, doch er wollte auch nicht, daß der andere Warmblüter sie für sich hatte. Farbwogen kräuselten sich wie Sorgenfalten über seine Schuppen.

»Ich will dich nicht loswerden«, sagte Molly. »Ich versuche nur, dir das Leben zu retten.«

Sie drängte sich zwischen den Pilgern hindurch, die alle auf dem Boden knieten und schluchzten. Eine rothaarige Frau in den Dreißigern mit künstlichen Brüsten, die der Schwerkraft spotteten, packte sie am Arm. »Ich kann das Opfer bringen«, sagte die Frau. »Wirklich.«

Molly entwand sich dem Griff der Frau. »Verpiß dich, Alte«, sagte Molly. »Märtyrium ist ein Klacks, für so was braucht man nur 'nen Klempner zu bestellen.«

THEO

Erst als er das Telefon an sein Ohr hielt, fiel Theo wieder ein, daß Burton ihn mit einem seiner Schläge genau dort getroffen hatte. »Auaah, verdammte Scheiße, auaah!« schrie er und humpelte im Kreis herum, obwohl seine Beine nicht im geringsten verletzt waren.

»Theo?« drang Gabes Stimme blechern aus dem Hörer.

»Ja, ich bin's.« Theo wechselte mit dem Handy ans andere Ohr, doch er hielt es trotzdem ein paar Zentimeter weit weg.

»Wo bist du? Wer war eben am Telefon?«

»Das war Molly Michon. Wir sind in der Höhle oben auf der Ranch, wo früher die Pilzfarm war. Burton hat uns hier festgenagelt und ein SWAT-Team angefordert.«

»Hast du's gesehen?«

»Ja, ich hab's gesehen, Gabe. Ich glaube, du hast recht mit dem, was du über die Hirnchemie gesagt hast. Hier ist ein Haufen Leute, die alle völlig weggetreten sind und sagen, sie wurden hergerufen, um sich zu opfern. Sie haben alle Medikamente dabei, die ihnen von Val verschrieben wurden.«

»Wow«, sagte Gabe. »Wow. Wie sieht das Ding aus?«

»Ziemlich groß, Gabe.«

»Könntest du dich ein bißchen genauer ausdrücken?«

»Paß auf, Gabe, wir brauchen Hilfe. Burton will uns umbringen. Ich brauche Zeugen hier oben, damit er nicht behaupten kann, wir hätten auf seine Leute geschossen. Ruf das Fernsehen an und die Zeitungen. Sorg dafür, daß ein Hubschrauber vom Nachrichtensender herkommt.«

Theo spürte, wie Molly ihn an der Schulter packte. Er drehte sich um und sah, daß sie den Kopf schüttelte. »Einen Moment mal, Gabe.« Er deckte die Sprechmuschel mit seiner Hand ab.

»Keine Reporter, Theo.«

»Warum nicht?«

»Weil, wenn herauskommt, daß Steve existiert, sperren sie ihn in einen Käfig oder bringen ihn um. Also keine Reporter und keine Kameras.« Sie verstärkte den Griff, bis es weh tat; Tränen traten ihr in die Augen. »Bitte.«

Theo nickte. »Gabe«, sagte er ins Telefon. »Vergiß das mit den Reportern. Keine Nachrichtenleute, keine Kameras. Aber ihr müßt kommen. Ich brauche Zeugen, die nicht für Burton arbeiten.«

»Du hast gesagt, da draußen sind ein Haufen Leute.«

»Die sind alle völlig weggetreten und insofern absolut wertlos. Außerdem sind sie nackt.«

Einen Augenblick herrschte Schweigen. Schließlich fragte Gabe: »Warum sind sie nackt?«

Theo schaute Molly an. »Warum sind sie nackt?«

»Um sie davon abzubringen, in die Höhle zu kommen.«

»Um sie davon abzubringen, in die Höhle zu kommen«, sagte Theo ins Telefon.

»Na ja, das scheint ja nicht besonders gut geklappt zu haben, oder?« sagte Gabe. »Warum hat sie nicht versucht, sie mit dem Ungeheuer wegzuscheuchen?«

»Das habe ich dir doch schon erzählt, Gabe. Sie sind hier, weil sie dem Ungeheuer nahe sein wollen.«

»Faszinierend. Und Molly hat es unter Kontrolle?«

Theo betrachtete den Drachensabber, der an seinen Jeans heruntertroff. »Nicht so richtig, Gabe, bitte, schnapp dir Val und sieh zu, daß du deinen Arsch hier hochbewegst. Du kannst behaupten, du wärst aus wissenschaftlichen Gründen hier oder so was, und Val kann sagen, sie wäre psychologische Expertin bei Verhandlungen mit Geiselnehmern. Die Leute hier sind Patienten von ihr, dadurch wird die Sache noch glaubwürdiger. Bring so viele Leute mit, wie du kannst.«

Molly packte Theo erneut am Arm und schüttelte den Kopf. »Nur die Leute, die sowieso Bescheid wissen.«

Theo stieß einen leisen Fluch aus. »Streich das letzte, Gabe. Nur du und Val. Erzähl sonst niemandem davon.«

»Mavis und Howard und Catfish wissen schon Bescheid.«

»Dann sollen die auch mitkommen. Bitte, Gabe, leih dir das Auto von Mavis, und komm hier rauf.«

»Theo, das bringt doch nichts. Wir können vielleicht verhindern, daß du umgebracht wirst, aber Burton wird euch trotzdem verhaften. Das weißt du selbst. Und sobald er euch erst einmal eingelocht hat, nun, das kannst du dir ja ausrechnen.«

»Immer eins nach dem anderen.«

»Theo, wir müssen dieses Wesen retten. Das ist die größte ...«

»Gabe«, unterbrach ihn Theo. »Ich versuche meinen Arsch zu retten. Jetzt tu mir einen Gefallen, und mach dich auf den Weg.«

»Du mußt dieses Wesen da rausschaffen, Theo. Kann sein, daß sie euch nicht erschießen, weil Zeugen dabei sind, aber dieses Wesen lassen sie garantiert nicht in Ruhe.«

»Er rührt sich nicht von der Stelle. Er ist hinten in der Höhle und schmollt.«

»Schmollt?«

»Ich weiß auch nicht, Gabe. Komm einfach her, okay?« Theo drückte die Ende-Taste und setzte sich. Zu Molly sagte er: »Gabe hat recht. Wenn wir hier Zeugen auffahren, erreichen wir nur, daß wir das Unvermeidliche ein wenig verschieben. Vielleicht sollten wir Burton einfach überrennen, bevor das SWAT-Team hier auftaucht.«

Molly hob das AK-47 vom Boden auf, klappte das Magazin auf und kippte es so, daß Theo sehen konnte, daß es leer war. »Keine so gute Idee.«

THE HEAD OF THE SLUG

»Psychologische Expertin in Verhandlungen mit Geiselnehmern«, sagte Val Riordan. »In meinem Praktikum habe ich nur mit Eßstörungen zu tun gehabt. Das einzige Mal, daß ich auch nur entfernt mit so was wie Geiselnahme oder Erpressung zu tun hatte, war, als ich einer Schauspielerin im Zuckerrausch ausreden mußte, vierzehn Packungen Ben & Jerry's Monkey Chunks zu futtern, nachdem sie ihre Rolle in Baywatch verloren hatte.«

»Das reicht schon«, sagte Gabe, der Theos Bericht weitergegeben hatte und ihm nun zu Hilfe eilen wollte, während Val sich sträubte.

»Ich glaube, der Süßkram heißt Chunky Monkey«, sagte Howard.

»Egal«, sagte Val. »Ich seh nicht ein, wieso Theo ausgerechnet uns braucht, wo er doch eine ganze Höhle voll mit meinen Patienten hat.«

Gabe bemühte sich um Geduld, doch im Hinterkopf hörte er eine Uhr ticken, und mit jedem Ticken sanken die Aussichten, seinen Freund zu retten und mit eigenen Augen ein lebendes Exemplar einer Tierrasse aus der Kreidezeit zu sehen. »Ich hab doch schon erklärt, daß Theo gesagt hat, sie seien völlig neben der Spur.«

»Absolut logisch«, sagte Howard.

»Und wieso?« fragte Val, die offensichtlich von dem Tonfall des steifen Restaurantbesitzers irritiert war.

»Die Tradition der Opferung ist so alt wie die Menschheit. Gut möglich, daß es mehr ist als einfach nur eine Tradition. Die Babylonier brachten Tiamet, der Schlange, Opfer dar. Die Azteken und Mayas opferten Schlangengottheiten. Vielleicht handelt es sich bei diesem Wesen um die Schlange, die schon die Mayas und Azteken verehrt haben.«

»Das ist doch lächerlich«, sagte Val. »Das Ding frißt Leute.«

Howard lachte in sich hinein. »Die Menschen haben über Jahrtausende hinweg rachsüchtige Götter verehrt. Wer sagt denn, daß es nicht die Rache ist, die jene Liebe inspiriert? Möglicherweise existiert, wie Dr. Fenton bereits ausgeführt hat, eine wie auch immer geartete symbiotische Beziehung zwischen dem Jagdverhalten dieser Kreatur und der Gehirnchemie seiner Beute. Vielleicht wird dadurch sowohl Liebe als auch sexuelle Stimulation hervorgerufen. Wissen Sie, dieses Gefühl muß nicht notwendigerweise auf Gegenseitigkeit beruhen. Es kann gut sein, daß dieses Wesen seiner Gefolgschaft gegenüber ebenso gleichgültig ist wie jede andere Gottheit. Es nimmt die Opfer als etwas Selbstverständliches hin, ohne daß damit irgendeine Verantwortung von seiner Seite einhergeht.«

»Das ist wirklich ein Haufen Bockmist, der stinkt ja schier zum Himmel«, platzte Catfish heraus. »Ich war schon ganz nahe dran an dem Vieh, und das einzige, was es bei mir hervorgerufen hat, war, daß ich mir fast in die Hosen geschissen hätte vor Angst.«

»Ist das hundertprozentig richtig, Mr. Fish?« sagte Howard. »Oder ist es nicht vielmehr so, daß die Inspiration durch dieses Wesen zu einer lebenslangen musikalischen Karriere geführt hat? Vielleicht sollten Sie sich bei der Bestie bedanken.«

»Wenn ich überhaupt irgendwem was schulde, dann euch, und zwar 'ne Freifahrt zur Klapsmühle.«

»Schluß jetzt!« rief Gabe. »Ich mach mich auf den Weg. Ihr könnt mitkommen oder hierbleiben, aber ich werde Theo helfen und zusehen, ob ich dafür sorgen kann, daß dieses Wesen am Leben bleibt. Mavis, kann ich mir deinen Wagen leihen?«

Mavis warf die Schlüssel auf die Bar. »Ich würde liebend gern mitkommen, Kleiner.«

»Darf ich mich Ihnen anschließen?« fragte Howard.

Gabe nickte und schaute zu Val. »Es sind deine Patienten.«

Sie preßte sich mit dem Rücken gegen die Bar. »Das geht doch in die Hose, und wenn alles rauskommt, wander ich ins Gefängnis. Und dabei soll ich auch noch helfen?«

»Ja«, sagte Gabe.

»Warum?«

»Weil es das Richtige ist, und weil es mir wichtig ist und du mich liebst.«

Val starrte ihn an und schnappte sich dann ihre Handtasche, die auf der Bar lag. »Ich komme mit, aber ich schwöre euch, daß ich euch allen bitterböse Briefe aus dem Gefängnis schreiben werde.«

Mavis schaute zu Catfish hinüber. »Wie sieht's aus?«

»Fahrt ihr mal. Ich muß mich mit dem Blues rumschlagen.«

Sie gingen zur Tür hinaus. »Mach dir keine Gedanken, Süße«, rief Mavis ihnen nach. »Du landest schon nicht im Knast. Dafür wird Mavis sorgen.«

- 29 -

GABE

Bis zu dem Zeitpunkt, als Steve den Ort heimgesucht hatte, war das furchteinflößendste prähistorische Wesen an der Central Coast Mavis Sands 1956er Cadillac Cabrio gewesen. Es war gelb wie ein Zitronenkuchen und hatte einen riesigen verchromten Kühlergrill, der den Eindruck machte, als würde er die Straße im Fahren aufschlabbern. Außerdem war er mit goldfarbenen Bordsteinfühlern ausgestattet, die im Fahrtwind zitterten wie Schnurrhaare aus Metallfedern. Bei der Stammbesetzung hieß der Wagen nur »die Banane«, und irgendwann einmal hatten sie in einem Anfall von Ehrgeiz und Schaffenskraft ein überdimensionales blaues Chiquita-Schild gemalt und es auf den Kofferraumdeckel geklebt, während Mavis bei der Arbeit war. »Na ja«, sagte Mavis, die von den Anstrengungen ihrer Klientel nicht schlecht überrascht war, »es ist nicht die erste Banane, auf der ich rumgeritten bin, aber was die Größe angeht, schlägt sie alle anderen um mindestens einen halben Meter.«

Mit so was wie der Banane war Gabe selbst in seiner Jugend niemals rumgefahren. Der Wagen lenkte sich wie ein Schiff und schaukelte und schwappte über Unebenheiten und Schlaglöcher wie ein leckgeschlagener Kahn. Beim Einsteigen hatte Gabe aus Versehen das automatische Verdeck geöffnet und seitdem noch nicht herausbekommen, wie man es wieder zumachte.

Gabe sah Vals Mercedes, der am Abhang eines Hügels abseits der Straße stand. Daneben parkten sechs weitere Autos, alles aufgemotzte Geländewagen mit Vierradantrieb: zwei davon Blazers und zwei Suburbans, die etwas größere Variante. Eine Gruppe von Männern in schwarzen Strampelanzügen stand neben den Autos, und der Größte von ihnen beobachtete Gabe und seine Begleiter durch ein Fernglas und sprach in ein Funkgerät oder ein Handy.

»Vielleicht hätten wir lieber ein etwas weniger auffälliges Auto nehmen sollen«, sagte Gabe.

»Warum sind wir nicht mit Ihrem Auto gefahren, Howard?« fragte Val, die auf dem Beifahrersitz kauerte.

Steif wie eine Schaufensterpuppe saß Howard auf der Rückbank und kniff die Augen zusammen, als sei dies das erste Mal in seinem Leben, daß er dem Sonnenlicht ausgesetzt war. »Ich besitze einen Jaguar. Ganz hervorragende Automobile, einzigartig in der Welt und nur vergleichbar mit Bentley und Rolls. Walnußverkleidung an sämtlichen glatten Oberflächen im Innenraum.«

»Fährt wohl nicht, häh?«

»Tut mir leid«, sagte Howard.

Gabe blieb mit der Banane am Weidegatter stehen. »Was soll ich machen? Sie beobachten uns.«

»Fahr weiter bis da oben hin«, sagte Val. »Deswegen sind wir ja schließlich hier.« Mit einem Mal war sie ganz tapfer und mutig geworden.

Gabe war sich seiner Sache nicht so sicher. »Kann mir noch mal jemand erklären, warum der Sheriff uns nicht einfach zusammen mit Molly und Theo abknallen wird?«

Val steigerte sich allmählich in die Sache hinein, denn sie spürte, daß dies unter Umständen die einzige Möglichkeit war, das wiedergutzumachen, was sie ihren Patienten angetan hatte. »Gabe, ich bin Psychiater, und du hast einen Doktor. Auf Leute wie uns schießt die Polizei nicht.«

»Du machst bloß Witze, stimmt's?«

Howard sagte. »Muß man einen höheren akademischen Grad haben, um gegen Schußwaffen immun zu sein, oder genügt auch lebenslange Forschungsarbeit?«

»Fahr los, Gabe«, sagte Val. »Uns passiert schon nichts.« Gabe schaute zu ihr hinüber, und sie lächelte ihn an. Er lächelte zurück oder versuchte es zumindest; dann steuerte er die Banane auf die Weide in Richtung auf fünf schwerbewaffnete Männer, die nicht im geringsten den Eindruck machten, als würden sie sich über diesen Besuch freuen.

THEO

Unter Zuhilfenahme eines Einwegfeuerzeuges, von dem er sich aus schierer Vergeßlichkeit nicht getrennt hatte, als er seine Haschgiftsucht abgelegt hatte, durchsuchte Theo den Rest der Höhle. Außer dem einen Zugang, vor dem Burton auf der Lauer lag, hatte die Kathedrale keinen weiteren Ausgang. Im großen Bogen ging Theo um das Seeungeheuer herum zu Molly, die direkt am Eingang der Höhle stand.

Von draußen rief Burton: »Crowe, wir haben deine Freunde geschnappt. Das hier ist deine letzte Chance, um einen Deal zu machen. Ich geb dir fünf Minuten, dann setzen wir Gas ein.«

Von Panik erfaßt wandte sich Theo an Molly. »Wir müssen die Leute hier rausschaffen, Molly. Sobald die erste Gasgranate hier reinfliegt, ist alles vorbei.«

»Brauchen wir denn keine Geiseln?«

»Wozu? Er wird sowieso nicht verhandeln. Alles, was er will, ist meine – und vermutlich auch deine – Leiche.«

»Warum rufst du nicht irgendwen an und erzählst ihm, was du weißt? Dann hat Burton keinen Grund mehr, uns umzubringen.«

»Alles, was ich weiß, ist das, was ich gesehen habe. Jetzt, wo Leander tot ist, gibt es niemanden mehr, der Burton mit dem Labor in Verbindung bringen kann. Ich hatte Gabe und Val davon erzählt, und jetzt sind sie in seiner Gewalt. Ich war ein Idiot, daß ich die beiden da mit reingezogen habe.«

»Das tut mir leid«, sagte Molly.

»Warte mal.« Theo klappte sein Handy auf und wählte eine Nummer. Am anderen Ende klingelte es achtmal, und Theo warf einen Blick auf die Ladeanzeige, aus der zu ersehen war, daß der Akku gerade mal viertelvoll war, als sich endlich die Stimme eines Mannes meldete.

»Nailsworth«, sagte der Spider und ließ den Anrufer darüber im ungewissen, daß er mit der Informationszentrale des Sheriffs verbunden war.

»Nailsworth, hier ist Theo. Ich brauche Ihre Hilfe.«

»Sie haben wohl 'n schlechten Tag, Theo?«

Was für ein Arschloch, dachte Theo. »Hören Sie zu, ich sitze in der Falle ...«

»Ich weiß, wo Sie sind, Theo. Denken Sie dran, ich weiß alles. Allerdings muß ich sagen, ich bin richtig froh, daß Sie anrufen. Da war nämlich was, das ich Sie fragen wollte.«

Theo mußte sich beherrschen, um diesen größenwahnsinnigen Spinner nicht einfach anzubrüllen. »Bitte, Nailsworth, ich weiß nicht, wie lange die Batterie noch mitmacht. Sie müssen mir einen Gefallen tun.«

»Zuerst bin ich dran.«

»Also los«, blaffte Theo.

»Nun ja, als Burton mich angerufen hat, erwähnte er, daß Ihre Komplizin behauptet, sie wäre Kendra, das Warrior Babe der Atomwüste. Also hab ich Erkundigungen eingezogen, und wie sich herausstellte, wurde eine gewisse Molly Michon mehrmals in die Bezirksnervenklinik eingeliefert. Sie hat als Wohnsitz eine Adresse in Pine Cove angegeben. Und da habe ich mich gefragt, ob...«

»Sie ist es«, sagte Theo.

»Wow, kein Scheiß? Echt? Das gibt's doch nicht!«

»Sie steht hier neben mir.« Theo schaute zu Molly hinüber und zuckte mit den Achseln. »Hören Sie zu. Sie wollten nicht, daß ich auf die Ranch rausfahre. Wußten Sie über Burtons Speed-Handel Bescheid?«

»Kann schon sein«, sagte Nailsworth.

»Jetzt mal keine falsche Scham. Sie wissen alles. Was ich allerdings wissen muß, ist, ob Sie Zugang zu Informationen haben, die als Beweismittel gegen ihn verwendet werden könnten – Überweisungen, Schecks, Auslandskonten, Telefonrechnungen und so weiter –, also irgendwelchen Kram, den Sie dem Staatsanwalt übergeben könnten?«

»Was ist los, Theo? Sie hören sich auf einmal an wie ein richtiger Bulle.«

»Können Sie den Kram auftreiben?«

»Theo, Theo, Theo, jetzt machen Sie sich doch nicht lächerlich. Ich kann den Kram nicht nur auftreiben, ich habe ihn schon. Ich bin schon seit Jahren damit befaßt, eine Akte zusammenzustellen.«

»Können Sie das Zeug an den Geneneralstaatsanwalt weiterleiten, und zwar jetzt gleich?«

»Was springt für mich dabei heraus?«

»Nailsworth, er wird uns umbringen.«

»Kendra steht also direkt neben Ihnen, hä? Ich kann's einfach nicht fassen.«

Theo schauderte vor Panik und Zorn gleichermaßen. Er hielt Molly das Telefon hin. »Sag was Kendra-mäßiges.«

Molly räusperte sich und sagte: »Stirb, du schleimfressendes Mutantenschwein. Das einzige, was du von mir zu spüren kriegst, ist kalter Stahl.«

»O mein Gott! Sie ist es!« rief der Spider.

»Klar ist sie's. Helfen Sie uns jetzt?« fragte Theo.

»Ich will eine Kopie der norwegischen *Battle Babes*. Kann ich eine bekommen?«

Theo deckte die Sprechmuschel ab und schaute Molly an. »Norwegische Battle Babes?«

Molly lächelte. »*Kendra VI: Battle Babes in der Arena des heißen Öls*. Die norwegische Version ist die einzige mit kompletten Nacktszenen in der Arena. Sehr rar.«

Theo klappte die Kinnlade herunter. Von so was sollte sein Überleben abhängen? »Also hast du eine Kopie davon?«

»Aber klar.«

»Gebongt«, sagte Theo ins Telefon. »Ich bringe Kendra nackt und höchstpersönlich in Ihr Büro, wenn Sie jetzt endlich in die Gänge kommen.«

»Ich glaube nicht«, sagte Molly.

»Ich schicke die Akte nach Sacramento«, sagte der Spider, »aber großartig nützen wird Ihnen das auch nicht. Selbst wenn Sie es Burton sagen, so hat er sie doch in einer perfekten Situation, um Sie umzubringen. Sie brauchen die Medien.«

»Medien? Helikopter? Wir sind zu weit nördlich, als daß sie's noch rechtzeitig schaffen könnten«, sagte Theo.

»Nein!« rief Molly.

»Ich werde sie anrufen«, sagte der Spider. »Halten Sie den Sheriff und seine Leute noch zwanzig oder fünfundzwanzig Minuten lang hin.«

»Wir haben nichts, womit wir ihn aufhalten könnten, außer einen Haufen nackter Leute und ein eifersüchtiges Seeungeheuer.«

»Gehören die auch zu Ihrem Drogenring?« fragte der Spider.

»So ist die Lage. Wenn die da draußen Gas einsetzen, haben wir keine zwanzig Minuten mehr.«

»Das werden sie nicht.«

»Woher wissen Sie...«

»Fünfundzwanzig Minuten. Und *Battle Babes* in der Originalhülle, bitte schön.« Der Spider legte auf. Theo klappte sein Handy zu.

»Theo, ich habe doch gesagt, keine Hubschrauber«, erklärte Molly. »Selbst wenn wir hier rauskommen, werden sie Steve was antun. Du mußt ihn noch mal anrufen und ihm sagen, daß er die Hubschrauber zurückpfeifen soll.«

Theo spürte, daß er kurz davor war auszurasten. Mit aller Macht ballte er seine Fäuste zusammen, um sie nicht anzuschreien. Er senkte die Stimme zu einem Flüsterton. »Molly, selbst wenn wir einen Haftbefehl für Burton bekommen, wird er uns trotzdem umbringen. Wenn du willst, daß dein Drache am Leben bleibt, dann mußt du ihn hier rausschaffen, bevor die Hubschrauber hier sind.«

»Er geht hier nicht weg. Er hört nicht mehr auf mich. Sieh ihn dir doch an, Theo. Ihm ist mittlerweile alles egal.«

SHERIDAN

Sergeant Rich Sheridan war einsachtundachtzig groß, wog hundertzehn Kilo, hatte dunkles Haar, einen Schnurrbart und eine lange Hakennase, die schon diverse Male gebrochen war. Ebenso wie die anderen Männer auf dem Hügel trug er eine schußsichere Weste, eine Kopfhörer-Mikrophon-Kombination und einen Waffengürtel. Er war der einzige, der sein M-16 nicht in der Hand hielt, sondern statt dessen in ein Handy sprach. Bei der Polizei war er seit zehn Jahren, wovon er mittlerweile acht nebenbei für Burton arbeitete. Wäre dies ein offizieller Einsatz des Special Weapons and Tactics Teams gewesen, wäre er der stellvertretende Kommandant gewesen, doch da Burton den regulären Kommandeur nicht unter seiner Fuchtel hatte, war Sheridan der Einsatzleiter.

Er wartete, bis seine Männer die Passagiere des gelben Cadillac im Visier hatten, bevor er auf den Wagen zuging. Über das Handy brüllte Sheriff Burton ihn an.

»Ich sitze hier fest, Sheridan, regeln Sie den Kram, und bewegen Sie dann gefälligst Ihren Arsch hier rauf.«

»Jawoll, Sir. Und was soll ich mit den Leuten machen?«

»Stellen Sie fest, wer sie sind, legen Sie ihnen Handschellen an und lassen Sie sie an Ort und Stelle. Und zwar dalli.«

Sheridan legte auf. »Steigen Sie aus dem Wagen. Halten Sie die Hände so, daß ich sie sehen kann.«

Die beiden Männer und die Frau taten, wie ihnen geheißen und ließen sich von Sheridans Leuten nach Waffen abtasten. Als ihnen Handschellen angelegt wurden, packte Sheridan den jüngeren der Männer und drehte ihn ruckartig herum.

»Wer sind Sie?«

»Gabe Fenton. Ich bin Biologe.« Gabe lächelte schwach. »Schöne Kopfhörer. Wie wär's mit 'nem Abo für *Bakschisch – das Wochenmagazin in Sachen Korruption?* Ich kann Ihnen und Ihren Jungs da ein super Angebot machen.«

Sheridan zeigte keinerlei Reaktion. »Was machen Sie hier?«

»Schutz einer bedrohten Tierart. In der Höhle da oben lebt eine überaus seltene Gattung.«

Val zuckte zusammen. »Mußtest du ihm das auf die Nase binden?« flüsterte sie.

»Was hat Sie veranlaßt herzukommen?« fragte Sheridan.

»Dies ist der Lebensraum des kalifornischen Rotschenkelfrosches, einer überaus bedrohten Tierart. Ich habe Ihr SWAT-Spezialfahrzeug vorbeifahren sehen, und der Fahrer hatte dieses Ich-will-ein-paar-ganz-seltene-Frösche-killen-Glänzen in den Augen.« Gabe blickte hinüber zu einem der anderen Mitglieder des Sondereinsatzkommandos. Es war ein gedrungener Latino, der ihn durch das Visier seines M-16 anstarrte. »Da sehen Sie, das ist der typische Blick, von dem ich rede.«

»Wir haben das SWAT-Fahrzeug gar nicht dabei«, sagte Sheridan tonlos.

»Tatsache ist«, sprang Val in die Bresche, »daß ich klinische Psychologin bin. Ich habe Erfahrung in Verhandlungen mit Geiselnehmern. Ich habe an meinem Scanner zu Hause mitbekommen, wie das SWAT-Team angefordert wurde, und wo Sie doch so weit nördlich sind, dachte ich mir, Sie brauchen vielleicht Hilfe. Dr. Fenton hat sich bereiterklärt, mich zu begleiten.«

»Wir sind nicht über Funk angefordert worden«, sagte Sheridan und wischte Vals Geschichte weg wie eine lästige Fliege. Er schaute Howard an. »Und Sie?«

»Howard Phillips. Ich bin nur hier, um ein Ungetüm aus grauer Vorzeit in Augenschein zu nehmen, das sich aus den dunkelsten Tiefen des Styx erhoben hat, um die Zivilisation zu verheeren und sich an Menschenfleisch gütlich zu tun.« Howard lächelte das Lächeln eines Bestattungsunternehmers, der gerade von einem Busunglück erfahren hat, doch immerhin war es ein Lächeln.

Sheridan starrte Howard nur ausdruckslos an und sagte gar nichts.

»Er ist vom Partyservice«, erklärte Gabe hastig. »Wir haben ihn mitgebracht, um Ihre Bestellungen aufzunehmen. Ich wette, keiner von euch Jungs hat daran gedacht, sich ein Freßpaket mitzubringen, oder?«

»Wer hat Ihnen gesagt, daß Sie herkommen sollen?«

Gabe schaute zu Val und Howard in der Hoffnung, dadurch auf die richtige Antwort zu kommen. »Niemand«, erklärte er.

Sheridan nickte. »Wir werden Sie zu Ihrer eigenen Sicherheit in dem Geländewagen da drüben unterbringen«, sagte er. Dann wandte er sich an seine Männer: »Sperrt sie in den K-9. Wir müssen los.«

- 30 -

THEO

»Hör mal«, sagte Theo und horchte mit einem Ohr in Richtung des Höhleneingangs. »Autos. Das SWAT-Team ist da.«

Molly warf einen Blick in den hinteren Teil der Höhle. Im Licht der Farben, in denen Steve schimmerte, erkannte sie, daß die Pilger sich um das Seeungeheuer gruppiert hatten und seine Schuppen streichelten. Sie wandte sich wieder an Theo: »Du mußt die Helikopter aufhalten. Ruf sie an und pfeif sie zurück.«

»Molly, es sind nicht die Fernseh-Helikopter oder wir, die Steve was antun werden. Es sind die Kerls, die gerade draußen vorgefahren sind.« Theo riskierte einen Blick aus der Höhle und sah zwei vierradgetriebene Autos, die in etwa hundert Meter Entfernung auf dem Küstenplateau parkten. Natürlich, dachte er, die glauben, sie brauchen immer noch Deckung.

Molly zückte ihr Schwert und richtete es auf Theos Bauch. »Wenn ihm was passiert, werde ich dir das nie verzeihen, Theo Crowe. Ich werde dir nachspüren bis ans Ende der Welt und dich plattmachen wie den radioaktiven Abschaum, der du sowieso bist.«

»Ist das Kendra oder Molly, die da spricht?«

»Ich mein's ernst!« kreischte sie beinahe hysterisch. Im hinteren Teil der Höhle brüllte Steve.

»Molly, jetzt dreh hier nicht durch. Jedenfalls nicht meinetwegen. Ich tue mein Bestes. Aber alles, was deinen Kumpel anscheinend interessiert, ist mich aufzufressen. Ansonsten läßt seine Motivation schwer zu wünschen übrig.«

Molly sank auf die Knie und ließ den Kopf hängen, als hätte jemand ein Ventil an einem ihrer Stiefel geöffnet und sämtliche Energie aus ihr abgesogen. Theo riß sich schwer zusammen, um sie nicht in den Arm zu nehmen, aus Angst, daß das Seeungeheuer schon auf ihn losgehen würde, sobald er nur ihre Schulter berührte.

Dann fiel es ihm wie Schuppen von den Augen. Er klappte sein Handy auf und wählte die Nummer des Head of the Slug.

MAVIS

Mavis hatte ihr Leben damit zugebracht, Fehler zu machen und aus ihnen zu lernen, und aus diesem Bewußtsein heraus war sie zu der Überzeugung gelangt, daß sie wußte, was für die Leute gut war, und zwar besser als diese selbst. Folglich war Mavis eine Vermittlerin. Die meiste Zeit begnügte sie sich damit, Informationen als das Instrument ihrer Wahl und Gerüchte als Mittel zu ihrer Überbringung zu nutzen. Was eine Person wußte und wann sie es erfuhr, bestimmte das Handeln dieser Person. (Spider, der aus seinem unterirdischen Netz heraus digitale Fäden zog, hing exakt der gleichen Philosophie an.) Am heutigen Tag war eine wahre Wagenladung von Problemen auf ihren Schultern abgeladen worden, die sie allesamt nur peripher betrafen, und sie hatte den ganzen Morgen erfolglos darüber gebrütet, wie sich die Informationen manipulieren ließen, so daß sie zur Lösung dieser

Probleme führten. Dann kam der Anruf von Theo, und es machte klick: Theo hatte recht, man konnte die Instinkte des Monsters nutzen, um es aus der Höhle zu locken, doch wenn sie ihr Blatt richtig ausspielte, konnte sie auch noch ein paar andere Probleme lösen.

Sie legte den Hörer auf, und Catfish fragte: »Wer war 'n das?«

»Theo.«

»Hat der alte Drache ihn noch nicht gefressen? Der Kerl muß ja ein Glück haben.«

Mavis lehnte sich da, wo Catfish saß, über die Bar, ergriff seine Hand und drückte sie fest. »Süßer, kratz all deine Überzeungskraft zusammen. Ich möchte, daß du zur Apotheke zischst und was für mich abholst.«

»Jawoll, Ma'am«, sagte Catfish und wand sich unter ihrem Griff, der ihm die Knochen in der Hand zusammendrückte.

Als der Bluesman gegangen war, erledigte Mavis noch einen kurzen Anruf und ging dann ins Hinterzimmer der Bar, wo sie in Schachteln und Regalen herumwühlte, bis sie gefunden hatte, was sie suchte: eine kleine schwarze Kiste mit einem langen Kabel, an dessen Ende ein Stecker angebracht war, der in den Zigarettenanzünder eines Autos paßte. »Mach dir keine Sorgen, Theo«, murmelte sie. »Ich habe mein Leben schon vor einer Ewigkeit in die Hände der Technik gelegt, und es läuft wie geschmiert.« Sie kicherte, und es klang wie der knirschende Anlasser eines Ford mit leerem Tank.

CATFISH

Wenn ein Bluesman eines haßt, dann herumkommandiert zu werden. Autoritäten reizen ihn, lassen ihn aufbegehren und rebellieren und spielen seinem Verlangen nach Selbstzerstörung in die Hände. Ein Bluesman duldet keinen Boß über sich, es sei denn, er ist auf einer Gefängnisfarm (und der Boß einer Gefängnisfarm kommt in der Hierarchie der Blues-Musen knapp hinter einem fiesen alten Weib und einem süßen jungen Ding an dritter Stelle und rangiert damit noch knapp vor schlechtem Fusel, einem toten Hund und »dem Mann«).

Catfish hatte einen Boß, der *in der Tat* ein fieses altes Weib war, wodurch die Blues-Schraube noch eine Drehung strammer angezogen wurde, und für einen Bluesman mit weniger Mumm in den Knochen wäre dies Anlaß genug gewesen, sich zu erschießen oder sich erschießen zu lassen, irgendwelchen schlechten Fusel aufzutreiben oder seine Gitarre zu Klump zu hauen und sich einen Job in der nächsten Fabrik zu suchen. Doch Catfish hatte nicht nahezu achtzigmal diese elend grausame Sonne umrundet, ohne wenigstens eine Perspektive zu entwickeln, und so machte er sich also auf den Weg zur Apotheke, wie man es ihm gesagt hatte. Er würde sich den fischefickenden weißen Knaben vorknöpfen, dessen zurückgekämmte Haare abstanden wie der Deckel einer Dose Bohnen. Und wenn er das erledigt hatte, würde er das fiese alte Weib dazu bringen, ihm endlich sein Geld auszuzahlen, auf dem sie saß wie eine Geiselnehmerin, um anschließend mit seinem faltigen schwarzen Arsch aus der Stadt zu verschwinden und seinen Liebeskummer auf dem Rücken der grauen Schlange zu pflegen, die immer für ihn da war und immer für ihn dasein würde – die Straße.

Also schlenderte Catfish wiegenden Schrittes, wie ein gealterter Michael Jackson aus dem Mississippi-Delta (und es schien, als umwaberte ihn dabei der Duft von Sassafras und Tanzbuden), zur Tür des Pine Cove Drug and Gift hinein, was dazu führte, daß die vier blauhaarigen Hühner hinter dem Tresen sich beinahe gegenseitig über den Haufen rannten bei dem Versuch, sich ins Hinterzimmer des Ladens zu verdrücken. Man stelle sich vor: ein Wesen aus dem Reich der Dunkelheit mitten unter ihnen. Was, wenn er ein Fläschchen Afro-Glanzöl verlangte – oder irgendein anderes ethnisch orientiertes Produkt, mit dem sie gänzlich unvertraut waren? Die Rauchmelder würden glatt schmelzen und ein Geheul anstimmen wie sterbende Hexen, bei dem Qualmausstoß, den ihre Gehirne verursachten, wenn sie mit quietschenden Bremsen zum Stillstand kamen. Machen wir den Eindruck, als wären wir auf wilde Abenteuer aus? Ist es damit, daß wir ein Schild mit der Aufschrift *»No Habla Español«* ins Fenster gestellt haben, noch nicht getan? Denn immerhin dokumentieren wir doch damit, daß wir die Existenz von dreißig Prozent der Bevölkerung zur

Kenntnis nehmen, wenn auch in negativem Sinne. Oh, nein, wir werden nicht weichen vom sicheren Pfad, nein danke, und in Ermangelung von Sand, in den wir unsere Köpfe stecken könnten, werden wir uns in die hinteren Räume verziehen.

Winston Krauss, der hinter seiner Glasscheibe Pseudo-Zolofts zählte, blickte von seiner Tätigkeit auf und sah Catfish den Gang entlangkommen. Augenblicklich bedauerte er, daß er damals kein kugelsicheres Glas hatte einbauen lassen. Andererseits war Winston Krauss ein Mann von Welt, und man kann nicht delphinschänderischen Sexualphantasien nachhängen, ohne sich mit den Gepflogenheiten von Menschen dunkler Hautfarbe vertraut zu machen, denn mit solchen geben sich Delphine nun mal bevorzugt ab, wenn sie sich nicht mit den Cousteaus herumtreiben – jedenfalls war dies der Eindruck, den der Discovery Channel einem vermittelte. Mutig ging der Apotheker dem Besucher entgegen.

»Willkommen, Brother-Mon, ye«, sagte Winston in seinem besten Insel-Dialekt. »Womit kann ich dir behilflich sein?« Das Ganze war garniert mit einem Begrüßungslächeln, zu dem nur noch die Dreadlocks und ein weißer Sandstrand fehlten, um auf dem Poster eines Reiseveranstalters zu landen.

Catfish kniff die Augen zusammen, setzte seinen Fedora-Hut ab und strich sich mit einer Hand über die glänzende Glatze. Er machte einen Schritt zurück, drehte den Kopf leicht zur Seite und musterte für einen Augenblick den Apotheker, bevor er sagte: »Paß mal auf, gleich gibt's einen Satz warme Ohren. Ist das klar?«

»Verzeihung«, sagte Winston und hüstelte, als ob er versuchte, den jamaikanischen Akzent, der sich in seine Kehle verirrt hatte, wieder los zu werden. »Was kann ich für Sie tun, Sir?«

»Mavis vom Slug hat mich geschickt, damit ich Sie was frage.«

»Ich bin mit ihrer Krankenakte vertraut«, sagte Winston. »Sie können ihr bestellen, daß sie mich anrufen soll, wenn sie eine Frage hat.«

»Schon klar, aber sie will Sie nicht anrufen. Sie will, daß Sie zu ihr rüberkommen.«

Winston rückte seinen Bolo-Tie zurecht. »Ich bedaure, aber Sie müssen ihr ausrichten, daß sie mich anrufen soll. Ich kann das Geschäft nicht verlassen.«

Catfish nickte. »Genau das hat sie sich schon gedacht. Sie hat gesagt, ich soll Ihnen bestellen, daß Sie 'n großes Glas mit den Zuckerpillen mitbringen sollen, die Sie anstelle von richtigen Medikamenten verhökern.«

Winston warf einen verstohlenen Blick zum Hinterzimmer, wo sich seine Angestellten hinter der Tür zusammenkauerten, wie Anne Frank samt Familie, und durch den Spalt linsten. »Sagen Sie ihr, ich komme sofort«, sagte Winston.

»Sie hat gesagt, ich soll warten und Sie begleiten.«

Winston geriet nun sichtbar ins Schwitzen; auf seiner Kopfhaut bildeten sich ölige Perlen. »Ich sage nur meinen Angestellten, wo ich hingehe.«

»Beeilen Sie sich, Flipper, ich hab nicht den ganzen Tag Zeit«, sagte Catfish.

Von einem Schauder gepackt rückte Winston Krauss seine Knikkerbockers zurecht und watschelte um den Tresen herum. »Meine Damen, ich bin in ein paar Minuten wieder zurück«, rief er über die Schulter hinweg.

Catfish lehnte sich auf den Tresen, fixierte die Reihe von Augen, die durch den Türspalt linsten und sagte: »Und meine Wenigkeit, meine Damen, kommt in ein paar Minuten auch wieder. Ich brauche dringend irgendein Mittel für den schwarzen Riesenschwanz, den ich mit mir rumschleppen muß. Das Ding ist so schwer, daß es mir schier das Kreuz bricht.«

Es folgte ein kollektives Lufthollen, infolgedessen der Luftdruck so heftig in den Keller ging, daß das Barometer an der Wand seinen Geist aufgab und Catfish die Ohren zugingen.

Winston Krauss drehte sich um und knurrte Catfish an: »Ist das denn wirklich nötig?«

»Man hat ja schließlich einen Ruf zu verlieren«, erwiderte Catfish.

DER SHERIFF

Burton hatte seine Leute angewiesen, ihm Deckung zu geben, während er sich über die Felsen und die Grasebene zu den Geländewagen vorarbeitete. Schließlich war es geschafft, und er fand Sheridan, der hinter dem Kotflügel seines Wagens kauerte und mit seinem M-16 den Höhleneingang anvisierte.

»Harter Tag gewesen, Sheriff?« sagte Sheridan mit dem Anflug eines Lächelns angesichts Burtons in Mitleidenschaft gezogenem Anzug.

Burton schaute in die Runde und betrachtete die anderen Männer des Einsatzkommandos, die allesamt den Eingang zur Höhle durch ihre Zielfernrohre anvisierten. »Wir haben also nur fünf Leute?«

»Morales trainiert die Footballmannschaft an der Grundschule, und die anderen haben regulären Dienst. Die abzuziehen war unmöglich.«

Burton knurrte. »Soweit ich weiß, haben sie nur eine Waffe, aber das ist ein vollautomatisches AK. Ich will, daß sich je zwei Leute auf jeder Seite des Höhleneingangs aufbauen. Einer postiert sich in dem Felsspalt, wo ich eben festgenagelt war, und feuert von dort aus das Tränengas ab, gefolgt von Blendgranaten. Ich bleibe hier und knöpfe mir mit dem Scharfschützengewehr jeden vor, der es schafft, an der Mannschaft am Eingang vorbeizukommen. Schießen Sie auf alles, was sich bewegt. Also los, in fünf Minuten. Auf mein Kommando.«

»Tränengas is' nicht«, sagte Sheridan.

»Was?«

»Kein Tränengas und keine Blendgranaten. Sie wollten, daß wir hier rauskommen, ohne einzuchecken. Der ganze Kram ist unter Verschluß im Justizgebäude. Alles, was wir haben, sind kugelsichere Westen und unsere persönlichen Waffen.«

Burton warf erneut einen Blick in die Runde. »Soll das heißen, ihr Jungs habt alle euer privates M-16, aber keine Granaten?«

»Jawoll, Sir.«

»Dann herrscht also Waffengleichheit? Das ist mir schon mal passiert, Sheridan. Und es war kein großer Erfolg. Kommen Sie mit.« Er schob ein neues Magazin in seine 9mm und wandte sich an die übrigen. »Gebt uns Feuerschutz.«

Burton führte den Commander des SWAT-Teams zu einer felsigen Stelle unmittelbar unterhalb des Höhleneingangs. »Crowe?« rief Burton. »Du hattest jetzt genug Zeit, um über mein Angebot nachzudenken.«

»Angebot?« fragte Sheridan.

Burton zischte ihn an, damit er den Mund hielt.

»Ich bin mir noch nicht ganz im klaren darüber«, rief Theo. »Wir haben hier drin dreißig Leute, mit denen wir über die Angelegenheit diskutieren, und die sind nicht sonderlich kooperativ.«

Sheridan schaute Burton an. »Dreißig Leute? Wir können unmöglich dreißig Leute erschießen. Ich jedenfalls erschieße keine dreißig Leute.«

»Fünf Minuten, Crowe«, sagte Burton. »Danach hast du keine Wahl mehr.«

»Was ist das für ein Angebot?« flüsterte Sheridan dem Sheriff zu.

»Machen Sie sich darüber keine Gedanken. Ich versuche nur das Subjekt von den Geiseln zu trennen, damit wir ihn erledigen können.«

»Dann wär's vielleicht ganz gut, wenn wir eine Beschreibung von dem Subjekt hätten, meinen Sie nicht auch?«

»Er hat Handschellen an«, sagte Burton.

»Na, Sie sind ja 'n richtiger Held«, blaffte Sheridan.

SKINNER

Skinner schaute vom Vordersitz des Mercedes zu, wie der Futter-Typ in den Käfig im Heck des Geländewagens gesperrt wurde. Die fiesen Typen hatten das Fenster noch nicht mal einen Spalt weit aufgelassen. Wie sollte der Futter-Typ denn da atmen? Er konnte seinen Kopf jedenfalls nicht zum Fenster rausstrecken. Der Futter-Typ tat Skinner richtig leid. Er krabbelte auf den Rücksitz, um erst mal ein Nickerchen zu machen – vielleicht gingen die Sorgen davon ja weg.

THE HEAD OF THE SLUG

Das erste, was Catfish sah, als er durch die Tür des Head of the Slug trat, war Estelle, die an der Bar stand. Augenblicklich fühlte er, wie die Verkrustungen um sein Herz abblätterten wie alte Farbe. Sie trug ihr Haar offen, und es reichte ihr bis zur Hüfte. Außerdem trug sie eine pinkfarbene, mit Farbflecken übersäte Latzhose und ein weißes Männer-T-Shirt – sein T-Shirt, wie ihm auffiel. Sie sah genauso aus, wie er sich immer vorgestellt hatte, daß es aussah, wenn man ein Zuhause hatte, doch als Bluesman war er durch die Tradition dazu verpflichtet, cool zu bleiben.

»Hey, Mädchen, was machst du 'n hier?«

»Ich hab sie angerufen«, sagte Mavis. »Sie ist dein Fahrer.«

»Wozu brauche ich 'n Fahrer?«

»Ich werd's dir erklären.« Estelle nahm seine Hand und führte ihn zu einer Nische in der Ecke des Lokals.

Einen Augenblick später kam Winston Krauss zur Tür herein, und Mavis winkte ihn zu sich an die Bar. »Sohnemann, ich werd dich zum glücklichsten Mann auf der ganzen weiten Welt machen.«

»Ach wirklich? Warum?«

»Weil ich es gern sehe, wenn Leute bekommen, was sie wollen. Und ich habe genau das, was du willst.«

»Ach wirklich?«

Mavis trat näher an die Bar heran und begann in einem leisen Verschwörerton, Winston Krauss die prickelndste und haarsträubendste erotische Geschichte zu erzählen, die je über ihre Lippen gekommen war, wobei sie die ganze Zeit über bemüht war, nicht zu vergessen, daß der Mann, auf den sie einredete, besessen von dem Verlangen nach Sex mit Meereslebewesen war.

In der Nische des Lokals war mittlerweile Catfishs letztes Quentchen Coolness dahingeschmolzen. Estelle saß da und lächelte, während ihre Augen gleichzeitig feucht von Tränen waren. »Ich würde dich nicht darum bitten, wenn ich das Gefühl hätte, daß dir dabei wirklich Gefahr droht. Ehrlich.«

»Das weiß ich«, sagte Catfish mit einer Sanftheit in der Stimme, die normalerweise für neugeborene Kätzchen und Verkehrspolizisten reserviert war. »Das Problem ist nur, daß ich genau davor mein ganzes Leben lang davongelaufen bin.«

»Ich glaube, es ist eher umgekehrt«, sagte Estelle. »Ich glaube, daß du dein ganzes Leben lang genau dem hinterhergelaufen bist.«

Catfish grinste. »Du willst wohl wirklich, daß ich den elenden alten Blues endgültig los werde, stimmt's?«

»Das weißt du.«

»Na, dann mal so.« Catfish erhob sich und drehte sich zu Mavis und Winston um.

»Sind alle fertig? Seid ihr alle soweit?« Er bemerkte, daß sich die Vorderpartie von Winstons Hosen arg spannte. »Klar, Sie sind soweit. Sie sind krank im Kopf, aber Sie sind soweit.«

Mavis nickte, untermalt von einem mechanisch knarrenden Geräusch, das aus ihrer Halsgegend drang. »Nehmt die zweite Abfahrt, nicht die erste«, sagte sie zu Estelle. »Von da an geht's immer an der Küste lang, und man muß nicht über die Hügel.«

»Ich muß aber erst noch meine Flossen und die Taucherbrille holen«, jammerte Winston.

- 31 -

MOLLY

»Sind die fünf Minuten schon vorbei?« Molly saß im Schneidersitz auf dem Boden, das Schwert ruhte auf ihren Knien. Theo sprang auf, als hätte ihn jemand mit einem Eispickel gestochen, und schaute auf seine Uhr. Er duckte sich am Eingang der Höhle und lauschte, ob von draußen etwas zu hören war, das entweder ihre Erlösung oder den Tod verhieß.

»Wir haben noch eine Minute. Wo zum Teufel bleiben die bloß? Molly, vielleicht solltest du zusehen, daß du irgendwo in Deckung gehst.«

»In Deckung gehen? Wo denn?« Sie schaute sich in der Höhle um. Es war nichts weiter als ein großes Gewölbe. Das einzige, was einem eventuell Deckung bieten konnte, war die Dunkelheit im hinteren Teil der Höhle.

»Hinter Steve.«

»Nein«, sagte Molly. »Das mache ich nicht.« Sie hörte eine Stimme in ihrem Hinterkopf. »Geh in Deckung, du dämliches Weibstück. Oder bist du scharf drauf zu sterben?«

»Mein Auftrag ist klar: kämpfen bis zum letzten. Kommt gar nicht in Frage, daß ich jemanden im Stich lasse«, sagte Molly.

»Was?« sagte Theo.

»Mit dir hab ich nicht geredet.«

»Na, prima, dann stirb halt. Was geht's mich an«, sagte der Erzähler.

»Bastard«, sagte Molly.

»Was?« sagte Theo.

»Nicht du!«

»Molly, wie hast du die Leute dazu gebracht, rauszukommen und mich in die Höhle zu schleifen?«

»Ich hab ihnen einfach gesagt, daß sie's tun sollen.«

»Dann bring ihnen jetzt ihre Klamotten und sag ihnen, daß sie sich anziehen sollen.«

»Warum?«

»Mach's einfach. Und sag ihnen, sie sollen sich an Steve festhalten und nicht loslassen – egal, was er auch macht.«

»Wer ist hier eigentlich durchgeknallt?«

»Molly, bitte, ich versuche ihn zu retten.«

Burton schaute auf seine Uhr. »Das war's. Alle Mann in Position. Wir stürmen.«

Sergeant Sheridan war sich nicht ganz sicher. »Die haben dreißig Geiseln, und wir haben keine Ahnung, wo genau sie sich aufhalten. Außerdem haben wir kein komplettes Team. Wollen Sie diesen Kerl wirklich in Gegenwart von dreißig Zeugen erledigen?«

»Verdammt noch mal, Sheridan, bringen Sie Ihre Leute in Position. Auf mein Zeichen geht's los.«

»Sheriff Burton«, erklang Theos Stimme.

»Was?«

»Ich werde Ihr Angebot annehmen«, sagte Theo. »Geben Sie mir noch weitere fünf Minuten, und ich komme raus. Wir können alle zusammen von hier weggehen. Die anderen kommen raus, wenn Sie weg sind.«

»Sie wollen doch eh nur ihn, oder?« sagte Sheridan. »Er ist der einzige, der dem Unternehmen gefährlich werden kann.«

Burton dachte angestrengt nach. Er hatte fest vorgehabt, den Constable und die Frau aus dem Weg zu räumen, doch jetzt mußte er die Lage neu überdenken. Wenn es ihm gelang, Crowe von den anderen zu trennen, konnte er ihn eventuell erledigen, ohne daß es Zeugen gab.

Burtons Handy klingelte. »Burton«, meldete er sich.

»Sie hätten sich die abfälligen Bemerkungen über mein Gewicht besser verkneifen sollen, Sheriff.« Es war Spider.

»Nailsworth, Sie elendes Stück Sch…« Doch die Leitung war schon tot.

Plötzlich ertönte das gequälte Kreischen einer Blues-Gitarre über der Grasebene. Burton und die Männer des SWAT-Teams wandten sich um und sahen einen alten weißen Kombi, der am Rand der Ebene entlangfuhr – genau dort, wo das Plateau zum Strand hin abfiel.

Ein unmenschliches Gebrüll erhob sich im Inneren der Höhle, und als Burton wieder zur Höhle schaute, sah er nur noch ein riesiges Echsengesicht, das auf ihn zustürmte.

WINSTON KRAUSS

Winston saß im Fond des Kombi und hielt den Marshall-Verstärker fest, aus dem die kreischenden Töne von Catfishs Stratocaster dröhnten. Der Verstärker war in die kleine schwarze Box von Mavis eingestöpselt, von der aus ein Kabel über die Sitze zum Zigarettenanzünder verlief, während Catfish auf dem Beifahrersitz saß und spielte. Nach den ersten paar Tönen war Winston bereits taub geworden, doch das kümmerte ihn nicht im geringsten. Er konnte sein Glück kaum fassen. Mavis hatte ihm die erregendste sexuelle Erfahrung seines Lebens versprochen, und er hatte ihr nicht ganz geglaubt. Doch nun sah er es. Es war das grandioseste Wesen, das er je zu Gesicht bekommen hatte.

STEVE

Selbstmitleid, Eifersucht und Liebeskummer waren Gefühle, die ihm neu waren, doch in dem Augenblick, als er den Klang seines Feindes vernahm, brach sich etwas Bahn, das tief in seinem Echsenhirn eingeprägt war. Mit einem Schlag wurden all die neuen Empfindungen weggewischt, und an ihre Stelle traten blindwütiger Haß und unbezähmbare Angriffslust.

Rasend vor Zorn schoß er zur Höhle hinaus, behangen mit Pilgern, die sich an dem Kamm von Panzerplatten festklammerten, der sich in seinem Rückgrat aufwölbte. Zwei schützende Hautschichten glitten über seine Augen und beeinträchtigten seine Sicht, doch er wurde ohnehin von dem Klang geleitet. Es war der Klang, der die Erinnerung an seinen Feind am stärksten wachrief. Seine Schuppen leuchteten strahlend rot und gelb, während er über die Felsen in Richtung Küste auf seinen Feind zuraste und dabei die abgestellten Wagen zur Seite fegte und die Pilger durch die Luft schleuderte.

THEO

Molly stand am Eingang der Höhle und schrie Steve an, daß er stehenbleiben sollte. Theo packte sie an der Hüfte und zog sie im letzten Augenblick vom Eingang weg, als das Seeungeheuer an ihnen vorbeirauschte. Sie rammte Theo ihren Ellbogen gegen die Stirn. Er verlor einen Augenblick die Orientierung, und schon war sie zur Höhle hinaus. Auf dem Felsvorsprung vor dem Höhleneingang holte Theo sie ein und hielt sie fest.

»Nein!«

Er schlang seine Arme um sie, so daß sie die ihren nicht mehr bewegen konnte, und hob sie in die Höhe. Sie strampelte mit den Beinen und trat wild um sich, während Theo sich darauf gefaßt machte, daß gleich die Schießerei losgehen würde. Doch nichts geschah.

Genau unterhalb von ihnen versuchte Burton, auf die Füße zu kommen. Seine ganze Aufmerksamkeit galt dem Seeungeheuer, das an ihm vorbeiraste. »Knallt das Ding ab! Knallt es ab! Knallt es ab!«

Der Commander des SWAT-Teams hatte sich zur Seite gerollt und war nun wieder auf den Beinen, die Waffe im Anschlag, doch weil das Ungeheuer ganz und gar mit Menschen behangen war, wußte er nicht, wohin er schießen sollte. Er ließ statt dessen seine Waffe sinken, während er voller Erstaunen das Geschehen betrachtete.

Burton zog eine Pistole und rannte dem Seeungeheuer hinterher. Weiter unten kamen zwei weitere Mitglieder des SWAT-Teams gerade noch rechtzeitig hinter den Geländewagen hervorgerannt, als das Ungeheuer diese umstieß wie Kegel auf einer Bowlingbahn. Die beiden anderen Männer wurden unter einem der zertrümmerten Fahrzeuge eingeklemmt. Die Pilger, die nach und nach abgeschüttelt wurden, rappelten sich auf, so schnell es ging, und rannten dem Seeungeheuer hinterher, das schnurstracks über das grasbewachsene Plateau auf den weißen Kombi zuschoß.

Theo beobachtete, wie der Wagen anhielt, aus dessen Fond noch immer die klagende Slide-Gitarre kreischte. Estelle Boyet kletterte vom Fahrersitz und rannte um den Wagen herum zum Heck. Die Gitarre verstummte für einen Augenblick, als die Beifahrertür geöffnet wurde und Catfish Jefferson mit einer Fender Stratocaster in der Hand ausstieg.

»Laß mich los!« kreischte Molly. »Ich muß ihn retten, ich muß ihn retten!« Theo zerrte sie zurück in Richtung Höhle.

Sheriff Burton rannte dem Seeungeheuer hinterher, wobei er mit seiner Waffe wild in der Gegend herumfuchtelte – in dem Versuch, zum Schuß zu kommen, ohne dabei einen der Pilger zu treffen. Schließlich blieb er stehen, ließ sich auf ein Knie nieder, stützte die eine Hand ab, zielte und feuerte. Das Seeungeheuer brüllte und wirbelte herum, wobei die letzten Pilger ins Gras geschleudert wurden.

Molly warf den Kopf zurück und traf Theo am Kinn, während sie ihm gleichzeitig mit dem Absatz gegen das Knie trat. Theo ließ los und sie rannte über die Felsen bergab in Richtung auf das Ungeheuer.

CATFISH

Estelle hatte den Wagen am Rande der Grasebene zum Stehen gebracht – genau dort, wo sie sich in einem felsigen Abhang zum Strand senkte.

Catfish betrachtete die Brandung, die gegen die Felsen unterhalb von ihnen klatschte. Er musterte die zusammengerollten Gitarrenkabel auf dem Vordersitz und schaute zu den Felsen. Konnte sein, daß sie gerade lang genug waren. Doch der Drache würde sie erwischen, bevor er es herausfand.

»Beeil dich!« rief Estelle.

Catfish stand angesichts des Monsters wie angewurzelt da, das auf sie zugeschossen kam und keine hundert Meter mehr entfernt war.

»Geht jetzt«, sagte er leise, »seht zu, daß ihr wegkommt.«

»Nein!« sagte Winston Krauss. »Sie hatten es versprochen.«

Plötzlich krachte ein Schuß, und die Bestie wirbelte herum, und Catfish konnte wieder klar denken. »Dann mal los«, sagte er zu Winston Krauss. Er schaute über das Dach des Wagens zu Estelle hinüber und blinzelte ihr zu. »Du machst dich besser aus dem Staub. Du bist noch nicht dran.«

Catfish spielte ein paar Noten auf der Stratocaster und wankte hinter Winston auf die brandende See zu. Der Apotheker rannte, bis ihm das Wasser bis zu den Knien ging, und drehte sich dann um. Catfish hatte einige Mühe, über die Felsen zu klettern und gleichzeitig zu vermeiden, daß das Kabel dazwischen hängenblieb.

»Das ist weit genug«, sagte Catfish. Er schritt durch die Brandung, stellte sich neben Winston und hielt die Gitarre in die Höhe, um zu vermeiden, daß sie in der Gischt naß wurde.

»Geben Sie her«, verlangte Winston.

»Sie haben auch nicht den geringsten Funken Verstand im Kopf, oder?«

»Her damit«, wiederholte Winston.

Catfish spielte vier Takte von »Green Onions« auf der Strat, die aus dem Verstärker im Heck des Kombi dröhnten; dann legte er Winston den Gurt um den Hals und reichte ihm ein Plektrum. »Viel Spaß«, sagte er.

»Den hab ich garantiert«, sagte Winston, ein laszives Grinsen auf dem Gesicht. »Und das wissen Sie auch ganz genau.«

»Spielen Sie schon«, sagte Catfish, während er sich umdrehte und in Richtung Strand rannte. Er sah Estelle, die an der Küste entlanglief, um dem allgemeinen Getümmel zu entgehen. Hinter ihm drangen grausig falsche, schnarrende Töne aus dem Verstärker, während das Krachen von Schüssen die Luft erfüllte.

MOLLY

Während er vor dem Monster zurückwich, feuerte der Sheriff noch drei weitere Schüsse ab, doch er verfehlte nicht nur das Seeungeheuer, sondern auch den gesamten amerikanischen Kontinent. Molly hechtete ihm seitlich in die Kniekehlen und riß ihm die Beine unter dem Körper weg. Sie rollte sich ab und kauerte plötzlich zwischen dem Sheriff und dem Seeungeheuer. Burton glaubte auf einmal den Song »Green Onions« zu hören und schüttelte den Kopf, um die Halluzinationen los zu werden. Das Ungeheuer brüllte erneut, und der Sheriff richtete sich ruckartig auf und war schon bereit zu feuern, doch anstelle eines Monsters sah er vor sich eine Frau in einem Lederbikini. Er schaute über die Schulter und sah, wie das Seeungeheuer den weißen Kombi mit seinen Kiefern packte, ihn in die Höhe hob und zur Seite schleuderte. Die Gitarre verstummte, und das Seeungeheuer glitt über die Klippe zum Strand. Nun, da die Gefahr vorüber war, richtete er seine Waffe auf die Frau, während rechts und links von ihm Leute vorbeiströmten, die dem Monster hinterherrannten und dabei kreischten wie ein Schwarm Todesengel.

Molly blickte hinter sich, und als sie sah, daß Steve auf dem Weg ins Wasser war, drehte sie sich wieder zu Burton um. »Mach schon, du Stinkschwanz. Ist mir völlig egal.«

»Wird erledigt«, sagte Burton.

WINSTON KRAUSS

Mittlerweile drosch er nur noch auf die Saiten ein, doch das war sowieso egal. Der Verstärker funktionierte ohnehin nicht mehr, und dieses wunderbare Wesen kam auf ihn zu. Winston war so hin und weg, daß er glaubte, vor Erregung zu explodieren. Sie kam zu ihm, die Geliebte seiner Träume, und er riß sich die Gitarre vom Hals, bereit sie zu empfangen.

»Oh, ja, komm her, Baby. Komm zu Papa«, sagte er.

Das Seeungeheuer preschte ins Wasser. Die Gischt spritzte zwanzig Meter hoch. Schließlich ließ es seine Kiefer über Winston zuschnappen und zerteilte den Körper des Apothekers in zwei Teile. Das Seeungeheuer verschlang Winstons Beine, stieß ein fürchterliches Gebrüll aus und schnappte sich das andere Stück, bevor es ins Wasser tauchte.

DER SHERIFF

»Ich glaube nicht, Sheriff«, sagte Sheridan.

Seine Waffe weiterhin auf Molly gerichtet, blickte Burton über seine Schulter hinweg nach hinten. Sheridan zielte mit seinem M-16 auf den Rücken des Sheriffs. »Kommen Sie mir bloß nicht auf die krumme Tour, Sheridan. Wir beide hängen da zusammen drin.«

»In *dieser* Sache hänge ich nicht mit drin. Und jetzt runter mit der Waffe, Sir.«

Burton ließ die Waffe sinken und drehte sich zu Sheridan um. Molly setzte zum Sprung an, doch der Commander des SWAT-Teams richtete sein M-16 auf sie. »Keine Bewegung«, sagte er. Molly rührte sich nicht.

Die Pilger standen nun alle an der Küste und schauten unter großem Klagen aufs Meer hinaus. Molly deutete in ihre Richtung, und Sheridan nickte. Sie rannte zum Wasser.

»Was jetzt?« fragte Burton.

»Keine Ahnung«, sagte Sheridan, »aber bis jetzt ist noch niemand erschossen worden, und ich habe das Gefühl, als würde die ganze Angelegenheit ein reges Interesse auf sich ziehen, weshalb auch niemand erschossen werden wird.«

»Sie Weichei.«

»Und wenn schon«, sagte Sheridan.

»Hey, Burton!« Theo kam den Hügel herunter auf die beiden zugelaufen. »Hören Sie das?«

Als sie nach oben schauten, duckte sich Theo hinter einen der zertrümmerten Geländewagen und deutete in südlicher Richtung zum Himmel. »Kamera-Team auf elf Uhr.«

Hubschrauber. Auch Burton konnte sie jetzt hören. Er schaute nach Süden und sah die beiden Punkte, die sich vom Horizont her näherten. Zwei Männer des SWAT-Teams erklommen gerade den nächsten Hügel. Sie waren davongerannt, als das Monster aus der Höhle gekommen war. Die anderen beiden waren noch immer unter einem der umgestürzten Geländewagen eingeklemmt. Burton drehte sich wieder zu Sheridan um. Der Polizist schaute zu, wie die Hubschrauber immer näher kamen. »Das Spiel ist aus«, sagte Sheridan. »Ich denke, ich werde mir wohl ein paar Gedanken über meinen Deal mit dem Staatsanwalt machen.«

Burton schoß ihm ins Gesicht und rannte los zur anderen Seite der Felsen, um bei seinem Eldorado zu sein, bevor die anderen merkten, was passiert war.

THEO

Theo trat von hinten an Molly heran und berührte sacht ihre Schulter. Als sie sich umdrehte, sah er, daß ihre Wangen tränenüberströmt waren. Dann wandte sie sich wieder um und starrte aufs Meer hinaus wie all die anderen. Sie sagte: »Ich wollte mich nur einmal wie etwas Besonderes fühlen. Einmal das Gefühl haben, daß ich nicht so bin wie alle anderen.«

Theo legte den Arm um sie. »Jeder möchte das.«

»Aber ich hatte es geschafft, Theo. Mit Steve in meinem Leben noch mehr als durch all die Filme, die ich gemacht habe. Diese Leute hier haben es auch gespürt, aber nicht so wie ich.«

Die beiden Hubschrauber waren nun so nahe, daß Theo ihr ins Ohr sprechen mußte, um die ratternden Rotoren zu übertönen. »Niemand ist so wie du.«

Knapp hinter der Brandungslinie wurde das Wasser aufgewirbelt, und es erhob sich etwas aus dem Seetang. Theo konnte die Kiemen erkennen, die aus dem Hals des Seeungeheuers hervorragten. Steve war auf dem Weg zum Strand. Theo versuchte, Molly fester an sich zu ziehen, doch sie machte sich frei, sprang die Klippen hinunter und rannte in die Brandung. Noch im Laufen hob sie zwei tennisballgroße Steine auf.

Theo lief ihr hinterher und war schon auf halbem Weg zwischen den Felsen und dem Wasser, als sie sich umdrehte und ihn so flehend und voller Verzweiflung anschaute, daß er mitten im Lauf stehenblieb. Die Hubschrauber schwebten gerade mal dreißig Meter über dem Strand. Ihre Rotoren wirbelten den Sand in die Gesichter der Zuschauer.

Das Seeungeheuer kam auf den Strand zu. Nur seine Augen und die Kiemen ragten aus dem Wasser. Molly schleuderte einen der Steine nach ihm. »Nein! Hau ab! Verschwinde!« Der zweite Stein traf das Auge des Seeungeheuers, und es hielt inne. »Und komm bloß nicht wieder!« schrie Molly.

Langsam tauchte das Seeungeheuer unter die Wasseroberfläche.

DER SHERIFF

Die Tachonadel des Eldorado bewegte sich auf sechzig Meilen zu, als Burton den letzten Hügel vor dem Weidegatter hinauffuhr. Er mußte es zum Flughafen schaffen und das Ticket in seinem Aktenkoffer benutzen, um auf die Cayman Islands zu verduften, wo sein Geld auf ihn wartete, bevor irgend jemand rausbekam, wohin er verschwunden war. Er hatte dies die ganze Zeit über geplant, weil er wußte, daß es irgendwann einmal knapp werden würde, doch womit er nicht gerechnet hatte, war, daß zwei Geländewagen und ein Mercedes knapp hinter dem Gipfel des Hügels parkten.

Wider besseres Wissen trat er unwillkürlich auf die Bremse und riß das Lenkrad nach links herum. Die Reifen gruben sich in den grasbewachsenen Boden, und der Eldorado neigte sich zur Seite, bis er nur noch auf zwei Rädern fuhr, bevor er sich schließlich überschlug. Es gab keinerlei Zeitlupe oder eine schnelle Abfolge der Ereignisse des Lebens, wie sie sich manchmal bei Unfällen ereignen. Der Sheriff sah, wie es hell und wieder dunkel wurde, spürte, wie sein Körper im Inneren des Caddy herumgeschleudert wurde, und hörte das Krachen von Metall beim Aufprall und das Zerbersten von Glas. Und dann passierte gar nichts.

Übersät mit kleinen Splittern von Sicherheitsglas lag er auf dem Dachhimmel des umgestürzten Eldorado und versuchte herauszubekommen, ob irgendwelche seiner Gliedmaßen gebrochen waren. Es schien ihm nichts zu fehlen, er spürte seine Füße, und es schmerzte auch nicht, wenn er atmete. Doch er roch Benzin. Das reichte aus, um ihn daran zu erinnern, daß er sich besser aus dem Staub machen sollte.

Er schnappte sich seinen Aktenkoffer mit der Fluchtausrüstung und glitt durch das zerbrochene Heckfenster nach draußen. Der Eldorado lehnte halb zertrümmert auf der Motorhaube eines weißen Geländewagens. Burton rappelte sich auf die Füße und rannte auf den Truck zu. Er war abgeschlossen. Sheridan, du elender Arsch, sieht dir ähnlich, deinen Wagen abzuschließen, dachte er. Die Leute, die mit

Handschellen gefesselt im Hundekäfig im Fond des Wagens steckten, bemerkte er gar nicht.

Der Mercedes war seine letzte Chance. Er lief um ihn herum und riß die Fahrertür auf. Die Schlüssel steckten im Zündschloß. Er stieg ein und holte tief Luft. Er mußte sich beruhigen. Von jetzt an keine Fehler mehr, sagte er sich. Er ließ den Motor an und drehte sich um, um den Wagen rückwärts den Hügel hinunterzufahren, als ihn der Hund anfiel.

- 32 -

CATFISH UND ESTELLE

»Das war 'ne gute Gitarre«, sagte Catfish. Er hatte seine Arme um Estelle geschlungen, die ihr Gesicht an seine Brust gedrückt hatte, als das Ungeheuer auf Winston Krauss losgegangen war.

»Ich hatte ja keine Ahnung«, sagte Estelle. »Ich hatte überhaupt nicht damit gerechnet, daß er so was tun würde.«

Catfish strich ihr übers Haar. »Und das war auch 'n gutes Auto. Ist kein einziges Mal liegengeblieben.«

Estelle schob Catfish von sich weg und schaute ihm in die Augen. »Du hast es gewußt, hab ich recht?«

»Was ich gewußt habe, war, daß dieser Typ unbedingt mit 'nem Seemonster auf Tuchfühlung gehen wollte, und das hat er ja auch gekriegt. Nur falls du's nicht bemerkt hast, er war glücklich, als es passiert ist.«

»Und was jetzt?«

»Ich denke, wir bringen dich nach Hause, Mädchen. Nach all dem hier sollten wohl einige Bilder bei rauskommen.«

»Nach Hause? Heißt das, du kommst mit mir?«

»Sieht so aus. Ich hab ja kein Auto mehr, um sonstwohin zu fahren.«

»Heißt das, du willst bleiben? Du hast keine Angst mehr, daß dir der Blues abhanden kommt und davor, glücklich und zufrieden zu sein?«

Catfish grinste, und der Goldzahn mit der eingravierten Achtelnote glitzerte in der Morgensonne. »Ein Drache hat mein Auto, meine Gitarre und meinen Amp gefressen – Kleines, was den Blues angeht, das reicht für 'ne ganze Weile. Ich denke, ich werde ein paar neue Songs schreiben, während du deine Bilder malst.«

»Mir würde das gefallen«, sagte Estelle. »Ich würde gerne mal den Blues malen.«

»Solange du dir nicht das Ohr abschneidest wie der alte Vincent. Frauen mit einem Ohr wirken auf Männer furchtbar unattraktiv.«

Estelle zog ihn fest an sich. »Ich werd mir Mühe geben.«

»Andererseits gab's da mal 'ne Frau unten in der Gegend von Memphis, die kannte ich, Sally hieß sie, und sie hatte nur ein Bein. Alle nannten sie One Leg Sally ...«

»Davon will ich gar nichts hören.«

»Was willst du dann hören?«

»Ich will hören, wie die Tür hinter uns ins Schloß fällt, wie das Feuer im Ofen knistert und wie mein Teekessel zu pfeifen anfängt, während mein Mann auf seiner National Steel Guitar den ›Walkin' Man Blues‹ spielt.«

»Du machst es einem ja leicht«, sagte Catfish.

»Dacht ich mir, daß dir das gefallen würde«, sagte Estelle, nahm seine spinnenfingrige Hand in ihre und führte ihn die Klippe hinauf, um nach irgend jemandem Ausschau zu halten, der sie nach Hause fahren würde.

THEO UND MOLLY

Ein derartig überwältigendes Gefühl hatte Theo in seinem ganzen Leben noch nie empfunden. Er spürte, daß die ganze Aufregung und die Gefahr vorüber waren, und dennoch hatte er das Gefühl, als würde über ihm ein Ungeheuer lauern, das mindestens genauso furchterregend war wie jenes, das gerade im Meer versunken war. Er wußte nicht, ob er noch einen Job hatte, und vielleicht mußte er sogar seine Hütte räumen, denn die war Teil seines Gehalts. Er hatte nicht einmal mehr seine Wasserpfeifensammlung und seine Graspflanzung, in der er sich hätte verkriechen können. Die Verwirrung und das Entsetzen über das, was gerade geschehen war, steckten ihm noch in den Knochen, doch er empfand keinerlei Erleichterung darüber, daß es nun vorbei war. Er stand einfach nur da – gerade mal drei Meter von Molly Michon entfernt, die im Wasser stand – und hatte nicht den blassesten Schimmer, was der Rest seines Lebens ihm noch zu bieten hatte.

»Hey«, rief er. »Mit dir alles in Ordnung?«

Er sah, wie sie nickte, ohne sich umzudrehen. Die Wellen brachen sich knapp vor ihr, und Schaum und Seegras schwappten an ihren Schenkeln hinauf. Dennoch stand sie ungerührt da und starrte hinaus aufs Meer.

»Glaubst du, du kommst wieder in Ordnung?«

Ohne sich umzudrehen, sagte sie: »Ich bin doch schon seit Jahren nicht mehr in Ordnung. Da kannst du jeden fragen.«

»Kommt drauf an, wie man's sieht. Ich finde dich schwer in Ordnung.«

Nun schaute sie ihn über die Schulter hinweg an. Ihr Haar war vom Wind zerzaust und salzverkrustete Tränenbahnen zeichneten sich auf ihren Wangen ab. »Wirklich?«

»Ich bin ein großer Fan.«

»Du hast doch noch nie von meinen Filmen gehört, bis du in meinem Trailer gewesen bist, oder?«

»Stimmt, trotzdem bin ich ein großer Fan.«

Sie drehte sich um und schritt durchs Wasser auf ihn zu. Und plötzlich zeichnete sich ein Lächeln auf ihrem Gesicht ab. Es war zwar ein Lächeln, auf dem eine viel zu lange Geschichte lastete, doch immerhin war es ein Lächeln.

»Der Erzähler sagt, du hast dich gut gehalten«, sagte sie.

»Der Erzähler?« Theo merkte, daß auch er lächelte, obwohl er den Tränen so nahe war wie noch nie seit dem Tod seines Vaters, doch immerhin, er lächelte.

»Ja. Das ist diese Stimme, die ich immer höre, wenn ich eine Zeitlang meine Medikamente nicht nehme. Er ist irgendwo ein Arsch, aber sein Urteilsvermögen ist besser als meines.«

Sie stand jetzt genau vor ihm – sie schaute zu ihm auf, eine Hand in die Hüfte gestützt, ein herausforderndes Filmstar-Lächeln auf den Lippen. Sie wirkte mehr wie Kendra, das Warrior Babe, als auf all den Filmplakaten. Die zwölf Zentimeter lange Narbe prangte über ihrer linken Brust wie ein Orden, Seewasser und Schlick zogen sich in Streifen über ihren Körper, und in ihren Augen schimmerte der Blick von jemandem, der schon zu oft mitangesehen hatte, wie seine Zukunft in einem Atompilz aufging. Sie raubte ihm schier den Atem.

»Glaubst du, wir drei könnten vielleicht irgendwann mal zusammen essen gehen?«

»Ich hab gerade eine unglückliche Liebe hinter mir.«

Theo sank das Herz in die Hose. »Klar, kann ich verstehen.«

Sie ging um ihn herum und machte sich auf den Weg den Abhang hinauf. Er folgte ihr und verstand nun zum ersten Mal, wie sich die Pilger gefühlt hatten, als sie dem Seeungeheuer in die Höhle gefolgt waren.

»Ich habe nicht nein gesagt«, erklärte Molly. »Ich dachte mir nur, es ist besser, wenn du Bescheid weißt. Der Erzähler meint allerdings, daß ich beim Essen nicht über meinen Ex reden soll.«

Theos Herz machte einen himmelhohen Satz. »Ich denke allerdings, daß jede Menge Leute über deinen Ex reden werden.«

»Du hast keine Angst?«

»Klar hab ich Angst. Aber nicht vor ihm.«

»Der Erzähler hält das Ganze für keine so gute Idee. Er sagt, wir beide zusammen geben ein Prachtstück von Verlierer ab.«

»Boah, er ist wirklich 'n Arsch.«

»Ich laß mir von Dr. Val ein paar Medikamente verschreiben, dann wird er verschwinden.«

»Glaubst du, das ist eine gute Idee?«

»Ja«, sagte sie und drehte sich noch einmal zu ihm um, bevor sie weiter den Abhang hinaufstieg, an dessen Ende die Pilger warteten. »Ich wäre gerne mit dir allein.«

SKINNER

Was der Mann auf dem Fahrersitz anscheinend nicht kapierte, war die Tatsache, daß Skinner, soweit es den Mercedes betraf, das Alpha-Männchen darstellte. Der Mann roch nach Furcht, Zorn und Aggression in Kombination mit Schießpulver und Schweiß, und Skinner hatte ihn schon vom ersten Moment an, als er in den Wagen gestiegen war, nicht leiden können. Der Mercedes war Skinners neues mobiles Territorium. Folglich mußte Skinner dem Mann dies klarmachen, und das tat er auf die traditionelle Art und Weise, indem er den Herausforderer mit den Zähnen an der Gurgel packte und darauf wartete, daß er in Demutspose verfiel. Der Mann hatte sich gewehrt und sogar auf Skinner eingeschlagen, doch er hatte nicht »böser Hund, böser Hund« gesagt, so daß Skinner einfach nur geknurrt und den Druck seiner Kiefer verstärkt hatte, bis er Blut schmeckte und der Mann sich ganz ruhig verhielt.

Skinner wartete immer noch auf eine Demutsgeste seitens des Herausforderers, als der lange Kerl die Wagentür öffnete.

»Braver Hund, Skinner, braver Hund«, sagte Theo.

»Schafft mir diesen elenden Köter vom Hals«, sagte der Herausforderer.

Skinner wedelte mit dem Schwanz und schloß seine Kiefer fester um die Gurgel des Herausforderers, bis dieser nur noch ein gurgelndes Geräusch von sich gab. Der lange Kerl kraulte Skinner die Ohren und legte dem Herausforderer irgendwelche Metallstücke um die Pfoten.

»Laß jetzt los, Skinner«, sagte der lange Kerl. »Ich hab ihn.«

Skinner ließ los und leckte Theo übers Gesicht, bevor der Constable den Sheriff aus dem Wagen hinaus auf den Boden zerrte und ihm einen Fuß in den Nacken setzte.

Der lange Kerl schmeckte irgendwie nach Eidechsenspucke. Das war seltsam. Skinner dachte einen Augenblick darüber nach, doch Hund, der er war, verlor er schnell das Interesse an dieser Frage, und so sprang er aus dem Wagen, um nachzusehen, was der Futter-Typ im

Heck des Geländewagens machte. Das Weibchen des langen Kerls war dabei, die Heckscheibe des Trucks mit einem Eisenstab herauszubrechen, und Skinner bellte sie an, um ihr klarzumachen, daß sie dem Futter-Typ dabei nicht weh tun sollte.

DIE GUTEN

»Ist das Lebewesen noch da?« war Gabes erste Frage an Molly, als er aus dem Heck des Suburban kletterte. Völlig außer sich vor Freude sprang Skinner an Gabe hoch, der infolge der Handschellen nicht in der Lage war, Skinners feuchte Bekundungen seiner Zuneigung abzuwehren. »Sitz, mein Junge, sitz.«

»Nein, er ist weg«, sagte Molly, während sie Val und Howard aus dem Suburban half. Sie nickte Val zu. »Hallo, Doc. Ich glaube, ich hatte eine Episode oder so was. Sie müssen das wohl in ’ner Sitzung wieder hinbiegen oder so.«

Valerie Riordan nickte. »Ich werde in meinem Terminkalender nachsehen, was sich da machen läßt.«

Theo kam um das Heck des Mercedes herum. »Ist mit euch alles in Ordnung?«

»Hast du deinen Schlüssel dabei?« fragte Gabe und drehte ihm den Rücken zu, damit er die Handschellen sehen konnte.

»Wir haben Schüsse gehört«, sagte Val. »Ist jemand …?«

»Einer aus dem SWAT-Team ist tot. Burton hat ihn erschossen. Einige deiner Patienten haben ein paar Schrammen abgekriegt, aber das wird schon wieder. Winston Krauss ist aufgefressen worden.«

»Aufgefressen?« Die Farbe wich aus Vals Gesicht.

»Das ist eine lange Geschichte, Val«, sagte Theo. »Mavis hat das Ganze eingefädelt, nachdem ihr schon weg wart. Catfish und Estelle haben auch mitgemacht und das Monster aus der Höhle gelockt. Winston war so was wie ein Köder.«

»Oh, mein Gott!« rief Val. »Sie hat irgendwas davon gesagt, daß ich keinen Ärger bekommen würde.«

Theo hielt sich den Zeigefinger vor die Lippen, um sie zum Schweigen zu bringen, und nickte mit dem Kopf in Richtung Sheriff Burton, der immer noch auf dem Boden lag. »Es ist nie passiert, Val. Absolut gar nichts ist passiert. Ich weiß jedenfalls von nichts.« Er drehte sie herum und schloß ihre Handschellen auf. Dann tat er das gleiche bei Gabe und Howard.

Der ausgemergelte Restaurantbesitzer wirkte noch trübsinniger als sonst. »Ich hatte so sehr gehofft, einen Blick auf diese Kreatur zu erhaschen.«

»Ich auch«, sagte Gabe und legte seinen Arm um Valerie.

»Tut mir leid«, sagte Theo. Und an Val gewandt fügte er hinzu. »Die Reporter aus den Hubschraubern müßten jeden Moment hier ankommen. Wenn ich du wäre, würde ich mich aus dem Staub machen.« Er reichte ihr den Schlüssel für den Mercedes. »Der Staatsanwalt schickt einen Deputy, um Burton einzusammeln, deswegen muß ich hierbleiben. Kannst du Molly in die Stadt mitnehmen?«

»Klar doch«, sagte Val. »Was wirst du den Journalisten erzählen?«

»Keine Ahnung«, sagte Theo. »Vermutlich werde ich alles abstreiten und so tun, als wäre nichts gewesen. Kommt drauf an, was sie für Fragen stellen und was sie auf Band haben. Aber nachdem ich mein ganzes Leben lang immer so getan habe, als wäre nichts gewesen, bin ich ja prächtig in Übung und werde schon mit ihnen klarkommen.«

»Entschuldige, daß ich – es tut mir leid, daß ich deine Fähigkeiten angezweifelt habe, Theo.«

»Ging mir selbst so, Val. Ich rufe euch nachher an und sage Bescheid, was los ist.«

Gabe rief Skinner, und nachdem sie in den Mercedes gestiegen waren, standen nur noch Molly und Theo einander gegenüber. Theo starrte auf seine Schuhspitzen. »Vermutlich sehen wir uns ja mal wieder.«

Sie streckte sich und küßte ihn auf die Wange. Dann krabbelte sie ohne ein weiteres Wort zu Howard und Skinner auf den Rücksitz des Mercedes und machte die Tür zu.

Theo schaute ihnen nach, als sie zurückstießen, wendeten und über die Grasebene in Richtung Weidegatter davonfuhren.

»Crowe, du kommst genausowenig davon wie ich!« schrie Burton, der immer noch am Boden lag.

Theo erblickte etwas Glänzendes, das knapp hinter dem Suburban im Gras lag, und ging darauf zu. Es war Mollys Schwert. Er konnte regelrecht spüren, wie er übers ganze Gesicht strahlte, als er es aufhob und damit zu der Stelle ging, wo Burton lag.

»Sie haben das Recht zu schweigen«, sagte Theo. »Und ich würde vorschlagen, daß Sie von diesem Recht Gebrauch machen. Und zwar augenblicklich.« Theo rammte das Schwert etwa anderthalb Zentimeter vor Burtons Nase in die Erde und sah zu, wie sich die Augen des Sheriffs vor Schreck weiteten.

- 33 -

WINTER

Der Winter in Pine Cove ist so etwas wie eine Erholungspause, eine Auszeit, eine ausgedehnte Kaffeepause. Eine gewisse Langsamkeit legt sich über die Stadt, und die Leute bleiben mit ihren Wagen mitten auf der Straße stehen, um mit einem Nachbarn zu plaudern, der gerade des Weges kommt, ohne sich dabei über irgendwelche Touristen Gedanken machen zu müssen, die einen anhupen, weil man sie daran hindert, sich in ihrem Urlaub im Eiltempo zu erholen (verdammt noch mal!). Die Bedienungen in den Restaurants und die Angestellten der Hotels machen halbe Schichten, und der Geldfluß kommt nahezu zum Erliegen. Ehepaare verbringen ihre Abende vor dem Kamin, und der Duft regengeschwängerten Rauches von Feuerholz erfüllt die Luft, während die Singles den Entschluß fassen, irgendwo hinzuziehen, wo das Leben ein nie endendes Vergnügen ist.

Der Winter an der Küste ist kalt. Der Wind schiebt einen salzigen Nebel an Land, und die See-Elefanten kommen zur Küste, wo sie herumtrompeteten, sich paaren und ihre Jungen zur Welt bringen. Rentner ziehen ihren Schoßhündchen Pullover über und zerren sie in allnächtlichen Hundeerniedrigungsparaden durch die Straßen. Die Surfer wappnen sich mit Taucheranzügen gegen die Kälte der sturmgepeitschten Wellen, und die Weißen Haie nehmen folienverschweißte Mackerhäppchen auf Fiberglas-Crackern in ihren Speiseplan auf. Doch es ist eine frische Kälte, die eine gewisse Nachsicht zeigt und sich nur allmählich über die Stadt legt, so daß der kollektive Stoffwechsel des Ortes sich ohne Schock zu einer Art Halbwinterschlaf verlangsamen kann.

So jedenfalls ist es in den meisten Winter.

Nach dem Auftauchen des Seeungeheuers war der Winter eine rauschende Party mit allen Höhen und Tiefen. Die Filmberichte aus den Helikoptern wurden über Satellit in die ganze Welt ausgestrahlt, und mit einem Mal war Pine Cove als Reiseziel unter den Spinnern dieser Welt noch beliebter als Roswell, New Mexico. Auf den Videobändern war zwar nicht viel zu sehen – lediglich eine Gruppe von Leuten am Strand und die verschwommenen Umrisse von etwas Großem im Wasser –, doch in Verbindung mit den Fußabdrücken und den Augenzeugenberichten, reichte es vollkommen aus. Die Läden füllten sich mit abgeschmackten Echsensouvenirs, und H. P.'s Café nahm ein Sandwich mit dem Namen Theosaurus in die Speisekarte auf, denn so lautete der offizielle wissenschaftliche Name des Seeungeheuers (geprägt von dem Biologen Gabriel Fenton). Die Hotels waren ausgebucht, die Straßen verstopft, und Mavis Sand mußte sogar einen zweiten Barmann anstellen, um all die herbeiströmenden Suffköpfe abfüllen zu können.

Estelle Boyet eröffnete in der Cypress Street ihre eigene Galerie, wo sie eine neue Seric von Gemälden verkaufte, die den rätselhaftenTitel *Steve* trugen, und daneben die neue CD von Catfish Jefferson mit dem Titel *The What Do I Do Now That I'm Happy? Blues*.

Je mehr die Geschichte von dem Seeungeheuer verbreitet und aufgebauscht wurde, desto stärker erwachte das Interesse an einer obskuren B-Movie-Schauspielerin namens Molly Michon. Die *Warrior-Babe*-Serie wurde remastered und auf Picture Discs und Videokassetten neu aufgelegt. Das Publikum reagierte begeistert, und die Schauspielergewerkschaft fiel über die Produzenten her wie ein

Racheengel in Gestalt eines Buchhalters, um Molly einen Teil der Einnahmen zu sichern.

Valerie Riordans Praxis lief wieder in geordneten Bahnen, nachdem sie zu einer ausgewogenen Mischung aus Gesprächstherapie und dem Verordnen von Medikamenten gefunden hatte. Und sie war schließlich sogar in der Lage, ihre Praxis für einige Zeit zu schließen, um ihren Verlobten Gabe Fenton auf einer ozeanographischen Expedition an Bord eines Forschungsschiffes zu begleiten, von wo aus er nach Anzeichen dafür suchen wollte, daß sich der Theosaurus in den tiefen Meresgräben vor der kalifornischen Küste aufhielt.

Nachdem er gegen John Burton vor Gericht ausgesagt hatte und jener zu lebenslänglich verurteilt worden war, legte sich der Winter über Theophilus Crowe wie eine warme Decke. Nachdem er über einen Monat clean war, stellte er fest, daß seine Sucht nach Marihuana nichts weiter gewesen war als eine Reaktion auf seine Langeweile. Wie ein Kind, das einen ganzen Sommertag nur jammert und nörgelt, daß es nichts zu tun hat, dabei aber nicht die geringste Anstrengung unternimmt, irgendwas zu unternehmen, hatte Theo mit sich selbst nichts anfangen können, und es hatte ihm an jeglichem Ehrgeiz gemangelt, daran etwas zu ändern. Nun, da er sein Leben mit Molly teilte, löste sich dieses Problem, und Theo stellte fest, daß, so mitgenommen und erschöpft er von den Anforderungen seiner Arbeit und seiner neuen Geliebten auch sein mochte, ihm niemals langweilig war. Mollys Trailer wurde umgesetzt und stand nun neben seiner Hütte am Rande der Ranch. Morgens aßen sie gemeinsam ihre herzhafte Frühstückspizza in ihrer Behausung, während sie sich das Abendessen an seiner Kabeltrommel schmecken ließen. Sie nahm die Anrufe für ihn entgegen, wenn er bei der Arbeit war, und er nahm sich der seltsamen Gestalten aus ihrer Fangemeinde an, die so fanatisch waren, daß sie sie sogar bis zur Ranch verfolgten. Es verging kein Tag, an dem er Molly nicht sagte, daß sie etwas ganz Besonderes war, und im Lauf der Zeit verstummte der Erzähler in ihrem Kopf und meldete sich nie wieder.

Kein Winter herrschte zwei Meilen unter dem Wasserspiegel in dem tiefen Meeresgraben vor der kalifornischen Küste. Alles war wie immer: eine dunkle, von hohem Druck geprägte Eintönigkeit, in der das Seeungeheuer neben seinem Schwarzen Raucher lag und einer verlorenen Liebe nachtrauerte. Es graste nicht mehr die Felsen nach Tiefseewürmern ab, und sein großer Körper begann unter der Last der Jahre und der Wassermassen dahinzusiechen. Er beschloß, sich nie wieder zu bewegen – einfach nur noch dazuliegen, bis sein großes Herz stehenblieb und mit ihm auch der pochende Schmerz über sein gebrochenes Herz –, als plötzlich die Sinneszellen in seinen Flanken ein Signal auffingen. Etwas, das er seit einem halben Jahrhundert nicht mehr gespürt hatte, das Signal einer Kreatur, von dem er gedacht hatte, daß er es nie wieder zu spüren bekommen würde. Er schlug mit dem Schwanz und brach den Panzer der Einsamkeit auf, der sich um ihn gebildet hatte, und mit einem Mal empfing das Organ, das tief unter seinem Reptilienhirn verborgen war, die Nachricht eines Weibchens. Grob übersetzt lautete sie: »Hey, Matrose, wie wär's mit ein bißchen Spaß?«

DANKSAGUNG

Mein Dank gilt Dr. Kenneth Berv und Dr. Roger Wunderlich für ihren Rat zum Thema geistige Gesundheit und psychoaktive Drogen; desweiteren Galen und Lynn Rathbun für ihre Hilfe im Zusammenhang mit Fragen der Biologie und dem Markieren von Ratten, sowie Charlee Rodgers, Dee Dee Leichtfuss und Jean Brody für das Gegenlesen des Manuskripts und für Ratschläge; Nick Ellison, der sich als Agent um alles mögliche kümmerte, Rachel Klayman für ihre Geduld und Genauigkeit als Redakteurin und schließlich all jenen Leuten, die bereit waren, ihre Erfahrungen mit Antidepressiva und anderen psychotropen Drogen zu teilen – ihr wißt schon, wer gemeint ist, ihr elenden Spinner (war nur 'n Witz).